缙云养生文化丛书　缙云县生态休闲养生（养老）经济促进会编

缙云掌故

项一中　主编

西泠印社出版社

图书在版编目 (CIP) 数据

缙云掌故 / 缙云县生态休闲养生（养老）经济促进会编 ; 项一中主编. -- 杭州 : 西泠印社出版社, 2017.7
（缙云养生文化丛书）
ISBN 978-7-5508-2123-1

Ⅰ. ①缙… Ⅱ. ①缙… ②项… Ⅲ. ①民间故事—作品集—缙云县 Ⅳ. ①I277.3

中国版本图书馆CIP数据核字(2017)第170772号

缙云养生文化丛书

缙云掌故

缙云县生态休闲养生（养老）经济促进会编　项一中主编

出品人　江　吟
责任编辑　吴心怡
责任出版　李　兵
出版发行　西泠印社出版社
地　　址　杭州市西湖文化广场32号E区5楼
邮　　编　310014
电　　话　0571—87243279
经　　销　全国新华书店
设计制作　杭州真凯文化艺术有限公司
印　　刷　浙江影天印业有限公司
开　　本　710 mm × 1000 mm　1/16
印　　张　24
印　　数　0001—5000
书　　号　ISBN 978-7-5508-2123-1
版　　次　2017年7月第1版　2017年7月第1次印刷
定　　价　88.00元

序

/ 王旭烽

灯下夜读《缙云掌故》书稿，渐觉自己是在读拉美的魔幻现实主义小说，是真实的切肤的存在，又是虚幻的海市蜃楼。你撷一束那时间的花发，它依然会拉扯你的心肺；而当你掐一把那空间的身躯，世界突然从光怪陆离化为乌有，尤如《艾丽丝梦游仙境》里那只藏头露尾渐渐隐去的蓝猫。

世界各民族的历史记忆，往往有相似之处。而缙云毕竟是轩辕黄帝炼丹养生之地，乘龙升天之所，因此山川风物人文荟萃，被道家列入三十六洞天。《缙云掌故》承袭上古文明，以人物、传说、考据、营造等十个篇目分门别类，从创世纪之初人类的源起，到大洪水时期英雄的横空出世；从山水的来历与生成的风物，到神祗的传说和爱情的吟唱，都在一卷之中囊括。

从《缙云掌故》的文字编排来看，仿佛传说是历史的，也是现实的，因此可以无缝对接；神话是虚幻的，也是写实的，因此可以珠联璧合。你看，那篇高大上的《风雨千秋黄帝祠》，将缙云历史悠久的黄帝文化与严谨的史学求证，作了一番绝非“民科”的考据。正是这类看似天马行空却又旁征博引之作，奠定了本书的学术高度和文学深度。

而《大洋大灵寺》之类，则从人文地理的视角娓娓道来，从历史写到当代，突然话锋一转，出现了一个“夫妻蛇故事”。说的是残存的大灵寺码头堪石缝中盘曲的两条蛇，一条为黄色方块花纹似和尚袈裟图形，一条为菱形花纹似尼姑衣衫图案，它们头尾皆藏于石缝，仅露出中段示人。“夫妻蛇”

的出现吸引了大批游客前往大洋山观光，以致传出这样的说法："见到夫妻蛇的男女，很快会交上桃花运"。

再如《大箱怪》，令人想起了魔幻电影《神奇动物去哪里》。其中那个怀有恻隐之心的小箱子，因为曾经装过书，竟然有了人性，变成了李白族叔李阳冰的书童，至今仍在到处游荡寻找知音，直接可以拍成动画片。接下去的《狗头熊》则完全为真实事件，开头一句就是"1956年春夏，缙云出现了狗头熊伤人、吃人事件，民心大恐"。还有好溪水潭中浮起的"头大如火甏，脚掌像蒲扇，身长如水牛"的《左库水怪》，也仿佛传说可以演变成现实，现实也可以演绎成奇幻。

我相当喜欢那些"谐趣类"掌故，如《缙云番莳王》，让人为那个时代的荒唐而笑出泪花。"缙云县，放卫星，一亩番莳要种30万斤"，最后收获的是不超过大拇指的"番莳筋"。至于《缙云蛙琴》，因为是我的同学少年时的亲历，使我想起了自己的一句格言：生活永远大于我们对生活的认识。我无法想象，一张蛙皮究竟如何蒙成胡琴?

霓为衣兮风为马，云之君兮纷纷而来下；虎鼓瑟兮鸾回车，仙之人兮列如麻。咦，天庭沉界，大地浮生，时空错位，真假难辨，想不到中国江南的秀山丽水之间，尚有这样一个"搜神记"般的所在!

感谢缙云县生态休闲养生养老经济促进会，为我们挖掘出如此丰富多彩的沉淀在民间的传统文化之精华，并编排出版了这卷可以永续流传之书。相信今后还能看到更多被淹没在历史长河中的缙云地方文化类书籍的出版。是为序。

2017年7月

王旭烽，女，国家一级作家，1955年生于平湖，1982年毕业于杭州大学历史系，现任浙江省作家协会副主席。代表作《茶人三部曲》获第五届茅盾文学奖；由她编剧的《藏书之家》在国家大剧院上演；近年来又进军影视，担任了中国首部全面探寻世界茶文化历史的大型纪录片《茶，一片树叶的故事》总撰稿。

目录

人物类

传说类

轶事类

考据类

营造类

兵事类

禋祀类

诣趣类

美食类

特产类

人物类

扶宗立教　海内一人 / 项一中

古，今。
感事，伤心。
惊得丧，叹浮沉。
风驱寒暑，川注光阴。
始炫朱颜丽，俄悲白发侵。
嗟四豪之不返，痛七贵以难寻。
夸父兴怀于落照，田文起怨于鸣琴。
雁足凄凉兮传恨绪，凤台寂寞兮有遗音。
朔漠幽囚兮天长地久，潇湘隔别兮水阔烟深。
谁能绝圣韬贤餐芝饵术，谁能含光遁世炼石烧金。
君不见屈大夫纫兰而发谏，君不见贾太傅忌鹏而愁吟。
君不见四皓避秦峨峨恋商岭，君不见二疏辞汉飘飘归故林。
胡为乎冒进贪名践危途与倾辙，胡为乎怙权恃宠顾华饰与雕簪。
吾所以思抗迹忘机用虚无为师范，吾所以思去奢灭欲保道德为规箴。
不能劳神效苏子张生兮于时而纵辨，不能劳神效杨朱墨翟兮挥涕以沾襟。

如今，已经很少有人叫得出这种古诗的名称了。而能写这种古诗者，即便搜遍中国，恐怕也是凤毛麟角，屈指可数！

细观此诗，上尖下大，层层相叠，其名恰如其形，就叫“宝塔诗”。这首名叫《怀古今》的宝塔诗作者，就是在唐末被誉为“词林万叶，学海千寻；扶宗立教，海内一人”的杜光庭。

杜光庭何许人也？他扶的是什么“宗”？立的又是什么“教”？

杜光庭（850—933），字圣宾，号东瀛子，处州缙云人。他是中国古代著名的思想家、哲学家、宗教理论家。

杜光庭少习儒学，因独创了一种学习方法，学业突飞猛进！

有一回，他向自己的学生——后蜀丞相徐光溥——介绍自己小时候的读书方法时说："予初学于上庠……一月之内，分布定日而习之，一日诵经书，二日览子史，三日学为文，四日记故事，五日游息。凡五事，每月各六日，如此不五七年，经史备熟。"

意思是说，自己年轻时读书，以五日为一周期，前四日分别学习各科知识，第五日则安排闲暇休息，如此循环往复，周而复始，劳逸结合，张弛有度，不过五七年，学业大进！

以此观之，杜光庭自创之读书方法，与现代教育以七日为一周，学习五日休息两天，可谓如出一辙。换句话说，其学习方法与同时代者相比，不是超前一年两年，也不是十年百年，而是超前千年！

然而，令人颇感意外的是，到了唐咸通年间（860—874），杜光庭参加九经科试，居然名落孙山，铩羽而归……

原来，所谓"九经科试"，主要是以九部儒家经典《周礼》《仪礼》《礼记》《左传》《公羊传》《穀梁传》《易》《书》《诗》为依据，阐述如何治理国家，才能达到太平盛世之策论。

在科试中，尽管杜光庭早已成竹在胸，纵横捭阖，下笔千言，然而这篇极具超前意识、卓尔不群之盛世危言，反而被因循守旧、墨守成规的考官视为奇谈怪论、异端邪说，一笔勾销！

杜光庭失意而归，遂"奋然入道"，师事天台山道士应夷节，为司马承祯五传弟子。其后，宰相郑畋偶见杜光庭之文章而大惊失色，遂"荐其文于朝，僖宗召见，赐以紫服象简，充麟德殿文章应制，为道门领袖"。

也就是说，杜光庭虽未能以科举之正途入仕，却因一篇经天纬地之奇文被宰相看中，推荐给皇帝而受召见，被御赐高官所穿之紫衣，及象牙所制之朝笏，成为皇帝身旁之高级秘书，天下之道门领袖。

唐中和元年（881），杜光庭随僖宗入蜀，见唐朝大厦将倾，独木难支，遂结茅于青城山白云溪。不久，唐朝灭亡。前蜀开国皇帝王建（847—918）久闻杜光庭"有经国之大才"，诏其为太子之师，且不无得意地说："昔汉有四皓，不如吾一先生足矣。"遂授光禄大夫，户部侍郎，封上柱国、蔡国公，赐号“广成先生”。王建驾崩，王衍继位，又赐“传真天师”，任崇真馆大学士。到了晚年，杜光庭潜心修道。长兴四年（933），光庭“作礼辞天，趺坐而化”，享年84岁。

那么，杜光庭在中国历史上有哪些特殊贡献呢？

第一，在文学上，杜光庭被誉为“中国武侠小说”之鼻祖。

此言并非老夫信口雌黄，而是一位在华人世界无人不知无人不晓的香港著名作家——金庸先生所言。金先生认为，杜光庭的《虬髯客传》首开武侠小说之先河，可谓中国武侠小说之鼻祖！

《虬髯客传》以隋末风云变幻的时代大动荡为背景，随着侠客美妓、人头革囊等等一系列场景的展开，塑造了三个呼之欲出之豪雄、英雌、怪杰——李靖、红拂女、虬髯客，演绎出一幕波澜壮阔、惊心动魄的传奇故事，被后世誉为“风尘三侠”。

风尘三侠

更令人不可思议的是，这篇流传千古的《虬髯客传》，总共只用了区区2500个字，就把一个叙事宏大、波诡云谲的场景，以及爱恨情仇、跌宕起伏的故事呈现在读者面前。假如换作今人，即便写上2.5万字乃至25万字，恐怕也只能是孤帆远影，望洋兴叹！

《虬髯客传》流传于世后，不断被古人、今人改编成各种戏剧、电影、电视剧，甚至于像任伯年、徐悲鸿这些中国艺术界之泰斗，也不惜手中笔墨，将其作为绘画的创作题材。由此可见《虬髯客传》在中国文学史、艺术史上流传之广，影响之大。

当然，除了《虬髯客传》，杜光庭的其他文学作品也十分丰富，《全唐诗》收其诗词一卷，《全唐文》收其文三百篇。

第二，除了文学家，杜光庭还是一个政治家。

司马光《资治通鉴》卷二百六十八载："（后梁乾化三年）丙子，蜀主以道士杜光庭为金紫光禄大夫（正三品）、左谏议大夫，封上柱国，赐蔡国公，进号'广成先生'。"

意思是说，唐亡后杜光庭受到前蜀皇帝王建的赏识，连篇累牍地封了他一系列官职。"大夫"之类不须老夫多费唇舌，列位想必耳熟能详。然"上柱国""蔡国公"和"广成先生"，乃何等职务？

夫"柱国"者，国家之"柱石"也。其分上、中、下三等，所谓"上柱国"，即国家最重要之肱股大臣！

那么"国公"又属于何职？《礼记·王制》云："王者之制禄爵：公侯伯子男，凡五等。"意思是说，皇帝封赐功臣有：公、侯、伯、子、男五种级别。公属一等，侯为二等，伯为三等，以下类推。"国公"即最高之爵位——隋朝时李渊被封唐国公；宋代司马光封温国公；明代刘伯温封诚意伯；清代李鸿章封肃毅伯。而历朝历代所封之"蔡国公"者，尚有北宋状元、先后三任宰相之吕蒙正。由此可见"国公"地位之高，权势之隆。

还有，"广成先生"又是几品高官？其实，"先生"不是官职。《庄子·在宥》云："黄帝立为天子十九年，令行天下，闻广成子在崆峒之山，故往而见之。"意思是说，黄帝听说有个叫广成子的仙人住在崆峒山，就前去向他请教如何治理天下。见广成子头朝南躺着，黄帝就跪着膝行到他跟前，广成子醒来，蹶然而起，告之曰："至道之精，窈窈冥冥，至道之极，昏昏默默……"

换句话说，前蜀皇帝王建赐号杜光庭为"广成先生"，就是把他比作黄帝时代的"广成子"，作为自己治国理政的"国师"！

第三，除了政治家，杜光庭更是承前启后的道教集大成者。

乾德三年（921），杜光庭获前蜀皇帝王衍所赐"传真天师"号，任"崇真馆大学士"。

"崇真馆大学士"是个什么官？看个史料你就会明白：唐天宝二年

（743），唐玄宗置“崇贤馆大学士”，由宰相兼任！

那么“天师”呢？

道教之“天师”者，相当于天主教之“教皇”也！

翻开中国道教史，我们就会发现，自东汉张道陵（34–156）创“天师道”并自封“天师”以来，“天师”一职基本上被张道陵后裔所世袭，故在中国历史上极少有非张姓而任“天师”者。而杜光庭则是朝廷皇帝御赐的少数几位非张姓“天师”之一。

为什么皇帝要封杜光庭为“天师”？

《历世真仙体道通鉴》记载：杜光庭“常谓道法科教，自汉天师暨陆修静撰集以来，岁月绵邈，几将废坠”。也就是说，杜光庭对当时混乱不堪的道教现状十分不满，遂对道教教理教义、神话传说、斋醮科仪等，进行了全面系统的整理。他汲取儒学之精华，对道教进行了全方位的改革和创新。此举大大促进了道教从唐末到宋初的复兴和发展，杜光庭也因此成为中国道教史上一位承前启后的集大成者。

杜光庭的道学著作可谓落英缤纷，琳琅满目，仅被收入《正统道藏》的就有二十七种，数百卷之多。如《道德真经广圣义》五十卷，《道门科范大全集》八十七卷，《广成集》十七卷，《洞天福地岳渎名山记》一卷，以及道教斋、仪、记、传、颂等不胜枚举。

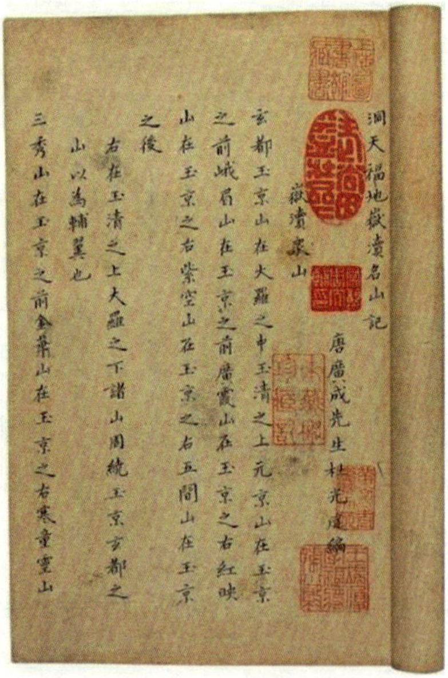

洞天福地嶽瀆名山記

唐廣成先生杜光庭編

嶽瀆衆山

玄都玉京山在大羅之中玉清之上元京山在玉京之前峨眉山在玉京之前廣霞山在玉京之右紅映山在玉京之右紫空山在玉京之右五開山在玉京之後

右在玉清之上大羅之下諸山周繞玉京玄都之山以為輔翼也

三秀山在玉京之前金華山在玉京之右寒童雲山

老子的《道德经》是道教经典，而《道德真经广圣义》五十卷，正是杜光庭对《道德经》的系统总结和全面阐述，使得这部道教经典对道教在思想、哲学、理论上的指导意义提高到一个全新的阶段，由此也确立了杜光庭在中国思想史、哲学史上的独特地位。

《洞天福地岳渎名山记》，是杜光庭在其五世师祖司马承祯所著《上清天地宫府图经》的基础上，跋山涉水，不畏艰辛，踏遍长江南北，黄河两岸，对华夏名山进行实地考察后的系统总结。

洞天福地包括：十大洞天、三十六小洞天和七十二福地等。道教认为，此乃“上天遣群仙统治之所”。杜光庭把自己的家乡缙云，列为“三十六洞天之二十九，仙都山。仙都祈仙洞天，三百里，在处州缙云县，黄帝上升。”历朝历代的道家，则根据杜光庭的记载，在华夏大地上创建了一系列的“洞天福地”著名景观，以致到了21世纪的今天，仍让我们这些后人受益无穷。

第四，除了道教集大成者，杜光庭还是一个书法艺术家。

宣和二年（1120），宋徽宗命人编纂了一部历代宫廷珍藏的法书墨迹《宣和书谱》，其书凡二十卷。其中历代帝王书一卷，正书四卷，行书六卷，草书八卷，八分书一卷。每种书体前有源、流、叙、论，以及书法家小传。众所周知，宋徽宗虽然是个无能的皇帝，但他却是中国历史上最顶尖的天才艺术家之一，其造诣之深，眼界之高，可谓举世难出其右。故入选《宣和书谱》之历朝历代书法家仅197人而已，而杜光庭的书法墨迹以及传记，竟赫然在目！

《宣和书谱》卷五云：“（杜光庭）弃儒衣冠入道，游意澹漠……僖宗临御，光庭始充麟德殿文章应制……喜自录所为诗文，而字皆楷书，人争得之……虽不可拟羲（王羲之）、献（王献之），而迈往绝人，亦非世俗所能到也。”

“迈往绝人”“非世俗所能到”，可谓徽宗一朝，对缙云人杜光庭书法艺术之最高评价！

第五，除了书法家，杜光庭还是个音乐家。

中国古代音乐，源于道教，而蜀中道教至今所奏之韵曲，有“广成韵”，其曲调古朴优美，如配以《广成仪》之科仪表演，则有如仙乐，以致千余年来流传至今而不衰。追根溯源，“广成韵”及“广成仪”，皆“广成先生”杜光庭入川后之所创。

第六，除了音乐家，杜光庭还是一名武术家。

缙云地处括苍山脉，群峰巨壑之间云雾缭绕，猛虎恶兽、强贼巨寇出没无常，故山民自古就流传着用来防身的独特武功，杜光庭从小就常常练习这些武术套路。当他随唐僖宗入川，结茅青城山后，又将这些武术进行了整理、改进和创新。流传至今的青城派武术仙鹤拳、白鹤单刀、六合双刀等拳法、剑法，也皆为杜光庭当年之所创。

2006年，中国出版了一套大型丛书《中国思想家评传》。这套多达200部、6000余万言的大型学术丛书，共收入中国历朝历代的文、史、哲、经、法、医，理、工、农以及政治、宗教、教育等诸多学科之著名人物270余名，其中包括从孔夫子到孙中山等一系列最具代表性的中国古人和伟人，而缙云人杜光庭，也毫无悬念地入选其中。

杜光庭，不仅是缙云的骄傲，也是丽水的骄傲，浙江的骄傲。

行文至此，也许读者诸君已经理解本文开头那段话的含义了：

词林万叶，学海千寻；
扶宗立教，海内一人！

天台宗六祖智威 / 麻松亘

佛教传入中国后，宗派繁兴，有十大宗之称，而最早、最具中国特色的当属天台宗。该宗的第六代祖师智威，是我们缙云人。他在唐初任国清寺方丈43年，后又在缙云壶镇创建台宗祖庭法华寺，事迹载入《大藏经》中的“佛祖统纪”等典籍，是一位享有盛誉的佛祖。

智威（？—680），俗姓蒋，生长书香门第，自少聪慧，读书过目不忘，经史百家、琴棋书画无所不通。方届少年，就被选入县学教授学子，18岁就当上郡学堂长。父母令他回家娶媳妇，归途中碰到一个老和尚，诘问他说：“你为什么要违背前世许下的重誓呢？”原来，佛教典籍说智威的前世是南朝陈国尚书左仆射（丞相）徐陵。徐陵曾师从天台宗实际创始人、四祖智者研习佛法，发誓来世“童贞出家”。智威悟得前缘，即往国清寺拜章安（灌顶）为师，咨受心要，证得法华三昧，修成正果。

唐贞观六年（632）继台宗法灯，住持国清寺43年。唐朝取消了隋朝时给予国清寺的国家财政供给包养机制，致使寺院面临生死存亡的危机。智威率领僧众探索和创立了自力谋生发展机制。

高宗上元元年（674），首开外拓道场，弘扬台宗佛法风尚。相传智威有神通，他用投掷锡杖的方法卜选胜地，建寺弘法。锡杖自国清寺凌空五百里，飞至苍岭普通山，再掷则落在缙云壶镇塘川村东的轩辕炼丹山。遂在此创建“法华寺”，既而学者自来，习禅者三百人，听讲者七百众。每登座说法，头顶覆盖着紫色云霞，状如宝盖，加上寺名“法华”，故大家尊称他为“法华尊者”。

据古代佛教典籍记载，来法华寺习禅听讲者逾千，众苦乏水，于是智威就亲浚一口深仅三尺的石井，就日给千众冬夏无竭。法华寺至仙居上阪（智威的仙居分道场）约八十华里，他每日往返，两地的斋粥禅讲从无耽搁；又传他在寺院后山掘出两个石穴，仓常自满，油常自来，众徒安享，未尝告乏，今尚留有“天来仓自来油”遗迹。诸此等等，真可谓是神通广大的菩萨了。

另据《佛祖统记》载，智威大师在圆寂后也奇事百出。永隆元年（680）十一月廿八日，智威在法华寺趺坐禅堂而化，遗体却发出异香，七日不歇；是日众见智威坐逝于寺，有人却在近百里外的仙居上阪看到他“赴檀越舍”；再是越数百年后宋皇祐元年（1049），仙居一位姓伍的县令在智威昔日传道之处重修殿宇，奉安真像，夜里有猛虎绕殿环行很久，才怏怏离去，殿中工匠安然无恙；还说智威昔日坐禅旧址，百年后仍春草不生。诸此种种，能不使人额首称奇吗?

贞观廿年（646），唐太宗曾诏补智威为“朝散大夫”、封“引驾大师”。在智威圆寂二百多年后，吴越王钱镠鉴于他对佛教及天台宗发展所做的巨大努力和重要贡献，又谥他为“玄达尊者”。智威文辞丰富华丽，著有《桃岩寺碑》《头陀寺碑》等。他写的《六门陀罗尼经论广释》一卷，在敦煌出土。

少康首创口头禅 / 项一中

据说，中国百姓见面互致问候的“口头禅”叫“吃了吗？”可是您知道佛教信徒的“口头禅”叫什么吗？

对，就是这四个字——“阿弥陀佛”。

这才是句真正的“口头禅”！

那么，这句名闻天下之佛教“口头禅”，是当年的帅哥猛男我佛如来所定，还是他的漂亮女弟子观世音所言？

都不是。此乃唐代高僧，缙云籍佛教大师释少康亲口所创！

少康大师俗姓周，缙云周村人。根据佛教经典《大藏经》的“佛祖统纪”记载，少康7岁还不会说话，其母以为是天生哑巴，就带他到灵山寺祈求菩萨保佑。在佛祖像前，母亲随口问他：“这是谁？”从未开口说话的少康竟然张口就答：“释迦牟尼佛。”其母大吃一惊，认定这孩子与佛祖有缘，于是就送他皈依佛门，成了一个小沙弥。

少康大师

据说，不满20岁入佛门者不得受具足戒，只能称“沙弥”。最早的“沙弥”就是佛祖释迦牟尼15岁的儿子“罗睺罗”。而缙云周村7岁的沙弥“少康”，果然佛缘极深，所读佛教经书过目不忘，到了15岁已经是“满腹经纶”，成年后又到洛阳白马寺专攻“净土宗”，此后便能“口吐莲花”，成为一代大师。

后来他受命南下，到了浙

江睦州梅城（今建德梅城）传扬佛法。初到此地，他发现江浙一带对“净土”莲宗少有认知，如何在一个人地生疏、举目无亲的地方传播佛法，成为对少康最大的挑战。

经过数日的冥思苦想，少康终于设计出一个史无前例的传播佛法妙方。他把自己每天乞讨得来的铜钱放在陶钵里，然后让沿街游玩的儿童念“阿弥陀佛”，念一声，给一个铜钱，念两声，给两个！

于是这些孩子互相转告，成群结队地沿街念“阿弥陀佛”赚钱玩。孩子们回家后，又把这个傻和尚“念佛给钱”的奇怪举动告诉家人，以致其爷娘也纷纷学着念起“阿弥陀佛”来。过了一个多月后，少康见初有成效，又改“一声一钱”为“十声一钱”。

就这样，少康独辟蹊径，在坚持了将近一年之后，孩子和父母们的念“佛”声，从“好玩”逐渐变成了“习惯”。到了后来，梅城的男女老少一见少康和尚，就双手合十，口称“阿弥陀佛”。

唐贞元十年（794），少康在梅城乌龙山建造净土道场，每遇斋日，善男信女摩肩接踵，人头攒动。据佛教典籍记载，每当少康大师升座唱佛，每念一声都有佛从口中飘然而出，有如颗颗佛珠接连成串。

贞元廿一年（805）十月初三，少康大师跏趺禅堂，身放光明，溘然而逝。一瞬间，天色突变，狂风四起，百鸟悲鸣，群兽呜咽……

少康圆寂后，弟子与信众纷纷募捐，在梅城台子岩为他修建了舍利塔，史称“台岩法师”。而少康大师之事迹亦被载入《大宋高僧传》、佛教经典《大藏经·佛祖统纪》，成为少数几位中国籍“佛祖”之一。

少康大师坐化后，他所开创的佛教口头禅“阿弥陀佛”持名念佛法，逐渐传遍大江南北、长城内外，并一直流传到了21世纪的今天。

南宋副相赵顺孙 / 赵章格

赵顺孙（1215—1277），字和仲，号格庵。南宋缙云县城人。淳祐九年

（1249）乡试（省试）举人第一，次年即中进士，授太平州儒学教授。咸淳元年（1265）秋为秘书郎，担任度宗皇帝的授课老师。度宗将其比作富弼、苏轼。因与贾似道不合，出任平江（今苏州）知府兼淮浙发运使。五年，以吏部左侍郎奉诏进京，升任尚书。六年，升任端明殿学士、同签书枢密院事，开始进入执政中枢。继升签书枢密院事兼权参知政事，相当于现在的中央军委常委兼代理副总理。八年，升任同知枢密院事兼参知政事、太子少傅、缙云郡开国公，相当于现在的中央军委副主席兼副总理。后来度宗决定让他任右丞相，但因操劳过度而成疾。十年，出任福建安抚使兼知福州。不久，因病辞归故里，不肯服药而亡，享年63岁。

赵顺孙之父赵雷，是朱熹学生。因父亲去世，赵雷从武夷山返里守孝。三年丧满再回武夷山，朱熹也去世了。赵雷就跟随朱熹的高足滕璘读书。赵顺孙由于家学渊源，35岁中了进士，开始步入仕途。

赵顺孙所处的时代，可谓内忧外患交织，风雨飘摇，国将不国的时期。北方强大的蒙古帝国虎视眈眈，国内政治腐败，奸臣专权，朝臣离心离德，民不聊生。

赵顺孙从咸淳元年的秘书郎，升到管理组织人事的副长官吏部左侍郎期间，一直担任度宗皇帝的讲课老师。度宗25岁登基以后，封贾似道为太师，将朝政统统委托给他，自己整天与妃嫔们饮酒作乐。贾似道见度宗比理宗还要昏庸，就更专横跋扈，目无天子，稍不如意，就以辞官相要挟。度宗唯恐他不辞而别，总是流着眼泪挽留他，为他在西湖葛岭建筑豪宅，又特授贾似道平章军国重事，许他三日一朝，后来放宽到十日一朝，而且每次退朝，度宗总要离座目送他走出大殿，才会坐下。

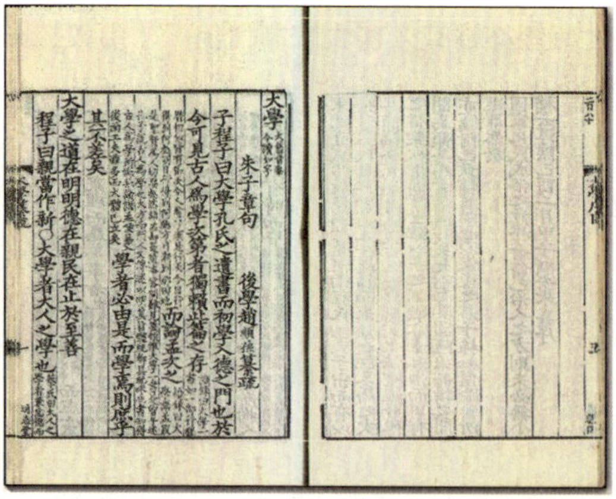
大學
朱子章句　後學趙
子程子曰大學孔氏之遺書而初學入德之門也於今可見古人爲學次第者獨賴此篇之存而論孟次之學者必由是而學焉則庶乎其不差矣
大學之道在明明德在親民在止於至善
程子曰親當作新　大學者大人之學也

作为皇帝的老师，赵

顺孙该怎么办？从留传至今的三十多篇奏章中我们可以发现，他主要做了两个方面工作：一是诱导皇帝勤政、节俭，建议他“远小人，近君子”，“亲君子，昌正气”。他一面向皇帝推荐有才有德之大臣，一面又劝阻皇帝对于皇亲国戚不可滥封滥赏。

二是与权臣皇亲国戚不屈不挠的争斗，特别是对权相贾似道的斗争。

咸淳三年（1267），忽必烈率重兵包围襄阳16个月，而贾似道一直向度宗封锁消息。赵顺孙从平江（今苏州）一进京，就抨击贾似道“人臣知危亡而不言，人主处危亡而不知”，向度宗说明襄阳的危急和支援襄阳的战略意义。可惜度宗受到贾似道的蛊惑，竟未采纳！

咸淳六年（1270）一月，赵顺孙与陈宗礼同时进入中央执政中枢。这时，中央执政的第一把手是贾似道，以及左丞相江万里、右丞相兼枢密使马廷鸾。江万里不满贾似道，当月就辞职不干了。贾似道三日一朝，后来十日一朝，在西湖边的“半闲堂”玩蟋蟀，国家重要文件都得送到他家中审批。当时就有民谚讽刺说“朝中无宰相，湖上有平章”。这年十一月，陈宗礼也退休了。右丞相马廷鸾扼于贾似道无法办事，以养病为由，长期不上班，九次上疏要求退休。到咸淳八年（1272），马廷鸾退休后，朝廷想召叶梦鼎继任，但叶坚决不干。因此，在这三年中，真正在中枢主持工作的只有赵顺孙一人，但事事皆受制于贾似道。他见国势日危，而贾似道却一心求和，曾赋《感情吟》：

豪杰消磨叹五陵，发冲乌帽气填膺。
眼前不是无豪杰，身后何须论废兴。

后来，度宗皇帝让赵顺孙任右丞相，但他深感贾似道继续掌权，即使自己当了右相也是无所作为，遂发出了无奈的感叹：

不见人烟空见花，烟笼寒水月笼沙。
人生自古谁无死？莫怨东风当自嗟。

无独有偶的是，再过数年，民族英雄文天祥也抒发了：“人生自古谁无死，留取丹心照汗青”的感叹。

后人对赵顺孙的遭遇叹息道：“士大夫不幸与权奸同伍，才智不能为国所用。大厦将倾，独木焉能支之！”元代翰林学士黄溍为赵顺孙作《阡表》

时发表感慨说：格庵先生晚年虽然成为国家的执政，但举步已是满地荆棘。范仲淹修京城的建议，在庆历时没被采纳；李纲经制两河的建议，在建炎间没被采纳；而先生支援襄阳的建议，在咸淳间又没被采纳。这是上天要抛弃宋朝了，实在是非人力所可为。

赵顺孙学有渊源，8岁时能诵说《九经》，终身著述颇丰，《全宋诗》录其诗7首，《全宋文》录其文24篇。特别是他所著的《四书纂疏》，有26卷，80万字，在缙云、处州乡校刊印后，很快就普及开来，成为学生求取功名的必读课本，各地纷纷印刷发行。后来，乾隆皇帝将其作为“钦定御览”书。还有蒋介石、毛泽东、周恩来的座上客、大学问家马一浮，将它列为“通治群经必读书”。台湾对《四书纂疏》则更为重视，据不完全统计，1970年之后的十余年间，《四书纂疏》就出版了17次。而日本早在1814年就出版发行了此书。

百岁方伯说李寅 / 麻松亘

据清光绪年间《缙云县志》记载，缙云县明代有百岁以上寿男6人，清代有寿男13人、寿妇19人。在这38位寿星中寿命最高的是明代的从二品高官——广西左布政李寅，寿高108岁，县城曾立有他“百岁方伯”牌坊一座。

李寅（1469—1576），字敬之，缙云县城东和坊人。他自小聪颖好学，于弘治十八年（1505）中进士，初任工部掌管修治河渠、津梁、堤堰等事务的都水司主事，旋升工部营缮司郎中，掌管缮治皇家宫廷、陵寝、宫府、城垣、仓库、营房，是个肥缺。后又调兵部车驾司、武选司任郎中，掌管皇宫禁卫、仪仗、车辇，兼管驿船、马政、贡船等，是当时朝廷中“吏部文选司、吏部考功司、兵部武选司、兵部武库司”的四大肥差之一。

明代立国之初，朱元璋借鉴元朝灭亡的经验教训，对贪官污吏的惩治非常严厉。他规定：贪污受贿六十两银子者即死罪，除了枭首示众还要剥皮实草，然后把他挂在官府公堂之上，以警官吏。但到了明朝中后期，官场贪腐死灰复燃，腐败风气遍及朝野。

李寅却以政绩突出，清廉律己而出名。后来他又赴四川、广西的承宣布政使司任职，布政使司属于省级地方行政机关，设左、右布政使各一人，为一省最高行政长官，从二品；下设左右参政，从三品；左右参议，从四品。李寅初出为四川承宣布政司左参议、旋升右参政。

李寅像

嘉靖之初，他升任广西左布政使。作为一省最高的行政长官，他深感权力之大、责任之重。尤其是对自己在那贪贿成风的社会泥团中，如何守身如玉、保持名节而百感交集、思绪万千！他为了向下属官吏表明心迹，更为了时刻警醒自己，上任伊始就在布政使司衙门前立起一块硕大的石碑，上面镌刻“洋洋大海，岳岳名山；一介若取，誓不生还”的铿锵誓言。

自唐玄宗时起，地方官府于正赋之外，常向百姓加征杂税用于地方公务，谓之“羡余”。后来，“羡余”愈演愈烈，成为官员贪腐的重要财源。广西布政使司也有一项羡余，旧任者皆公然取去，以饱私囊，相袭不断。嘉靖十年（1531），年逾花甲的李寅意欲辞官回乡养老，令属吏清查库藏及其收支账册，查得李寅可得羡余银十三万两！李寅一年的俸禄是576石大米，按每石折银七钱计算，折合银两为403.2两。但李寅不为钱财心动，断然命令属吏将其记入官库账簿，上解国库。属吏援引旧例，说这笔钱理应归你所有，而不须上交国库。但他义正词严地说："羡余银来之于百姓，理应用之于国家，哪是我的本分之财啊！如果将之纳入私囊，当初何须立碑发誓？"属吏只得遵命奉行。辞归之日，行橐萧然。

高官致仕，地方官往往敬他三分。而李寅回缙云后，几乎不与地方官员交往。他毡帽布袍，衣食俭朴，待人平和，全无从二品高官的做派。他时常教育子孙要"清静养性修身，清心寡欲做人；勤俭持家养德，安贫乐道生活"。

李寅在辞官之后还活了四十多年，嘉靖皇帝曾多次礼请他再度出山为官，他写《卧病山中，忽曹大尹持部檄至，起召，以诗谢之》曰：

乞得三年身已轻，柴门地僻薜萝生；
何期茂宰干旌至，却讶山灵猿鹤惊。
颠倒农蓑忙整束，高低病足怯趋迎；
铨曹若说堪吾用，请选严滩代子陵。

李寅还在钓台后崖毛公岩下凿洞一个，人称"李寅洞"，其高、宽、深均约三米余，洞中有两方石碑。一方为线刻李寅画像，其画像的衣褶中刻《钓台洞刻像自题》诗，曰：

脱得归身遂隐沦，南星高阁泊溪浔。
昂头箬笠履空阔，满把丝纶临浅深。
自许孤忠悬日月，谁论寒骨卧邱林。
曾从东海容分屿，领略沧桑变古今。

其衣带上则书刻"身曾许国生无补，恨不除奸死不休"，表达他一生忠心报国、忧国忧民的情怀。另一方石碑则镌刻他自撰的《舍藏记》。洞口上有他亲手书刻"卧龙洞"三字；洞口一侧书刻"钓台"两个大字，下署楷书《更筑钓台记》曰："嘉靖三十一年（1552）六月望日八十四渔子旸谷李寅撰"。令人扼腕痛惜的是在溪滨南路拓建时，毛公岩、钓矶台、李寅洞以及李寅画像石碑全部被毁，仅留损泐严重、文字斑驳的《舍藏记》有幸保存于县博物馆碑廊。

李寅最后活了108岁，安葬在李寅洞后的金紫山（原县卫生局后山）上，其墓于20世纪60年代"文革"中被毁。

铁面青天郑文茂 /赵章格

讲到“铁面青天”，家喻户晓，妇孺皆知，讲的是“阎罗包老”包文正。在16世纪明嘉靖年间，缙云出了一个包公式的人物，却很少有人知道。他，就是郑文茂。

郑文茂（1528–1587）），字实夫，号杞山，县城东门人。嘉靖三十二年（1553）26岁的郑文茂考取了进士，被分配到吏部工作，可谓春风得意。他13岁就死了母亲，一直以无法报答春晖为恨。所以一参加工作，就把父亲接到北京一起生活。谁知其父郑叙福分浅薄，进京第二年的四月就中年亡故，郑文茂只好扶着父亲的棺木奔丧回家。

按制度，父母去世，儿子必须离任回家守孝三年。父亡称丁外艰，母死称丁内艰。文茂守孝三年期满，想到祖父年老，便无意进京复职。祖父劝导说：“忠孝不能两全，你应尽快进京，为国效劳，来日有所上进，光大门楣，既不缺忠，又尽孝道。这是我对你的期望啊！”文茂恋恋不舍，辞别祖父，进京销假。吏部将他分配到刑部云南司担任正六品主事，办理具体案件。

文茂处理案件，依法办案，严谨认真。按以往常规，凡是皇帝定的“诏狱”，即使是错案也是铁案。而文茂年轻气盛，初生牛犊不怕虎，喜欢钻牛角尖。刑部尚书郑晓夸奖说：“你年轻，能洗冤案，好好干！”郑晓还写报告给朝廷，建议将郑文茂的事迹在北京、南京两个首都司法界通报表扬。

宛平县知县周某，贪污公款4000多两白银，却栽赃金库保管员。贪污案被曝光，按律周某将判处死刑。但周某神通广大，牵动了内阁首辅严嵩，以及锦衣卫长官三品大员陆某某的神经。

严嵩的儿子严世蕃受了周某的贿赂，先唆使陆某找郑文茂：“郑大人，周某的案子可得慎重喔，上面精神认为周某一贯清正，不可能干出糊涂事呢。你考虑考虑，得放人处且放人，于彼于你都有好处啊！万一办砸了，担当得起吗？”文茂不屑一顾，回道：“陆大人，我会慎重办案的，多谢关照。”陆某讨了个没趣，严世蕃又求情来了：“郑大人，周某的案子，家父首辅大人有个指导思想，初犯从宽，教育为主，你看着办吧！”文茂明确告诉世藩：“周某侵吞公款数额特别巨大，确确凿凿，罪之一也；栽赃他人，罪之二也。我臂膀可断，此案不可更改。”世蕃回去告诉父亲，严嵩非常不高兴，恨之入骨。刑部尚书郑晓听到这一消息，非常高兴，说：“郑郎真是不畏强御。”

原先，朝廷派往江南检查司法执行情况的都是相当级别的大员。嘉靖四十一年（1562），因郑晓的极力举荐，仅仅是六品级别的郑文茂，当上了巡按，被派往江南直隶视察办狱。文茂重事实，重证据，依法律，秉公办事，平反冤案错案上万人，深得江南人称道，都叫他“郑铁面”。而严嵩的爪牙千方百计想找文茂的毛病，却始终找不到。

郑文茂视察回京，升任从五品刑部江西司员外郎，相当于现在的副司级。不久，又升为正五品刑部河南司郎中，相当于现在的正司长。

郑文茂的官德，轰动了朝野。大学士徐阶，是苏州府常熟人。大学士严讷，是松江府华亭人。这两位总理级人物都争着想让他去自己的家乡当父母官，文茂坚决推辞。后来，他被派到承天府（今湖北钟祥一带）任四品知府。

钟祥这个地方，原先是嘉靖帝亲生父亲的封地，他死后就葬在这里，史称显陵，嘉靖帝又是从这里被皇太后、首辅大学士杨廷和等迎进北京继承帝位的。因此在嘉靖皇帝时期，这里就像“红太阳升起的地方”那样，既荣耀，又神秘。而这个地方的守城官兵、太监，自然也逢官大一级，他们狗仗人势，横行霸道，要么控制当地政府，要么与其勾结狼狈为奸，连纪检监察部门都没有办法对付他们。

郑文茂到任后，坚持原则，不畏权贵；对民间疾苦则减轻征派，救荒埋尸，缓减差役。

汉水在这一带流过，郢（今武昌）一带常年发生洪灾。文茂经深入调研，打算在沔阳州（今仙桃市一带）拦筑河坝。在翰林院任职的张居正，家乡在江陵，听说郑文茂兴建水利工程，认为该工程对他的家乡不利，一连三次写信给郑文茂，以破坏显陵风水相威胁，命令他停工。郑文茂不信这个邪，心中想的是老百姓的疾苦，管你学士不学士，“嘶”的一声把张居正的信件撕得粉碎。堤坝建成，郢人大喜，称他为“郑青天”。

嘉靖四十四年（1565），朝廷考核官员，郑文茂被列为高等。由于“铁面”没给高官、贪官面子，当他考核结束回承天府时，竟有人唆使卫士以缺粮为由，聚众起哄闹事。文茂将为首者抓了起来，打了十几大板，其余一看不对，都逃跑了。为首者向朝廷诬告，朝廷派人调查，结果毫无事实。郑文茂看到官场险恶，就产生了退休的念头。他的退休报告一上去，即收到了“不予允许”的答复。原来，大学士徐阶、严讷都认为他能“力抗权要”，是个人才，怎可让他中年退休呢！

穆宗继位，年号隆庆。隆庆元年（1567），郑文茂调任四川提刑按察使司副使（正四品），协助一把手按察使纠察一省官场风俗，平抑冤假错案。他具体分管重庆、夔州。夔州是四川的交通要道，山高皇帝远，官府只顾自肥，不管百姓死活。文茂看到疮痍满目，一连走访了13个县，访尽民间疾苦，检察官吏奸良。云阳知县何某不体民间疾苦，专门拍马上级，被郑文茂评为下等，连御史中丞（相当于中纪委主要领导）出面说情，文茂都没有理睬，罢了何某的官。在四川任内，他既打老虎，又拍苍蝇，大批贪官污吏被他撤职查办。他任职川东两年，即出现了道不拾遗的社会风气。

隆庆六年（1572），文茂继母去世的噩耗传来。他想想自己与张居正政见不一，自己又是本性难移，不会随风使舵，于是，他以45岁年纪抛开了名缰利锁，带着随身行李，回到了缙云。

国史没有为他立传，或许是立传数额有限，或者是官不够大，可口碑留着：四川人称他有赵抃遗风，江南人称他“铁面”，郢人称他“青天”，正如他的同学姜宝说的“居官居乡，一生无愧”。

赵舒义救周恩来 / 赵章格

1927年“四·一二事件”发生的当天凌晨，周恩来在上海被第二十六军第二师师长斯烈以议事为由，骗到师部扣留。在此危急关头，一位缙云人不顾个人安危，毅然营救了他。这个人就是时任第二十六军党代表兼政治部主任的赵舒。

赵舒（1884—1948），又名元熙，字澄志，号明止，晚号红蓼馆主人，缙云壶镇人。因其刚直不阿、倜傥不羁，乡人又称“澄志癫人”。他生在书香门第，父母希望他认真读书，光大门楣。他却喜欢与比他大八岁的堂侄赵卓弄拳耍棒，布阵排兵。清光绪廿九年（1903），19岁的赵舒远涉日本，留学早稻田大学。回国后参加光复会，四处奔走革命。民国元年（1912）2月，被选为众议院议员。后积极参加反袁斗争，旋赴广东任孙中山大元帅府参议。1923年10月，赴京参加大总统选举，坚决拒绝曹锟贿选，发誓不做“猪仔”议员。北伐战争开始，他主动请缨，暗赴九江动员结拜兄弟、孙传芳部将周凤岐倒戈。周表面接受，却按兵不动。北伐军总司令蒋介石就任命赵舒为第二十六军党代表兼政治部主任，敦促周易帜。12月，周迫于形势，在严州宣布浙军三师脱离孙传芳，改编为国民革命军第二十六军。

赵舒

1927年，赵舒所在的二十六军驻师上海闸北，恰逢“四·一二事变”发生。这天凌晨，正在上海工人纠察队总指挥部通宵工作的周恩来，突然接到第二十六军第二师师长斯烈急信，请他师部去商谈要事。周恩来已知形势非常险恶。但为了谋求解决危局的办法，又认为斯烈之弟斯励与自己有黄埔师生之谊，斯烈不至于轻易下手。于是，周恩来与上海工人武装纠察队总指挥顾顺章，带着6名纠察队员前往师部。谁知一到二师，就遭到伏兵偷袭，所携枪械被缴，周恩来等也即遭斯烈软禁。江浙区委书记罗亦农接到情报，大吃一惊，马上电令闸北区党部书记黄澄镜设法寻找赵舒，营救周恩来。黄立即驱车赶往法租界西门路的赵舒寓所，敲门而入，略告事件经过。赵舒听了，既怒又急。因为他非常明白，这个特殊时期，意外随时都有可能发生。赵舒立即与黄澄镜驱车赶往二师师部。岗哨见是本军党代表，就一路放行，直奔斯烈办公室，找到了周恩来。看见赵舒进来，斯烈赶紧行礼。赵板着脸，没有哼声，旋把他叫到隔壁房间。开始时，斯烈理直气壮地强调自己是奉命行事，情绪比较激动。赵舒非常严肃，以军党代表身份，对斯烈的不义之举严加痛斥，并晓之以大义，动之以旧情，直把斯烈说得是口服心服。赵和斯一起回到办公室，向周恩来表示了深深的歉意，并交还武器，马上释放了已经被扣押一天的周恩来等人。为了安全，赵舒又亲自跟车，护送周恩来到虹口区北四川路罗亦农办公所在地。周恩来在赵舒营救下，逃过了一劫。美国作家哈里森·索尔兹伯里在《长征——前所未闻的故事》一书中说："如果没有赵舒出来干预，周恩来恐怕会像他的无数党员同志一样，葬身在血泊之中了。"

事变发生后，赵舒明白国共合作已经破裂，毅然宣布解散二十六军政治部，离开上海，赴武汉任国民政府航空委员会党代表。蒋介石知道此事后，对赵舒极为不满。第二年，他干脆辞职，回到壶镇。

1938年初，省政府迁永康方岩时，十几名省议员提了不少议案，但不敢提交，就推赵舒承头。赵毫不推辞，风趣地说："你们的头这么值钱，我赵某的头如果砍下来，你们也要帮我凑回去喔。"引得满座欢笑，旋把议案交了上去。1942年，日寇逼近，省政府打算从方岩迁往云和。赵舒找黄绍竑省长说："为稳定民心，坚持抗日，万不得已，切莫撤退。"黄绍竑表面赞同，次日一早，却乘车逃跑。赵舒闻讯，赤脚披衣，急匆匆赶来，双手攀住车头，黄强行开车。赵指着飞驰逃去的车子，破口大骂黄是："逃兵！亡国奴！"由此，议员们给他起了个"赵大炮"的雅号。此间，赵舒还奔走于临近各县，倡议浙东联防，号召捐躯卫国。他自任浙东联防委员会主任，卢炼、蔡襄为正副指挥，大胆地将第二十一师、第七十九师储存在磐安军械库的枪支弹药装备联防部队。各地一呼百应，兵员增加到一万二千余人。军统下属忠义救国军郭履洲奋勇队，借抗日为名，在缙云无恶不作，百姓恨之入骨。赵舒命令卢、蔡率部将他们赶出缙云。郭不服，与赵一直争到重庆，后经陈诚出面方得以和解。

1942年，闻日寇渐逼，缙云县长何宏基欲以破坏道路、桥梁，阻止其入境。在炸壶镇贤母桥前，何拜访赵舒，说明来意。赵反问何说："炸了桥，日寇就进不来吗？"何说："过还是要过来。""既然照样过来，还炸桥干什么呢？"赵舒一句话，使这座百年大桥至今屹立在壶镇。

赵舒家无积蓄，母亲亡故还是靠老朋友竺绍康资助出丧。他生活简朴，不喜奉承权贵，对穷苦之人反而非常敬重。一次，他从方岩回县，县长带着军警随从，早早恭候在三岭头外，赵舒硬把县长数落了一番。他去仙居的途中，在一户人家讨茶解渴，听说常遭有钱有势的人欺负，他就叫主人找来纸墨，亲书联对，吩咐主人贴在门口。后来，一个财主又上门寻事，一见对联下署"赵舒书"三字，就吓软了腿。从此，一传十，十传百，再也没人敢找这个农户生事了。

民国中将施北衡 / 麻松亘

缙云施北衡，是曾任国民革命军陆军第七十五军军长、联勤总部上海港口司令的民国中将，也是唯一一位缙云籍的"国大代表"。

施北衡（1893—1961），原名机，字伯衡，后改北衡，别名汝福，缙云宅基人。清光绪三十三年（1907）保送进入浙江陆军小学，宣统三年（1911）毕业后升入南京陆军第四中学。入学不久，就遇辛亥革命发生，他以一腔热血倾慕革命，立志推翻清朝，遂离校参加革命军，任浙军排长。后入前身为北洋陆军速成学堂、我国历史上第一所正规化高等军事学府——"陆军军官学校"二期炮科就读。1916年毕业后到上海参加讨袁军事行动，袁死后仍入浙军第二师任连附。1919年任职北京陆军部。同年冬，考入以难考著称、"铁门槛"之喻陆军大学（北京）第六期。1923年，返浙任军官教育团教官。次年至1927年间，先任浙军第一师炮兵营营长，后调师部任中校参谋。后加入北伐，先后任新编十五师参谋长、三十一师副师长。1928年北伐完成后任中央陆军军官学校教官及战史编纂委员会委员。1932年任陆军十八军参议，后升陆军59师参谋长，参加围剿江西红军，遭围歼，与师长陈时骥一起被俘，化装成士兵获释。1935年升罗卓英为军长的十八军参谋长。次年1月，授陆军少将衔。抗战爆发，参加淞沪战役后，升任第十九集团军总参谋长。1938年任武汉卫戍总司令部参谋长，旋改第九战区长官部参谋长，参与指挥武汉大会战。1939年8月，晋升为中将。次年调任第六战区长官部参谋长。1941年3月，任陆军七十五军军长，率部参加反攻宜昌战役。在反攻宜昌战役中，七十五军的主要任务是向当阳攻击，主力控制于当阳以西，切断汉（口）宜（昌）公路，阻止日军三十九师团向宜昌增援。9月28日傍晚，守备凤凰观的日军步兵六十五联队第一大队（大队长山本义雄少佐）二中队出击我在宋家嘴附近集结中的200多官兵。施北衡得到情报，立即指挥所属补充团在破山口、板凳坳伏击。日寇遭到猛烈围攻，伤亡惨重，战到次日晚，部分日寇才突出重围，逃回驻地。30日，又命令补充团乘胜向凤凰观发起进攻，至10月1日拂晓，进展艰难，遂改取包围态势。施北衡又在29日凌晨，亲自指挥七十五军主力强袭仙人砦、东烟墩包。日寇六十五联队第三大队陷入苦战。30日晨，又命令所属

施北衡

一部奇袭双莲寺，烧毁日寇部分宿舍、掩蔽所等。2日凌晨，七十五军收复仙人砦，守敌被歼过半，残部逃回双莲寺。4日凌晨，指挥所属预四师和第六师千余人，集中炮火，再次猛攻双莲寺，在敌阵里三进三出，遭遇两个中队守敌的顽固抵抗，两军相持达10天之久。3日，施北衡又率领所属第六师前进到鸦鹊岭东北的王家店，并于次日协同三十三集团军截击由当阳向西出击的三十九师团一部，从而完全切断了十三师团与三十九师团的联系。当晚，施北衡受命率所属十三师加入宜昌方面作战，以加强宜昌方向的攻击力量。10日凌晨，与友军协同再次对宜昌周围发起猛烈总攻。在当阳—鸦鹊岭—宜昌公路一带，七十五军第六师向新店、王家店、济店出击，破坏道路18处、电线4公里，完全切断了宜昌与当阳日寇之间的联系，打乱了日军的反击计划，为反攻宜昌战役赢得了主动。1943年10月，升任第二十六集团军副总司令，后因跟随陈诚调远征军长官部，次年改任第一战区长官部总参议。抗战胜利后，施北衡随陈诚去西安建立联勤总部西北补给区，任副司令，升司令，后又调任汉口第二补给区司令及上海港口司令，在缙云当选第一届国民大会代表。1948年，改任国防部中将部员，后随国民党败退至中国台湾，任国防部中将参议，后聘为行政院设计委员，1952年10月退役。1961年10月26日施北衡病逝台北。

龙头将军二三事 / 樊泽友

五云山城，山水相依。城中万金山如一条巨龙自三里逶迤而下，直插中心村地界，龙头所在之处，称之为山龙头。山龙头左边有北门的隔青山，右边则为东门的史隐山，可谓“龙分三脉”。一位江西风水先生路过五云，惊呼：龙心旺丁姓，东门旺李姓，北门旺樊姓，日后必出将才。

民国年间，北门的樊姓倒真的出了“樊门四杰”。老大樊光，日本东京中央大学毕业，官拜国民政府外交部次长；老二樊崧甫，保定陆军大学毕业，官拜国民政府陆军二级上将，人称“龙头将军”，因作战喜骑白马，又称“白马将军”；老三樊仲明，在家侍奉双亲，时任仙都中学董事长，为缙云社会名流，乡绅贤达；老四樊崧骅，青年从军，参加广东的东征战役时牺牲，蒋介石为之亲撰祭文悼念。

话说樊崧甫将军，在风云变幻的民国，倒真的干出了些惊天动地的事情来，今以樊崧甫将军二三事略以记之。

樊崧甫“义释”毛泽东

20世纪60年代，缙云樊氏宗亲之间流传着一个樊崧甫义释毛泽东的故事。说的是参加第五次围剿苏区的国民党第三纵队总指挥、第七十九师中将师长樊崧甫，以几个师的兵力包围于都。某日傍晚，士兵押着一个身材魁伟者来到樊崧甫指挥部。两人经一夜长谈，次日天刚放亮，樊崧甫赠以大洋，亲送此人出了哨卡。于是中央红军一部便乘着夜色，在樊崧甫部队让出来的一条通道上，离开于都开始了长征。

新中国成立以后，轰轰烈烈的“镇压反革命运动”在全国展开，樊崧甫的弟弟樊仲明也被人民政府逮捕枪毙了，而身在上海的樊崧甫也被上海军管会逮捕，性命危在旦夕。

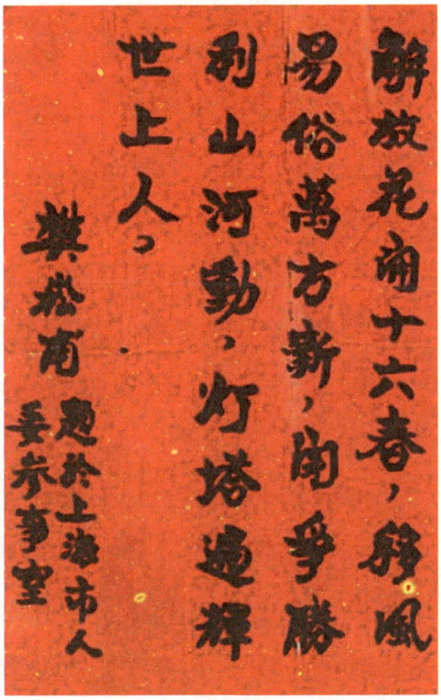

龙头将军樊崧甫手迹

想当年，樊崧甫的第七十九师，参加了前后五次围剿。更要命的是，当年的“堡垒战术”就是樊崧甫向蒋介石提出，从而导致了红军第五次反围剿的失败。在首次的凤翔峰战役中，用樊崧甫自己的话说，“战后，凤翔峰上的树木，树枝，树叶上血肉斑斓，有一堆阵亡红军将士的尸体近二千余人未及埋葬，上披一幅白布，布面血书：为主义而牺牲之烈士”。可见，樊崧甫欠下了多少红军的血债，如今血债血偿的时间终于到了。

然而，在这性命攸关之际，樊崧甫却对军管干部说，我要给毛泽东写封信，假如毛泽东也说我该死，我愿引颈就戮。他在信封上写14个字：中华人民共和国毛泽东主席亲启。在信纸上他却仅仅只写了11个字："曾记否，关公放曹。樊崧甫上"。

从此，樊崧甫的性命保住了。也就是说，当年那个被樊将军释放的人，就是毛泽东。这就是在缙云樊氏宗亲私底下流传甚广的"关公放曹，樊崧甫义释毛泽东"的故事。

近年来，又有了缙云籍作家吴越先生《我的爸爸是冤死鬼》，以及他与陈鸿年合著的长篇纪实体小说《九死还魂草》都讲到此一内容。吴越先生的父亲吴山，当年曾在樊崧甫的七十九师任军法处长，而陈鸿年则是缙云东门人，名陈永庆，为樊崧甫忘年之交，绰号"洋油箱"。

书中说：在镇反运动某一天，中央军委两个干部来到樊家，他们问樊崧甫在江西围剿时，有无逮捕过毛泽东，樊崧甫承认有这回事。他们就叫樊崧甫仔细回忆，将当年的经过写出来。于是樊崧甫就和吴山商量如何写材料。正在此时，陈永庆为宣平陈佑华将军被上海军管会逮捕一事（国民党投诚人员）来见樊崧甫。樊听后大吃一惊，说现在我这里八个国民党留用将军，有七个已经逮捕，只留我一个。于是就将当年怎样义释毛泽东的经过告之陈永庆，说万一遭不测，你还年轻，有一个人知道此事也是好的。

于是故事又有了后来的结局，时任上海市市长的陈毅，亲自设宴招待樊崧甫，并安排他担任上海市政协委员、上海市人民代表大会代表、上海市虹口区政协常委、上海市政府参事等职。

那么，1934年10月的某一天，率军攻占于都的樊崧甫真的有可能与毛泽东在某地会面吗？在红军长征的历史上一直有一种说法，时任总书记的博古（秦邦宪 ）与共产国际的李德策划，企图不让毛泽东参加长征，让他与中央苏区自生自灭。

据博古的侄子秦福铨文章却认为， 1934年的9月下旬毛泽东从瑞金到于都，不久看到《红色中华》第239期洛甫（张闻天）的文章《一切为了保卫苏维埃》，毛预感到中央红军要进行转移，他马上写了一封信，建议红军战略转移的方向，并要求留在于都，同时要求罗炳辉和红九军团二十师也留下来，并将老弱病残的同志也留下来，与他一起打游击，掩护中央红军转移。

此信交警卫人员胡昌保、胡洁清骑快马火速送交瑞金中革军委。周恩来听说毛泽东不打算长征，马上赶到于都，经过与毛泽东的彻夜长谈，最后毛泽东才同意和红军一起转移，并于1934年10月18日与王稼祥、张闻天一起最后撤离于都，开始长征。而樊崧甫是在1934年10月中旬以七十九师为先头部队，总指挥部随后跟进，带领几个师分头并进攻占兴国、于都、古龙岗的，因此，从时间、地点来看，毛、樊是有交集的可能的。

但是，当年的樊崧甫要抓毛泽东可谓大海捞针，怎么樊崧甫运气就这么好，让他逮了个正着呢？疑问一：几个士兵逮了个下巴有一颗“伟人痣”的可疑老百姓，为什么不往连部、营部或者团部送，而要往樊崧甫指挥部送？疑问二：毛泽东时任中华苏维埃政府主席，他可是有陈奉先、胡洁清、胡昌保等警卫员保护的，怎么就刚好被樊崧甫所逮了个正着呢？疑问三：那天晚上，樊崧甫与毛泽东到底谈了些什么？所有这些谜团，如果我们把缙云樊姓有关“关公放曹”的传说与吴越、陈鸿年的《我的爸爸是冤死鬼》《九死还魂草》的内容结合起来，似乎可以说明一点：樊崧甫义“释”毛泽东之事有三个人知道，樊崧甫、陈永庆、吴山。而在樊姓宗亲的传说中，则回答了怎么“放”的问题，是否毛泽东为了给红军寻找一条突围通道，主动“自投罗网”，“单刀赴会”去与樊崧甫见面的？而那天晚上谈的内容，就是要樊崧甫在防区让出一条通道，以便红军“借道通兵”。两军交战不斩来使，洪门出身的樊崧甫将军，这点儿规矩还是懂的。

其实，当年红军早就利用了国民党各军阀之间的矛盾，与粤军首领李济深、余汉谋达成协议：让红军通过粤军防区，如遇红军，对天开枪，相隔十里远送红军。因此，红军得以“借道通兵”，顺利地连续突破了三道封锁线。这个协议，作为时任中华苏维埃主席的毛泽东是知道的，那么在红军遇到危急时刻，毛泽东“单刀赴会”“借道通兵”也是有可能的，接下去就发生了樊崧甫的“关公放曹”。

随着国共两党内战硝烟的散去，也随着两位当事人的先后作古，当年发生的事情也难以考证了，但是“关公放曹”，樊崧甫义释毛泽东的故事，仍会在缙云樊氏宗亲之间一代一代地流传下去。

樊崧甫与周恩来互认老乡

1936年12月，蒋介石与陈诚在洛阳策划围剿陕北红军。当时樊崧甫也率第四十六军进住洛阳，他向蒋介石要求参加绥远百灵庙抗战，蒋却想把四十六军划归张学良指挥，围剿西北红军，被樊崧甫所拒绝。

12月11日晚，樊崧甫到保定陆军大学同学、东北军驻洛阳炮兵旅长黄永安家喝酒。黄永安感慨自己是亡省之人，无家可归，樊崧甫即说：我愿与弟一同出关，打回你老家，送你归故里。次日天刚亮，黄永安急急跑来，把张学良命令他包围洛阳机场，炸毁全部飞机的命令拿给樊崧甫看，樊崧甫感觉到大事不妙，西安事变，蒋公有难。他马上叫黄稍安勿躁，静待时局变化，自己则积极组织应变事宜。

为了防止事态扩大，12月12日夜，樊崧甫将四十六军一个师的兵力用火车从洛阳运至潼关，解除东北军驻潼关部队的武装，封锁关口，并命部队攻打华阴县城，占领华阴，进迫渭南。他连夜电告国民政府行政院长孔祥熙，成为最早向国民政府报告的第一人，为“西安事变”的应急处置赢得了时间。

同时，为了解蒋介石的安全和西安城内的情况，他派空军司令毛邦初亲驾侦察机飞西安临潼侦察。尔后又命毛邦初率96架飞机在西安上空空兜三圈，不准飞机扫射和轰炸，只是暗示张、杨，你们的举动我们已知道，劝你们不要轻举妄动，免得他们害了蒋的性命。

12月16日晨，当获知张学良、杨虎臣增兵渭南，樊崧甫又令毛邦初派出6架轰炸机，轰炸了运兵列车和渭南车站。后来外界盛传，说国民党亲日派头子何应钦命令空军轰炸西安，意图炸死蒋介石，自己好取而代之。其实这次命令倒是樊崧甫下的，只不过是让何应钦代樊受过，背负骂名罢了。

那么，为什么堂堂的国民党空军司令毛邦初会听令于一个军长调动呢？原来蒋介石的母亲毛福梅与毛邦初是奉化溪口的自家亲戚，他当然是为救蒋而不遗余力。至于后来，蒋介石又任命陆军出身的周至柔担任空军司令，导致毛邦初的不满，以致后来卷购飞机款，出走美国，那是后话了。

12月15日起，中央军如潮水般地涌向潼关，计有桂永清的教导总队、黄杰的税警总团、郑洞国的第二师、李默庵的第十师、李必蕃的第二十三师、宋希濂的第三十六师，樊崧甫被任命为前敌副总指挥，数十万大军云集潼关，内战之势，一触即发。但樊崧甫审时度势，力主和平解决，不愿同室操戈，给外敌以可乘之机。

16日，内战形势越来越严峻，樊崧甫又修书一封，叫张学良的副官送给张学良，信中不客气的讥讽张学良：承父遗风，绿林态度，效法阿瞒，挟天子以令诸侯。并言：因事变致兵祸连结，援日寇以侵略之机，河北一丢，万劫不复，你采取不抵抗主义，“九一八”丢了东北，中国人谁都不会原谅你，解铃还是系铃人，希望你悬崖勒马，幡然醒悟，负荆请罪，亲自送蒋出来，此亦千古奇丈夫所为。17日，樊崧甫即接蒋介石电令，命令樊崧甫停止进攻，“西安事变”出现转机。

中央军随即进驻西安，樊崧甫被任命为西京卫戍司令。当中央军将领知道周恩来主张释蒋言和后，对国共合作甚感庆幸。一日，樊崧甫在西京宾馆，茶房忽送来一张名片，原来是中共代表周恩来到访，樊崧甫吃了一惊，慌忙出来欢迎。只见周恩来长袍马褂，温文尔雅，胡子欣然，一派绅士派头。樊即表示对周恩来的倾慕之情，并对中共释蒋言和，组成抗日民族统一战线的主张深表赞同。而周恩来则对樊崧甫说：十年内战，给中华民族带来了深重的灾难，现在民族危机日重，不抗日无以图存，不团结无以救国。希望樊先生从民族大义出发，多做一些有利于团结、有利于抗日的事。樊崧甫连连点头称是。

言谈之余，周恩来又问樊太太：“樊太太是哪里人呀”，樊太太答自己是绍兴人氏。周恩来又说：“我听你口音也是绍兴人”，樊太太接着也问：“周先生你的府上呢”？周恩来说：“我也是绍兴人。”樊崧甫笑着说：“你的口音可不像是绍兴人呀”，周恩来说：“我的祖父辈就从绍兴出来，住过淮安，也住过天津，所以口音不大像了”。樊太太又问：“那周先生同鲁迅先生是一家人了？”周恩来说：“是的。”樊崧甫也凑趣地说：“我太太是绍兴人，你也是绍兴人，那我樊崧甫也是半个绍兴人，我与你周先生也可是老乡了。”樊崧甫接着又问：“听说你们共产党员要走路，不坐汽车？”周恩来笑着说：“共产党员不坐汽车真奇怪，我们革命正是为了过更好的生活，打游击的时候，终日高山大岭，坐什么汽车？有汽车可坐，当然要坐”。于是，樊崧甫就派汽车送老乡回去了。

樊崧甫与周恩来接触后，提高了对共产党抗日民族统一战线政策的认识，以至“西安事变”后，樊崧甫在杭州西湖澄园见蒋介石时说：昔时攘外必先安内，如今大势则应为攘外才能安内。力劝蒋介石将“攘外安内”的政策改变为“安内攘外”的政策。

是年6月，陈诚向樊崧甫转告蒋介石对他的评价：“樊崧甫这个人忠诚报国，仗也打得好，西安事变，如不是他那样急进，我们或许没有今日。”

1949年，因樊崧甫不愿参加内战，蒋介石又命毛森将樊崧甫逮捕，投入监狱。想不到“西安事变”樊崧甫救了老蒋一命，可后来老蒋却差点儿要了樊崧甫一命。

“西安事变”促成了抗日民族统一战线的形成，而樊崧甫在事变当中起了相当重要的作用，在中国现代史上具有重要的意义。

樊崧甫和张自忠义结金兰

1938年4月，樊崧甫接蒋介石电令，率第四十六军移防山东郯城，参加著名的台儿庄会战。樊崧甫与第五十九军的张自忠密切配合，在狼子湖与日军第五师团激战三天三夜，日军伤亡6000余人，剩下2000余人败退。狼子湖大捷缴获机枪80余挺，步枪800余支，重挫了日军的进攻势头。

在四十六军与日军激战期间，日军配备的小钢炮、重机枪、掷弹筒等，对我军造成极大的杀伤。樊崧甫想出一计：将西安、潼关拘禁的五百余小偷和惯犯带往东部前线，组成一支特勤部队，命他们夜间潜入日军营地偷重机枪、小钢炮、掷弹筒。果然这些小偷很快盗得重机枪数挺，小钢炮，掷弹筒无算，为抗战尽了力。

战后，樊崧甫往五十九军拜见张自忠将军，张将军亲自为他接风洗尘。酒过三巡，喝得正是尽兴，忽见张将军面露悲愤之色，愤慨地说：“人人都说我是汉奸，其实对日敷衍，都是蒋密令叫我干的，我有冤无处诉，总有一天我张自忠尽忠报国，看他们再骂不骂我。”悲愤之色，溢于言表。樊将军忙劝道：“尽忠报国，当为军人之天职，如今国难当头，军人当以抗战胜利为要，为灭日寇，吾愿与张兄共同奋斗”。酒罢，樊崧甫与张自忠跪拜天地，对天盟誓，义结金兰，约为异姓兄弟。相约“有福同享，有难同当，缓急相助，誓灭倭寇”。

两将军歃血为盟，结为兄弟后，感情日深。5月的一天晚上，日军千余人趁着夜色，妄图偷袭张自忠所属师部，被樊崧甫所部得知后，即将一师兵力划归张将军指挥，抄袭日军侧后，与日军激战终夜，切断日军后路，全歼日军千余人。

经此一役，两将军兄弟之情日深，张自忠亲到樊将军军部道谢相助之恩。日军增兵反攻，张将军又派骑兵连相助，划归樊将军指挥调遣。张自忠早知崧甫嗜酒，托人带来金华火腿两只，白兰地两瓶，但特嘱樊将军：“酒误事，望少嗜！”张将军既劝酒，又赠酒，兄弟之情，肝胆照人，使樊将军深受感动。

为灭日寇，张自忠将军与樊崧甫将军义结金兰，两军互为照应，同仇敌忾，共赴国难，成为中国抗战史上佳话。而后张自忠将军在湖北以身殉国，也践行了张自忠将军以身殉国、尽忠报国的生前所言。

英奇伟烈樊崧华 / 项一中

1931年，国民政府主席兼陆海空三军总司令蒋介石，为一个年仅24岁的缙云人写了一篇900字的传记。

令人不解的是，此人乃中共党员！

为什么堂堂的国民党总裁蒋介石，要为一个年轻的共产党员写传记？欲解此谜，我们还得从一个多世纪之前说起。

清朝末年，缙云县城北门有一姓樊名艺卿的秀才，因屡试不中，丧气灰心，遂以塾师为业，把“十年寒窗无人问，一举成名天下知”的希望，寄托于膝下四个爱子：崧骏、崧甫、仲明、崧华身上。

老大崧骏有幸，赶上了科举考试的末班车，刚满16岁就高中了秀才。可惜他没来得及参加乡试（浙江省试），清政府就废除了已经实行1300多年的科举制。从此，艺卿先生只能把培养儿子“朝为田舍郎，暮登天子堂”的毕生理想默默埋藏心底，而把“将相本无种，男儿当自强”的满腔抱负，灌输给四个儿子。

果然，乃父的一腔心血，在民国初年就得到了丰厚的回报。

老大樊崧骏（1887–1958），16岁中秀才后，留学日本中央大学法律系，并在东京参加了同盟会。毕业回国后，他参加了辛亥革命。1912年1月，任南京临时政府外交部次长（副部长）。此后，历任民国政府外交部秘书长、首席参事、外交部常务次长等职。

老二樊崧甫（1894—1979），浙江省陆军小学毕业，后相继加入龙华会、同盟会。辛亥革命时，蒋介石任浙军敢死队队长，他任敢死队分队长。后来，他又入保定陆军军官学校第六期、陆军大学第七期求学，毕业后历任国民政府军旅长、师长、军长、军团长，以及军事委员会中将高参、战区中将总参议等职。1938年徐州会战在狼子湖涝沟线与日寇板垣师团血战三昼夜，消灭了大批日寇，同年9月任第十二军团军团长。1940年1月任第三十四集团军总司令。1945年10月，任国民政府中央军事委员会副主任，晋上将衔。

老三樊仲明，曾任国民革命军第廿六军兵站主任，后来当选为缙云县第一届参议会参议长、浙江省参议员，成为民国年间缙云有名的“樊派”首领。

老四樊崧华（1901–1925），黄埔军校第一期高才生，其最高职位为中尉代连长，与乃兄相比可谓“萤火之光”，不可同日而语。但为什么堂堂的中华民国政府之主席，要为一个“中尉代连长”作传呢?

原来，崧华中学毕业后，考入了临海的浙江甲种水产学校。1923年，孙中山先生在广州创办“黄埔军校”。崧华闻之，不顾学友之劝阻，和几位老师同学一起，由浙赴粤，考入军校，与陈赓、杜聿明、孙元良、李仙洲、胡宗南、范汉杰等同为第一期学员——其后十余年，斯人皆为一代中国名将矣！

1924年冬，国内军阀混战，广东硝烟四起。由于崧华幼年失父，大哥崧骏、二哥崧甫担心小弟崧华之安全，力劝其离开广州，转学他校。崧华写信答复：弟已毕业，任黄埔学生军排长，现以扫除群丑为职责，无暇求学！

粤系军阀陈炯明叛变后，革命军举行了东征，黄埔军校也组织了学生军。当时崧华任学生军决死队长，与陈炯明激战于东江之淡水。经艰苦卓绝之激战，东征军终克淡水，崧华以突出战功升任学生军第一团第三连连副。之后不久，东征军再战潮、梅二州，苦战三月，方艰难取胜。此役中，崧华又因作战英勇果决，又升任中尉代连长。

1925年3月12日，东征军以崧华所率连队为先头部队，自棉湖出发征战。战前，崧华对全连弟兄起誓："淡水之役，决死队长三人，二人牺牲，唯我独存。今大战在即，大丈夫不成功即成仁耳！"

出发后，崧华所率先头部队单兵独进，勇猛穿插。陈炯明部发现后，即命悍将林虎以三个师之兵力将其铁桶般包围。崧华毫无惧色，率部沉着应战，先是固守阵地，再声东击西，突然间又发动猛攻，以致敌军伤亡惨重，阵前尸横卧如麻。然而，固守既久，弹尽粮绝，崧华部亦伤亡大半。最后终因寡不敌众，崧华重伤扑地。

于是，敌军群集而围，威逼崧华"缴械投降"。崧华伤重卧地无法起身，厉声骂道："我今为主义死，士岂为汝辈屈！"举枪即射，又毙敌数人。群敌疯狂，刺刀乱扎如猬，崧华血流如注，血尽而亡。

棉湖一役，崧华所率连队，生还者仅三人而已！

然而，正因樊崧华的顽强固守，为后继部队及时调集主力消灭强敌，赢得了宝贵时间，可谓为革命军东征之胜利奠定了基础。

崧华遇难日，乃1925年3月12日，恰与孙中山先生逝世，属同年同月同日。1931年，蒋介石取得了中原大战胜利，结束了中国长期以来军阀混战的局面。他回顾了自己所经历的一系列重大战役，得出"棉湖之战"实系"绝续之机"——生死存亡的危急关头，而这个壮烈牺牲之小小连长，挽救了这场功败垂成的战役。由此蒋介石对樊崧华充满了感恩之情，遂于国务繁忙之际亲自执笔，写下了这篇900字之《樊崧华烈士传》以示悼念。由此可见樊在蒋介石心目中的地位。

然而，蒋介石至死也不知道，他为之亲自提笔撰写传记的樊崧华，居然是个中共党员！

原来，樊崧华中学毕业后，考入了台州的浙江甲种水产学校。而他在水产学校的导师、诸暨人宣侠父（1899—1938），恰好是个中共地下党员。在他的介绍下，樊崧华秘密参加了中国共产党。不久以后，他又和宣侠父以及宣铁吾（其父为蒋介石青年时代的拜把兄弟，后任国民党上海市警察局长，淞沪警备司令部中将司令等职）一起，奔赴广州考入了黄埔军校。由于在校期间以及东征之中，正处于国共合作蜜月期，崧华始终没有暴露其地下党员身份。

因此，缙云人只知道崧华曾在台州水产学校读过书，是黄埔军校一期学员，在1925年东征中牺牲，并不知道他的地下党员身份。

而台州市党史办通过查阅档案，得知樊崧华于1924年在台州水产学校秘密参加地下党，但并不知道他是缙云人，所以在《中国共产党椒江历史大事记》《中共台州党史》和《椒江志书》《客籍人物在台州》都记述了樊崧华的事迹。直到朱汝略先生发表了《樊崧华——国共合作的纪念碑》之后，缙云人才得知樊崧华烈士的地下党员身份。

可恨天妒英杰，崧华牺牲过早，否则我缙云必出一共和国将军抑或元帅矣！

附：

樊崧华烈士传

蒋介石

烈士名崧华，字季良，浙之缙云人，宿儒艺卿先生季子也。缙处万山，当括苍干脉，嵯峨竦峻，诞毓英奇。烈士盖禀间气以生，天姿俊发，幼失怙，依长兄光成立。自小学中学，甲种水产学校阶进，就业居恒，重意气，轻货利，慨世道之不振，有改造社会之志，以是得同学推重。拘于不达之教职员，方相龁龁。烈士虽遭挠折，不降其志也。

十二年（1923）秋，先总理为贯彻本党主义，已设军事学校于黄埔，广集忠诚之士，俾资磨砺。烈士乃由浙来粤，友或尼之曰："革命事业，若有意乎！夫肇始缔艰，匪伊易事，矧粤中偏峙一隅，欲使革命思潮传于江淮河汉之域，势且不能，遑论创业垂统为可继耶！"烈士曰："盘根错节，正资利器，愿任其难，而不计其易也。"遂行。入校后，朝夕勤惕于现代军事政治之学，及世界之趋势，民族之进化，罔不竟端探委，寻原窥奥。复致力于敦品砺行，校风为之一振，第一期高才生毕业。

十三年冬，孙传芳率闽军图浙，浙军御于边，溃矣。烈士闻耗，愤军阀凶焰孔张，引为痛恨，益奋发励志，期以本党主义与之决斗，不惜唇焦舌敝，劝勉同学，而言词慷慨，声泪俱下，闻者尽为动容。是时，其孟兄方佐政外交，叔兄崧龄与矣，仲兄亦就陆军大学肄业，共招烈士转学。报曰："弟已卒业，任排长，将以扫除群丑为职，暂不暇学。"

陈炯明叛，关军讨之于东江，烈士奋任决死队长，以克淡水功，升教导第一团第三连中尉连附。再发潮梅，俾兼主连事。征战三月，困苦万状，烈士誓于众曰："淡水之役，决死攻城，受命为队长者三人，曾殁其二。予以尺寸功升阶得中尉兼代连长矣，大敌实逼，前途多艰，不成功即成仁耳。"

十四年三月师次棉湖，烈士以所部先行，敌将林虎率三师骤至围之，烈士激昂抗拒，创重仆地。贼集近，欲窥之其去械就俘。烈士曰："我今为主义死，士岂为汝辈屈！"举枪猝射殪数人，弹罄，贼刃齐进，遂及于难，所部生还者三人。全军率赖其力得以从容调度，芟夷反仄，而奠革命进展之基焉。知者闻其就义，靡不悼惜。

曾未周岁，革命军进展全国，回溯棉湖戡乱，实系绝续之机，烈士之舍生足为不朽云。

时中华民国二十年（1931）岁次辛未冬月谷旦

传说类

叠箱岩与美女瀑 / 项小六

在蛟坑岭头公路隧道边，矗立着一根叫“叠箱岩”的巨大石柱，一块块长方形大青石层层相叠，恰似一只只樟木箱叠在一起。而在石柱一侧蜿蜒的山涧里，流淌着一道白玉般的飞瀑，人称“美女瀑”。

关于叠箱岩和美女瀑，还有一段凄美的传说呢！

传说，古时候大洋山深处木樨花村有个财主叫杨百万，家有青山千顷，良田万亩，妻妾五六房，可惜个个都是香榄好个貌，中看不中用——没一个能生育！恼得杨百万心尖尖儿滴血：“看别人家女人，生孩子如吞汤丸，囫囵一个，囫囵一个，你们这群没用的东西倒好……唉，就算生个蛋，还能下饭哪！”

终于，在他50岁那年八月半，新纳进门的七姨太生了一个女娃。因为正是木樨花盛开的季节，所以就取名“樨樨”。这女娃儿，长得眉如蛾黛，眼似清泉，更令人称奇的是，这女娃身上总有那么一股沁人心脾的木樨花清香。

转眼，樨樨已成妙龄少女，女红功夫自不在话下，样样放得下、拿得起，还精通文墨，画花花有味，画鸟鸟能鸣，尤其喜欢唱山歌，那歌声像山涧清泉般甘甜淳美。一时间，处、温、婺、台、严临近府郡，慕名前来对歌、提亲的人络绎不绝，硬生生将通往木樨花村的山道踩低了三寸！

可这杨员外就是怪，多少官家子弟，他不要，说是官宦人家繁文缛节多，门户眼光强，樨樨日后要吃亏。最终相中的是温州府一盐商的小公子，财主对富商，也算得是门当户对的绝配了。只可惜这公子哥的长相实在不敢恭维：鼻梁塌塌，眼睛卡卡，嘴巴宽宽，嘴角两绺胡须长长，活脱脱鲶鲐鱼一条。樨樨死活不同意这门亲事。

可那时候，媒妁之言，父母之命，岂是弱女子所能违抗的？

杨百万请方圆百里名声最响的算命先生选定了黄道吉日，请了上下三府木匠行里口碑最好的越王山金氏父子到家，为樨樨赶制嫁妆。

这金氏父子，真是世间少有的黄金搭档，老子木工活做得精细，这儿子呢，却还有一手雕花绝技，雕龙龙腾飞，凿凤凤起舞。不出三月，箱笼橱柜桌凳一应嫁妆就已基本成型。

也是该当有事，这天下午，小金师傅雕花雕得兴起，不知不觉间，竟哼起了山歌小调。那粗犷、奔放的山歌招引得同有此好的樨樨小姐踱出了闺房，忍不住与小金师傅你一句、我一腔地对起了山歌……这一对不打紧，两个年轻人对成了一个心思！

杨百万知情后，立马把小师傅锁进磨坊，并想出一个歹毒的计策。

这天，杨百万假惺惺地对小雕花匠说："既然木已成舟，我也只好成全你们了，吃罢饭，我就叫人挑上十八担金银珠宝陪你回家置办婚事。不过，你得依我一个条件，什么时候在蛟坑岭头凿开山门，什么时候才能将樨樨迎娶过门！"小金师傅二话没说，拿起工具就直奔蛟坑岭头去了……

斧子劈卷了，锛子凿秃了，指甲挖翻了，手掌磨断了……蛟坑岭头的大青石上留下一道道白痕！可怜的小雕花匠为凿山门，耗尽了最后一滴鲜血！

樨樨闻知噩耗，不顾家丁阻拦，一路悲泣，跌跌撞撞奔下大洋山来到蛟坑岭头。只见崖上一片猩红，却怎么也找不到一块完整的尸骨！

"夫君哪！"只听一声惨叫，樨樨也一头撞崖殉情了！

日久天长，那十八担箱笼，化成了石头，静静地伫立在蛟坑岭头，似在默哀，似在悲泣。樨樨姑娘一路过来流下的眼泪，滴滴答答，汇聚成瀑，日夜呜嘤，好像在向世人细诉那悲惨壮烈的爱情故事。

后人为纪念这一对苦命情侣，就把这石头叫作“叠箱岩”，那瀑布叫作“美女瀑”。

黄帝酿十月酒 /吕丰平　刘伟民

传说轩辕黄帝想找个仙山胜地修道成仙，于是携众臣子一路南巡来到了缙云仙都。这里的鼎湖峰高耸入云，东南以步虚山、仙都山为屏，西北傍练溪碧水。步虚山上“云凝碧汉，气贯群山”，是采药炼丹、得道成仙之福地，因而黄帝一行就在步虚山上住下，架起丹炉炼制长生不老的仙丹。

转眼到了秋冬之交，有一天黄帝命仙都的一些山民去附近的马鞍山采集草药，以资炼丹。在山民们采了草药回归时，有几个人在一个山坳中不慎扭伤了脚，不得不在霜风中过了一个夜晚。他们于次日支撑着回家后，因受冷得了“伤寒”，一病不起。黄帝命御医用以前配置的“灵丹”救治山民，可是服后收效甚微，月余不愈。

黄帝看在眼里急在心里，百思不得其解，因为按药理作用应该是有用的，可为何无效呢？入夜，黄帝躺在床上辗转反侧，束手无策。此时恰逢玉帝命福、禄、寿、喜、财五仙下到凡间广施法术，造福百姓。当他们行至缙云仙都时，突感气氛异常，遂驻足观察，发现黄帝卧榻而愁眉不展。于是通过梦境与黄帝对话：“汝何以至此？子民们何以家道殷实而疲态尤显？”黄帝据实述说原委，并恳求五仙指点迷津，以使子民康复而完成自己的心愿。五仙下了云头围着病人仔细端详，还时不时地掐指计算，偶施法术。片刻后，福、禄、喜、财四仙摇头说，“此乃时疫也，吾等无解。汝可有别样心愿？吾等尽量满足就是。”黄帝满怀悲戚：“谢过五位大仙！吾只想子民尽快康复，早日炼成长生不老的仙丹，别无所求。”

寿仙看到黄帝真挚而怜悯的眼神，实不忍心，突然间想到了擅医杂症之酒仙，便急急来到酒仙居所，邀其赴人间救治黄帝的子民百姓。酒仙随往，见到黄帝后，一向大大咧咧、逍遥飘逸的酒仙却神情严肃起来，令诸仙大感诧异。只见酒仙取过腰间玉葫芦，施法在屋内造缸一口，将飘香蓼澧倒入缸中，对黄帝说："山民们因受寒气侵袭，气血不通而气息微弱，乃风寒痹症强于药力所致。请将灵丹以缸中所化美酒为引服下，半月可愈，一月可除根。"又悄悄告诉黄帝："此酒乃集麦、稻、粟、玉米、高粱等粮食之精华，配以蓼紬发酵而就，康复之后务必依法酿制，广施人间，造福百姓，切记。"随后五仙回天庭复命领赏，独酒仙不喜功名利禄，归隐居所。

夜半时分，牵挂山民疾苦的黄帝突然离开梦境，醒了过来。他披衣下床，眼望窗外，因苦无良策而依旧黯然神伤。正在一筹莫展时，突然闻到室内有一股奇异的醇香沁心入肺而来，他忙点灯巡视，猛然间发现窗户边多了一口大缸，信然梦中之事属实，于是脸露喜色，快步来到缸边，缸内所化之液体醇香扑鼻，谅必这就是酒仙所说的美酒。黄帝不假思索，连夜吩咐手下让得病的子民就着酒把灵丹服下。山民们服药后随即全身都温暖起来，待到次日清晨，他们的脸上都泛起红光，说话的力气也足了。调治半月后，得病山民悉数康复。

事后黄帝经过一番苦思冥想，终于琢磨明白为何药入酒后疗效大增的缘故，后来就命御医记载在《黄帝内经·素问》中。为了持续造福子民，黄帝想起了酒仙的嘱咐，于是便据梦中所忆，将缙云当地种植的糯米蒸熟后加入蓼紬和能健身的草药、野果，配以适量仙都仙水洞的仙水，放在缸中捂焖，果然在数日后酿成了鲜红橙亮、香气四溢的美酒，时值秋冬相交的十月，故称为"十月酒"。并命将酿酒技艺传授于当地山民，以供长久健体之需。因而仙都就有了与众不同的、以糯米配入相关养生健体天然植物酿造的"十月红养生酒"。

杜光庭学医 / 朱锡英

青山环绕的缙云历山上，住着一位名叫杜光庭的青年，他在深山结庐修炼内养气功和养生之道。

为了自食其力，杜光庭在山里开出一块荒地，勤耕细作。芦稷（高粱类植物）成熟了，想不到一夜之间，辛辛苦苦种植的整片芦稷就都被野猪全部糟蹋了。他找了根又粗又硬的柴棍，沿着野猪的脚印来到一个深山冷岙，只见一窝吃饱喝足了的野猪娃正在窝里睡觉！

好极了，杜光庭抡起木棍就朝野猪娃敲去。正在这时，母猪回来了，就找人拼命，杜光庭来不及跑，只好爬到一棵大树上。母猪爬不上树，只好回窝检查奄奄一息的小猪娃。只见它一个个检查后，不慌不忙地走到一棵大树边，用嘴啃下一块树皮，嚼一嚼再喂给小猪们吃。不过一会儿工夫，小猪们就活蹦乱跳了。

杜光庭在树上把这一切看在眼里，他想：难道治疗野猪娃的那棵树是“起死回生树”吗？我也剥块树皮试试。等到母猪带着小猪离开后，杜光庭跳下树，也剥下一块树皮带回家准备做试验。

当他经过一个村庄时，就听人听说一个姑娘从山上摔下来已经快死了。杜光庭立即找到那户人家，对她父母说自己可以试试医治他们的女儿。只见杜光庭拿出树皮，放进嘴里细细咀嚼，再喂进姑娘嘴里。不一会儿姑娘就慢慢苏醒了。姑娘的父母感恩戴德，非要把姑娘嫁给他，杜光庭只好推托说：“我很穷，等我赚了钱再来娶你女儿吧。”

从此以后，杜光庭就开始研究医药。给富人看病他要点钱，给穷人家看病他分文不要。于是，杜光庭的名声，无人不知无人不晓。

杜光庭回乡 / 杨苏兰

唐末，缙云历山脚有一姓杜人家，这家的顶梁柱就叫杜光庭。

杜光庭从小喜读经文，爱好武功，有一身好本领。唐懿宗时，考进士未中，后到天台山入道。僖宗时，授麟德殿文章应制，后随僖宗入蜀，官至户部侍郎，晚年辞官隐居四川青城山。杜光庭一生著作颇多，有《广成集》《洞天福地岳渎名山记》《青城山记》《西湖古迹事实》等，一部《虬髯客传》开创了中国武侠小说的先河。

缙云民间相传，由于杜光庭名气越来越大，在文武百官的推荐下，皇帝召见了杜光庭。见他性简而气清，量宽而识远，皇帝就说：“你有一身好本领，现在我封你为杜天师，与我商议国事，保护大唐江山。”

从此杜光庭就住在京城，为皇帝排忧解难。不知不觉过了几十个年头，杜光庭官也越封越大，但时间一长，便开始怀念家乡。有一天他对皇帝说：“我不想做官，京城没有家乡好，我要回去了。”皇帝劝了几次，见他坚持回乡就觉得奇怪，便说：“你家虽好，哪比得上京城繁华？”

一句话使杜光庭想起了破旧的家：三间茅屋，竹片夹起的围墙，冬天一到，屋顶盖上一层白雪。他笑道：“屋有千根柱头落地，大门三四个，小门无尽数，九箭牌楼好乾坤，一层银瓦，亮光闪闪。”皇帝一听，忙问：“那你家里宝贝不少呢？”

杜光庭想：我家茅屋四面通风，没有灯油，借月光干活，猪冻得弹琴一样颤抖，狗冷得像把锯子，连老鼠都急得吱吱叫，还有什么宝贝？但他诙谐地回答：“是呀，风扫地，月点灯，猪弹琴，狗拉弓，老鼠半夜读五经。”

皇帝又问：“你家睡什么，吃什么，有多少人？哪来的粮食？”

杜光庭住山脚下，吃水溪里挑，一年四季睡竹篾床，成年累月吃杂粮蔬菜，可他故意对皇帝说：“日吃江边水，晚睡竹牙床，吃的金镀饭，配的银镀菜。”杜光庭想起可怜的老娘，70岁还要帮妻子挑水煮饭，勤劳的老爹80岁还上山捡柴干活，全靠几只鸭下蛋换油盐，但他吹嘘道：“我家七十人挑水，八十人砍柴，三只小船买油盐菜。”

杜光庭是穷开心，皇帝却信以为真，就赐白马一匹，让杜光庭回家，并叫他回家好好看望爹娘后，再回京城。

杜光庭骑着白马回缙云县后，往历山脚村的路上要经过一条溪，因溪宽没有桥，他骑马涉水而过后，就把白马留在溪边，专渡来往行人，人们为了纪念杜光庭和白马，就把这个渡口叫作“马渡”，也就是现在的马渡村。后来马死了，人们就把死去的白马葬在历山脚村下，并建了一座白马殿，又在历山半山腰，建了一座杜天师府，也就是现在的骑龙宫。

缙云半个状元 / 谢世文

宋代，詹山下村一个十岁叫詹骙的细尕，父母突然暴病双亡，只能靠邻居、氏族救济。

几个月后，一个叫百兴的财主碰到詹骙，就叫他住在自己家里，给他饭吃，詹骙则给他驭牛。詹骙就这样住到百兴家，给他喂牛了。詹骙虽然只有十虚岁，也懂得特别听百兴伯、百兴伯娘的话。每天早早起来给百兴伯踏床上的尿壶提到粪缸倒掉，接着又到镬灶下帮助百兴伯娘烧火。再加上詹骙聪颖、敏捷，嘴巴又能聊，得到百兴公婆两个的喜爱。

一年深秋，詹骙把大水牛赶到上交岭山岙田，自己拿着钩刀学着割草。一不小心，手指被钩刀割破了，他就捏着流血的食指到凉亭歇一下。一进凉亭，他就看到凉亭的长条凳上有个黑袋，不知装着什么。他打开一看，原来里面装着白花花的银锭。

詹骙想，这个失主肯定很急，会回来寻找的，他就把那袋银锭藏在旁边，自己边驭牛边等待。等到天快黑时，失主果然回来寻找了，詹睽就拿出黑袋交还给他。

失主拿回银子后感激不尽，说：“孩子，我叫刘施舍，今天在永康进宿店时才发现银两遗失，马上一路跑回缙云寻找，万幸被你拾到。附近没歇店，我先回到县城城隍山脚住宿，待明天上午我再来感谢你与你父母！”

詹骙边赶牛边说：“不要谢，太晚了，你快去歇夜吧。”

詹骙回家正拿碗盛饭时，百兴问他为什么这么晚回家？

詹骙老老实实把今天捡到银锭的事告诉他。

百兴听了，马上唬着脸皮大骂：“你吃我饭，穿我衣，住我屋，捡着银子也是我的。你不交我手就归还别人，我家再轮不着你住，我的饭也轮不到你吃。你把身上的衣裤脱下来还给我，马上走！”

詹骙被百兴骂得泪流满面，但他没哭一声，穿好自己母亲生前给他千补百衲的衣裤就回到了自家破屋。

詹骙想，那位叫刘施舍的失主今晚住在城隍山脚，能否去找他寻点事干，谋生度日呢？于是他就趁黑夜找到县城的城隍山脚，但是那里有便民宿店、利民宿店、民众宿店，还有许多叫不出名的宿店，该到那间宿店去找呢？

正在走投无路，恰好看见刘施舍从便民宿店走出，没等詹骙开口，他一眼就认出这位拾金不昧的好孩子，马上就牵着孩子的手问：“你怎么原来衣裤不穿，要穿这套百衲衣？”

詹骙含泪向刘施舍道出身世及被赶出来的经过。

刘施舍听了詹骙的话，马上就问：“詹骙，你无父无母，又没有六亲九眷，给我做儿子好吗？”

詹骙回答说：“我配不上做你儿子，只要有饭吃，有衣穿，什么事都会干。我给你做长工吧！”。

“我是问你愿不愿意给我做儿子？”

“你若真的不嫌弃我，我一千个、一万个愿意。”

“那就叫爹爹吧！”

詹骙聪颖伶俐的嘴巴大声亲切地叫着：“爹爹！”

刘施舍说："孩子，快跟我到饭店吃饭！"

于是刘施舍牵着刚刚认来的儿子给便民宿店老板介绍说："这是我儿子，从今晚开始交托你带几天。这几锭银托你明天到布店买布，请裁缝做套合身的衣裤给我儿子穿，待我回来再把他带回温州去。"

半个月后，刘施舍从杭州回来，便民宿店老板大声对他说："施舍兄，你这个儿子真聪明，真能干。每天他帮我洒水扫地，擦桌椅，你带回家可以少雇一个伙计了。"

"我带回家，要培养他读书，不会把他当伙计。"

刘施舍把詹骙带回温州后，马上送他到私塾读书。刘家原有两个孩子，一个比詹骙大两岁，一个小两岁。根据先生所说，兄弟三人詹骙学习最好，最认真，将来到京中举大有希望。

刘施舍听到先生的话，就把詹骙当作掌上明珠一样爱惜。詹骙很懂事，不但平时很节约，就是学习的油灯、纸张也不浪费。

一次詹骙点一根灯芯看书，刘施舍看到后马上说："孩子，只要你努力读书，清油、蜡烛尽你点。纸张、笔墨尽你写。光线太暗影响眼睛不合算。记住，油灯点亮一点才能看书。"

经过十年寒窗，20岁的詹骙赴京赶考，中了头名状元。

詹骙自从10岁那年被百兴赶出家门，穿着百衲衣深夜出走，村里人就不知他的去向，都以为他早已死在外地了。这次詹骙中了状元，带着大批随从回缙云，到城隍山脚感谢便民宿店老板。第二天一早，又打着四面大锣回詹山村跪拜祖宗及父母之灵位，詹山村民才知道詹骙中了状元，回来光宗耀祖。后来，他还在上交岭凉亭以下五丈之地，建了一个骑路牌坊，牌坊上刻着"状元岭"三个大字。从此上交岭就称为状元岭了。

詹骙回温州后，养父问他："孩子，你在缙云跪拜了祖宗和父母神位。现在你做了官，我是普通百姓。我有一事与你商量，不知你同意否？"

詹骙说："爹爹，你与母亲的养育之恩孩儿永记在心。在外面我算个小官，在家里永远是你的孩子，有事你只管开口。"

"那就恕我直言吧，你十岁那年为我银锭事，被百兴赶出，在城隍山脚你叫我爹爹。我想在不影响你光宗耀祖的前提下，在你名字前加个刘字，意为你既是詹家的儿子，又是刘家的儿子。”

“爹爹，我非常愿意！”

爹爹牵着詹骙到刘姓祠堂跪拜了祖宗，改名叫“刘詹骙”。

从此，“詹骙”在缙云是半个状元，“刘詹骙”在温州也是半个状元。这个传说从宋朝一直传到现在。

如今，状元岭上原有凉亭的六个方形石柱，尚存五个。骑路牌坊在“文化大革命”中被红卫兵毁于一旦，已经荡然无存。

前宅铁膀太公 / 卢思忠

小时候听大人讲，前宅有个很厉害的铁膀太公，不仅身体魁梧而且力大无穷，智勇双全，家财万贯，为人仗义，是个令人肃然起敬的大财主。有关他的传闻众说纷纭，怀着对铁膀太公的深切敬意，我特意走进卢兆进的家，请这位老前辈讲述有关铁膀太公的故事。

吓跑水鬼

好溪上游有个清广潭，这里水深鱼肥，是人们捉鱼、游泳的好地方，可近几年这里成了谈虎色变的无人禁区，只见人下水，不见上岸人，天热牛下水，带伤牛逃命，粗大的牛脚全是一片清瘀红肿，心有余悸的人们一致认定这里发生的一切全是清广潭水鬼所为。千百年来，深水中有水鬼是人们固有共识，并认定水鬼只有将人溺死，自己方可转世投胎为人。因此，偶尔有人溺水而亡都归咎水鬼的作孽。

在一个阴暗的雨天里，清广潭三水鬼正在商讨如何能尽快投胎转世，怎奈苦无良机抓人下水，不把别人弄死自己怎能转世投胎？无计可施的三水鬼心急如焚，随时关注清水潭的动静，准备一有可乘之机就全力以赴。

上阁有个小伙子去壶镇赶集归来，因途中泥泞不堪，他把沾满泥的鞋子脱下来在清广潭边洗，殊不料伺机而动的三水鬼不费吹灰之力将上阁人捺入水中。三水鬼既高兴又犯愁，高兴的是今天总算找到替死鬼，犯愁的是美中不足，替死者仅有一人，想转世投胎的水鬼却有三个，僧多粥少该如何处置？一水鬼突然想到一个最公平的撮阄办法，它们正准备做阄，突然听到犹如地震般的脚步声由远而至。三水鬼一听就知道，这是前宅铁膀太公的脚步声！

“快跑，前宅七五大王来了。”（铁膀太公在七兄弟中排行第五）水鬼立即放开小伙子逃命去了。上阁人感激铁膀太公的救命之恩，回家后携重礼前来答谢七五大王。

南弄山捉虎

400多年前，壶镇南弄大山里有一只大老虎，曾连吃三人，基于虎害猖獗，南弄大山成为人们谈虎色变的无人山。如何尽快铲除虎害，保卫一方平安成为南弄人刻不容缓的当务之急。南弄人紧急磋商后派人下山来到前宅村，希望仰仗铁膀太公的神勇铲除虎害。铁膀太公闻言后没有任何推却，他拍案而起：“小毛虫你的死期已到！”并答应三天后上山除害。

铁膀太公为什么答应上山抓虎又要等到第三天呢？原来，足智多谋的铁膀太公要打一把抓虎的铁伞，意图生擒猛虎。三天后，铁膀太公在南弄人的指引下上山觅虎。果然冤家路窄，铁膀太公刚刚进山不久，很快就看到那只趴在山崖上饥肠辘辘的大猫，只听“嗷”的一声老虎从山崖上猛扑下来。

此刻的铁膀太公沉着淡定，胸有成竹，他熟知老虎吃人的路数，以不变应万变，当老虎张开血盆大嘴扑下来时，他以迅雷不及掩耳之势将伸展自如的大铁伞塞进虎口，锋利无比的伞齿将虎口撑开，痛得它吐不出吞不下，满地打滚的老虎最终被铁膀太公不费吹灰之力牵下山来。

南弄村万人空巷，欢迎抓虎英雄凯旋。行至宫前村，力乏气喘的老虎痛得无法再走，铁膀太公一时性起，随手拔起一根大树，用手代刀捋光树枝，将老虎和铁伞往树干上一放，就轻松背回家来，实乃武松第二也！

铁膀太公之死

400多年前开通的金丝堰，前宅铁膀太公功不可没。作为金丝堰的发起人和开拓者，铁膀太公对农业水利灌溉有超前意识，他清楚地意识没有水源作后盾，靠天吃饭的现状是不行的。特别是对他而言，自己田地400亩全是靠天田，倘若碰上大旱年就是绝收。为了改变现状，他决心开凿金丝堰，怎奈小岩门好溪引水处正是姓潜村，而姓潜人与铁膀太公分庭抗礼，拒不合作。双方官司打了四年，铁膀太公为打官司而变卖了300亩良田，一直打到京城，最终胜诉并开通金丝堰。

姓潜人官司败诉后，迁徙过溪下潜。由于积冤太深，双方约定在下潜村大会战，以决雌雄。这一天，铁膀太公吩咐族人经石龙头桥直达下潜，自己自恃武功了得，决定飞过好溪，与前来下潜的族人一起，给下潜人致命一击。怎奈谋事在人，成事在天，铁膀太公因低估了对方的实力，未等自己族人到达目的地，便两手各夹一个团箕，从大岭头腾空飞起，越过好溪向下潜飞去，决心一战定乾坤。

下潜人早已精心准备这次大会战，他们最惮忌的就是会飞的铁膀太公，于是用擒贼先擒王的策略，集中精力对付铁膀太公。在前宅人还远远尚未赶到，轻敌的铁膀太公已飞到了下潜。他刚刚落地，一帮身强力壮的下潜人后生一拥而上，对准铁膀太公就刀枪棍棒齐下，他最后死于非命。

一场生死大战就这样因为铁膀太公之死而烟消云散，武功了得的铁膀太公终因自己的急躁而付出了生命的代价。

琴溪三脉井 / 朱文风

如果你来到金竹村，不妨去看看琴溪一眼三脉井。

三脉井坐落在原金二与金四两村之间石桥畔的溪崖中。说井又不像井，井没三尺深；说大也不大，直径不足两尺；但它却是一眼炎炎盛夏也不会枯涸的神井。

相传，从前金竹村有很多人做官，有县官府官，还有京里官。所以金竹居家的妇女也多，她们男人在外做官，生活也就特别悠闲，当然也特别寂寞。一天，琴溪边的大路上，来了一位客商。他挑了一担东西沿溪往上走，嘴上叫卖声声："卖箬帽卖蓑衣啰！"妇女们听到叫卖声，出来看了，见是如此粗货，有的就接嘴了："我呢村里，没人要箬帽蓑衣，想要的是草帽凉伞！"这客商一听，就说："这就奇怪了，种田人乍的不用箬帽蓑衣，倒用着草帽凉伞？"当时金竹村的妇女，许多是官夫人，丈夫不在家，没啥家事可做，闲得慌。如今见有个人来可以搭话，自然不放过闲聊机会。有人就问客商有没有草帽？有人问有没有漂亮的凉伞？这客商本是来者有意，他故意说："你们又不是官夫人，看起来倒好像蛮有钱！"这一激将，倒真让几位官夫人有点不服，有位嘴快的，就把某某与某某的男人，都是在外头做官的事抖了出来。最后说者还嘴一撇说，有的还是京官呢！那客商一听，摇摇头说，哪有这样多的官。这一反问，把那些闲得发闷的夫人们惹恼了，没多少时间，把金竹村在外做官的人全数说了出来。那客商见是真的，倒坐在桥头的一个桅杆墩旁，与这些夫人们慢慢聊了起来。他问：你们男人长年在外，也经常回来看看你们吧？有的夫人叹息说："别说看，连个影都见不着。"那客商听了也十分同情。不禁问："那你们也想男人回来吧？"夫人们相互一看，有人不禁说："谁敢担保自己的官人在外不娶三妻四妾呢？当然想他们回来啰！"这客商一听，拍了一下手头的箬帽说："你们如果真想自己的官人回家探望，我倒有个办法！"大家见这人说有办法，一个个睁大了双眼问："你果真有办法？"客商说："我

三脉井

一个生意人，全凭诚信食饭，我还会骗你们！”大家说：你说不骗，你倒讲讲看，有啥办法？那客商一双骨碌碌的小眼，往四周望了一下，见石桥边有一株高大的乌桕树，树旁长了一根碗口粗的木莲藤。那木莲藤藤蔓粗，大藤小藤纠结在一起，竟一摇一摇伸过溪对岸，又牢牢缠在一块山崖上，简直成了一座桥。开始是小孩子们在藤蔓上爬着玩，后来竟真的成了溪两边人们过往的桥。那客商拿着手上的箬帽，轻轻地扇着。他走东走西，最后指了指这已成了桥的藤蔓说：“就是这东西作怪！只要将这被人踩的木莲藤砍断，你们的官人就会回家探亲。”这些夫人中也有十分精明的，她嘻地笑了，说：“你骗人！哪有这样的道理？”客商说：“信不信由你。让我说，凭你们几位女人的手，就是想砍断这木莲藤都难！”说砍藤难，倒勾起了妇女们的好胜心。她们力气没有，可家中的铜钱银子不缺。有铜钱还雇不到砍藤的人吗？她们一商量，准备叫人来砍，试试这客商的话灵不灵。如果真灵验，让自己的官人回来探望一下，不是蛮好！于是，她们雇了位大汉，用一把锋利的大斧，对着粗粗的木莲藤，真的猛砍了起来。说来奇怪，当大汉的斧头一斧斧砍下去时，裂开的口子竟渗出红红的液汁，就像血一样。砍呀砍，藤是那么粗，才砍了一大半，天就黑了。掉在溪坑里的木屑红红的，淌在溪坑里的汁液红红的，甚至连溪坑里的水，也红红的像血。更让人奇怪的是，头一天砍不断，想第二天接着砍，谁料到了第二天，那用斧头砍过的刀痕又愈合了，像没砍过一样。妇女们感到奇怪，她们想：也许这位客商的话有点灵，于是第二天又雇人再砍。结果第二天砍了一天，仍然砍不断。那木莲藤的木屑与汁液，也一样红红的，像流了一溪坑的血。这砍藤的事惊动了整个村庄，有人说这藤流淌的是血，这藤不能砍。也有的说，这老藤是变妖了，非砍掉不可。到了第三天，那位客商又来了。他见这藤果真像他说的砍不断，也感到有点奇怪。他心中暗暗想：“说风水，倒还真有风水！”他扮作客商来，为的就是要破金竹人的风水。他对着金竹村的夫人们，仍故意说着风凉话。他说：“当初我讲你们砍不断，你们还不信。这下相信了吧！”夫人们当然不知道客商别有用心，还认为这位客商的讲话，果真有点不平凡。见他再来，慌忙请教他：“那你说说，究竟用什么办法能把这木莲藤砍断呢！”那人想了一下说，办法是有，只是要杀生了。妇女们问杀什么？那人才说，要杀一只白狗，只要在斧头砍过的地方，滴几滴白狗血就好了，不过一直要滴到砍断为止。妇女们说："这还不简单！"她们果真凑银子买了只白狗杀了，一边砍木莲藤，一边滴着白狗血。白天砍不断，黑夜接着砍。这样砍呀砍，红红的木屑撒了一溪坑，红红的血一样的树汁也流淌了一溪坑。木莲藤终于砍断了，一件大事总算办成了。事后，女人们还设宴请了那客商。她们心中期盼着，盼望自己的官人早日回家探亲。宴席上，那位客商悄悄对妇女们说："还有一件事，我必须告诉你们，就是你们的官人回来，当然是抬了轿子来。你瞧瞧，这路边的山崖这么陡，轿夫肩上抬着重重的轿，这样高的石头，跨得上吗？所以我说，这块巨石，还要开出几步石级。"女人们相信这客商了，也就依他说的，果真在屋边那块必经的巨石上，开出了三四步石级。天真的夫人们，自然不知道这大岩石是块官石，凿了官石就是破了风水。

木莲藤砍断了，石级也开出来了，夫人们天真地盼望着：在京的官人，何时能回来呢？据说，当时那客商还安慰她们说："你们耐心等等，不出一个月，官人一定会回来！"据说一个多月后，在京做官的官人，果然一个个回来了，不过不是荣归故里，而是被奸人陷害，罢官的罢官，免职的免职。

直到此时，人们才明白，她们是被人暗算了。后来知道：原来这客商实际是江西的风水先生扮的。因为他们的上代被浙江的或是朱姓的官员法办了，于心不甘，后人就故意学了风水，游荡到浙江来暗算人。不光是金竹，就是附近的宫前，也被江西来的风水先生骗了，打断了官财坑，破了风水。

再说金竹，从前砍断木莲藤的地方，下边的溪坑被滴下的汁液滴出一个洞。这洞不深也不浅，常涌出一股水。即使是大旱时年，也不干涸。开始时，那水还是血红色的，后来长远了，才慢慢变清。只要你仔细瞧瞧，那井壁的周边上，还可看见三根麻线样的细纹，就像人的三根血管脉。所以这井后人才称它为"三脉井"。

天来仓，地来油 / 赵延策

家中的小孩如果偷懒，好逸，壶镇一带很多父母便会埋怨说："是天来仓？地来油？"意思是做人必须勤快，用现在时髦的话，便是天上不会掉下馅饼来。

所谓的"天来仓，地来油"说的是什么呢？

父老相传，有个智威和尚想寻一方风水宝地弘扬佛法。一日，他出了国清寺，举起手中禅杖说："这禅杖落在哪，便在那建道场。"他举起禅杖一甩，禅杖飘来飘去，最后落在了石龙头山，和尚给起了个名"法华山"（就是现在壶镇惠明寺一带）。那禅杖落地之后，附近出了二个低凹的小孔。其中一个涌出了米、一个涌出了油。

别看涌出的米不多，却是个粮仓。粮仓看上去，没多少米，烧饭和尚每日傍晚烧夜饭时，总是把粮仓内的米一扫而光才够吃。可是第二天一早，烧饭和尚打开粮仓，仍然有不少米，烧起饭来依旧人人能吃饱。如果寺院做佛事，做道场，来了若干善男信女，打开粮仓，里面又有很多米，烧起饭，男女信众个个还是可以吃个饱。

那涌油的小孔，从中一滴滴地流着，清香扑鼻，味道醇正，胜过茶油。寺院食用油不多也不少，仅够寺院僧众平日需要。

又过了不知多少年月，道场越做越大，佛法弘扬四方，善男信女络绎不绝。一个和尚说："把那个小泉孔挖大一点，流出的油不是更多吗？"众和尚觉得在理，便拿了锄头去挖。谁知第二天，那泉孔却干枯得一滴油也没有啦。粮仓的米也没有啦。有人戏说：

天高不算高，人心真是高。

粮仓地来油，厌少不厌多。

清水变酒传说 / 陈子立

缙云山水天下秀，除了东乡九练溪边的仙都之外，南乡南港溪边还有个小仙都。小仙都的主要风景就在堰头、盖竹两村之间。民谣曰：盖竹堰头好乡村，方岩石笋生两边。其实除了盖竹、堰头这两个村之外，古代小仙都石笋脚下还有个相当兴隆的村庄叫岩桥湾。在大宋某年，这个数百人口的村庄，被一夜大水冲为白地。在对岸盖竹村的崇道寺里，至今还有一块古碑记载着这件事。

为何当年岩桥湾被大水冲为白地，而对岸的盖竹却安然无恙呢?

话说唐天宝年间，皇帝敕封了仙都山，建了黄帝祠宇，周围三百里禁止渔猎樵采，每年度道士七人。之后数百年间，缙云道教盛行，有许多高道神仙往来仙都、小仙都之间。这些神仙有个怪脾气，常喜欢装扮成破衣烂衫、烂头烂脚的乞丐模样，到凡间来试探人心。

一日，有个烂脚神仙来到小仙都岩桥湾的一户人家讨水喝，主家母看是个脏兮兮的烂脚筒站在门口，不仅不给他水喝，还说他烂希臭，苍蝇嘀嘟声，把门一关，叫他赶快走。这烂脚神仙便过了丁步，到溪对面盖竹村的一个大道坛讨水喝。这个道坛的主家母刚好在打酒，便顺手倒了一碗酒给他喝。喝完，又要讨半碗酒揩烂脚，主家母又给了他半碗。说肚饥了，又给他饭吃。又说要在这里过夜，便拔了几把稻草让他睡在阊门间。

晚上，落大雨，发大水。烂脚仙便把他的破碗扔到道坛中间的天公下。原来这个破碗是条仙船，水涨高一点，村庄便随着破碗浮高一点，大水始终满不过阶沿石。第二天对面的岩桥湾被大水冲为白地，而盖竹村却安然无恙，连道坛中间的水井都还是清的。大家暗自庆幸，却不知道神仙在帮他们。

早饭，主家母又盛一碗粥，夹一箸咸生菜给烂脚筒吃。烂脚筒从讨饭袋里摸出三粒米扔在她的水井里，说以后你们全村人都不用做酒了，这口井里打上来就是上好的酒，够你们全村人喝。说完，烂脚筒走出阊门外就不见了。

过了若干年，这个大道坛的主家母过世了，由她的媳妇当家。从此，井里的酒也不给全村人喝了，而叫他的老公挑到外村去卖。一日，那个烂脚仙又来到了这个大道坛，问这位新主家母：井里的酒可好，卖得可好？主家母说，酒是好，卖得也好，可惜就是没酒糟啦。

烂脚仙长叹一声说：“清水变美酒，还嫌没酒糟。真是人心无底啊！”说完，就把井里的三粒米收了回去。

从此，大道坛井里的水仍旧是清水，可是盖竹村也从没闹过水灾，每次发大水，水都不会满过阶沿石。

雁门山的传说 ／赵延策

很久以前，有两位神仙准备一起修炼辟谷，于是就去寻找修炼场所，寻了很长时间和很多地方，都不能如愿。

两个神仙认为，如此寻找速度太慢，就商议分头寻找。结果神仙甲相中了缙云的雁门山，神仙乙相中了永康的方岩山。由于双方都很自负，都认为自己选的地方最理想，因此各不相让。最后，双方商定，分别到两座山上去建造修炼场所，先完成者以鸣炮为号，那个地方就是修炼场所。

相中了缙云雁门山的神仙早已胸有成竹，在哪里凿洞，在哪里设床，在哪里植松柏，在哪里养仙鹤，一一营造停当。他又从洋蜥滩溪中背了三块大岩，堆放山巅，形如三尊勇士，作为护山之神。

他似乎觉得还少了点什么，又顺好溪而上，从“月底沉江”中挖了块巨石，准备背到雁门山顶，当作标志性景观。这块巨石，真是有点沉，他运足神力，一路行来，终于到了雁门山脚。正当他准备背石上山，忽然从西北方传来了“轰隆隆”一声巨响。其实，方岩那神仙歪门邪道多，工程只做了一半就鸣起了炮！

但神仙甲不清楚，真以为自己功亏一篑，对方比自己建得快。于是他垂头丧气地将这巨石轻轻放在好溪边。直到如今，这巨石依然依偎在雁门山脚好溪边，人称仙背岩。

截脉岭的传说 / 麻正政

层峦叠嶂的马鞍山有一条山垅蜿蜒而下，直插石壁潭，活像个龙头正在喝水。可惜龙颈已被一条上阔下窄的深壑截断，中间还夹着一块石头，这就是仙都风景名胜区中的“截脉岭”景点。

相传在很古很古的时候，玉皇大帝派赤脚大仙巡视凡间，除暴安良。大仙手持仙帚，脚驾彩云，云游天下。一日来到仙都上空，见一个小村庄有祥云朵朵，瑞气腾腾。特别是村中那座四合院，后有苍龙入水，前有旌旗林立。大仙惊叹曰：“真乃帝王气象也！”于是按落云头，口中说声“变”，鹤发童颜的老神仙顿时变成一个满脸污垢、衣衫褴褛的臭乞丐，前去看个究竟。

乞丐一手端着破碗，一手拄着拐杖，一瘸一拐向四合院走去。正待敲东门，恰好一个少妇挎只花篮开出门来。乞丐说：“好嫂子，我已两天没吃饭了，给点剩饭吧。”“哼，臭乞丐，败我采花雅兴，还想讨饭吃？”“那给碗粥汤也行啊。”“粥汤也轮不到你吃，快滚远些。”少妇“叭”的一声关上了大门。

大仙又转到西门，见大门紧闭，他拍着门，只听“吱”的一声，一位30多岁的男子开了门，乞丐忙说：“这位大哥，我快饿死了，行行善给点吃的吧。”男子冷冰冰地说：“你饿死与我何干，快滚开！”“那，给碗水喝吧，求求你了。”男子指指屋边的垃圾沟说：“沟里有水，去喝吧！”说着，一掌把大仙推下台阶，门也关上了。

乞丐爬起身来，又一瘸一拐走到四合院南门。只见墙面砖雕精美，门前石狮威立，好不气派。这时乞丐眼睛一亮，见石狮旁有块西瓜皮，急忙捡起，津津有味地啃了起来。突然院中狗吠声声，红漆大门开启，出来一个穿戴齐整的矮胖子。当他看见一个乞丐正在门前啃西瓜皮，张口就骂：“老不死，你敢偷本老爷的西瓜，找死啊！”“老爷啊，我是在地上捡块西瓜皮啃啊，您就让我吃吧！”“给你吃？这要问问我的狗肯不肯呢！”说着，放开拴狗的绳子喊一声“上”，狗仗人势，一下子扑到乞丐身上，狂叫乱咬起来。大仙被咬得遍体鳞伤，大喊救命。村中百姓闻声出来，谁也不敢施救，乞丐被狗咬得奄奄一息。

大仙的心伤透了，他想：“这户人家如此骄横无德，如果真出来个帝王，百姓还能过日子？”越想越气，就驾起祥云飘到龙颈上空，随手变出一根扁担，愤恨地向龙颈砍去。“轰隆隆……”一声巨响，天昏地暗，地动山摇，霎时龙头就被截断，龙血染红了好溪。

村里人都惊恐不已，抬头却见那个乞丐站立云端，才明白是神仙下凡，急忙拜倒在地。大仙说：“你们都起来吧！求神求佛，不如行善积德，善有善报，恶有恶报啊！”说着，仙帚一挥，驾起五彩祥云，徐徐离去。龙脉被大仙截断后，恶霸家中很快败落，留下一个孙子也行乞外地，不知所终。

就这样，仙都少出了一个帝王，在人们心中却多了一份善良。

罗隐岩的传说 / 潘云川

在偏远的大洋镇南溪村，流传着罗隐的传说。

从南溪出发，到大小坪，再走古道到祭鸟岭，就会发现路边矗立着一块巨岩，当地人叫罗隐岩。如果有人走到那块岩石附近，随便发出什么声音，那块岩石中也会回应什么声音！

这罗隐岩到底有什么秘密？当地流传着这么一个有趣的故事！

神仙转世

相传，在很久很久以前，玉皇大帝指派一个叫罗隐的神仙下凡投胎，等他20岁时，再去做皇帝治理国家。

罗隐投胎到凡间后，由于命太硬，五岁时就克死了爹，八岁时又克死了娘，是唯一的亲人哥哥把他抚养长大的。

罗隐长到15岁，他哥哥娶了媳妇就与他分了家，不但分给他房子、田地，还有大片的山林，让他凭自己的努力谋生。

玉皇大帝派罗隐在人间出世后，就派了一个神仙暗暗帮助他。于是罗隐从小到大，福大命大，掉下悬崖摔不死，掉进河流淹不死！

罗隐快到20岁时，离他要做皇帝的日子为期不远了。于是，玉皇大帝就派神仙暗中替他修炼龙骨龙体。不但赐给他做皇帝的龙身，而且还赐给他说什么就能立地成真的“皇帝圣旨口”。

脱胎换骨

这一天，玉皇大帝闲着无事，就想知道罗隐在人间的一些近况。他派刚刚参加王母娘娘蟠桃宴，已经醉得东倒西歪的千里眼和顺风耳，站在云端里查看罗隐，是否能胜任人间帝王？

罗隐此时刚刚从菜地里割了苋菜，把它洗干净后放在锅里煮，准备煮熟后晒成干菜，留着以后食用。

罗隐把煮熟苋菜捞出来后，那一大锅鲜红的苋菜汤已经没有用了，于是他就把苋菜汤拿到门前倒掉了。倒苋菜汤时，他还自言自语地说：“这么鲜红的好东西，白白倒掉实在太可惜！”

谁知眼前的这一幕正好被云端里的千里眼看见，被顺风耳听到了。两个醉得东倒西歪的醉鬼连忙向玉皇大帝禀报。

千里眼打着酒嗝对玉帝说：“我看见罗隐倒掉一桶鲜红的东西，他家里没有猪牛羊，我怀疑那是人的鲜血，罗隐可能杀人了！”

顺风耳也喷着酒气对玉帝说："我刚才听到罗隐在说，这么鲜红的好东西，白白倒掉太可惜，我也怀疑他倒掉的是人的血！"

玉皇大帝听了不大相信，就派千里眼、顺风耳继续查看。

千里眼这次看到的是：罗隐灶台上的铁锅里，正在煮着两个圆溜溜的东西，在沸水中那东西上下翻滚，像人的骷髅头！而顺风耳听到的是：罗隐对他的邻居说："等会儿我把它煮熟了，送你半个！"

其实，罗隐锅里的东西，是两个已经老透准备用来制作水瓢的葫芦。他把葫芦分成两半后，掏空瓜瓤瓜子，放在沸水里煮，消除异味。

接着，千里眼看到罗隐把瓜瓤和籽，扔到门口的垃圾堆上。

千里眼和顺风耳又赶紧跑去向玉皇大帝禀报。

千里眼说："我看见罗隐在锅里煮两个骷髅头，想必是人肉已经食完了！另外，在他家门口的垃圾堆里，发现有很多人的牙齿！"顺风耳则说："罗隐说要把人头煮熟后分给邻居半个！"

玉皇大帝一听，勃然大怒，他想："这还了得？自己亲手选拔的神仙一到人间竟然会变得如此残忍？这样的凶残之徒，将来要是当了皇帝，人间岂不生灵涂炭？"

玉皇大帝立即下令，让雷公电母废掉罗隐的龙骨龙体，让他脱胎换骨后去当乞丐，免得他在人间祸害百姓。

雷公电母接到玉皇大帝的指令后，腾云驾雾来到罗隐家上方的云端中，手拿法器双手一挥，"轰"的一声，往罗隐家厨房劈去。罗隐家的灶台被劈成两半，轰然倒塌。所幸的是：罗隐没在厨房而在卧室。

紧接着，雷公电母第二次双手一挥，"轰"的一声又往罗隐家劈去，这回卧室轰然倒塌，花床劈成两半。所幸的是：罗隐滚落下床，又逃过一劫。

雷公电母眼见两次失败，就降低高度，准备再次攻击！

这时，裸露在卧室废墟中的罗隐，终于发现雷公电母完全是冲自己而来的。他再也没地方躲了，情急之下他提起一只粪桶，准备扣在自己头上。可是，那粪桶里的污物太满，一下子提不起来，心急如焚的罗隐一张嘴，就用嘴咬着粪桶边沿，企图再次往上举。

就在这时，雷公电母第三次双手一挥，"轰"的一声，往罗隐身上劈去，一下子就把罗隐劈得像一团黑炭，昏死过去了。

罗隐醒来后，发现自己并没有死。而他根本不知道，自己已经被玉皇大帝剔除了龙骨龙体，替换了乞丐的身。

由于罗隐咬着粪桶，雷公电母怕自己的法器受到污染，竟然没有把他嘴巴的龙骨剔除，罗隐就这样成了皇帝圣旨口、乞丐的身子骨。

从此，罗隐无论说的是好话还是坏话，一说就灵！

惹恼亲人

罗隐虽然保住了小命，可他已经成了一个半疯半癫、半清醒半糊涂的人。家里在一天之内遭受了三次雷击，村里人纷纷都说："罗隐一定是做了亏心事，触犯了天条，因此雷公电母来修理他！"他们只要一见到罗隐，就像避瘟神一样纷纷避之不及。

后来，他哥哥和嫂子看他可怜，再次把他接回家里，供他吃住。

一天早上，哥哥一大早就下地了，刚刚吃完早饭的罗隐忽然发现自己衣裳上的袖口开裂了，就想叫嫂子替他缝补一下。

嫂子正在卧室里梳妆打扮，听到罗隐的请求后回答说："你等一下，等我把头梳好再来帮你缝衣裳。"

罗隐急着出去溜达，就催促："你快点行不行呀？我要出去呢！"

嫂子听了非常生气。她回答："你着什么急呀！难道你让我披头散发替你缝补衣裳吗？再说，反正你又不上山下地干活！"

罗隐生气了，他口不择言地说："你别梳了！再梳只会越梳越乱！"

罗隐话声刚落，嫂子的头发果然越梳越乱！

嫂子没办法，只好把头发一圈圈绕起来，在后脑打成个大发结。

传说从前已婚妇女做的发髻，就是从这时开始的！

后来，哥哥和嫂子害怕罗隐的"皇帝圣旨口"会给自己带来灾难，就把罗隐赶出了家门。从此，罗隐就成了四海为家的流浪汉。

赐福南溪

若干年后，罗隐流浪到缙云偏僻的小山村——南溪。

他发现这里山清水秀，鸟语花香，不但风光非常的优美动人，而且风水非常的好，就像一个远离尘世喧嚣的世外桃源。罗隐被南溪迷住不走了，一天到晚，他除了一日三餐向村民要一些饭菜充饥外，哪里也不肯去，整天在村子的大街小巷、田间地头瞎逛。

一个外来流浪汉，在一个村子里长期逗留，村民自然讨厌他！

一天，罗隐来到小溪边，看见一位20来岁的姑娘在溪边洗衣服。那姑娘边洗衣服，一边不停地对着天空在叹气。爱管闲事的罗隐上前忙问："姑娘年纪轻轻，干嘛要唉声叹气？"那姑娘抬头一看，原来是人见人厌的乞丐。可她并没有讨厌他，就说："我在想我的家事，跟你说也没用！"罗隐说："你说出来听听嘛！也许我能帮助你喔！"那姑娘说："其他人我真不敢说，但跟你说说也没关系，至少你不会到处去宣扬，看我笑话！"

于是，那姑娘跟罗隐说出了埋在心底多年的心事。原来，那姑娘是家里的独生女，不但有父母双亲，而且还有爷爷奶奶。眼看她已经到了出嫁的年龄，上门求亲的人自然不少。可是这姑娘是个孝女，她认为自己一旦出嫁到外地，家里的两代老人就无法照顾了。所以她想找一个上门女婿，可以一直陪伴在父母亲身边，伺候老人。可是上门求亲的人很多，愿意入赘的年轻人却没几个，而且愿意上门的小伙不是人品不好，就是十分懒惰！

罗隐听完后，非常同情。于是就自言自语地说：

"南溪有个墩，孝女不出村！南溪有个墩，孝女不出村！"

他安慰那姑娘说："你放心吧。只要你懂得体贴丈夫，孝敬长辈，就一定会找到你喜欢的上门女婿。你看看：南溪风水这么好，是你们村口那个墩——白石山在赐福你！"

过了没多久，那个姑娘果然找到了一个称心如意的上门女婿。

从此，南溪村的姑娘都喜欢嫁给本村小伙，外地小伙也非常乐意到南溪做上门女婿。

"南溪有个墩，孝女不出村！"这句话，一直流传到现在！

诅咒南溪

一年秋天，正是稻谷收获季节，南溪村民正在自家田间忙碌着，人们割稻的割稻，晒谷的晒谷。还有些性急的村民，趁着天气晴朗，已经开始挑稻草了。

一条狭窄的田埂上，邋里邋遢无所事事的罗隐正在闲逛。这时，有个村民挑着一大担稻草迎面走过来，由于被稻草挡住了视线，他没看见迎面而来的罗隐，可是正在东张西望的罗隐却看见他了。

罗隐看看田岸的左边，是一米多高的烂泥田；再看看右边也是一块烂泥田。也就是说，如果不脱掉鞋子跳进右边的烂泥田，罗隐只能后退了。可是罗隐既没有往后退，也没有脱掉鞋子跳进水田，只是在田岸上一蹲，想让那个挑稻草的村民从他头顶上担过去。但那条又狭窄又泥泞的田埂，哪容得下两人交叉而过？更何况还有一担稻草？

结果没看见罗隐的挑稻草村民，继续大步流星地往前走，只听“通”的一声，罗隐就被撞到下面的水田里。而村民虽然发现了情况，但挑着稻草根本无法在田埂上停留，他便径自挑着稻草走了。

此时，被撞落烂泥田里、满身满脸都是泥的罗隐，虽然自己能爬出那块烂泥田，可他就是躺在烂泥田里不停地嚷嚷：

“稻秆蓬蓬，南溪穷穷！稻秆蓬蓬，南溪穷穷！”

这时，有个背着锄头的村民走过来，罗隐连忙声嘶力竭地大喊救命！那个村民发现烂泥田里的罗隐后，急忙走过来，当他看到罗隐满身是泥浆后，就拿着那把锄头把罗隐勾了上来。

罗隐被勾上来后，不但没有说声感谢，反而认为村民没有用双手拉他，是对他老大的不敬，竟然再次胡言乱语地念道：

“锄头柄长长，南溪半年粮！锄头柄长长，南溪半年粮！”

从此以后，南溪村真的就变得越来越穷，人们辛辛苦苦耕作一年出产的粮食，也只够全家吃半年！

长眠南溪

罗隐诅咒南溪的几句刻薄话被人们传开后，几乎得罪了全村人。于是，有些村民不但一日三餐不肯施舍给他，而且在路上相遇都纷纷责骂他，让他滚出这个小山村。

罗隐实在没辙了，只好走了。其实在他心里却非常舍不得离开这里，于是，他就到离南溪四五里一个叫“祭鸟岭”的石洞住下了。

没事的时候，罗隐走出洞外晒晒太阳；肚子饿了，去附近的十里八乡要饭或去山上找些野果充饥；口渴了，就去山涧喝几口山泉。

一天，一位外地木匠挑着工具，路过罗隐居住的那个石洞，准备进入石洞里歇歇气。他进洞前随手带了一把祖师爷传下来的铁尺。

罗隐见到木匠非常高兴，两个人就在山洞里天南地北地闲聊。忽然，罗隐说：“你今天还有机会和我聊天，下次你就再也没有机会了！”

木匠说：“你不是说要长期住在这里，怎么会没有机会呢？”

罗隐说：“如果这块石头压下来的话，便无解天尊（大难临头）了，我会被压在下面，而你会没事的！”

说来奇怪，罗隐的话声刚落。那块巨石真得“轰”的一声压了下来。慌乱之中，木匠操起身边那根一米来长的铁尺一支，小小的铁尺一瞬间就被巨石压成一个直角，并弹了出来。木匠侥幸地逃了出来，而罗隐的却被那块巨石压在里面。

逃出来的木匠看到巨石底部还有个空隙，就去砍了一根木头，准备撬动巨石营救罗隐。当木匠砍来一根树木伸到巨石底部，用力撬动时，只听罗隐在里面说：“你别再撬了，越撬这块石头越要压下来！”

罗隐话声刚落，那块巨石一下子就把他严严实实地压在下面了。

被压在巨石里的罗隐对木匠说：“你是不可能救我出去的，这是老天对我的惩罚，我要在这里世世代代，守护着南溪！你是个好人，感谢你救我的这份心，那条被石头压弯的铁尺，日后会给你带来无穷无尽财富的！”说完后，巨石底下的罗隐就再也没有声息了。

后来，那条被巨石压成90度角的铁尺，变成了木匠手中的角尺。

其实，罗隐并没有死。因为玉皇大帝查明顺风耳、千里眼酒醉朦胧误报情况后，发现自己冤枉了他，于是就把罗隐的元神召回天庭，让他恢复仙籍，官复原职。

自从罗隐的元神被召回天庭后，他那张说什么什么就应验的“皇帝圣旨口”还留在巨石下面。所以每当南来北往的人们路过那块巨石时，经常会问：“罗隐，五更食过咪？”“罗隐，午饭食过咪？”

这时，岩石底下就会有声音回答：“食过罢（食过了）！”

路人又问：“食咋什（食什么）？”

岩石底下的声音会回答：“食白粥！”

后来，南溪人为纪念罗隐，就把那一块岩石叫作“罗隐岩”。

龙望娘的传说 ／朱　砂

每当清明前后，金灿灿的油菜花开遍山村野垅时，常常会天气突变，狂风大作，乌云满天。这时，常可看到天际那黑乎乎的乌云中一道银光飞闪过来。伴着这闪闪银光的是狂风，是暴雨，甚至是毛栗大的冰雹。一见这天气，缙云的老人们就会感叹：“唉，又是风！又是雨！毋尾巴龙望娘来了！”龙望娘也是本分应该，但闯荡成性的毋尾巴龙回来望娘时，不仅又是风又是雨，有时还会撒下栗子般的冰雹，警示一下人们。其中有什么缘故呢？说起来还有一段凄美动人的故事。

据说括苍山脉的白水山畔，有一个井头村，村前有一条清浅的小溪。小溪的水就是从白水山的深山老林里汩汩流淌出来。一天，村中的一位姑娘提了一篮衣裳到溪边洗涤。溪水青漾漾的，溪中的大青石光溜溜的，姑娘搓呀揉呀，很快将一篮衣裳洗好了。当她正想站起来揩揩额角上的涔涔汗水时，忽然发现溪流水面上一漾一漾漂来几颗亮晶晶的五彩蛋。水面上怎么会有如此玲珑剔透的彩蛋呢？姑娘心中感到奇怪，更让她惊喜的是那几颗彩蛋竟在水旋涡上光闪闪地转着，似乎有意逗她。姑娘觉得好奇，就蹲下身小心地将它们捧起来，把它们放在洗净的衣裳上。

但刚放下，彩蛋却又从衣裳的缝隙菜篮的洞眼中溜出，仍在水旋涡中光闪闪地转呀转。姑娘只好再蹲身掬起，看看几颗彩蛋逗人爱，想放又没处放，最后她想：还是先含在口里吧，反正一下子就回到家了。谁料她一张口，几颗彩蛋竟一下子溜进她肚里了。姑娘想，挖又挖不出，既然是蛋，也没啥要紧，就提着一篮洗好的衣裳回家了。

日子一天天一月月过去，姑娘几乎将吞了彩蛋的事忘了，但她却发觉自己的身子有了变化，有时是恶心，有时却昏眩，一天到晚总感到口渴，成天总是一个劲地喝水。这时，她才想起了吞下五彩蛋的事。难道是吃了这彩蛋之故？但她不敢将此事告诉老娘。到后来，她感到自己的肚皮发紧，而且渐渐胀大。隆起的肚子终于让老娘看出来了，娘问她是怎么回事，姑娘有口难言。后来，隆起的肚皮被老爹也看出来了，爹问她是怎么回事，姑娘默默流泪。最后，她不得不将在溪边洗衣裳时，不小心吞了几颗彩蛋的事对爹娘说了。老娘听了半信半疑。老爹听了双脚一跳，嘴上骂着："下贱胚，想胡编一通来骗我！"老爹觉得女儿未婚先孕，有辱门风，叱骂不用说，有时竟想动手打女儿，还好有老娘拦着，才没动手。看着女儿日渐隆起的肚皮，夫妻俩如何忍受得了村人的风言风语？不久，姑娘吞了彩蛋肚皮大起来的事，也传到了村中族人及族长的耳朵里。有的说姑娘可怜，也有的说姑娘讲假话。村里的风声愈来愈紧，族长甚至放出话来，为了整肃风纪，要将姑娘"沉潭"处死。

老娘抱着女儿，成天只是流泪。老爹拿了柴棒，每天追着骂着，要把不要脸的姑娘赶出家门。把女儿"沉潭"处死，老娘怎么舍得？看看女儿挺着一个大肚皮，她思忖着怎么才能逃过一劫？姑娘自己也知道，要不让爹娘丢面子，躲过这磨难，只有出走。

某个月夜，老娘从锅灶前拿了根吹火筒，又从挂着的葫芦壳里倒出油菜籽，塞满一火筒。她嘱咐女儿："你拿着火筒当拐杖拄着，顺着溪流往东走，等到明年油菜花开时，爹娘会循着油菜花来寻你！"说罢，将女儿送出门。当晚正好是个月亮夜，趁着微微的月色，姑娘挺着个大肚子，艰难前行。还好姑娘早行一脚，她刚出行不久，村人就敲着破锣，吆喝着来捆绑大肚皮的妖魔女人了。

姑娘逃出虎口后，拄着吹火筒一直往东走。度过白天，熬过黑夜，翻过高山，越过溪涧。饿了采野果充饥，渴了捧山泉猛喝。一路上靠着老娘给她的吹火筒当拐杖艰难前行。而吹火筒下边小洞中漏下来的油菜籽，也一颗颗散落在姑娘走过的道路上。

姑娘挨饥忍饿历尽艰辛，这一天总算来到仙居的鸡冠岩下。这时她已精疲力竭，再也无力前进了。看看天，正好日头当顶。瞧瞧地，脚下岩石火烫。她只觉得唇焦舌燥口鼻冒烟，腹内撕肝裂胆般疼痛，随着天旋地转，姑娘一下子就昏倒在鸡冠岩下。

还好这鸡冠岩尽管嶙峋壁立，高达千丈，山崖的半山腰竟有一处洞穴。瑞气氤氲，泉水淙淙。那淙淙泉水正好顺着山崖涔涔滴下，把姑娘摔倒的那片草地，滋润得绿草茵茵，野花丛丛。

也不知过了多久，姑娘紧贴地面的脸感到有点凉意。她闻着湿土散发的潮气，渐渐醒过来。也许是吮吸了大地的灵气，姑娘的嘴唇渐渐湿润了。也许是有仙人护佑，她僵硬的舌头灵活了。趁着清亮的月光，她支起身子仰头一看，山岩缝隙，似有滴滴水珠渗着。她侧耳细听，山崖高处似有淙淙泉水流淌。她干渴的心里燃起了一线希望：水！终于盼来了活命的水！

姑娘顿时来了精神，她要顺着这一线细流寻找水的源泉。可是鸡冠岩陡峭高耸，简直是禽鸟难飞猿猴莫过，怎么能上去呢？她东寻西觅，终于找到了无数蛇盘一般的藤吊。她攀树缘藤，一步一纵，爬爬歇歇，不知经过了多少时间的攀援，她终于爬到了一处凉风习习的石洞。她长长地吁了一口气，盘坐洞中歇息。一回头，只见鸟儿在山脚飞翔，白云在山腰飘荡。她还看到，在她爬上来的路上，留下了一个又一个像龙爪一般的印痕，深深楔入岩壁之中。

自从姑娘爬到了这天然洞府，她把以前的一切苦痛都忘了。饥了就吃飞鸟给她叼来的野果，渴了就喝石隙为她涌出的清泉。摸着自己日渐隆起的肚皮，她想：怎么还不生呢？究竟会生个什么呢？有时她也会回望自己的来路，只见弯弯曲曲的山路上，油菜花金灿灿开得正旺。爹娘不是说过，等油菜花开旺时来看我，现在油菜花一片金黄了，怎么还不来呢？正思忖间，姑娘隐约听到一声声爹娘的喊叫："我可怜的囡啊——"她俯身眺望，只见爹娘正伛偻着身子，从鸡冠岩的石隙慢慢往上爬。姑娘不禁一阵惊喜。她怕爹娘听不到，就憋足了劲，高叫一声："爹———娘——女儿在这里！"

就在这时，只听"呼隆隆"一声响亮，人们都感到一时间天昏地暗，地动山摇。这时，又听"嗖"的一声，随着一道红光，岩洞中姑娘的口里，飞出一条通体绯红的小龙。小龙只是一闪现，就不见了。接着又是"嗖"的一声，姑娘口里闪过一道蓝光，一条靛蓝小龙又在天空飞逝。姑娘想着，自己担了这样沉重的身子，生出的竟是两条一去不见踪影的龙，心里一气，忍不住骂了："真是孽种！竟敢一去不回头！"就在她张口叱骂，第三条银光闪闪的小龙诞生了。它有点冒冒失失，没等母亲张大嘴巴，就在她叱骂时，它"呼隆"一声飞了出来，刚巧母亲嘴巴一合，竟咬断了它的一段尾巴。小银龙被咬断尾巴，当然痛得嗷嗷叫。就在它痛得一回头时，才看清楚自己的亲生母亲，原来是个如花似玉的姑娘。当然，这银光闪闪的毋尾巴龙，也听到了母亲的责骂，记住了母亲的期盼。

据说，龙母娘娘后来不久就坐化飞升了。为了纪念她，人们在她坐化的鸡冠岩下建了一座龙母娘娘庙祭祀她。从白水山脚流到仙居方向的小溪，从此就称为龙溪。

而每年的清明前后，当金灿灿的油菜花开得旺旺时，这条银光闪闪的毋尾巴龙都会回来看望亲娘。银龙飞过天空，当然又是风又是雨，特别是当年村中族人误解了它的母亲，甚至要把它母亲沉潭，银龙自然有时要耍点小脾气，撒几颗冰雹敲打一下人们，出口恶气。

陈鉴湖的传说 / 吕吉人

这是一则流传在缙云很久、很广的民间故事，主人公陈鉴湖集贼王、义士、侠客于一身，人们对他的评论有褒有贬。

括苍山脉之中的白水山，危崖高耸，洞穴遍布，古木参天，藤蔓缠绕。狐獾野鹿时在山间哀号，鹰鹊雉鸡喜在林丛盘旋。山中聚居着许多山民，他们依坑冠姓，将居住地分别叫作陈坑和胡西坑，陈鉴湖就出生在这个叫陈坑的地方。

鉴湖自幼聪明活泼，性格倔强，父母对其宠爱有加。山里的孩子喜与狗兔为伴，常在嶙峋的山岩上攀爬；喜在坑流中嬉耍，充满了游鱼一般的灵活。独特的自然环境，使他从小练就了一身矫健的筋骨。

但好景不长，父亲在一次砍柴时不慎失足坠崖身亡，寡母不辞辛劳把鉴湖拉扯大。鉴湖也很懂事，知道在山靠山，小小年纪就会担柴到壶镇溪头叫卖，以柴换米，减轻母亲负担。

壶镇位于三府六县之间，过往行客很多。一道溪流把壶镇盆地划成两半，溪头街在好溪之东，沿街店铺林立，日日热闹非凡。

陈鉴湖年纪轻轻，柴担压肩，逐渐长成一条壮汉。每当他街头卖柴，得钱之余，也像其他山里人一样，常在酒肆饭堂里喝上几杯醇香的溪头釉，饱餐一顿喷香的粳米饭。在这里，常能聆听旅人闲谈的山海经典，也能享受酒客口中吐出的乐闻趣事。遇上大集或逢年过节，鉴湖喜欢逗留在新搭的草台之前，欣赏出将入相的地方大戏。小小舞台演绎的悲欢离合、忠奸侠邪故事，渐渐占据了他心灵的空白。

相传，罗隐是位秀才，民间流传着许多关于他的故事。大意为锅灶神耳背造成误奏，使罗隐遭受天谴，消除了身上的潜龙灵气，空留一张巧嘴利舌。但这张嘴经他道出倒还十分灵验，每言必中，因此他游走江湖，以此谋生。

有一日卖完柴，陈鉴湖闲着无事，便在溪头街上徘徊。忽然碰上罗隐挂牌测字，便心生好奇，上前搭腔。罗隐给他貌相、推测生辰八字后，心知其命有异。于是随鉴湖来到白水山中，为他勘踏潜龙地脉，让其把父亲骨殖移葬其中，说日后必有应验。

临别，罗隐赠鉴湖十个偈字：“缘随行善积心田多隐潜”，要其好生领会。然鉴湖识字不多，怎知十字回文之妙——“缘随行善积心田，善积心田多隐潜。潜隐多田心积善，田心积善行随缘。”

几年过去了，墓穴凄凄如故，家境依旧艰难。自己已三十出头，仍然光棍一条。他想让母亲过好，但其头上已尽染白霜。自己每日砍樵猎兽，依然只能卖柴换米饮酒，命运难有半分改变。

他有些心急，想尽早按罗隐所言而“应运”，遂于每个集日卖柴之后，都要在溪头寻找罗隐秀才，以便讨个应验时间。一日，鉴湖寻不着罗隐，却见一风水先生，于是急匆匆边报上年庚、月劫、日脚、时辰，让先生为其仔细推演。良久，先生说父母合葬必有灵验，又附耳诡秘述说一番。鉴湖听罢，心头一怔，旋即便心领神悟。

鉴湖寡母自丈夫亡故，抚孤寡守，穷途劳碌。儿子长成，又想为其娶妻接后。然多年辛苦，使她积劳成疾，身体日见衰弱。50多岁的人脸上便爬满了深深的壕沟，像个年迈的老太婆。

有日，寡母自感深疴难愈，时日无多，便对鉴湖说想到丈夫坟头看看，以慰思念。殊不知鉴湖闻母欲进山祭父，正中下怀。于是，他带了把锄头，背起母亲就进了山。

到了坟前，鉴湖把母亲放下。寡母本不过想到坟头向亡夫哭诉衷肠而已，哪知此时的陈鉴湖好像换了一个人，本来善良的心早被风水先生一番话所诱惑。只见他目露凶光，举起锄头就对寡母当头砸去。

母亲突遇变故，悲愤交加，从肚里拼命蹦出一句：“出大贼王啦！”呼声甫出，余音未断，其气已绝。山野空旷，寂静无声，母亲横尸眼前，鉴湖倍感孤单。沉默良久，他按风水先生所言，把母亲遗体与父亲合葬，撮土为香，草草祈祷一番，便匆匆而回。

到了明正统甲子年，庆元淤上银矿发生矿徒暴动事件。其声势浩大，围处州，撩武义、松阳、龙泉、永康、义乌、东阳、浦江诸县，其首领为叶宗留，而陈鉴湖的名字再次在这里出现。

鉴湖离家出走后，在江湖上四处漂泊，最后在银矿中谋生。多年的闯荡历练，使他很有见识有胆略，能随机应变，得到叶宗留的赏识。正因为他的谋略，使这支义军能发展壮大，与官府抗衡长达四五年。

义军最后以失败而告终。有人说，义军处于劣势时，陈鉴湖接受招安叛变投敌，使起义部队加速瓦解，其也遭到官府杀戮。也有人说，义军失败后，陈鉴湖畏罪潜逃，被官府追缉。据《缙云县志》记载，正统九年，陈鉴湖起事波及缙云。

至此，陈鉴湖的名字又一次销声匿迹。

直至景泰年间，缙云境内又陆续出现许多奇怪的传闻。

县内一些富户，一夜之间家中财物被洗劫一空，而被劫者皆是为富不仁。而当地一些穷苦百姓，清早开门时，常可得到一些摆放在门口的铜钱、粮食、衣物之类的应急东西。

初时，受益百姓以为苍天所赐，菩萨显灵，燃香焚纸，当空祈祷表示感谢。后来才知道，暗里有一位侠客劫富济贫，不以真面目示人。财主们心惊胆战，骂他为大贼王，而穷苦人则称他为侠客义贼。

后来案件越做越多，邻近州县如永康、武义的一些奸商，半夜家中被盗，东阳、浦江一些劣绅途中遇劫。好在他劫财不谋命，富户们怕他，官吏也奈何不了他。

大贼王果然如穷人们猜想，正是隐迹多年的陈鉴湖。他的运程有一半被罗隐秀才言中，成了王，另一半被母亲道破，成了大贼。

陈鉴湖的这次出名，已是内外交困，他只能在白水山深处之乌岩洞内栖身。洞上有块乌崖突兀如盖，下方峭壁百丈，常人难以攀登。洞里场地宽畅，冬暖夏凉。洞口朝东，午前都有光亮透入，洞壁缝隙四季都有滴水沁出。洞外岩石藤蔓缠绕，很难被人觉察。他凭借自己的游壁之功，选择在这里容身。盗取的财物装点了洞中的环境，窃据的粮食解除了后顾之忧，掳略的几位娇娘，使寂静的山洞平添了几分淫乐，真可谓石洞藏娇，陈鉴湖成了洞主。

陈鉴湖恪守兔子不食窝边草的贼道，没去撩拨溪头一带的财主。但漳溪和浣溪下游有个宫泽村，村里有一位汪财主，对汪家的财富，陈鉴湖早有闻，是褒是贬他心里没数。为了试探财主的为人，他装扮成一个乞丐，悄悄走进了汪家的伙舍，坐在锅灶前拿着铁钳火锹等食。仆人没有难为陌生人，只是将此情节禀告了主家。

汪财主见多识广，很懂得黑道规矩，大凡生人进屋，不与人知会就坐在灶前者，此公必是贼人，怠慢不得。如果铁钳火锨敲打出声，说明已经对尔不满，夜间必有动作。他不想惹事，吩咐下人好生款待。

他不识陈鉴湖，却疑大贼王即是此人，遂赠送了一些衣物食品，摆出一副乐善好施、慷慨济世的模样，博取贼王的好感。后来两人渐渐相熟，还让自己的儿子认他为干爹，每次贼王光临，他都殷勤献媚，俨然成了忘年之交，从中揣摸贼王的性格和喜好。

陈鉴湖的频繁作案使官府十分头疼，后来庆元矿徒暴动事件追查到缙云，县衙不得不痛下狠心，张贴广捕文书，悬赏缉拿。

贼王现身本地，对于汪财主来说，似鱼刺梗喉，吞吐不得，在溪头街看到那一纸通缉榜文后，心中暗喜。他不图赏银，只求能除掉此贼。一桩捕捉阴谋，终于在他的心里形成。

闲着无事，陈鉴湖常常要到汪家坐坐。这一天汪财主更是曲意奉承，先让年幼的儿子在他面前撒娇，骗走了他随身携带的三件法宝，然后不停地吹捧敬酒。正值鉴湖醉眼昏花之际，门外涌进了一队官兵。他猛然一惊，心知不妙，掀起饭桌想抬腿跃起，想不到有人在地上撒了黄豆，一跤滑倒，官兵们一拥而上，将他擒获。

阴沟里翻船，陈鉴湖并不惊慌，他虽然不知道汪财主会算计自己，但自负功夫了得，镣铐难以束缚手足，牢笼难囚矫键之躯，更何况盗无赃，劫无证，官府奈何不了自己。

他哪里知道，官府早已掌握了他的前科档案，惧其剽悍难以制服，命狱卒暗中在食物中放进软骨散之类药物，使他消失了功力。

据说官府并未将他杀戮，但恨其聚众造反，盗案累累，恐其日后死灰复燃，便残忍地割断了他的后脚筋。

陈鉴湖就这样成了废人，沦落街头与乞丐为伍，最后死在饥寒中。

可怜乌岩洞里那几位无辜女子，上不能攀爬，下不敢跳跃，只能在洞口呼喊，莽莽山岭，谁来搭救？

几百年过去了，洞口被风侵雨蚀，已难觅踪迹，岩壁上一涓长泉挂落，也许是洞中冤魂在悲伤地诉说。溪坑沙砾中露出几片大溪滩宋窑所产的青瓷片，也许是她们从洞中投出的求救信物？

如今，口口相传的只有侠盗陈鉴湖诡秘而莫测的故事和传说……

蹁脚进士的传说 / 谢世文

传说兆岸村600年前有个叫陈日升的，一天天早出晚归，置家立业，也算是附近财主之一。

一天，他对武场西边三亩来沼泽地动了脑筋：先在沼泽最低处挖一丘塘，让水都沥到塘内，沼泽地就可以扩种了。

第二天，他就带领全家日夜挖塘，用了两年农闲时间，一丘长、宽各十三米，深一点五米的水塘挖成了。这片三亩来沼泽地，被他种上玉米、大豆、蕃莳等作物。

陈日升又动了脑筋，这口塘虽然不大，养它几条鱼或多或少也有点收入，还可改善自家生活呢！

谁知道第二天不知哪里来的一个卖鱼种的商人，挨家挨户叫卖鱼种。日升慌忙问他："客，我的池塘不大，不知能养几条鱼？"

"你池塘多少水面，深浅如何？"

"长、宽各十三米，深度一点五米。"

鱼种客仔细算了一下说："养鱼苗可以养七八十条，养半年后必须分塘。我这担鱼，种类很多，有鲫鱼、草鱼、鲢鱼、鲤鱼。鲢鱼又有白鲢、花鲢，鲤鱼又分黑鲤、红鲤。你挑什么鱼？"

"像我这口塘适合养哪个品种？"

"养鲤鱼吧！鲤鱼会跳龙门。养它十几年，你家就能出大官。"

"笑话，我家世代农业，养几条红鲤鱼就会出大官？你要哄人也要哄妇人之类，像我年近半百，你哄得了吗？"

"你不相信没关系，今后可看分晓。你这丘塘不大，深度尚可以。就买红鲤鱼吧，红鲤鱼生命力强，又美观，可观赏。"

陈日升听了，决定买红鲤鱼，就问："我这丘塘可养几条？"

卖鱼人指着鱼种："你看，我这鱼种都有一寸半至二寸长了，目前养十五至二十条尚可以，到明年就太拥挤了，就买八条吧！"

于是日升就买了八条鱼种，临时养在水桶内。两个家有池塘的村民也想买鱼苗，就问日升："卖鱼种的呢，我也想买几条。"

"刚挑去向左墙弄湾，可能在底姓陶道坛了。"

他们在兆岸全村找遍，也找不到卖鱼种的。

陈日升说："真奇怪！莫非是神仙下凡？"他又想："如果这个人真是神仙下凡，他的话必有先见之明，不管怎样，我要精心护养这八条红鲤鱼。"

经过日升十多年的仔细护养，八条红鲤鱼起码每条也有十多斤重了。由于池塘不大，气候变化时，这些鱼总是浮在水面上喝水、讨吃。玩得高兴时就向水面跳得一米多高，蹿得十多米远。来看鱼的人络绎不绝，久而久之，此塘就叫乌鲤塘了。

一年夏天，下了三天倾盆大雨，好溪、贞溪都涨大洪水。兆岸大半个村都被洪水淹没了，乌鲤塘的水面也与外面的洪水持平，红鲤鱼高兴得纷纷向外跳，并随着洪水往下游游去了。

日升听人说鱼逃了，他随手掳来一个撩兜，想把跳出去的鲤鱼撩回来。他刚跑到塘岸，恰好最后一条红鲤鱼跳出来，就随手用撩兜咯啦一下敲去，嘴里大喊"一条都不留吗？"那条红鲤鱼就沉入塘内，不再跳射了。

日升拿着撩兜懊恼地踱回家，恰好大媳妇生了个儿子。

第二天早上，洪水退了。日升到塘看鱼，塘水清得多了，却看不到鱼。心想：鱼可能逃完了，但被敲那条应该逃不了。中午时分再去看鱼，还是看不到鱼。心想：被敲那条可能也逃跑了。傍晚时分再去看鱼，塘内浮着一条死鱼，捞上仔细辨别，就是昨天被敲伤的！

日升想：我昨天敲了鱼回家，恰好大媳妇生子。会不会就是这条鱼出世呢？这条死鱼我不能吃，应该把它送到五家地坛土葬。

从此，日升对这个小孙子特别宠爱。孙子幼岁时，附近的邻居来庆贺，客人对日升说："日升，怎么你小孙子有点蹁脚？"

日升马上牵着小孙子走路，果然发现他有先天性蹁脚，不过他非常高兴，因为他认为，小孙子就是那条被自己敲蹁脚的红鲤鱼出世！从此，日升天天早上背着小孙子进私塾，晚上又背着他回家。

果然，小孙子经过十多年的寒窗攻读后，16岁那年赴京考中了进士。因他有先天性蹁脚，兆岸一带就称他为"蹁脚进士"。

传说，蹁脚进士后来在兆岸下半村建了一个"进士厅"。

"进士厅"现有四户人家：姓陈的两户是新中国成立前向陈××买来的；施、郭两户是新中国成立初期"进士厅"被没收后分给他们的。

根据县文物办考证，这厅是南宋嘉定年间缙云进士赵汝域亲手所建，离现在八九百年了。兆岸姓陈的始祖是600年前从永康迁居赵岸（今称兆岸），所以民间所传的"蹁脚进士"，与南宋真正的进士赵汝域是牛头不对马嘴。

如今，进士厅还挂着文物保护牌匾，可见"蹁脚进士"确实是故事，不是古事！

岩下人熊传说 / 项一中

世界上关于野人的传说，历史非常悠久。比如北美的大脚怪和金刚的传说，神农架的野人传说，西藏的雪人传说等等。

在这些传说中，尽管其形象五花八门、不一而足，然万变不离其宗——无论"野人""雪人"还是"大脚怪"，通常都是身躯高大，行动敏捷，穿山越岭，如履平地，甚至抢劫人类与其婚配生子！

神农架有关“野人”的传说，最早可追溯到成书于战国时代的《山海经》，书中记载了一种身高丈余、浑身长毛的怪兽——“枭阳”，“其人面，长唇，黑身有毛，反踵，见人笑，亦笑”。

西汉的《尔雅》亦载：山中之“狒狒”（即野人）“人形长丈，面黑色，身有毛，若反踵，见人而笑”。

这些传说尽管年代久远，查无实据，但人们至今仍津津乐道。

奇怪的是在我们缙云的一个小山村，居然也有“人熊”传说！

数年前，笔者由于偶然的机会，在岩下村采访了一位叫朱葛通的老先生。他说，祖辈相传：某年岩下村曾经出现了一种神秘的巨兽，几令朱氏子孙进退失据，深陷灭顶之灾！

据南田的《朱氏宗谱》载：其先祖朱时周“娴弓矢，喜田猎，遨游于五云括苍之巅，览南田山川之秀，卜宅而居”。时周公之第十八世孙有朱庆者，一回偶尔路过百丈岩，见峡谷群山环抱，小溪清流飞瀑，山崖竹林茂密，斜坡土地肥沃。尤其当他抬头仰望峡谷后面那座雄奇伟岸名叫“百丈岩”的奇峰时，心头突然一震：此非吾之子孙坚固之靠山乎？遂率妻儿自南田分派，定居于此，取名“岩下”。

定居之初，朱庆夫妇伐木为柱，砍竹作桁，剖竹为门，割茅盖房。继而垦地开荒，刀耕火种，春播夏耘，秋收冬藏。但逢农闲，则延师课子，耕读传家。百年之后，朱氏发子旺孙，岩下遂成乐园矣。

然而某年春天，人们上山种地，突然发现涧壑幽深的密林之中，不知从何处来了几个人形“怪兽”！

此物全身披毛，身高丈余，臀部无尾，两脚行走，纵跃如飞。它们厚唇剑齿，长臂利爪，善爬树喜悬藤，摘食野果；且越涧攀崖，捕食兽类。朱氏遂称其为“人熊”。

起初，人熊与岩下朱氏相安无事，但为时不久，就打破了朱氏“日出而作，日落而息”之平静生活。它们先是白天糟蹋山地作物，尔后趁夜潜入村庄，或捉鸡鸭夹于腋下，或扛猪羊于肩膀，一路呼啸而去。

自此，村中竹木搭建之羊棚猪圈、鸡笼鸭舍，不断被人熊撕破推倒踩烂。见朱氏并无反应，以为黔驴技穷，遂不仅夜间出入村庄偷鸡摸狗，且在白天也埋伏于路口树丛，欲趁人不备发起攻击。

终于有一天，岩下一年轻人上山砍柴，突然被藏匿于树丛中的人熊活捉。幸亏他身强力壮且学过几年拳脚功夫，才勉强挣脱魔爪逃回村庄。消息传出，朱氏子孙不禁人人自危！

朱氏立即召集族人紧急会商，并作全村总动员：一是任何人上山种地砍柴，必须集体行动，不得独自外出；二是要求各家各户紧急行动，把人熊一推就倒、一撕即破的竹木所造茅草屋，全部改建成块石砌筑之石墙，以防人熊毁屋，威胁生命。

岩下茅屋，皆盖于沿溪两岸，人们说干就干。他们不分男女老幼，通力合作，或山地挖石，或溪滩捡石，或畚箕挑石，或四人抬石。一座座块石垒砌的石屋很快如同雨后蘑菇，一朵朵盛开于溪水之畔。由于有了牢固的石屋保护，岩下很少再有家畜被捉。

然而，石屋只能阻挡人熊，却不能让人乐业！

于是族人开始向那个曾被人熊所抓而侥幸脱逃的年轻人了解人熊的行为特点。据其回忆，人熊虽力大无穷，但有一种令人不解的恐怖举动：抓人先抓双手，然后闭着眼睛发出“嘿嘿嘿嘿”的凄厉长笑，那是一种令人毛骨悚然的长笑……

紧紧抓住人的双手，然后闭着眼睛发出凄厉长笑？这令人惊恐的神秘行为，反倒给聪明的朱氏提供了破解良机。根据人熊的这一奇怪举动，几个朱氏子孙绞尽脑汁，终于设计出一种简单而独特的防护工具：用毛竹锯成一段段长如手臂的竹筒，堆放在村口，人们如需出村劳作，必须一只手一个套在双臂上。

此举果然有效，几位双手套着竹筒的朱氏子孙，先后被隐藏于田头地角的人熊紧紧抓住双手，他们趁其闭眼“嘿嘿嘿嘿”长笑之际，双手迅速抽出竹筒，悄悄溜之大吉！

人熊长笑方止，低头一看，手中竹筒犹在，人迹已无。它们先似鸭听天雷，呆若木鸡，尔后捶胸拍肚，长啸痛哭……

一年后，一帮小伙子结伴入山砍柴，无意间在半山腰悬崖处发现一隐蔽山洞。洞前抛撒着零散的猪、羊、兽骨，甚至零星人骨。人们立即断定，此即人熊老窝！

他们立即赶回村子，聚众持矛荷锄，连夜高举火把浩浩荡荡前往山中，在洞口燃起熊熊篝火，再突然敲鼓击锣，不断点燃爆竹射入洞内。正在酣睡的人熊突然间被熊熊烈火照得睁不开眼，又被震耳欲聋的锣鼓惊扰，继而又惨遭爆竹不断点射，它们又惊又惧，隐伏洞中瑟瑟发抖。直到下半夜人们喊声渐哑，锣鼓渐稀，稍有松懈，方见数个黑影从洞口一闪而过。从此，百丈岩人熊不知所终。

如今，岩下大石野半山腰那个“人熊洞”，时有游客寻奇探险。而岩下朱氏见人嘿嘿傻笑，仍会这样骂：个断口嘴呲伊来像“人熊”！

自发现怪兽以来，岩下朱氏一改以木搭架，以竹为门，以茅盖顶之习俗，而以坚硬块石建房。石屋不仅坚固耐用冬暖夏凉，且溪中捡石既可清理河床、疏导溪流，坡地挖石更可清石培土，利于种植。

纵观岩下石屋建筑，最大特点即在其石墙。

乍看起来，此类石墙似乎杂乱无章，其实恰如郑板桥之书法——“乱石铺街”，具有合理的科学性。比如用来砌马头墙的石头，便颇有讲究：它的三个面必须相对平整，然后一横一直构成直角，以便左右相叠，互相咬合。而其他墙面块石，则要求不高，但平面必须朝外，且每隔一块石头须砌一个窠臼，以便插入下一块石头。就这样，砌一层石头做一层窠臼，再插一层石头，如此这般，层层升高。而内、外两层墙面中间所留空隙，则以黄金泥拌碎石进行填塞、黏合。就这样层层石头叠砌，上下左右咬合，形成坚固墙体。至于为什么要用黄金泥黏合而不用水泥？至今这里的泥水匠仍认为，黄金泥干燥后比水泥更耐久，因为水泥会老化，天然的黄金泥却绝对不会老化。

岩下的石屋高度，一般为鲁班尺二丈四尺，合8米有余。石墙厚度底部约60厘米，顶部为40厘米。若从横切面来看，外墙面基本垂直，而内墙面则向外倾斜。千万别小看这种“外直内斜”的夹角石墙，因为在缙云山区，常常是山雨欲来风满楼，即使遇到横扫而来的狂风暴雨，雨水也能顺着垂直的墙面迅速流下，不会渗入石墙。而且万一遇到像人熊、地震等灾害，这种往外倾斜的石墙，即使倒塌也只会倒向屋外，从而保护家人不受伤害。

时光流逝，物是人非；人生有限，不变河山。老一代朱氏子孙在此男耕女织，有如匆匆过客；刚刚成长的新一辈又在此地男婚女嫁，耕读传家。随着人口繁衍，子孙绵延，一幢幢高矮胖瘦的石屋不断增加，逐渐把岩下变成了一个坚固的石寨——传说会发笑的怪兽“人熊”，就这样改变了岩下朱氏的村落建筑以及生活习俗。

如今岩下村遗留下来的80多幢、300多间古老石屋，经过数百年的风风雨雨，有些早已毁败倒塌，但那一垛垛有如“乱石铺街体”之石墙，却依然挺立如故，牢固如初。尽管这些石屋没有江南官僚富豪高墙深院的飞檐翘角画栋雕梁，但在深山峡谷之中，这一幢幢高低错落、昂然挺立的石屋，却以独具一格的风貌，吸引着纷至沓来的游客以及寻奇探幽的众多驴友。

轶事类

李阳冰斗城隍 / 项一中

在中国历史上，最著名的一次求雨事件，发生在唐朝的缙云。

之所以说它“最著名”，是因为求雨事件过了1200年，中央电视台拍摄大型纪录片《中国书法五千年》，都要专门介绍这次求雨！

要还原此事，还得从大唐乾元元年（758）年开始说起，因为就在这一年，缙云县来了个新县令——李阳冰。这位县太爷来头不小：他是唐代著名的书法家、文字学家，还是“诗仙”李白的族叔！

话说这位县太爷一到缙云，就发现有件怪事：当地百姓无论遇到疾病瘟疫还是洪涝灾害，都要向泥塑木胎的“城隍老爷”七跪八拜。这难免使生龙活虎的县太爷心存不快：这“城隍老爷”是个什么东西？

原来，新来乍到的李县令不知道，缙云百姓祭拜的“城隍老爷”就是阴间的“缙云县令”。因为民间相信，皇帝陛下任命的“缙云县令”和阎罗王任命的“城隍老爷”，一个管地上的百姓，一个管地下的鬼怪。而人间的瘟疫疾病和旱涝灾害，都是地下的鬼怪作祟，阳间的县令鞭长莫及，老百姓只有向“城隍老爷”打报告才能摆平！

这位来自北方的县太爷饱读诗书，他对缙云百姓的“城隍崇拜”特别感冒。他暗自决定，一定要寻找时机教训教训这些愚昧无知的芸芸众生。

时机无须寻找也无须等待，很快它就自投罗网，送上门来了。

原来此时正值“安史之乱”，不仅国家内忧外患，连老天爷也变得疯疯癫癫，三年两载非涝即旱。到了唐乾元二年（759）七月，缙云大地滴雨未落，溪水断流稻田龟裂，若不立即向城隍老爷打报告求雨，本年度必将颗粒无收。按缙云的古老风俗，求雨须由县令亲自带领一应官员及众多百姓跪在烈日下曝晒，以示虔诚，否则就是对城隍不恭不敬，对子民无情无义，百姓将遭受更加严酷的天谴。

李县令对这种荒唐透顶的求雨方式哭笑不得，于是他心生一计，按战国时期“西门豹”为河伯“娶媳”之做法，依样画葫芦精心设下一个“圈套”，以便让缙云百姓接受一次唯“误”主义教育，彻底断绝这个作威作福的“城隍老爷”之香火！

以下就是李阳冰亲笔记载的“设套求雨”之过程：

> “城隍神，祀典无之，吴越有之。风俗水旱疾疫，必祷焉。有唐乾元二年秋，七月不雨。八月既望，缙云县令李阳冰，躬祈于神，与神约曰：‘五日不雨，将焚其庙！’”

译成现代文，意思是说：城隍神崇拜，古代典籍没有记载，唯有吴越一带流传。当地风俗，每遇洪涝干旱、疾病瘟疫，必向城隍神祈愿。唐乾元二年秋，全县七月份没下过一滴雨。八月十六日，缙云县令李阳冰亲自向城隍神恭敬地祈祷：既然您老人家这么灵验，就让老天爷赶快下雨吧。今天俺老与您老郑重约定：“假如五天之内老天爷还不下雨，我将亲自把你老人家以及这个城隍庙彻底焚毁！”

至于五日内果真下了雨该怎么办？李县令没有说。他想：老天爷和老百姓尽管头上都顶个“老”字，但毕竟不是一个爷娘所生，总不至于百姓这么一拜、城隍这么一说，老天爷就言听计从下起雨来吧？

总之，发下誓约后李县令就捋着胡须坐等城隍老爷钻进他精心设计的这个圈套了。因为以他多年的地方工作经验，早已看穿这些所谓的神祇是如何愚弄百姓，中饱私囊的鬼把戏了。

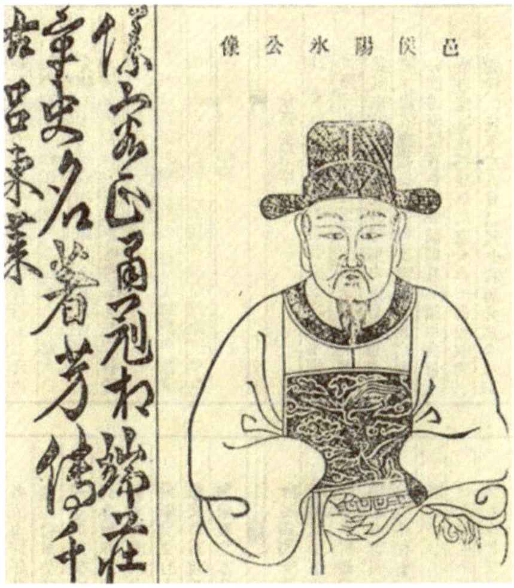

情况果然像李县令所预计的一样：第一天晴空万里，第二天万里晴空，第三天赤日炎炎，第四天炎炎赤日，第五天烈日高悬。

在这难熬的五天里，每日一早李县令就必须带领一应官员和众多百姓一起跪在城隍庙前，头顶烈日，汗流浃背，装模作样地向城隍老爷毕恭毕敬地祈祷。直到日落西山，他才回县衙处理公务。

等到第五天下午，只见红日已经偏西，李县令借口处理公务回到县衙，悄悄吩咐衙役准备放火器械，只等时辰一到，即刻烧庙毁像！

当时辰到了“点心旰”（下午5时许），只见天空先是飘过一丝云彩，接着云彩又牵来一朵乌云，很快乌云又拉来一床墨乌“破棉絮”。不到半炷香时间，缙云县城已是黑云压城城欲摧。随着天空中一声山崩地裂的霹雳，顷刻间电闪雷鸣，豪雨倾盆……

张口结舌的李县令惊倒在太师椅上，他兴奋莫名又感叹不已！

事后，他高兴地用八个字来形容这次求雨：“及期大雨，合境告足！”也就是说到了约定时限，天降甘霖，很快解除了全县的旱情。

一场惊心动魄的“祈神求雨”事件，一个与西门豹“河伯娶妻”绝然相反的结局，让李县令始料不及。因为，他专门给“城隍老爷”精心设计的“圈套”，居然“套”住了自己的脖子。

于是，缙云老百姓胜了，县令李阳冰信了！

从此，他对信守誓约的缙云城隍老爷刮目相看，内心充满了虔诚和敬畏。大雨过后，在李县令亲自主持下，县政府启动了“全县一号重点工程”：把城隍庙从九盘山西谷的低洼处，搬迁到东边高高的山巅上。等到大殿落成后，县太爷亲择黄道吉日，带领一应官员护送城隍老爷乔迁新居——“具官与耆耋群吏，乃自西谷迁庙于山巅，以答神休。”然后，李县令亲手在城隍庙前栽下一棵香樟，以志纪念！

为了让城隍老爷的光辉事迹流传千古，李县太爷夜不能寐，他披衣而起，掌灯疾书，把这次“求雨”过程用自己最拿手的小篆详细地记录下来，然后请石匠刻成《城隍庙碑》，竖立于城隍庙前。

中央电视台中文国际频道拍摄的大型纪录片《中国书法五千年》第三集，就专门介绍了这块真实记录大唐乾元二年那次神奇而灵验的求雨事件，而那块石碑，至今仍在中国书法史上大放异彩！

赵顺孙七岁救父 / 陈建周

宋朝末年，缙云城内出了个赵顺孙。他的父亲赵雷，学问高深，曾不远千里，到武夷山从朱熹学理学。赵顺孙从小聪明，跟父亲读书识字，早就学会作诗对对。7岁这年，父亲被别人陷害，诬告为“拒纳皇粮罪”，关押在处州府城狱里，因没有确凿证据，一时定不了罪，临近年关还没有回家。赵顺孙就对娘讲：“可惜路途太远，一个人走不到。如果三叔送我到处州，我就要把父亲叫回来过年。”经过多次请求，娘就答应他，由三叔背着到处州。三叔年纪轻，力气好，从家中起身，一直背到桃花岭才停下来歇憩。他想让顺孙走一程，就哄他：“这里到处州很近了，你就走着去吧！”顺孙随口回答说：“山未明，水未清，这里成不了府，结不得城。我还走不到。”叔叔继续背他前行。到了岩泉岭头，赵顺孙看到前面山势开豁，不等三叔开口，就挣脱着要自己步行。叔叔问他什么缘故。他回答说：“山已明，水已清，府城就到了，我好走了。”

叔侄两个，来到处州，就从虎啸门进城去。走到衙门，就想一起进去，却被看门的吏卒拦阻。三叔正与他争辩时，顺孙年少人矮，趁机钻了进去。一走两走，走到中厅大堂，东瞧西瞧。看到中厅红漆柱子又高又大，用手摸来摸去，转了几圈。这时，恰有处州府太爷赵必愿走过来，看到一个乡村小孩，就用官腔训斥说：“这里是府城衙门，并非游玩之地，小子何敢擅入？”赵顺孙头也不抬，立即回答说：“小小处州府衙门，进来走走有何妨？”赵太守听了，觉得这个孩子口气大，有点稀罕，再看他年纪小，气宇不凡，也不责怪，接着用缓和口气问他：“几岁？”“7岁。”“哪里人？”“缙云县城里登俊坊。”赵顺孙还没讲完，赵太爷听他口齿流利，引出兴头，再问他：“可曾读书？”赵顺孙听他接连问来，才仰起头看看，见到这位大人，身穿大红官衣，料定是个官，就严肃恭敬地回答：“略识之乎。”太守见他穿着一身青色土布，忽然想起昨天夜里做梦，梦见青龙

绕柱，莫非就应在他身上？有意要试探，顺口出个对子让他对："出水青蛙穿绿袄。"赵顺孙朝太守看看，接口对回："落汤螃蟹着红袍。"赵太爷听后不觉吃了一惊，暗暗称赞：我把他比作活货，他却把我比作死货，真厉害！又问："到来何事？"赵顺孙略一思索，便出口成诗：

母在堂前为父忧，特令儿子谒公侯；

大人若肯行方便，一点春风在笔头。

赵太爷又问明他父亲的姓名和案情，但疑心刚才的答话，是有人替他代作，早有准备，还要再试一试，就指定以栏下盆景小松树为题，命他作诗一首。赵顺孙不费思索，即景吟道：

小小松树未透栏，枝枝叶叶傲霜寒。

如今正好低头看，异日冲霄仰望难。

赵必愿又是称赞不已，把他带入私衙，再详细询问。赵顺孙就把父亲怎样被人陷害，受冤枉坐牢的情形向太爷禀告，并请求立即释放。原来这个赵必愿上任后才有几个月，把旧案情作了复核，发现赵雷的案情蹊跷，正在考虑平反。如今听了顺孙的申辩，心中更加明白，决定立即释放。他将橘子赏赐给赵顺孙吃，同时口出联语："半边红如佳人脸。"顺孙应说："一点清如太守心。"两人都放声大笑。太爷随即将赵雷放出，赠他十两银子，让他父子回家过年，并对赵雷说："高大君家门户者，必此子也。"

后来，赵顺孙果然中了二甲第二名进士，且官至副宰相。

——摘自《中国民间文学集成·浙江省缙云县卷》

缙云树萱堂 /赵章格

黄花菜，对于缙云人来说，并不生疏。据方志记载，黄花菜于元朝传入缙云，到1983年，无论是种植面积还是总产，都达到了顶峰，种植面积达3.55万亩，总产达1750吨，位居全国第二。

黄花菜，又名金针、萱草、忘忧草，相传可安神忘忧，治相思离愁。在历代文人笔下，都把它作为思亲的借代物。如唐诗人孟郊有“萱草生堂阶，游子行天涯”的诗句。到了明代开国，明太祖朱元璋又把它作为表彰功臣孝行的借代物。

朱元璋史称明太祖，民间称洪武王。相传某日大封功臣，只见朝班中走出一位官员，跪拜说：“微臣有奏章。”洪武王向下一看，这不是枢密院参谋赵埙吗！便道：“卿奏来。”赵埙说：“胡元今已殄灭，天下已还真主。臣某已践行了祖先遗嘱，家有守寡数十年的大母与生母，微臣在外经年，未尽孝道。伏准还乡以报万一。”

洪武王一听，便道：“卿昔日献策救徐达于常州牛塘，辅朕定平江，佐大元帅北征灭胡元，参谋帷幄，甚有功。今却急流勇退，既尽忠，又尽孝，家风古矣。”

洪武王起义之初，赵埙常随帝之左右，知其为处州缙云人。今见赵埙要求归田，他突然想起当年打天下，避难到缙云城隍山的情景。

某日，官兵追得紧，洪武王逃上了缙云城隍山，见无处躲避，急中生智，躲到了城隍老爷佛座后。官兵眼见他逃进了城隍庙，就将其团团围住，可是进去一一抄搜，便是没有踪影。其中有人说“会不会躲在佛座后？”首领让兵士爬上佛座查看。兵士一爬上去，满身是蜘蛛网，连说“没人没人”。洪武王躲过了一劫。

官兵退去多时，洪武王才敢出得庙来，口渴得特别难受，想进城讨点水喝，可是在这兵荒马乱时节，大街小巷没个人影，家家关门锁闭。洪武王在登俊坊敲了几下一户人家的门，“有人吗，有人吗？”叫了几声。听得楼上有人打开窗户，伸出头来，原来是一老妇人。老妇人问：“这兵荒马乱的，客官何事？”洪武王回说“想讨口水喝。”老妇人回道：“客官稍候。”不一会，只见一妇人用麻绳吊下一个竹篮子，篮子内一把茶壶、一个茶杯。老妇人在窗口说：“男女授受不亲，家无男子，只我婆媳相守，不便请客官进门，切莫见怪。”洪武王痛饮毕，一揖道：“来日当为回报。”

洪武王对赵埙说，“缙云城隍，有恩于朕，可封显佑伯。那两妇人，想必是大家之妇，居家有道，实堪可嘉。”赵埙回奏道：“那是微臣的大母、生母。”洪武王一听，来了兴头，命“拿笔墨来。”太监端上笔墨，铺开宣纸，洪武王龙飞凤舞写了“树萱堂”三个大字赐给赵埙，然后对宋濂道：“赵埙在外尽忠，赵母在家思亲，今天下平定，赵母可解忧矣。”赵埙谢过万岁，还乡将皇上御书“树萱堂”三字制成大匾，悬于厅堂之上，同时奉旨在县城北门头建骑路“双节坊”。此坊在20世纪30年代修建永康至丽水公路时，移到公路边山坎上，60年代毁于“文革”，此是后话。

赵埙的朋友刘基、陶凯、宋濂、刘三吾、夏原吉等人纷纷为之写文章，歌颂皇恩，颂扬陈梅二母。宋濂作《树萱堂记》，对洪武王御制“树萱堂”三字作了解说：“树萱堂者，缙云赵伯和奉其大母陈氏夫人、母梅氏夫人之堂也。伯和大父叔范、父敬之，相继早世。陈氏、梅氏相继守节。伯和克孝二母，名堂盖有意焉。《诗》曰：‘焉得萱草，言树之背。’背，北堂也。盖萱草使人忘忧，欲忘其忧者，思树于背也。今也，北堂主母所居。二夫人贞节高年，为子孙欲其忘忧，故以命名。虽非诗人之本意，而君子有取焉。”

陈氏是西乡梅溪陈显祥的孙女。陈显祥，宋朝末年曾做过本县儒学教谕，相当于现在的教育局长。陈氏嫁到赵家仅七年，丈夫便亡故了。陈氏出生书香门第，谨守妇仪，含辛茹苦抚育两个遗孤成人，为大儿子从东门梅家娶到了媳妇。梅氏的祖父梅宽夫，是朱熹的再传弟子，由进士出任慈溪县尉，响应文天祥号召抗元常州，死节殉国。梅氏嫁到赵家，生了三个儿子。陈氏含饴弄孙，本可舒一口气，谁知儿子又亡故了，白发人送黑发人，这时媳妇梅氏只有廿三岁。婆媳相依为命，把一切希望寄于三个孙子身上。

洪武王御书旌表时，陈氏已九十八高龄，梅氏八十四高龄，五世同堂。

就在二母享受浩大皇恩不久，同年双双谢世。当年缙云县令刘泽民《咏陈梅二母》云：

诗礼相传属后人，一门贞节表彝伦。
妇姑俱守三从道，孙子同娱百岁亲。
重沐殊恩名益著，大书华匾墨犹新。
九年自愧催科拙，独喜云边俗渐淳。

卢尚书轶事 / 田　姑

壶镇白竹旸村，明代出了个卢勋卢尚书，如今还保留着“尚书房”与“尚书坊”，属省级文保单位。关于他的故事轶事，仍流传于民间。

坐老虎背

传说卢勋的母亲卢夫人是永康苦竹畈人。一天她从娘家坐轿回村，经过百丈岭时，下轿小解，因为担了身孕，她先坐在一块山崖上歇口气。这时坐在不远处的几位轿夫，转眼一看就大吃一惊，因为他们发现山岙边伏了一只吊睛白额的斑斓大虎，而卢夫人却毫不顾忌，竟扶着老虎背坐了下来。大家正为她捏一把汗，只见她却慢吞吞地脱下尖尖的鞋子，倒掉鞋里的沙子，又抓了两把金黄的老虎毛垫入鞋帮。

轿夫们吓得大汗淋漓，不敢出声，卢夫人又伸手在虎口拔了一根虎须剔牙，不过最后卢夫人总算安全地回轿了。

轿夫们擦着额角的冷汗问卢夫人：“刚才你骑在老虎背上为什么一点也不害怕？”卢夫人说：“刚才我只是坐在一块山崖上歇了下，哪有什么老虎？”轿夫们说：“这就奇怪了，刚才我们明明看见你从老虎身上抓了两把毛垫入鞋帮。”卢夫人听了哈哈大笑说：“哪有这事，刚才我只是抓了松毛垫鞋脚。是你们看花了眼吧？”轿夫们说：“我们这么多人，难道大家都会看花了眼！”

一位轿夫又问：“你从老虎嘴上拔过胡须吗？”卢夫人说：“我是在山崖边上拔了根草芯剔牙齿，草芯是老虎胡须？”对卢夫人的解释，轿夫们都不信。轿夫们哪里知道，这是因为卢夫人六甲在身，她怀的不是一般人，而是未来的刑部尚书！

少年卢勋

据说卢勋出生在外祖父家。按当地风俗，为了不让外孙把风水抽去，抱回去时不能从门内走出，只能从狗洞钻出。外祖父母疼爱外孙，又怕外孙抽去风水，于是想了个折中办法：从院墙上递出去。

那天，院墙内外刚架好两脚梯，天空忽然乌云密布，响雷不断。家人刚把酣睡的卢勋递出墙外，一个响雷在不远处炸开了。卢勋母亲怕孩子受惊，埋怨父母如此苛刻，谁料小卢勋却没事一般呼呼酣睡。传说，卢勋天马行空般的魄力，正是翻越墙头时天神赋予的。

卢勋从小寄居外祖父家读书。他聪明机灵，别人还在课读、习字，他已把先生布置的功课完成了。闲着无事，他便常常借故撒尿，溜出去玩，引起先生怀疑。一天，卢勋真要撒尿，先生却不允，还说：“等大家背完书下课了，你再去。”卢勋尿急就撒在书舍的墙角边。

先生责备他没体统，卢勋说：“饥不择食，寒不择衣，慌不择地，还请先生宽恕！”先生见他对答如流，心中欣喜，想考他一考，说如能对出下联，可免受处罚，便随口出了一联：“小子撒尿画枯松于粉墙”。卢勋正思忖，忽听先生“嘟”的一下放了一个响屁。卢勋立即接口道：“大人放屁响爆竹在华堂。”先生听了“嗤”了一声，口里责备他“不雅”，心中却称赞他敏捷异常。

卢勋在书院读书，常常天黑才回家。每当回家，外祖母总看见他头上亮着两盏灯。这样习以为常了，外祖母也不说什么。一天夜晚，外祖母忽然发现他头上的灯少了一盏，就拉住他问：“今天你头顶上怎么少了一盏灯？是不是干了啥坏事？”卢勋摸了摸后脑勺说：“没有哇！”外祖母又说：“没有？怎么头顶上会少了一盏灯？”卢勋想了想说：“今天我替别人写了一个字！”

原来卢勋与邻村的少年程文德是同窗，那天程文德为人写休书，不知怎么，一时笔头昏，总想不起“休”字怎么写。卢勋说这有何难，立即替他写了。外祖母一听说：“坏了，坏了！小小年纪，怎么能为人写休书？你赶快回去，把你写的这个‘休’字食了！”卢勋赶回去，正好程文德还在抄写。卢勋说：“刚才我那个字写错了，拿来再看看！”一拿到手，卢勋舌头一伸，把那个休字吃了。据说卢勋再回到外祖母家，头上又亮着两盏灯了。从此卢勋留下了“食言”的典故。

转眼年关已近，卢勋该回家过年了，但他留恋外祖父家不想回去。外祖父看出他心思，在整理书案悬挂古画时，随口出一上联：“新年挂古画手托万里江山”，还说如能对出下联，就可留下，不然就得回家。这一下，把卢勋难住了，想了半天也对不上。于是卢勋只得怏怏起程，外祖父差一家人伴送。经过一道溪坑时，因桥被洪水冲了，只好背着卢勋过溪。

这时，天已黄昏，卢勋见静静清溪倒映着满天星斗，触景生情，他灵机一动立即有了下联，于是他马上叫家人背他返回。卢勋一进外祖父家门，外祖父就知道小卢勋有了下联。于是他先念上联：“新年挂古画手托万里江山——”卢勋立即朗声相对：“黑夜过清溪脚踏满天星斗。”外祖父一听，连声说好好，自然也就留他过年了。

卢勋审案

卢勋当了刑部尚书，审问了无数案子。据说最难审的案子，要数审武状元。武状元犯了啥事？原来皇帝不知从哪里听到，说长得一表人才的新科武状元，与刚进宫的娘娘有来往，而且在御花园的鱼池边被人抓着。皇帝又气又恼，想亲自审问，又怕事情是真，堂堂天子怎搁得下面子？若是不审，又怎么容得下娘娘的下贱与属臣的放肆？左右为难时，忽然想起了卢勋：何不叫新上任的刑部尚书卢勋来审？

卢勋上堂了，他把惊堂木一拍，喝道："把人带上来！"武状元被带上堂来了。卢勋抬头一看，见武状元赤条条的只穿了身短衣裳，就责备说："堂堂一位状元，怎可衣冠不整上堂受审？"等武状元穿好衣裳，卢勋又一拍惊堂木，责问："你一个武状元，理该在校场上驰骋，怎么竟闯进御花园，还想在鱼池偷鱼？"

武状元一听，知道卢尚书有意为他开脱，就顺水推舟："本人拜望恩师出来，不想走错了道路，见塘中鲤鱼肥大，忽然想起家中老母吩咐，想买尾鱼吃。小人不知深浅，就下池捕鱼了。"卢勋又把惊堂木狠狠一拍说："你也真太不知深浅了，皇上吃的鱼，岂容得你偷？本该重打二十大板，念你新来乍到，不懂规矩，而且又是想给老母亲吃的，算是个孝子，从轻发落！"

接着卢勋又是一声喝："来人，把鱼提上来！"武状元听了又是一惊："难道还要抓证据？"这时，卢勋已走过来，拎起几尾鱼，递给武状元说："这几尾鱼，让你带回去给老娘吧！"状元哪里敢拿，这时，卢勋眼睛一瞪，"唔"了一下，状元才明白了意思。

卢勋审案，救了状元，护了娘娘，又保全了皇帝的老脸。

卢勋与和尚寺

当年佛教盛行，和尚也豪强霸道，所以一般情况下卢勋能避就避。不料有事躲不过，那天卢勋赴省城会试，经过壶镇附近的茶塘寺时，被寺外的一班和尚拦住了去路。原来和尚在派劳役：凡从寺前经过的人，必须为寺院干一趟生活：即"挑谷上仓"或"挑水上缸"。卢勋尽管已经十七八岁，因一直读书，细皮嫩肉的，哪有力气担谷挑水。他对和尚说，我是去省城赶考，不是干活儿出身。和尚哪管他这一套，不挑就打。卢勋没办法，只得咬牙挑了一担水，才算过关。

后来卢勋当了南京右都御史，知道家乡的和尚仍然横行霸道，就向皇帝奏了一本。其中有这样一句："有寺好还是无寺好？"皇帝说："当然是无事（寺）好！"卢勋得了皇帝圣旨，就带兵回缙云剿寺院，一连剿了八个和尚寺。剿到九松寺时，寺里的守护神伽蓝给住持托了个梦，说明天九松寺将有难。住持问能不能躲过？伽蓝说：你们只要带了俗家衣裳，在山门外等，也许能免了。

第二天，卢勋带了人马刚到山门附近，忽然天气骤变。一阵风刮来，顿时飞沙走石。卢勋的坐马"嘘"的一下，前蹄失足，把个卢勋从马上一下子摔了下来，"砰"的一下掉入荷花池中。山门外的和尚见了，慌忙下池把卢勋扶上来，又很快给他换了衣裳。卢勋感念九松寺和尚勤快善良，就罢了剿寺的念头。

也有传说，卢勋曾在九松寺读书，恩还未报，可是他是奉圣旨而来，怎么办呢？于是卢勋想了个办法：让兵马从西边院墙一拥进去，又从东边院墙一拥出来，算是剿过。

十八迷冢

将近70岁那年，卢勋升任南京刑部尚书，一时间权势显赫。据说卢勋是严嵩派，次年严嵩事败，卢勋也被弹劾。告老回乡后，他就闭门谢客，以种花自娱。尽管尚书房是皇帝敕封建造，面对巍巍的厅堂，他总感到有点忐忑不安，这不安的预感一直纠缠到他80岁终老。这也许就是他死后出现"十八迷冢"的因由吧！

传说卢勋死后入殓前，就准备了十八具棺材，每具棺材都放进了些什么，只有亲人才知道。不过有一点大家都知道：十八具棺材样式一样，十八具灵柩重量也一样。出殡时，十八面大铜锣一齐敲，十八根火铳一齐放，十八处爆竹一齐响，十八具灵柩一齐扛。十八具灵柩被一组组"四天王"扛着舞得团团转，十八具灵柩被十八位儿孙抚着一个比一个哭得响，仿佛十八位尚书同时出殡。最后这十八具灵柩发往东岸、陈村等十八处地方安葬。观看的人自然被弄得眼花缭乱，谁也弄不清哪具棺材装着卢尚书的真身。

据说只有卢尚书女儿一个人知道哪具灵柩里装着她老爹，因为入殓时她一边伤心地啼哭，一边悄悄在装有老爹的灵柩上狠狠咬了一口，留下了牙印。但究竟哪一冢葬有卢勋，至今还是一个谜。

福地和险地 / 陈子立

元朝末年，天下将乱。

一日，青田刘基相约丽水叶琛到缙云游仙都，说仙都奇山异水，必有隐者所居，或可邂逅高人，讨教一二建功立业之方；或可寻找一处风水宝地，作为子孙后代发达之基。

入岩泉，渡桃花岭，出荆坑，过五云，走了两日，行到缙云仙都地界。真个是山明水秀，千里来龙，引人入胜。

叶琛不禁叹道，此真福地也！鼎湖、五老、月镜，处处矗起，有万笏朝天之像。如在此卜穴，以安百年之后，缵缨冠带，代代卿相，定然可期。

不料，刘基却哂道：此实险地也！鼎湖、五老、月镜，处处矗起，有万箭穿心之像。如在此点穴，以托百年之后，只怕子孙后代血光牢狱，凶多吉少。

两位先生各执己见，一路争论到问渔亭。早已被坐在青莲石上钓鱼的一位老者听见。问道："来者可是刘伯温、叶伯彦两位？"

刘、叶两人大吃一惊：我们来仙都，不曾通知任何人，怎会有人叫出我们的表字？忙上前施礼，请教老者高姓大名。

老者笑道："老朽缙云郑葆。昨夜观天象，知道两位今日到此。你们刚才争论，我都已听见。"

两位忙说："愿闻指教。"

老者言道："你们两位说的都不错。福地即是险地，唯有德者居之。厚德载物，植者培之，倾者覆之，乃天地之道。富贵险中求，须以积德为本。积善之家必有余庆，积不善之家必有余殃。奇山异水，德厚者居之即是福地，德薄者居之必是险地，此地理之要也。”

两位听罢，如醍醐灌顶，拜服在地。

后来，刘基当了大明国师，特意带朱洪武到缙云船埠头请郑葆出山当国师。郑葆跟刘国师说，伴君如伴虎，福地即是险地，还不如小隐山林舒坦。执意不肯出山。临别赠送刘基八个字“君不离臣，臣不离君”。若干年后，洪武王坐稳了江山，大宴功臣，自己借口更衣离开现场，一把火把一群功臣都烧死在酒楼里。刘国师依了郑葆的八字真言，步步紧跟君王，逃过一劫。此是后话。

巧塔舍骂佛 / 玛门洛川

清光绪年间，前村（古名箬川）有个民间名士叫王猷，外号“巧塔舍”，他家庭殷富而体恤穷人，性格耿直而不惧神佛。他独具阴阳威望，不仅善于调处民间纠纷，而且善于排解阴间争端。

据传某夜三更，王猷被急切的敲门声惊醒，迷糊恍惚中起床开门，见一白发老叟，向他含泪投诉，说家宅被强人侵占，归家无门。王猷听后愤然道：“老哥莫怕，我送你回家。何处恶奴，胆敢强占民宅，我定要叨叱他！”随即整衣束带，同至老叟家。但见一阔脸虬须大汉，牛眼凶光，獠牙外露，面目狰狞，杀气满面。他手握钢刀，张开双腿霸住老叟家门不容主人进入。

王猷严颜厉色谴责其侵占民宅之暴行。那强人反问，“你何人耳，敢来惹我？”王猷凛然说：“我箬川巧塔舍也，你可听说？”强人一闻是巧塔舍，即唯唯诺诺，转身而退。王猷欲追而训斥，闻已鸡啼，天色放白，始知四更将尽，回首已不见老叟及家，始觉置身坟墓间……

慈相寺是前村北去半里的古寺庙，始建于唐会昌六年（846），常年香火不绝。寺旁有王猷的一块好田，土地肥沃，却没有好收成，因为每年所种的稻苗总是被鹿吃光。据说那匹鹿是慈相寺那尊伽蓝神的坐骑，自家田禾年年被糟蹋，王猷早就恼怒不已。

某日，王猷跨进慈相寺，一不进香，二不拜佛，而是指着众佛像一通教训："尔等是佛，应佑万民；田种耕作，民之所辛；鹿乃坐骑，何理相侵？日后紧管，不得扰民！"次年五月初，又逢插秧。王猷在屋后叫大树林的地方，遥对在慈相寺旁帮自家插秧的人高声喊问："还有几个秧？"对方高声回答："还有六个！"（缙云方言"鹿"、"六"同音）王猷暗下寻思：不好，今年又将遭鹿殃！果然，是年稻苗又被鹿吃光。王猷于是无名火起，疾步冲进慈相寺，用长长的铁烟杆指着佛像大骂："我已提醒，将鹿管紧。放肆扰民，枉为神灵！"继而挥动铁烟杆，一烟杆打落二郎神的鼻子，再一烟杆打碎伽蓝举金砖的手腕。

众佛魂回到慈相寺，见金身被毁，忙查问土地公。土地公哭诉：是巧塔舍发飙骂佛，击毁二郎神和伽蓝金身。二郎神和伽蓝一听此言，怒火中烧，誓言三日内必取巧塔舍性命。到了第三天，巧塔舍向大树林走来，伽蓝驾云站立大树顶尖，只等巧塔舍走近，即用金砖击顶。无奈巧塔舍生命豪光比伽蓝所站立的大树顶还高出五尺，伽蓝不敢轻易下手，悻悻回到慈相寺。

此后慈相寺佛视巧塔舍为人间刁民，决意加以惩罚。次年春，众佛议论，今年我们管好鹿，王猷的田禾也别想有收成。众佛叫来瘟神，令王猷田里稻禾白飘（钻心虫危害）！王猷梦中，有声音告以详情。醒后布置田里今年不种水稻，改种棉花。瘟神施法白飘的结果，却使其所种棉花朵朵洁白，是年又获丰收。次年，众佛计议，"今年让王猷田禾乌篷（禾苗疯长叶色墨绿难以结实）！"王猷又改种田箐（阔叶植物用于土布染色），于是又获丰收。

王猷的勇敢机智，多次违反佛意获得成功，更激怒了慈相寺众佛，终于招来了杀身之祸。伽蓝再次站在大树顶举起金砖，等到巧塔舍走近大树，二郎神放出哮天犬狠咬了巧塔舍脚后跟。巧塔舍弯腰俯身用手捂住伤口时，豪光低于树顶，伽蓝趁机将金砖狠砸巧塔舍后背。王猷后背即无端生出一个大痈，且久治不愈，色红如丹，痛如火炙，终日流脓。巧塔舍病痛三月而亡。

一代民间硬汉，为了捍卫自身权益，不肯从众随俗，不肯进香烧烛，不肯求神拜佛，不肯讨饶认输，多次违背佛意取得成功，最终遭到暗算，被恶犬咬伤，被金砖砸死！这故事不单单是传说，在物欲横流的现今，更值得我们的反思！

吕建盛造桥 / 朱文风

一、借谷

吕建盛是缙云壶镇人，壶镇一带人们都称他为“建盛胡嘴”。“建盛胡嘴”在壶镇建造永济桥（贤母桥）时，家中粮食本来不少，不过人来人往，又是客人又是工匠，吃吃喝喝，粮食当然空缺，但总不能让人家空着肚子干活。建盛准备借粮。一般能借十担、二十担的小户头当然不行，只有向附近的姓汪村大财主汪三奶借。

汪三奶人称“三奶舍”，舍即先生的意思。他家有良田千亩。有一年发大水，无数晒谷的地簟冲到温州，所以连温州的人也知道三奶舍财主。建盛与汪三奶是老朋友，估计当然能借到。

建盛来到三奶家，说明了来意。三奶自然不好推托，只是说：“要借，你叫几个人来挑好了。”建盛听了，对门外站着的几个人说：“你们去挑谷，一人挑一担就歇！”

三奶见来人不多，又听建盛说挑一担就歇，也放心了，陪着建盛一边饮酒一边闲谈。不料建盛一直坐到晌午还不起身。门外挑谷人扁担“吱吱”叫，脚步“达达”响，好像在赶市。三奶估计已经挑了不少，早已有点坐不住了，见建盛仍不动声息，忍不住开口了：“建盛啊，你到底叫多少人来挑，也剩几担我自己吃吃！”建盛一听，笑道：“你汪百万，万事不求人，今日怎么怕没好吃？到我家来，我供养你！”

事后三奶舍才知道，建盛带来300多人，一人一担，至少也是几万斤谷子啊！真是连后悔都来不及了

二、助建东阳桥

吕建盛在缙云建造了三桥，出了名。消息传到东阳，东阳人晓得建盛是个了不起的人物，便发了一张大红请帖，请建盛去。请他去干什么？原来东阳人想在千祥到防军去的路上造一座石桥。他们想请这位造桥名家做参谋呢！

桥还没动手造，地方上的乡绅们先请酒为造桥事募捐。建盛一到，正好赶上募捐的酒筵。老酒扛来了，一坛一坛摆在廊下。菜肴上桌了，鸡鸭鱼肉满满碗。乡绅们点头作揖，你推我让，十分客气。他们七推八让，推让了很久，还是没人敢坐主桌的东首位。他们谁都清楚，东首位是主位，坐了主位，这募捐的银子就不好掏啦。少了，怕让人耻笑。多了，那白花花的银子谁舍得哗啦啦往外倒？这么推推让让，半个时辰过去了，还坐不下。建盛是外客，不便插嘴，开始他还忍耐着，后来看看实在不像话了，他把大烟筒往面前的石阶上猛磕了数下，“嗯”了一声说：“你们别推让了，这东首位还是让我来坐吧！”他走过去坐了上首位，慢吞吞地说：“敝人今日能与诸位相聚，机会实在难得。我不仁抢占了东首位，这座桥，如若大家允许，也让我一个人包了造，行吗？”

贤母桥（民国照片）

大家一听建盛如此慷慨，不觉都红了脸，忙说，东阳人造桥要劳驾你大人，已是打扰了，怎么还好让你破费呢？实际上，他们觉得堂堂一班乡绅，造不起一座

桥，倒让外乡人独造，不太有失面子吗？结果你几百，他一千，一下子就募捐了足够的银子。

三、仙来石

你听说过吗？缙云壶镇贤母桥上，曾镇着方方的一块岩石，叫“仙来石”，它不像赤岩山开凿的方石那么红扑扑，也不像乌蟆岭打出的石头那么黑黝黝。它呈银灰色，阳光一照，银光闪烁。有人说它是天上银龙变的，有人说它是蟾宫的玉兔化的，更有人说它是蔡老夫人拄了龙头拐杖特意送来的。这块“仙来石”究竟是怎么来的？壶镇一带流传着这么一个故事。

传说载阳和建盛父子营建贤母桥那年，正是风调雨顺的好时年。金风起，稻谷黄，金灿灿的稻谷刚藏满仓，圆滚滚的木料已在好溪边的田头地角摆满。蔡老夫人多年的夙愿——建桥济人的美事，经过数年筹备终于开始实现了。载阳带着一班人，高香红烛，全猪全羊，拜苍天祭碧水，火炮齐鸣，地动天惊。一时间，好溪滩上，锄镐挥舞银光闪闪。人们手不停脚不闲，掘得快挑得欢。白花花鹅卵石挖掘出来了，露出十多个黑乎乎洞穴。黑乎乎洞穴里，澜起黄澄澄的泥水。一夜寒风紧，清晨冰如镜。水车扛来了，谁先下潭破冰架车？大家你看我我看你。这时建盛拄着钢钎来了，他抹了抹胡子上的冰花，鞋一脱跳进了冰水中，垫好石，架好车。他在水中一招手，几部水车哗啦啦转起来了。建盛一带头，大伙紧紧跟，手磨破了，脚跪肿了，膀子压红了，皮肤冻裂了，嗓子喊哑了，谁也没有叫苦，谁也没有喊累，谁也不愿歇息。

贤母桥的石块，大多从赤岩山开凿，一方方一块块，路边放田头堆。慢慢地，好溪溪滩上拱起了金色的木龙。慢慢地，那木龙又变成银色的石龙，似腾飞，又似潜伏。

那一夜，又是八月中秋，青天像洗过般明净，圆月像银盘般皎洁。圆月边，飘浮着一朵银灰色的云。那云朵，初时宛若游龙，凌空嬉戏；不久变成玉兔，双脚爬搔。那朵云，始终伴着圆月。夜深了，人们歇息了。工棚上的人说，那朵云后来变得像造桥用的石块，方方正正的。这奇怪的云，究竟什么时候飞逝，人们都不知道。

第二天，人们照常开工猛干。一位石匠师傅在成堆粉红色方石中，发现了一块银闪闪的石块。他觉得奇怪，用手一摸，啊，细洁的石面上凝聚了一层珍珠似的银露。看看其他方石，红的粉红，黑的黝黑，都干燥燥的，哪来什么露水珠儿？

银灰色凝露怪石，吸引了工地上的人们，最后连建盛也拄着钢钎来看了。他抬起头，眯着眼，抹抹胡子上的泥巴，看看碧涟涟的溪水，望望蓝湛湛的苍天，终于想起昨晚那孤零零的云，忆起深夜那清悠悠的梦。他梦见祖奶奶蔡老夫人驾着一片祥云，笑盈盈飞来好溪边，察看人们造桥。她老人家一手扶着龙头拐杖，一手托着方方一块石头。那方石，正像眼前这块，光洁泛着银光。祖奶奶笑花了眼，亲口对他说："你们圆了奶奶的心愿，奶奶助你们一方石块吧！"建盛高擎双手，正想接过来，金鸡已经报晓，他一骨碌爬起来，原来是一个梦。如今，眼前这块石头，不正是梦中所见那块石头吗？他用手一摸，只觉得有股清凉沁人心脾。建盛心中一阵高兴，忙说："这是一块仙来石！"从此，这"仙来石"的名称，就传扬开来了。

迎寒霜，斗冰凌，石拱大桥眼看要铺桥面石了。铺最后一块方石时，师傅们想换下原来的一块，把那方银灰色"仙来石"镶嵌在正中央。用尺量了量，大小正合适，谁知扛去一按，偏偏宽一线，怎么也放不下。师傅用钢钎修整了一下，比量准确了，叫人扛上再放，谁料仍宽那么一线。人们都喊奇怪，引来了吕建盛。他一看不禁骂道："你们怎么这般糊涂！这是仙来石，能垫桥心？让人踩被人踏？这是块镇桥仙石！要像神佛般供奉呢！"人们听了，一个个伸着舌头，不敢哼声。

大桥造好了。这"仙来石"一直镇在大桥上。有这仙石镇着，这大桥经风雨历寒暑，冲不垮摧不烂，如今仍巍巍然蔚为壮观。至于这块"仙来石"后来究竟搬到哪儿，说法很多。有人说它作了船纤石，有人说它仍镇压在大桥的正中。为了让人们永远记住这块神奇石头，好事人在东边大桥墩上刻了三个字："仙来石"。这字如今还在，你可去看看。

四、三上梁山

壶镇东边的九进厅，是一幢气势雄伟造型别致的清代古建筑。那粗粗的椽，圆圆的柱子，方方的梁，该多少木料啊！传说这九进厅的木料，大都是造贤母桥的桥架木。那么这无数的桥架木又来自何方？你不妨听听“建盛壶嘴”三上梁山的传说。

“建盛壶嘴”的父亲叫吕载扬，自从他遵照蔡氏老母的遗嘱，承头建造贤母桥后，作为儿子的建盛可忙了。那天，他刚从赤岩山的岩宕看石料回去，父亲又吩咐他出去寻找桥架木。他访北山走东山，连绵的珠岭山爬光，高峻的括苍岭翻遍，参天大树是不少，成片成林却不多。后来，他听人说，马飞岭后的三溪港内，有座梁山，山高林密，树大杆粗，山山岙岙，连绵成片。建盛想，先游一游三溪港，爬一爬这梁山吧！

一个大清早，建盛戴了顶南顿玲珑小箬帽，拄了根黑漆白铜嘴大烟筒，竹布长衫一撩，往马飞岭走去。太阳没当顶，他已翻过马飞岭，爬上山高水凉的梁山。这梁山，确实是个好地方：五道峻岭拱着个山窝窝，合抱大的树木连成片，遮住了天，盖住了地。建盛一见，喜从心头起，力从脚下生。他拄着大烟筒，攀藤萝，绕山冈，转了几个时辰，把山山垅垅的大树看了个遍，就是看不见人家。他奇怪了，这大片树林是哪个太公的产业？眼看红日西斜，建盛只好先回来。一路上小鸟啁啾，好像招呼他再来。

过了好些日子，建盛终于打听清楚，梁山那满山大树，是一位吕姓寡妇的产业，她就住在五山耸翠的山窝窝里。一天大清早，建盛怀揣几块白洋，翻越马飞岭，二上梁山了。

建盛走大道绕山路，翻过三座山，转过九道弯，见山窝窝中有一座泥墙瓦屋，矮矮竹篱爬满淡蓝的牵牛花，数丛杨梅抖动着碧绿的枝叶。绿草上，一个六七岁小男孩悠转着，正在采摘草莓。

建盛在一块大青石上坐下，故意把白铜烟锅磕得格格响。那小男孩，见陌生人的黑漆烟筒比他还高，好奇地走了过来。建盛估量这孩子，定是大山的小主人。他噙着烟嘴呼呼吹了两下，又在烟锅子上扎扎实实按了一锅烟丝，伸手摸火刀，却老半天摸不出来。他朝小男孩一笑，举了举烟锅子说：“小兄弟，你娘烧饭了吧？能不能借个火？”小男孩把头一点，说有，一蹦进了屋，拿出一支冒烟的火煤子。建盛吧嗒吧嗒吸着烟，眯眼问起小孩：“你家中还有谁？”小孩眨巴着大眼，调皮地说：“我不告诉你。”建盛说："我猜着，你家有娘还有爹。"小孩一听红了眼圈，争辩说不对，我没爹了。建盛听了一惊，拉过小孩说："好孩子，长得水灵灵的，是棵嫩芽，应该有个好爹爹疼你呢！"他摸出六块白洋，按在小孩的手心上。小孩胆怯，不敢接。建盛说："别怕，给你就拿去，日后到壶镇，买块花花糖，买碗热馄饨！"

小孩飞奔回家，没多久又捏着那白洋回来了，身后跟着一位40多岁的女人。建盛知道他要找的吕寡妇来了，双眼一瞄仍故意吧嗒吧嗒抽烟。这一瞄，他心里已清楚：这女人身穿青地白花大襟短袄，亮光光的头髻梳在脑后，齐展展的刘海遮着前额。好整齐的女人！不知好不好搭言？

孩子的娘见是一个陌生人在抽闷烟，心中也觉得奇怪：深山冷岙里，借个火喝口茶水，本是常事，哪有给人家钱财的道理？走近了，见是位30多岁的中年人，一脸笑容一嘴黑胡，不觉先红了脸。她代孩子道了谢，又催孩子把白洋交还客人。可是建盛怎么能收回呢？不交熟这母子俩，下一步怎么伐树啊？建盛摸了摸孩子的头，又笑眯眯地把递过来的白洋塞回孩子的衣兜。他说："小兄弟乖，作个压岁钱吧，莫嫌忒少呢！"

女人自然感激，她说："这怎么行？他亲生爹在时，也没给这么多压岁钱！"

建盛故意一惊："什么？他没爹了？可惜，可惜！"他把孩子搂到身边，摸摸他嫩生生的手，抚抚他黑乎乎的头，问道："乖孩子，若不憎嫌，认我做个干爹吧！"

孩子娘一听，脸红到脖子根，嘴上却说："能认你这样的人做干爹，还要下个生世先修行！"

建盛笑笑，说："不用修行，磕个头就行！"

不料这伶俐孩子，一听这话果真跪下磕了三个头，慌得建盛上前急忙扶起，又从袋里摸出二十块白洋说："算是见面礼吧！"

孩子的娘，见说话当真，又难推脱，只好叫儿子招呼干爹屋前小坐，自己回屋端茶烧点心。喝茶间，母子俩才知道这客人是吕姓本家。那小孩知是本家人，如今又成了他干爹，更是问这问那，又问干爹为何上梁山。建盛磕了磕烟锅子，不觉叹了口气，他说："你们瞧，那边白茫茫的壶镇畈上，有一条大溪，溪阔水深，行人过往不便。有人想建座大石桥，缺桥架木，我想乐助几根，这么大的树木又没处寻。”

孩子娘一听接口说：“大树这儿很多，只要干爹用着，别说几根，多些也有！”

建盛一听，真像喝了一壶三年陈老酒，心花开开的。他说：“亲娘这样说，我也不客气，改日来斫几根！”建盛心中有了底，不等太阳西斜，就下山了。母子俩直送到山口子。

过了几天，建盛雇了数百人，上梁山来了。小伙子们个个腰圆体壮，肩扛大锯，手执利斧，绕山越涧，行动利索。他们从另一个山岙爬上梁山，一下子扎进黑森森的老林。几条山垅都有一班子人，拉锯地蹲着马步使劲拉，执斧的高擎利斧尽力斫，一时间砰砰啪啪猛干起来。建盛自己，拄着那根大烟筒，沿着弯弯山路，正往干儿子的房屋走去。来到门口，早让门口的干儿子瞧见，他一蹦跑进屋里报信：“娘，干爹来了，干爹来了！”

建盛吃了母子烧的点心，又闲谈了好一会，时间早已过去几个时辰，他估摸着隔山垅上的大树早已斫倒一大片，才开口说：“我带了一些人，想来斫几株大树！”

孩子的娘说：“干爹用着，只管去斫吧！”

建盛说：“去斫，也得你亲自去检点检点！”

孩子也说：“干爹只管叫人去斫好了，满山都是，斫不完的树！”

建盛掏出白花花一堆白洋说：“先付点钱，等斫好再结算。”

孩子的娘哪里肯要？她说：“几株树，算什么钱？”一个推，一个捺，推来捺去，最后总算收下。

等到建盛带了母子俩去看，只见四山八垅大树横七竖八，已斫倒无数。深山坳里，砰砰啪啪仍响成一片。孩子的娘见了大吃一惊，忍不住心疼地叫了起来：“哟，怎么斫了这么多树？”

建盛知道她心疼，忙说：“你别心疼，造桥铺路，修行修福！要多少铜钱银，你直讲好了！”

吕寡妇怎么讲呢？她知道，建造大桥并非干爹一个人的事。再说那位蔡老夫人，嘱儿造桥也是仁慈乡里的好事，她早已有所听闻。人家有心济人，难道自己就无意修行吗？所以尽管一时心疼，还是说："我住在深山，不知要造大桥。现在知道了我也要乐助。多斫的树，算我母子俩乐助吧！"

建盛一听，放下心中老大一个块。他高兴得过去搂住那孩子，摸摸他黑油油的头说："干儿子，命大福大，将来一定比干爹更气派！"

孩子似乎明白了什么，懂事地点点头。这时，山风阵阵，雾霭腾腾，雾蒙蒙的西山巅上，忽然闪出一道七彩长虹，弯弯地架在山间。孩子见了，尖声叫嚷："干爹，你看，大桥架起来啦！高高的大桥架起来啦！"

后塘说赵氏 / 赵章格

后塘，既是一丘水塘名，又是一个村庄名。

先说水塘。此塘宽约数亩，活水自东北方好溪进来，又从西南方经括苍塘而去。水塘养鱼鳖虾鳝，塘墩植垂柳花草。

而后塘这村庄，先前叫什么，不得而知，但有据可查的是，起码在元朝就有了这村名。元朝时，有姚姓从千家岭脚迁来；元末，有陈姓从永康尚书堂迁来；明成化间，有王姓从武义王山头迁来；清顺治间，有赵姓从海宁迁来。

早年笔者与陈美善母亲聊天时，她津津有味地说起了这方塘。她说这丘塘是他们姓陈的，只供自己姓陈人洗汰，外姓人若用，必须用净洁的布将埠头擦燥、擦净洁。笔者又与王家项林菊老太闲聊，她又是说得头头是道，说这塘是她们王家的，也说外姓人若用，必须用净洁的布将埠头擦燥、擦净洁。她们都说因本族人丁不发，后来方塘就让姓赵的争去了。

按迁入时间先后算，赵姓是客姓，哪来的本事争到这面积广达数亩的大塘呢？

后塘赵姓父老相传，顺治年间，始迁祖进麒公，海宁赵周巷人，因贫穷潦倒流浪到缙云县城。城隍山脚财主见他为人忠厚，身强力壮，便叫他在家做长年。赵进麒不怕苦，不怕累，一日到晚只顾劳作，财主非常满意，十分放心。

一日，赵进麒看到猪栏的栏坢（猪粪）太厚了，便起了个早，一担担把栏坢往地里挑。将到傍晚时分，猪栏中的栏坢全部挑光了，只剩角落一大堆猪屙壳，本可第二日再挑，可赵进麒就像给自家做事一样，没偷半点懒，又拿起耙篯、畚箕清理猪屙壳。他擎起耙篯用力一勾，却发现下面都是白花花的银子。赵进麒想：栏坢一回回地挑，怎该日（今天）会有如此多的银子呢？莫非是上天赐给我的呀。

于是，他就不动声色，把银子装进畚箕，上面盖上猪屙壳，不声不响地往东门方向挑，连夜挑到东乡廿五都地面，就是现在后塘这一带，准备寻个地方成家立业。他碰到一位老者，老者见他相貌堂堂，日后能成一番事业，就告诉他："若要发，胡家搭。"

不久，他娶了个老婆，恰好姓胡，胡氏给他生了四个儿子，所以现在这门赵氏分为四房。赵进麒在后塘安居初年，因为是新来乍到的客姓，不时遭到邻居欺压，就像那丘塘，洗汏不得。赵姓人气不过，就在自己屋边挖了丘小塘，在自家的土地上竖祠堂，外姓说是破坏了风水，给他推倒。

但赵进麒的子孙经过七八代二百多年的自强不息，在后塘留下了一个强盛的家族。从这里走出了江浙皖辛亥志士赵卓，走出了孙中山大元帅府的参议、周恩来的救命恩人赵舒，走出了中共缙云第一任县委书记赵汝池，走出了四位国民革命军将军（赵舒、赵桂丹、赵桂红、赵挺画），走出了民国中将竺鸣涛的夫人赵田花。不到1000人的家族，民国时期有军政人员80余名，有8名将士牺牲在抗日战场。

民国年间，先贤赵舒先生在水塘的去水处，为纪念母亲李氏建了个小塔，刻了碑文。塘墩上建红蓼书屋，或接待政要，洽谈国事；或写字吟诗，抒怀心扉。可怜小塔、书屋均毁于"文革"。

如今，这丘历时元、明、清、民国四个朝代的后塘，再也不是陈家、王家，或者张三、李四的了，成了附近民众共有的池塘。

岩凹与岩腰

/ 郑朝慧

相传岩腰村原来的位置是在现在高速公路桥头馒头山上那块岩塔凹陷进去的地方，故古名“岩凹”。后来，县城郑氏为守护“太婆坟”迁来后，才改住在今天的村址，改名“岩腰”。护坟的郑氏为什么要改住今址，改名“岩腰”呢?

原来，古时候岩凹村只住着一户富有人家，岩腰畈的田地及其附近山林都是属于他家。奇怪的是这个财主认为，家中金银假如受潮就会损坏，故每年六月大暑之期，都要把金条、银锭过秤后叫老奴拿到屋后岩塔背曝晒，晒好后又要过秤存放。几天晒下来，发现金银都没有轻去，认为肯定是老奴不用心翻晒之故。于是就责令老奴重新翻晒，如果仍然没有把金银的水分晒掉，就要严加惩罚。老奴冒着烈日，一边翻晒金银，一边伤心落泪。恰有一个打金银师傅路过，问明缘由后，一边安慰老奴，一边拿出自己类似的金条、银锭与之调换。太阳落山了，老奴收好金银，交给主人过秤。一称，还真轻了一些，主人乐呵呵地奖励了老奴。如此往复，年复一年，打金银的师傅都如期前来调换金条、银锭……最后，这个富户的金条、银锭越晒越小，最终家庭破落了，房子也倒了，成为乞丐，流落他乡。

再说明万历年间，缙云县城东门出了一个郑汝璧，位居三品高官。封建社会，历来夫贵妻荣，故其夫人周氏，也因丈夫三品高官而被封为“诰命淑人”。就是这个周淑人的阴宅，选择在岩腰村后的金钟山上。风水先生说，坟穴有“大梁挂金钟”之瑞，民间称之为“太婆坟”。在古代，富贵人家的坟墓，崇尚或由孝子贤孙，或雇佣当地村人守护。于是，东门郑姓一支族人准备迁到太婆坟附近定居护坟。

开始，他们见岩凹还有旧墙脚，就决定在这里清基建房。一日，郑氏太公正在清理基址，忽见一位衣衫褴褛老乞丐，拄着一根拐杖一步一跛地走过来，张开开裂的嘴唇，发出含糊不清的乞讨声。郑氏太公见状，将他请到自己的工棚，打上清水，让他洗理，再端上粥饭。

乞丐吃饱后，精神了起来，就对郑氏太公说："主家啊，你们在那个地方建房子，家庭是要败落的啊！"郑氏太公忙问其故，乞丐说："你那个地方岩塔凹陷成湖，意思就是'凹陷成无'，是个很不吉利的地方。"郑氏太公以前已经听到过"岩凹"富人落魄的传言，今又听到乞丐所说，认为非常有理。但是，守太婆坟的房子不能离太远啊！找什么地方建房好呢？乞丐知道郑氏太公心里着急，于是扳着指头，掐算一番后说："主家不妨往西踏勘，那里当有山弯似腰，是个'腰缠万贯'之地，适宜人居。"

郑氏太公听了万分高兴，相约乞丐同寻宝地，乞丐应允，尾随主人西行选址。行至一处山弯，郑氏太公回身征询乞丐高见，不料身后已无人影。主人知道遇着了仙人，慌忙对天跪谢，随着微风，隐约听得："人不相欺，宜居宝地……"由此，郑氏太公就按仙人指点的"腰缠万贯"之地建房定居，并取村名为"岩腰"。

郑氏太公迁此居住，已历400多年。如今，村中安谐，郑氏人丁兴旺，生活过得也越来越富足。

羊堪头探古 / 吕吉人

羊堪头位于壶镇溪头过洋泽桥的高堪上，乃羊氏先民聚居之处而得名。这里地势平缓，田地阡陌，往东有古道直通苍岭，往南有大路通达马飞岭，皆可入台州仙居。优越的地理环境加上羊姓人努力耕作，曾使这里人丁浸兴，房屋毗邻，虽地偏东隅，却入胡陈羊之列。羊氏出过十二双粉头靴，这些庙堂上的大员，回乡后常下洋泽桥，走到溪头街炫耀自己的光宠，羊堪上还发生过许多古事，留下不少历史遗迹。

铁扣塘

据说明朝时，朝廷官员“满朝半江西”，但奈何不了浙江谏官的强势，于是学了堪舆地理之术，周旋江浙一带的山川，设法破坏地脉风水。有日，江西风水师经过羊堪头，到官地凉亭感觉有异：近旁村庄屋宇聿新，小山脚禄色透焰，还凝聚一股财气。再察看地脉，果真有穴凝聚那丘百秧田里。正是踏破铁鞋无觅处，得来全不费工夫。

这年恰逢干旱，农田禾稻干枯急需用水。于是风水先生趁机蛊惑人众，教人在百秧田里往下挖掘，果然找到一泓泉源。又命人担去泉边田土，拓成圆形池塘，塘底压上铜锣宝剑，塘周围扣上铁箍，称之为铁扣塘。离此百丈处大路西侧，命人又掘一丁字池塘，形角尺，称角尺塘。东西相应，择定吉日吉时，洒白雄鸡、黑街狗血于其上，再口中念咒，化符作一番制度。不久泉涌，池塘果然清水满溢。塘水浇田使庄稼丰收，农人 欢颜。

殊不知此举坏了地脉风水，不出三年，羊氏在朝为官的十八位族人，或杀或贬，或被发配异地。此后，羊堪头羊氏人口开始减少。

有人以为吕氏族人在溪头埠定居， 开垦湖下畈后，抽了羊姓的风水。还有人认为，二口吞羊，才有此败象。于是羊氏在吕氏建造的佑茂殿边竖了一间羊角庙，试图口中角触，可惜仍不起作用。

羊泽桥常受阳障坑的洪水冲击，经常被毁，至清代年间，有吕氏贤达出资重修桥梁，桥设三墩，以松木为桩，叠石其上，桥面平铺八块尺许见方的长条石，两边饰有护手栏杆。桥两头之牌坊群像水车架，而桥上添护栏好似水车桶。吕氏闻说，恐溪头风水被引到羊堪头，于是命人拆去护栏，成了平桥。

羊氏浑不知衰败缘故，几百年后，羊堪头上的住户屈指可数，羊氏遗族竟然消失。新中国建立后分田均产，铁扣塘边的田块分给上宅的吕兴水。他很会精打细算，见塘边田块七棱八角，不利耕作，就舍本填塘。塘水车干，挖塘泥时，果真在塘底下发现一面铜锣和一把宝剑，其锈迹斑斑有些霉烂。此事一传，方知铁扣塘故事并非妄说。再寻那道铁箍，早已腐烂无存。但经一甲子，羊堪头上又现兴盛。高楼林立，人丁旺发，所不同者，居民已经易

姓。（2010年吕耀端老人讲述）

娘娘庙

羊堪头上还有一处娘娘庙，娘娘庙又叫张四姐殿，在洋泽桥南端的牌坊脚边，庙宇并不宽畅，香火却十分旺盛。此庙坐西朝东，三间正寝，正主张四姐凤冠霞帔，娇美善良，笑颦可餐，旁立四位宫女；左殿奉着玉帝王母，右殿供着土地公嬷，廊下站着文武官员。塑像造型逼真，衣冠鲜艳，十分可观。张四姐是玉帝的第四个女儿，乃金枝玉叶之公主，此庙才有娘娘之称谓。

有年，溪头上宅之吕松和（1874–1935）得了一种痼疾，多方延医求治，皆无起色。眼见其沉疴日重，家人十分焦急，只得焚香求神，祈祷菩萨保佑。

有日夜深，周身酸痛的吕公，于朦胧中感觉有缕幽香袅袅飘来，使身上感受到一种从未有过的味道。他睁开眼睛，见窗外皎洁的月光下，有一位仙子自空而降。瞧她云髻高挽，脸带微笑，左手虚开兰花玉指，右手舞动拂尘，疑似观世音下凡。但闻其轻启樱口，舌绽莲花，自谓是张四姐公主，奉玉帝法旨，巡视凡间，解除众生疾苦，见这方有香烟接引，听诵经之声虔诚，知是信佛积善人家有恙，故现容谋面而来。说话间，轻动拂尘，洒落了几滴仙露，随即冉冉隐身而没。

说也奇怪，梦呓般的奇遇，给吕公带来意外的惊讶，头脑顿觉清爽，舒展手足，周身疼痛竟然消失。他忙推醒妻子，将幻境告诉一番，妻子闻说，也感觉屋里尚留余香。自此，吕公病体康复。

家人感激神明的恩泽，将事

情经过四处传播游说，自己烧香化银，礼佛更勤。吕公突发奇想：何不建一庙宇，塑上娘娘形象，让世人都去尊拜而获取神灵的赐予呢，天恩浩荡，佛法无边哟！

经过数年的奔波募捐，一座庙宇终于落成。娘娘之法身，均按梦中记忆塑造。开光之后，朝拜娘娘的善男信女络绎不绝，庙内终日香烟缭绕，烛光通明，求愿祈祷十分灵验。

几十年后，张四姐庙也与其他庙宇一样，佛像被毁，香火断绝。有人在庙里办了锯板厂，刺耳欲聋的锯板声，替代了曾经的庄严肃静；呛鼻的松杉味，掩盖了过去的檀香。租赁的业主，把大树改成木料细条，多年的经营并未得到丰润的回报。一个因事故险丧性命，一个因车祸依赖轮椅延喘余生。也许这是一种巧合，有人却说这是佛法昭显。

时序又变，殿宇重光，独张四姐庙不能复原。可能是娘娘不属正神，没有佛根慧性，难上档次的缘故吧！（1998年吕周桂老人讲述）

南公祠

南公祠亦称务本公祠，位于洋泽桥上东、南大路之间，成祠于道光年间，由瑞卓之子载扬、载修、载驯、载希及载奇继子建盛五房合建，主祀壶溪吕氏十二世祖讳南公及裔孙。

祠堂朝南，分上下厅，两回厢，中天井。天井左右有池塘，祠宇系砖木建筑。大门前场地宽畅，砌有围墙，供清明裔孙分胙。围墙外数十步，建有“节孝”牌坊，旌褒宗乙之妻吕宋氏。其廿五岁夫亡，遗子瑞卓年仅七龄，上有寡姑。躬营灶穸，以贤妇而作佳儿；诵读经书，本慈母而为严父。奉生养死，葬礼必躬亲，膝下之孤丁，鞠育贻谋，境同荼苦。历春秋72岁，仿素志之不渝，称未亡人四十七年。牌坊外有“李下”塘，蓄养风水。

祠内先贤，由衰至盛，由贫至富，素行善举，皆出于瑞卓之妻吕蔡氏之教诲：“君子能勤，后世有继。”可谓勤而知所务矣，为此额基堂曰：“务本”。盖勤乃终身之本，学为人生之本。其一一知所务，岂不可法而可传载！后来一门造三桥之壮举，皆始于此也。

三桥成，吕门顾其工历十有五年，共用费八万两有奇，吕氏亦从此易产尽矣。有人笑话吕氏愚哉？但他们却认为："其利数十人，孰若利亿人，与其利一二代，孰若利百世。""不存心利物，必多藏厚，亡与其子孙，以骄奢淫佚而散，孰若及身以为善而散。且为善而散者，可复聚；骄奢淫佚而散者，不可聚，此天理也。"南公祠内之子孙辈的善行义举，皆为当时所推重，一代代过来，留下了许多动人的故事。

祠堂外墙的壁上有个一人多高的"当"字，这是当店的标记，老人们说，该祠亦称当店作为闲置房的生息之处。亦见当年此处过往的人群还有很多。

祠堂在新中国建立后分给几户贫农居住，得以保留。后来住户几易其主，历近200年风雨，屋宇已现破败。祠前围墙上涂写的"好百姓不食私盐""红军万岁"之朱色标语，是国内革命战争时期红军在壶镇进行革命活动留下的珍贵遗迹。可惜改革开放后，住户在祠外建造新屋时，标语连同墙体被拆除而消失。

祠前牌坊于1966年作为封建残余被拆除，坊基复垦还田，李下塘还在，用于农用灌溉。

一字之差 / 周春柳

新建下田村的麻家，古时是本地有名的富裕人家，祖上曾有人中过举。为了让子孙继承祖志，清朝年间，一户麻姓人家在长孙出生时就把他取名叫"作稿"。作稿十八岁县试考中为府试人选，麻氏家族皆大欢喜，为鼓励作稿专心读书，还把一片田地山林划给他作"读书田"。可惜麻作稿赴处州府试，两次都榜上无名，族人的希望破灭，就把"读书田"抽回族里。作稿的爷爷和父母决心咬紧牙关也要让作稿继续读书，再去考试。

当年下田是新建到丹址、雪峰、丽水的必经之地。有年夏天，一月无雨，有个盲眼人，右手握竹竿敲路外沿，左手握竹竿敲路中央，慢慢前行。这盲人走得满头大汗，口干舌燥，忽闻鸡鸣，就止步高叫："这里有人吗？

我是个盲人，想讨口水喝。”

刚好作稿娘在小溪边刷锅，就应声说：“先生到我家来喝些茶水吧。”她随手握住盲人的竹拐向前引路，让他在祀间落座后，先倒一大海碗紫苏茶水，再在碗内放一撮粗砻糠后递给他说：“先生慢喝，碗里有 砻糠。”

盲人听说碗里有砻糠，就一小口一小口慢慢地品尝紫苏凉茶，不久就有一种沁香凉爽的感觉。原来喝茶也有学问，夏天炎热，大汗淋漓，肚饥加口渴，把一大碗凉茶水猛喝下去，对肠胃有很大的刺激，全身毛孔突然封闭收缩必然会生病。盲人想：“这女人不简单，怕我口渴牛饮，喝凉茶会伤肠胃。”盲人想着想着慢慢地茶也喝完了。

接着作稿娘盛一大碗饭加菜干肉递给这个盲人并说：“先生请吃饭吧，山里人家夏天也没什么好菜，菜干筋配饭将就一餐吧。”盲人伸双手接住饭，就闻到菜干肉喷香，顿时胃口大开。

盲人茶足饭饱，顿觉精神，就说：“伯娘，你对我这么好，盲眼人没什么感谢你，今天我帮你算个命，不要钱。”作稿娘说：“等一会，我家男人与儿子在后山刨草，我去叫他们回家歇歇气。”她走出大门，面对后山叫着：“作稿，与你爹一起回家喝口茶，凉快凉快。”

父子俩回家，作稿娘递两碗茶给他们后对作稿爹说：“算命先生说给我们算一个命，不要命钱，我想给作稿算一下。”作稿爹说：“是要算算，为何两届都考不中。”作稿娘把作稿出生的年月日时报给盲人。盲人就抬起左手，大拇指尖掐住无名指根念子时、掐住中指根念丑时、掐到食指根为寅时、食指第二关节卯时、食指第三关节辰时、食指尖巳时、中指尖午时、无名指尖未时、小指尖第一关节申时、无名指第二关节酉时、小指下关节戌时、小指靠手掌念亥时，即为鼠牛虎兔龙蛇马羊猴鸡狗猪为十二生肖演变成天干六十甲子，一十二生肖又为地支。盲人手掐口算，念念有词，最后说：“命不错，专心读书是会有功名的，就是年运这几年也都不错。”

作稿父母听了有点不信，就将作稿两次到处州府试都不中告诉盲人，盲人又细细地算了一遍后，就问：“你儿子姓什么，叫什么名字？”作稿爹说：“儿子姓麻，名作稿。”盲人问稿字怎么写，作稿爹回答说：“偏旁为禾再加高兴的高字。”算命先生说：“上等的麻做稿草，怎么会有好作为？

必须改名。麻可以纺纱、织布、制衣、做蚊帐，应改名叫作‘麻作丝’，这样明年秋试必有好消息。伯伯，伯娘，谢谢你们的款待。盲眼人现在要起身赶路啦。”

第二年秋试，麻作丝果然中了秀才！

水车题联 / 陈子立

清朝入关之后，缙云文运不振。自康熙九年（1670）郑惟飚之后，直到同治八年（1869），200年间，竟然没考中过一个举人，更不用说进士了。同治九年（1870）秋天，朝廷又开科取士了，各地的秀才纷纷赶往贡院参加“秋闱”乡试。

缙云黄碧街有位陈员外，良田千顷，家财万贯。这年秋天他新打造了一具水车，就将新水车摆在通京大道旁，高挂告示，请各位路过秀才题水车联。如题得好，愿出一字千金赏银。

摆了两日，许多秀才匆匆走过，摇摇手不敢题。第三日，来了一位缙云东乡秀才，看了告示和水车，挥笔写了一句上联“一朝雨露胸中吐”，就搁笔匆匆上路了。

陈员外追上去请他写完下联，他说：“还有一个会来写的，还有一个会来写的”。给他赏银，他说等我中举回来再送到我

水车题联

家不迟。

又摆了两日，许多秀才匆匆走过，摇摇手不敢对下联。第三日，来了一位缙云南乡秀才，看了告示和上联，叫翻过水车，挥笔写出了下联“万里风云脚下生”。对得太好了，围观的人都禁不住喝彩。

秀才一写完就搁笔匆匆上路。陈员外追上去要给他赏银，他说等我中举回来再送到我家不迟。

不久秋闱发榜，题上联的那位就是本科新中举人壶镇溪头赵保滋。陈员外赶忙送去七千两银子，表示祝贺。题下联的那位秀才是南乡岭后吴成周，本科虽然未中，但陈员外认定此人下科必中，不敢怠慢，也赶紧送去七千两银子，鼓励一番。果然吴成周三年后同治十二年（1873）中了举人，又过三年光绪二年（1876）中了进士。

“一朝雨露胸中吐，万里风云脚下生”，十四个字，赏银一万四千两，相当于一字千两。这句一字千金的妙联故事，一直在缙云民间流传。

雷公做媒 / 赵设乐

东渡地方有个叫陈丘山（按：隐其真实姓名）的年轻人，忠厚、朴实、能干，地方上都满口称赞。到了婚娶年纪，他托人做媒，与隔岸的阿娇联姻。当时双方父母都说这门婚姻天作地合，前世姻缘。后来，不知什么原因，女方一拖再拖，无法过门完婚。陈丘山干着急，就这样拖了年把，女方提出要解除婚约——不嫁了。陈家听了像五雷轰顶，不甘心这门好亲事就这样断绝。陈丘山亲自上门求，不行；陈家父母托媒人前往求，也不行。

六月天的一个下午，天上有几朵乌云飘着，阿娇正从周畈的路上经过。突然，一个不大不小的响雷，“啪”的一声自天而降，恰恰打在阿娇的一只脚跟上，阿娇立即跌倒在地上。正在周畈干活的人，听到“啊哟、啊哟”的叫喊声，赶忙过来扶起阿娇，问：“哪里疼？”阿娇说：“脚跟疼。”众人一看那脚跟发红，皮肤都有点烧焦了，便扶她到卫生院消炎、包扎。不久，就没事了。

阿娇被雷打伤的消息，很快传遍全村。有多嘴的说："定是那婚事呢，玉皇大帝听到后不高兴，出来主持公道，在责怪她呢。""可不是，一定是玉皇大帝派雷公前来警告了。"这些言语，一传十，十传百，很快传到了阿娇家。没过几日，阿娇父母兴就诚心诚意地前来对陈丘山说："你俩快去办个结婚手续吧。"

陈家对此更是乐观其成，不日完了婚。自此，夫妻恩恩爱爱，夫唱妇随，勤勤恳恳，过上了好日子，而且还生了三个儿子。

和尚望银滩 / 赵设乐

东渡隔溪石马岸南，临溪有巨石凸出，像一顶和尚帽。岩下有洞，三人高。洞中有坟。

相传，东渡这地方有人传言："站在这岩洞边，向前面的千秧溪滩看去，曾经看见过一地簟银子，还没人得去。"

说者无意，听者有心。一过路和尚听到了这消息，便自带粮食，在这岩洞中烧饭住宿，观察银两的出现，势在必得。他每日起早摸黑，盼着太阳上山，送着太阳下山，期待着银子的出现。

一日早起，阳光正从东边山尖露了出来，和尚见溪滩上有些薄雾，真的有一地簟晒着白花花闪光的银子。他高兴极了，终于盼到了这一天，便急急忙忙过溪到千秧溪滩，可是什么地簟、银子全不见了，眼前却是一片乱石滩。他忙回岩洞，再往溪滩看，又是一地簟银子。再过溪到溪滩，又是乱石滩。

就这样，来来回回，银子，乱石。和尚不甘心眼前的银子让别人得去。他坚信功夫不负有缘人，总有一日这一地簟银子该是我的。

就这样，过了一年又一年，银子见了一次又一次。可是每次都是落了空，和尚心烦意乱，竟恼出了病，不久，便在洞中一命呜呼。东渡人发现之后，便将他埋在这洞中。

后来，人们就叫这洞为“和尚洞”，坟叫“和尚坟”，至今坟还在洞中。

蛟坑大箱怪 /徐 盈

当年，李白的头号“追星族”王屋山人魏万，遍游各地，追寻李白入浙，数千里不遇，便乘着这股兴致游览处州风光。那时候山上有老虎虫蛇，水里有鳄鱼，路上有山贼盗匪，行路不是很太平。魏万曾在王屋山求仙学道，是个超凡出世、爱古好游的狂人名士。他学李白，腰悬宝剑，带两个仆从，翻山越岭，赏玩风景。一日，路经大洋古道，他看天快黑了，心想这要是再晚一些就遇不到村落了。突然，路上出现了一个黑黢黢的大箱子，四周静得吓人，让人觉得非常诡异。

魏万和仆从按剑走近，箱盖突然打开，里面涌出一道黑气，直扑过来。仆从们吓得大喊一声：“妖怪！”转身就跑，魏万也跟着他们一路狂奔。只听道旁阴风阵阵，传来桀桀笑声和嗡嗡的喊声：“站住！我要吃了你！”他们身后不断响起箱子扑打在石块上的声音，但没人敢回头看一眼。

魏万带着仆从奔逃一夜，好不容易才跌跌撞撞下了山，看到一个村落，魏万的心定了下来。他问了当地人，得知这里是缙云县的蛟坑村。村里人说，驿道上确实有箱子怪，这些年来有不少行人离奇失踪。这时候天已大亮，魏万也不敢多作停留，一路往缙云县衙去报案。

当时，李白的从叔李阳冰正在缙云当县尉，对这位跑了几千里的“追星”狂人还是有所耳闻的。听了魏万的报案后，李阳冰对驿道上行人失踪的事非常重视，就点了两个差役，亲自跟着魏万去蛟坑村查看情况，准备捉拿大箱妖。到了蛟坑，里正见县官亲自前来，赶紧忙整理出好房间，杀鸡招待。

当晚，魏万歇在房间里，正想写几日来的见闻，油灯忽然灭了。屋子里凭空出现一只大箱子，砰砰跳动，追逐着要吃人。魏万被逼到角落，但他毕竟武功高强，力大如牛，用宝剑和它相斗，砍了它一剑，大箱子上出现一道裂痕，它就痛得大叫一声，跑了。

第二天晚上，李阳冰房间里，油灯也忽然灭了，一只大箱子扑向李阳冰，把他压在墙上，呼呼地吐出寒气。李阳冰不会武功，但他是唐代著名书法家，承李斯玉筋笔法，其小篆有“铁线描”之称，笔力惊人。急切之下，李阳冰就在大箱子上写起篆书来，大箱子疼得嗷嗷直叫，也逃走了。

这样下来，大家觉得大箱怪并不可怕，可以对付，李阳冰就让人传信回县衙，紧急派出十个弓手来埋伏在屋子外面。

第三天晚上，李阳冰和魏万抵足而眠，一起等大箱子出现。黎明前天最黑的时候，大箱妖悄无声息地出现了，大口一张，扑向二人。

两人一跃而起，魏万举起宝剑砍向大箱子，李阳冰当当当敲起了锣。守在门外的仆从连忙打开门，举剑冲了进来，他们和魏万前后夹攻，大箱子被砍得受不了，瞅准一个空子飞出门去，十个弓手听到锣声早就等在那里，一时飞箭如雨。大箱子被箭射中痛得嗷嗷叫，一下子吐出了一个稍小的箱子，大家都吃了一惊。结果那个稍小的箱子又吐出了一个箱子，一个吐一个，一个吐一个，一个个箱子在院子摆开阵法，飞起来扑咬众人，十分可怖。一个不留神，魏万就被一个大箱子囫囵吞了进去。两个仆从用剑狂砍箱子，箱子纹丝不动。

突然，魏万听到一个清脆柔和的少女声音在他耳边说：“你怀里藏着李白的诗集？”魏万道：“我是李白的大粉丝，当然随身带着李白大大的诗集。”少女又道：“你快用剑把那句‘愿将腰下剑，直为斩楼兰’刻在箱子里！”

魏万心中疑惑，但还是把诗句刻下来，诗刚刻好，就出现一道凌厉的剑光，把箱子劈开。魏万大喜，赶紧跳了出去。回头一看，箱子又合拢了。

魏万赶紧把这事告诉李阳冰。这时李阳冰也听到了这个清脆的少女声音：“用他的剑和你的书法，把诗句在空中写出来！”李阳冰赶紧拿起魏万的宝剑，挑了一首李白的诗句，在空中写了起来。

刚刚写完“黄河之水天上来，奔流到海不复回”，剑痕就发出淡淡的金光，紧接着就变成了一道瀑布，把箱子一个个冲翻。

李阳冰再写“大鹏一日同风起，扶摇直上九万里，”剑痕忽然变成了狂风，把箱子一个个掀到了天上。

“快跑啊！”一个箱子叫了起来。

“快跑啊！”又一个箱子叫了起来。

它们一个个落在地上，都“咕噜噜”地往山上飞滚而去。

李阳冰一看它们要逃，便和魏万一起追上去。他们越追越远，一直追到蛟坑上面的瀑布之上，眼看箱子就要逃之夭夭，李阳冰立即挥剑写了一句：“鼎湖流水清且闲，轩辕去时有弓箭。”

写完这句诗的瞬间，流经瀑布的水都纷纷飞到高空，形成了一张银光四射的巨弓，然后射出一支神箭，“嗖”地一下把箱子们齐刷刷地钉在地上，成了穿糖葫芦。只剩下一个最小的箱子，还在路边格格发抖。

魏万举起宝剑，就要砍这个小箱子。这时，不远处的山顶上又传来那个清脆的女声：“且慢！”

大家定睛一看，发现灿烂的朝霞中出现了一位明眸皓齿，霓裳广带的仙女，她手持一枝芙蓉花，美丽耀眼的就像一颗熠熠生辉的晨星。

仙女说：“我是佛星天女，是燃灯古佛座下的护法伽蓝，看到你们遇上了麻烦，便提点了两句。”

李阳冰和魏万这才明白，感激道：“原来是仙子相助，多谢仙子！”

仙女指着箱子说：“从前有个贪官返乡经过驿道，遇上一伙山贼打劫。山贼抢到珠宝，把空箱子推下了山。它们在山下历经风吹雨打，沐浴日精月华，岁久成怪，因为被主人的贪婪感染，总是觉得失去财宝的肚子很饿，到处寻找带着财物的旅人，想把肚子填饱。但小箱子是例外，它以前肚子里装的是书籍，沾染过书卷气，懂了几分道理，经常把旅人引出迷障。”

李阳冰、魏万忙说：“那我们不为难它了。”

仙女说：“那些会吃人的大箱子，我就罚它们守在这里，告诫世人贪婪的下场。”说着，她轻轻一挥手，那些被钉成一串的箱子就变成了一只只高高叠在一起的石箱子。

然后，她对李阳冰点头道：“这个小箱子，就由你处置吧。”

山顶上灿烂的霞光逐渐消失，佛星天女也消失不见了。在她曾经伫立的地方，出现了一座小小的人形石峰。

蛟坑大箱怪之佛升岩

后来，百姓就把路边好像很多箱子叠在一起的石峰称作“叠箱岩”，把不远处山顶上的人形奇石称作“佛星岩”。据说叠箱岩对贪官很有威慑力，如果有贪官夜间经过，叠箱岩就会变成箱子把他吃掉。

后来，魏万一路追到广陵（今江苏扬州），才见到了李白，激动地向他奉上四十八韵长诗《金陵酬李翰林谪仙子》。李白也很受感动，与魏万结为忘年交，写下名诗《送王屋山人魏万还王屋》，描绘了魏万千里寻访自己一路经历的吴越山水的壮丽。李白说：“尔后必著大名于天下，无忘老夫与明月奴。”意思是到时候别忘了老夫和我儿子明月奴啊。

次年（755年），安禄山反，天下兵荒马乱了一阵。又过了三年，李阳冰做了缙云县令（758—760年），再后来就调去当涂做了县令。宝应元年（762年）十一月，李白重病当涂，李阳冰当时是他身边唯一的亲朋，便将所剩诗文托付给李阳冰，之后就病逝了。李阳冰挂印归隐，回到缙云吏隐山筑庐隐居，编撰、刊印李白诗稿《草堂集》十卷。据说他身边有个神奇的小书箱，能化成小童为他磨墨铺纸。李阳冰去世后，那个装着李白原稿的小书箱就不知去了哪里，也许直到今天，它还在周游四海，寻找有缘人呢。

怪兽狗头熊 / 赵设乐

1956年春夏间，缙云出现了狗头熊伤人、吃人事件，民心大恐。

城南板举梨碧岙，一个八九岁的小孩子在山上放牛，爷娘见他没回家吃饭，便找上山去，原来小孩让狗头熊咬死在山上。水牛个头大，狗头熊只数不多，才没被吃掉。

板举大岙底谢礼山的8岁女儿牵牛喂草在岙底。岙外干活的人突然听到岙底小孩的惨叫声，大家背着锄头之类飞快往岙底赶。当大家赶到时，女孩已被狗头熊咬破喉咙而死，狗头熊正在那边吃人肉，见人多，便往山上逃奔。

板举麻松钟带着8岁女孩，在村水口边花麦弄山沿准备耕田，他叫女儿先把牛牵到山沿吃草。没多久，麻松钟听到了女儿喊声，急忙背起锄头赶过去时，只见狗头熊已将女儿扑倒在地，正咬住喉咙吸血。他拼命将狗头熊赶跑时，女儿已没命了。

又有雅宅叫“大买兒”的，力大无比，远近闻名。一日，他在山沿地里蹲着身，剪蕃莳藤。突然一只狗头熊从背后伸起前腿扒到他肩上。“大买兒”狠狠地抓住狗头熊那双前腿，用力向前摔去。狗头熊一个翻身，反扑了过来，人、熊大战起来。“大买兒”边打边喊“救命”，听到呼救声，附近的人呼喊着赶了过来，狗头熊才逃跑了。

一狗头熊来到梨仓畈，冲向人。干活的人齐声大喊“打狗头熊”。大众一齐追去，狗头熊才往山中逃跑。

一日，一狗头熊在县城塔下畈，冲向一干活的妇女。妇女擎起锄头，大喊“打狗头熊”，边上干活的人听得，一起追打，狗头熊逃走。

新建前畈，狗头熊追一小孩。小孩喊“救命”，有人听得，穷追猛打，救下了小孩。

这年夏天，人们都在间沿、簟基乘凉。壶镇湖头珠吕其柱，夜间在湖头珠坟园看田水，突然一只狗头熊从背后将前腿扒到他肩上。他赶紧站起身，一边锄头乱舞，一边叫“救命”，拔腿就逃，没被狗头熊追上。

发现狗头熊第一次在梨碧岙吃人后，老百姓报告了乡政府。乡政府也没办法，只是提醒群众“提防点”。再次狗头熊吃人，再次报告，再次提醒“提防点”。闹得缙云三乡多有惊恐，不敢单个上山砍柴和下田干活，对政府没有措施，老百姓多有抱怨。

狗头熊吃人、追人屡屡出现，老百姓无法求菩萨，就请巫师降神。结果有神谕说：狗头熊是大苍山猎神杨三舍的猎犬，一不留意，让它们逃了出来伤人。你们应向杨三神许愿，请他们将猎犬收回去。

城南一带便组织大批人员备三牲、银两、香烛、炮仗，前往大苍庙向猎神许大愿：“若能收去狗头熊，秋后请三个戏班品会场。”

说来也怪，自许愿之后，狗头熊真的销声匿迹了。

这年秋后，城南百姓请了三个戏班，在大苍庙前做了三日三夜戏。附近乡村百姓，纷纷备了银两、香烛、炮仗，拜谢猎神杨三舍兄弟。

左库水怪之谜 / 项一中

世界上最神秘的动物，也许就是所谓的“尼斯湖水怪”了。

早在1500多年前，苏格兰的尼斯湖就有怪兽吞食人畜之传言。有人说它长颈圆头；有人说它长着象鼻；有人说它口吐泡沫；有人说它口喷烟雾。到了20世纪，仍不断有人声称亲眼见过这个幽灵般的水怪。不少学者却对“尼斯湖水怪”持怀疑态度，但更多著名科学家坚信，在尼斯湖中确实存在着一种至今尚未查明的怪兽。他们认为，由于几亿年前的海陆变迁，很可能有一种人类未知的远古变异生物——海栖爬虫，它们至今生活在尼斯湖中。

于是那些喜欢寻奇探险者用尽了现代科学的各种设备，企图查明这种见首不见尾的神秘水怪。然而，尽管人们对尼斯湖进行了十数次大规模全方位的立体探查，却一无所获。而沸沸扬扬的水怪传说却让尼斯湖的游客络绎不绝，使得英国这个小镇赚得满盆满钵！

其实，不仅英国有水怪传说，我们华夏也有，就连小小的缙云，也自古就有水怪之记载！

《旧唐书·地理志》载：“（处州）恶溪多水怪，宣宗时刺史段成式有善政，水怪潜去，民谓之好溪。”也就是说自古以来，缙云的好溪流域就有很多水怪，后来由于段成式的治理，水怪都逃走了。

那么，好溪里的水怪真的在唐朝就都潜去了吗？

据《库川宋氏宗谱》记载，元至正十一年（1351），当地士绅宋逢源倡议，由宋、郑、应、潜四姓联合在好溪上建堰坝，最后投工一万有余，故名“万工堰”，可灌田四万余亩。1968年春，“万工堰”居然惊鸿一瞥地出现了一个被叫作“大鳖”的水怪！

最近，笔者采访了一位当年曾经目睹水怪尊容的老先生——80多岁的卢文富，以及一些见证过水怪形象的公社社员。

据卢先生回忆，1967年农历十二月廿四，潜明村一妇女途经万工堰上游时，突然看见一个像簸箕大小的鳖形水怪，湿漉漉地从岸边跳入好溪而掀起巨浪，女子被吓得手脚酸软瘫倒在地。

到了1968年正月初二，宫前大队两位李姓社员拜年回家经过万工堰，又

发现了鳖形水怪。他们捡起石头扔去，第一块没击中，第二块眼看正中头部，水怪竟一张口就轻轻接住石头，两人见状慌忙抱头鼠窜。消息传开，人们开始三五成群到好溪寻水怪——大鳖。

人们开始怀疑，既然史料记载唐代以后好溪的水怪就绝了迹，为什么到了1967年的年底，水怪又会突然重出江湖，降临人间？

原来，1967年对缙云来说是个极为特殊的年份，不仅“文革”正在轰轰烈烈进行，而且从这年的7月21日开始，全县连续118天晴空万里赤日炎炎，以往碧波荡漾的好溪也彻底断了流，可谓百年不遇之大旱。直到农历十一月才天寒地冻大雪纷飞，年底时气候转暖冰雪融化，好溪才慢慢涨满雪水。没人知道，是否因为这个原因，水怪才久旱逢甘霖，现身好溪大舞台？

到了次年正月初十，左库几个初生牛犊不怕虎的年轻人提着炸药沿好溪寻找水怪。他们远远看见一个大鳖从深潭幽游而来，就立即点燃导火索对准大鳖奋力一抛，只听“轰隆”一声巨响，炸起一道水柱，可惜炸药距大鳖还有一丈多远，水怪竟慢悠悠旁若无人地潜入深水。

卢先生回忆说，当年自己正在金竹小学当校长，作为受过多年唯物主义教育的他自然不会相信水怪这种迷信传闻。但当他听说一帮年轻人正在水库炸大鳖，才疑心疑惑起来。他开始随着人群沿着万工堰溪边公路，边走边往水中观察有无水怪。

这时，他突然听到上游二三百米的水库尾巴有人喊：大鳖又浮出来了！他赶紧跑到水库尾巴的溪滩上，果然看到清澈的溪水中有一个簸箕形大鳖，头大如火甏，脚掌像蒲扇，身长和大水牛差不多，背脊栋还有一道浅黄色的骨节隆起！

也许是大鳖听到卢先生的脚步声，它很快就在两米多深的溪水中悄无声息地往下游潜泳而去，卢先生沿着溪滩一路小跑，才勉强跟得上大鳖的潜游速度。追了大约200多米，到了黑魆魆看不到底的“金光瀧”，大鳖才沉入深潭。

卢先生回想起1946年冬，自己还是十几岁时，隔壁一个卖柴为生的叔公卢康钱曾对他说：傍晚他从东笕山担柴回家，路过好溪对岸“月底沉江”，忽然看见溪滩一块巨石上趴着一只直径约三尺比大箬帽还大的怪鳖，正在啃咬一条大柃秤杆粗细的鳗。卢先生疑惑地想，这个大鳖是否就是20多年前叔公所说的那个怪鳖？

随着左库发现水怪大鳖的爆炸性新闻越传越远，不仅缙云全县各地，甚至连永康、东阳、仙居、金华等地，人们也纷纷扶老携幼成群结队地前来左库观看大鳖。由于观鳖者像滚雪球般越来越多，每日的人流量很快超过万人大关！

当时全国正实行“军管”，主政的壶镇区人武部生产领导小组赶紧打电话向缙云县人武部生产办公室汇报情况，说人们为观看大鳖，“水库变成闹市”，“建议省有关部门前来捕捉”。

2月26日，浙江省淡水水产研究所、上海西郊公园派专家前来壶镇考察水怪。为了便于及时发现突然浮现的大鳖，他们在万工堰大坝旁搭了个茅草铺，手持望远镜进行观察。果然，27、28日连续两天，专家们都目睹了这个鳖形水怪的真容。他们确认：此物身长约3米，体宽约2米，估计重达800斤，是一种学名叫“巨鼋”的两栖动物。县人武部生产办公室赶紧向金华金兰汤水库联系，请他们派人前来捕捉。在金兰汤水库革委会主任的亲自带领下，一支10多人的专业捕捞队带着小船两只、大网七张，来到左库捕捉水怪。

捕捞队到达左库后，一个50多岁的捕捞队员闲谈时说，新安江水库也曾经发现过一只重达300斤的大鳖。为了活捉这个大鳖，新安江捕捞队付出了惨痛的代价：一个队员被咬死，两个被咬伤。

他还告诉卢先生：1942年嘉兴发大水，水退后一个农民在田塍下发现有个箬帽大的鳖，他举起耙簸奋力一锄，结果耙簸齿插入鳖甲，怎么也拔不出来。他就把插着耙簸的大鳖带到上海，卖了30多块大洋。而那个买主转身把大鳖卖给药店，一下子就赚了200多块。

他这才知道鼋是稀有的名贵药材，无论枪伤刀伤，只要一糊上以鼋制成的特效药，伤口很快就会长满新肉。更奇怪的是，鼋吃饱一顿就可以伏在水下三年不出。由于鼋的价格奇高，抓的人多，因此濒临灭绝。

捕捞队观察了左库的地形地貌后，就在水怪经常出没的“月底沉江”河段拦腰撒下三道大网，准备试探一下网绳能否罩住这个大鳖。结果次日一早捕捞队前去查看，却发现大网被拖出二十多米远，而且指头粗细的三层巨网被撕开一个大洞！

到了3月10日下午3时许，大鳖仿佛蓄意向捕捞队发起挑战，突然浮现在距离万工堰大坝百余米的水面上耀武扬威。奇怪的是，面对稍纵即逝的捉鳖时机，捕捞队却迟迟不敢下水。

原来，第一次下网就被撕开大洞，让捕捞队员惊出一身冷汗。特别是新安江的捕鳖惨案让他们心有余悸，对两艘小船能否捕获重达800斤的大鳖心存疑虑。他们担心，即使大鳖被巨网缠住，只要它稍一挣扎就会掀起巨浪而颠覆小船，加上它的大嘴和利爪，人员伤亡几乎不可避免。所以等了一个多小时后，捕捞队才小心翼翼、战战兢兢撑船入水，按计划以大鳖浮现处为圆点，在直径百米外撒下七层巨网，把大鳖围在半月形包围圈内。

正当捕捞队上岸后摩拳擦掌准备收网，对水怪实行瓮中捉鳖时，喜怒无常的老天爷突然雷霆震怒，电闪雷鸣大雨倾盆。此时夜幕已经降临，捕捞队无法作业，他们只能蹲在岸上守株待兔，因为深更半夜黑灯瞎火进行捕捞，极易重蹈新安江之覆辙。反正只要大鳖企图突围，四腿就会被网眼缠住，等它一挣扎，七层巨网就会把它包成“鳖粽”。因此捕捞队决定养精蓄锐隔岸观火，坐等天亮水中捞“粽”！

然而，当夜瓢泼大雨通宵达旦，等到半夜时分洪水就高高漫过“万工堰”坝顶。次日一早捕捞队奋力拉起大网一看，顿时目瞪口呆：网内早已空空如也，水中捞粽变成了水中捞月……

第二次失败并未打消专家和捕捞队的捕鳖积极性，他们经过研究认为，大鳖极可能是钻沙越网逃出包围圈。有鉴于此，3月15日，壶镇区人武部专门派人向浙江省军管会汇报。

听了缙云捕捉水怪巨鼋的情况汇报，省军管会决定给予缙云人力、财力支持，并指示缙云务必把捉鳖工作当作当前一项重要的政治任务来完成！

壶镇区遵照省军管会的指示，很快就成立了以区人武部长为组长、以及雁岭公社革委会成员、各派革命群众组织负责人参加的“捕鼋临时领导小组”。鉴于水中撒网捕鳖之危险性太高，领导小组决定放手一搏：开闸排水，竭泽而渔，水落鳖出！

3月25日，水库开闸，万工堰下顿时急流飞瀑白浪涛涛。三天后库容之水已基本排干。28日一早，人们开始对好溪河段进行全面搜索，奇怪的是从早上搜到下午，大鳖好像突然从人间蒸发不见踪影。也许是1967年的大旱太过吓人，壶镇区的领导突然“考虑到春耕大忙季节即将来临，农田灌溉很快就要用水”（区人武部报告语），于是立即下令，到下午五时关闭水库闸门，进行重新蓄水。

省淡水所的专家和捕捞队闻讯后颇为不满，因为水库中尚有许多深达三四米的水潭无法排水，也来不及检查，大鳖有可能已钻入深潭沙层躲藏，只要假以时日逐个探查，就不怕它上天入地人间蒸发。然而闸门既已关闭蓄水，他们只能遗憾地收拾行装无功而返。

至此，曾惊动数十万人围观且豪气冲天的左库捉鳖事件，在花掉“今费七百多元”（区人武部报告语）后，却找不到一根鳖毛。那么究竟大鳖躲到哪儿去了？难道它真的修炼成仙白日飞升？

当地人认为，它极有可能是藏进了月底沉江的“水仙洞”里。

原来，月底沉江斜对面山脚有个岩洞叫“水仙洞”。此洞非常奇特：沿着房子大小的洞口往上走三四米，山洞突然倾斜沉入水中，然后再从水中逐渐上升并高出水面，在山体内形成巨洞。据说，每年只有某月某日某时，当一轮皓月行经某一天际，通过月光的反射方可见内洞犹如一口倒扣之水缸。相传清朝嘉庆年间，赤溪有位水性极佳者名叫吕良发，人称“水葫芦”，某次因尾追一特大鱼群而误入洞内。“水葫芦”捉鱼后晕头转向，再也找不到出口，只好在洞里以生鱼充饥等死。七日后其母以为儿子已被水鬼迷魂而溺亡，遂在其子遗鞋之水潭边烧纸哭祭。不料火光倒映，“水葫芦”循光而出，竟大难不死。

正因为这些言之凿凿的传说，当地人怀疑水仙洞很可能就是大鳖的老巢。而这次水落石出大鳖却不翼而飞，极有可能就是躲进了这个洞里。可惜雨水充沛的年景，水仙洞洞口皆沉于沙层底下，只有像1967年这样的大旱年景，洞口才会露出水面。

“捉鳖”事件结束后，蜂拥而来的观鳖团一哄而散，左库大队男女老少无不暗自庆幸。因为自从正月初十以来，缙云及周边各县到左库的观鳖者如过江之鲫成千上万，供销社所有的糖果饼干被抢购一空后，人们只能亲带亲、邻带邻地厚着脸皮到左库社员家中“打秋风”。等到3月底，大部分社员家中已经坐吃山空，只能到外村借粮度日，听到水库抽干不见大鳖，人们无不额手称庆！

卢先生回忆说，到了1968年的冬天，又听人说看见了大鳖。他赶紧跑到溪边去看，果然看见深潭中有一团黑乎乎的东西在活动。但仅凭一点他就断定这不是大鳖：黑影游动时一会儿长一会儿短，一会儿尖一会儿圆，而原来的大鳖游动时形状是固定不变的。

左库的贫下中农闻讯后却如惊弓之鸟，因为他们早已被春天的“观鳖团”狮子开大口吃穷吃怕了，因此对大鳖可谓恨之入骨不共戴天。听说大鳖又重现江湖，他们当即强烈要求大队干部为民除害！

左库大队干部同样也深受其苦，于是他们急贫下中农之所急、想贫下中农之所想。他们首先要求全体社员对外彻底封锁大鳖消息，即使壶镇区人武部以及公社干部前来查问也不准透露一个字；其次是宣布先斩后奏大开杀戒，重奖敢于捕杀大鳖者！

所谓重奖之下必有勇夫，一位热血青年立即组织了炸鳖敢死队，他们撑着木排入水，见有团黑影潜游就猛然投下炸药。只听一声巨响，一根白色水柱冲天而起，水面上立即浮现一片银光闪闪。最后，社员们用网兜从水中捞起了千余斤被炸死的溪鱼……

从此，左库的贫下中农逢人便信誓旦旦：大鳖就是鱼群！

自从20世纪60年代的惊鸿一瞥，半个世纪以来左库水怪再未露面。尽管缙云隔三岔五也有旱情，但好溪从未像1967年那样彻底断流，水仙洞也从未露出洞口，没人知道水怪是否仍藏身其中？

也许有朝一日天降奇迹，大鳖再度招摇过市，左库将很快变成东方的尼斯湖，迎来一批又一批先睹为快的国内外游客和形形色色的科考队。估计当年恨不得置大鳖于死地的左库群众，也会因为滚滚而来的游客和滚滚而来的金钱而改变态度，他们将恭恭敬敬地把大鳖这个丑陋的家伙供上神坛，像对待观世音菩萨那样，每天焚香祷告敬祝它老人家身体健康，万寿无疆！

附：左库捕鼋宣传提纲

最高指示

政治工作是一切经济工作的生命线，在社会经济制度发生变革的时期，尤其是这样。

关于壶镇左库水库捕鼋情况的宣传提纲

今年二月初，在缙云县壶镇区左库水库发现一个类似于龟鳖的大型动物，经淡水水产研究所同志的多次观察分析和有捕鼋经验的群众反映，这一大型动物初步确定是鼋。

鼋是和鳖相似的一种淡水水生爬行动物，它分布于我国南方各省，生活在沙滩溪流中，如浙江的瓯江流域，钱塘江上游，福建闽江流域。云南红河流域等地都曾经发现过。本省的丽水青田等地每年都有捕获，小的几十斤，大的百斤以上，据说云南省曾捕获过四百斤重的大鼋。

鼋和鳖相似，颈能伸缩，四肢的趾间有蹼，善于游泳和钻沙，适应水较深、水流较大的山溪中，一般是白天潜伏在水下岩洞或沙石中，晚上出来活动和找食物。它以肉食为主，常捕鱼类和水面游禽，在饥饿时也可能袭击小孩和家畜。它的生活区域比较固定，每年四五月间产卵，天然孵化，每次产卵数个到数十个，卵呈白色，状似乒乓球。

据左库大队社员和附近群众反映：在好溪上下游，曾不止一次被人发现和捕获到过鼋。如在左库附近的万工堰潭、清广潭等地早在数十年前曾发现过有似鼋的大型动物，一九六五年也有人看到过，但都没有捕获，由此可见鼋并不是什么稀有动物。

根据有关资料上介绍和有捕鼋经验的人说：鼋要冬眠，活动期为每年的四月至十月间，而这次出现却在二月初，这是什么原因呢？我们分析：这与气候变化有关，主要是去年长期干旱，鱼类动物减少，所以鼋的食物非常不足，由于去年冬眠前没有吃饱，因此今年一有机会它就提前活动了。

最近，我们捕鼋领导小组在省军管会、军分区、县人武部的领导下，进行捕鼋。但由于我们毛泽东思想伟大红旗举得不高，加之经验不足，措施不力，起初几次发现时没及时采取果断措施，以后一段时间又没发现，虽然把库水放了，但是，水库的深潭范围还较大，深的地方还有三米多，因此没有捕成。我们分析：这个鼋可能是潜伏在深潭中或泥沙里。根据有关资料介绍：鼋如遇到恶劣环境可以数年不出，从上述的情况看来，潜伏在深水中或泥沙里可能性大。

在这种情况下，必须引起我们注意的是，要记住毛主席“千万不要忘记阶级斗争”的教导，在无产阶级文化大革命取得节节胜利时刻，一小撮死不悔改的走资派和特务、叛徒，以及没有改造好的地富反坏右分子，他们眼看末日来临，必须要作疯狂的挣扎，很可能趁我们放水捕鼋未成的时机，散布谣言，制造各种迷信说法，说什么是“上天去啦”“化作什么东西了”等谣言来迷惑少数落后群众，扰乱人心，借以破坏无产阶级文化大革命，破坏“抓革命、促生产”，破坏社会治安。我们必须提高警惕，及时揭穿阶级敌人的阴谋诡计，在缺乏经验的情况下，一次捕捉不成是没有什么奇怪的，失败是成功之母。

由于春耕大忙季节将到，农田灌溉急需用水，故水库不能久放。因此，这一次捕鼋工作暂告一段落，但不是就此结束，我们还要继续发动群众，从总结这次失败教训入手，依靠群众，群策群力，如再发现，一定想法把鼋捕起。

壶镇区左库水库捕鼋临时领导小组

一九六八年三月三十号

——摘自西泠印社版《缙云地名探秘》

考据类

黄老仙道与缙云戏曲 / 章建明

两千多年前的黄老之学委身于“仙道”，推崇天（神）人的合一和身心的修真，为道家学说、为后世的道教框定了空灵超世的基调，同时也影响了包括戏曲在内的民间文化艺术的品格与走向。

缙云地处浙西南，山高田少，人口稠密，百姓自古安贫乐道，向以痴迷戏曲著称。如今，县城里不仅有戏曲家协会、戏剧总会、戏剧家联谊会和婺剧促进会，而且戏迷之众，班社之多，巡演之广，在全省无出其右。戏曲传统的肇发，固然与时代背景和生存环境有关，但最根本、最直接的因素，还是仙都黄帝祠宇等宫观斋醮科仪的示范和熏染，浓厚的道教氛围为民间戏曲的孕育提供了良好的基因和营养。

一、史上的黄帝祠宇及道教活动

黄帝祠宇的前身是“缙云堂”，建于何时已不可考。现在尽管被一些专家推为两晋，其实也有可能是汉代，甚或更久远。因为东汉学者赵晔的《吴越春秋》就有“斋于黄帝岩岳之下”的记述，而且按照学界公认的说法，缙云的黄帝祭祀传统既与道教的传播密切相关，也与五千年前的黄帝部族南迁有联系。

江南气候温润，物产丰富，山川绮丽，被古代道家方士视为修真的天堂。早在东汉时期，著名方士王远、赵炳、葛玄等都曾辗转括苍山和仙霞岭一带，在缙云有着广泛影响。其中的赵炳，善用“禁忌之术”祛除病患。据元陈性定《仙都志》记载，仙都赵侯庙边上的云梯洞就是他的修炼之地。还有葛玄，号太极左仙翁，善变幻，明成化《处州府志》记述：“葛竹山，在县西北五十里，世传葛仙翁炼丹其山，遗笔化笋成竹，因名。”

两晋期间，天师道随着门阀氏族南渡而重心南移，后又成为官方承认的正统宗教，从理论到组织都开始实行历史性的变革和拓展。缙云仙都鼎湖峰是黄帝铸鼎升天的神迹所在，山中古有“缙云堂”，又是南方唯一的专门祭祀道教始祖轩辕氏的宗庙，自然而然就被南天师道选为在江南传播教义、弘扬道法的一处中心基地。一时间，高道陆修静、孙游岳、陶弘景等相继造访缙云山，并择地驻留下来，进行授徒传道、整理道经以及研究创制斋醮科仪，从而使这一带的道教徒众和道教文化得到空前发展。

早期的天师道组织呈松散型，极少有道馆宫观设置，其道治和活动场所一般设于师宅或静室。其中的静室即各个道民的家宅，也是在家修炼的道教徒举行宗教仪式的场所。缙云传统民居建筑多为三合院或四合院，法事醮坛用土石垒于天井，道士吟诵诗经和演奏道乐则安排在正对天井的敞厅（堂前）。乡人至今仍称天井为“道坛”，称堂前屋为“诗间”，这恐怕在全国也是唯一的，足见道教文化影响之深广。

至唐代，道教上清派宗师司马承祯（647—735）编著《天地宫府图》，将括苍山及仙都山纳入群仙统治之所的洞天福地，“缙云堂”随之被李唐王朝升格为“黄帝祠宇”，并委派常驻道士管理日常事务。在以后的数百年间，仙都黄帝祠宇不仅是官府祭山拜祖的重地，而且也是江南规格最高的道教活动中心。到了晚唐，又有高道刘处静师徒结庐金龙洞并建仙都观，缙云本土还出了位弃儒入道的一代宗师杜光庭（850—933）。

北宋治平三年（1066），英宗皇帝下旨将黄帝祠宇改赐“玉虚宫”，这比江西龙虎山天师府的兴建足足早了40年。其后由朝廷拨款大兴土木增建殿堂，原来的黄帝祠宇成为宫内的一座主体建筑。气象一新的仙都苍龙峡口终日香烟袅袅，仙乐萦绕，“槛外风高山月明，步虚山里步虚声。”南宋末年，玉虚宫再度扩展，占地三十亩，计有三殿三厅六厢，轩房99间。除宫内道徒外，常年在宫外鼎湖峰四周结庐聚居的信众达数百人之多。这种盛况，一直延续到明代。

明清两朝或抑制佛道，或重佛抑道，加上战乱、饥荒，缙云道教宫观渐趋萧条。大批道士散落民间成为“火居道士”，专事为百姓释冤、解劫、赶鬼、招魂、忏孤魂、做清醮、祷雨祈晴等。清末，全县有火居道士（师公）140人，东乡壶镇麻园村叶、许两姓多有世袭。

二、道教音乐与民间戏曲的相互渗透

“中国根柢全在道教”。虽然这是鲁迅先生在思考民族劣根性中所悟出的论断，但至少还是表明了道教对国民精神及文化特质、世俗观念所起的支柱性作用。戏剧作为农耕社会最高等级的文化艺术载体和娱乐形式，且不说大量的戏文、戏规、习俗与道教的神仙信仰暗合，单从技艺来说，也可上溯到与三清道界的源流关系。

旧时的梨园普遍供奉有戏神，缙云戏班尊唐明皇为神祖，尊名道士叶法善为宗祖。叶法善（616—720）出身处州松阳县的高道世家，通音律，擅剑术，晚年与唐玄宗过从甚密。贞观年间，青年叶法善曾问道缙云山，县志上也记载西乡大姥山中的天师洞即为叶法善修真试剑处。叶法善精于道乐，当地学者认为古老的松阳高腔便是由他初创。另据族人所述，叶法善不仅有法曲《大鼓台场》《太上弥罗》等传世，还与唐明皇共同创作了《霓裳羽衣曲》，长期在处州流传的《月宫调》就是其中的一段。对此，民间戏曲艺人深信不疑。

寂寂永宫里，天师朝礼声。
步虚闻一曲，浑欲到三清。
瑞草秋风起，仙界夜月明。
多年远尘意，此地欲铺平。

这是晚唐诗人方干的《夜听步虚》。作者在47岁那年漫游处州山水，旅途中，曾寄宿仙都黄帝祠宇。诗中的“步虚”一词，是指道士在醮坛上吟诵辞章所采用的曲调行腔。唐吴兢在《乐府古题要解》中有释义：“步虚辞，道家曲也，备言众仙缥缈轻举之美。”传说其音韵旋律空灵古雅，有如众仙蹑云移步于虚空的天籁之音，故得名“步虚声”。其乐章究竟优美到什么程度？诗圣杜甫《赠花卿》中的“此曲本应天上有，人间能得几回闻”即是最好的注解。

斋醮科仪是以神仙信仰为基础的人神共通的一种宗教礼仪，也是弘道传教的一种重要手段。在仪式中，设置法服、法器和道场经文、道官六职等，通过加入具有“通神”功能的音乐、舞蹈、诗词、造型等诸多戏曲元素，来制造出特殊的宗教氛围。诗人方干在帝祠的所见所闻所感，以及全国道教名山中绝无仅有的“步虚”山名，不难想象，当时缙云黄帝祠宇的科仪礼乐是何等的完备与高妙。至唐末五代，乡贤杜光庭潜心规范整理道教斋醮科仪，在道场威仪和赞、颂、表、奏的创新运用中，又进一步丰富了文学与表演艺术的含量。

道教音乐相对于民间戏曲，具有明显的规范性和很强的示范性。作为在神仙祝诞、祈福消灾、降妖驱魔以及超度亡灵过程中所运用的艺术形式，法事音乐主要由声乐和器乐这两部分组成。声乐部分包括独唱、齐唱、对唱、一领众和；器乐部分则有独奏、合奏、伴奏等，被早期的戏剧全盘吸收。各种曲牌行腔无不讲求节奏美和音韵美，都起着烘托气氛、感化情绪的功能。至于曲词（即经文），则长短不拘，大多为五言、七言的诗词句式。表达上，总是直白而具体，或求助于神界，或倾慕于天仙。

道乐中的法器，几乎囊括了民间戏曲所用乐器的全部。按由简入繁的规律递进演变，大致是先有打击乐，后有吹管、弹拨和弦乐。打击乐器包括钟、鼓、磬、钹、铛、云板、木鱼等，管乐器指笙、笛、箫、先锋等，弹拨及弦乐器有古琴、阮、三弦、二胡、板胡等。道教器乐一般用于法事活动的起韵、过门、结尾，同时也用于吟唱或舞蹈时的伴奏。其中打击乐所含的板式和鼓点锣经，在法事程序及音乐旋律的行进中占据着主导地位，与民间戏曲的板腔体音乐样式显然具有近亲关系。缙云民间音乐得天独厚，在唐宋即饱受宫观科仪音乐的浸淫，因而不可避免地会染上道士腔，形成了板腔音乐的雏形。

道教是中国的本土宗教，又曾经被朝廷奉为国教，所以道乐在发展过程中也必然会借鉴、糅合宫廷音乐（宫曲）以及民间音乐曲调、配器和演奏手法。经世代沿袭而传承至今，其程式结构演变为曲牌联奏加上鼓板的节奏变化这种基本模式。在整个仪式过程中，律令、禁戒的念白和咒、赞、偈的唱腔穿插其间，歌、舞、乐三位一体，打击乐贯穿始终，与曲牌体和板腔体混用的戏曲音乐十分近似。

道教音乐面向的是广大的信众，从一开始就呈现出世俗化倾向。因而即便是祭祀黄帝用的祭典音乐，虽然庄严肃穆，也不会有如“学院派”的隐晦深奥。道乐的曲调行腔和表现形式，通常很容易被普通百姓心领神会而喜闻乐见，甚至随时可以脱离道场，还俗为民间戏曲音乐。例如缙云乡村唱故事艺人的腔调，还有迎案、灯会和红白喜事所奏的小曲，许多都含有道乐的韵味。另外，历朝历代都有大批道士艺人在乱世中流入民间；规模较小的道观举行斋醮法事，也往往会邀请民间的戏班乐队、锣鼓班帮助配乐。所有这些，都在客观上促进了道乐与民乐的互补与融合。

值得一提的是，各地道乐由于受不同地域文化的影响，势必会染上浓浓的“乡韵”。有的仅在某一地区长期存活并使用的道乐曲牌，往往可以和当地的戏曲、乡曲相互套用。缙云道乐专家项铨先生在10年前，曾对流传于缙云、丽水、温州一带的道教科仪音乐做过深入调查和收集，编著了《浙南民间民俗音乐选编》一书。书中所录的200余首道乐曲牌，除了采自宫观，还有不少出自对民间艺人的录音整理，有的甚至纯属当地戏剧曲牌或山歌小调。道教音乐与民间戏曲你中有我、我中有你的关系，由此可见一斑。

三、缙云民间戏曲发展脉络

“百乐戏为先”，缙云老百姓以聊戏、听戏、看戏为乐，对戏曲的热衷是出了名的。县内聚居有100多个大姓，一处地方但凡有宗祠、神庙、集市广场，就少不了戏台建筑。二三十年前，稍大的村庄都还有业余戏班或者锣鼓班、小唱班。再如20世纪六七十年代，村村兴建大会堂，看似为了迎合政治形势，其实人们心照不宣，所谓的积极性大多缘于戏剧情结。还有踩街游艺成风，像南乡张山寨迎案、壶镇赤岩山庙会、金竹关公庙会、前村西殿庙会等，每回都是戏班斗台，鼓乐喧天，龙狮、罗汉、十八狐狸、三十六行齐出动，让十里八乡、周边各县数万民众如痴如醉。

据壶镇姓汪村《汪氏宗谱》及老辈人载述，始祖汪藻（1056—1134）擅音律，于宋元丰八年（1085）中进士入翰林，官至大学士右丞相。乔迁落户之初，为求娱神悦邻、发子旺孙，采用宫曲及民间小调编成自由体花腔小曲，教授“童子班”，排演香丁戏（什锦戏）。晚年致仕还乡，又与同乡艺人一起借鉴仙都道乐曲牌及板式和鼓点锣经，逐渐形成有板有眼、节奏明晰的戏曲板腔。此后，板腔音乐融入“彩戏”香丁戏，在宗族重大活动及元宵等节日载歌载舞，人神共娱。此举深受乡民欢迎，并在县内渐成风气。

政和四年（1114），汪藻之子汪宝赴邻近的永嘉县任教谕，缙云板腔及香丁戏由此得以衍传楠溪江畔，并在浙南迅速生根开花，成为永嘉杂剧（南戏）的重要源头。后来，又有汪氏孙辈携香丁戏随仕途东迁，缙云板腔音乐遂在仙居、黄岩一带广为流播，终被现存的台州乱弹一脉相承。除了“香丁班”外，县内早期的戏曲社团还有兼职宫观道乐、道戏的“司工班”。

南宋年间，融歌舞、音乐、调笑、杂耍为一体的北方杂剧风靡浙江。缙云香丁戏受其影响，在表演形式上趋向“杂”化，主要表现为：多了曲艺的成分，娱乐、喜剧元素增加。同时，开始扮演人物并表演故事，情节结构渐趋复杂。至此，原本以歌舞表演为主的乡土彩戏，这才真正有了“剧”的形貌。再加上源远流长的缙云板腔音乐，足使仙乡缙云跻身中国南方戏曲的肇发平台。

到了元明时期，江浙大地杂剧、南戏交相辉映，“杂剧”一词逐渐成为处州戏剧的时髦称谓。而作为戏曲繁盛之地的缙云山乡，更是“自宋之后……搭高台献演杂剧……弦诵之声接于四境”（清《缙云县志》）。此外，缙云杂剧还衍生出了一种职业“路头戏”。其演出班底一般由家族中的父子叔伯兄弟五七人组成，农闲时以说唱、杂耍、武术等曲艺形式在村口街头路边设场卖艺，应时应景或即兴编演流传乡坊的奇闻轶事和民间传说。

明末清初，北方戏曲的乱弹腔流播江南，处州杂剧顺应潮流而易名“处州乱弹”。但

是，有着深厚根基的缙云板腔体戏曲音乐并没有被同化，仍然完整保留了典型的南方乱弹特色。清中叶，睿智的缙云戏曲艺人又从南戏（楠昆）、徽戏等处取长补短，引进声腔曲牌，丰富板式锣经，形成板腔体套曲。从而在一出戏里，可以根据剧情发展和人物情绪变化的需要，将徽、乱、昆的曲牌及老“土调”灵活套用，使戏剧的演绎功能和艺术表现力得到了质的提升。本土戏曲的这种腔调程式化体系和板式变化手法的完善，标志着处州戏剧业已进化成了一个相当成熟的地方剧种。直至民国末年，以“子仙班”为代表的缙云职业乱弹班在浙西南剧坛依然是一枝独秀。而众多的农村班社则如火居道士潜隐乡间，多为农忙下田耕种，农闲结班做戏自娱。

中华人民共和国成立之初，由于行政辖区的调整，缙云县一度划归金华专区。入乡随俗，以缙云班社为标杆的处州戏被强行纳入金华戏，处州乱弹一些特有的曲牌、唱腔（包括戏文），也随着麻显扬等艺人的工作调动和教学、演艺交流而融入婺剧。“处剧”冠名权的丧失，意味着一个地方特色剧种的消亡。这固然是丽水文化界的一大憾事，不过，丝毫没有影响老百姓对传统戏曲的执着和牵挂。半个多世纪以来，缙云剧业扎根民间，艺人辈出，厚积而薄发。二三十家草根剧团在并不尽如人意的时代环境下，长期活跃在丽水市境以及浙、闽、赣等省几十个县（市）的乡村，平安戏、还愿戏、功德戏、开光戏、开市戏、开业戏、祝寿戏、修谱戏、罚款戏、庙会戏长演不衰。

四、结　语

缙云山道教有过辉煌的历史，它在赋予轩辕黄帝以神秘色彩的同时又孕育了灿烂的地方戏曲文化。以黄帝祠宇为代表的宫观法事科仪所含的诸种戏曲元素，被历代民间艺人所借鉴、吸收并发扬光大，足使缙云民间音乐在中国戏曲繁衍的源头占据一席之地。千百年来，传统戏曲一直主导着本土乡村文化生活的主旋律，并对人们的意识形态、道德观念、生活习俗起着潜移默化的规范和导向作用。古老的戏曲艺术在传承、进化的过程中，造就了缙云人民乐观、开朗、浪漫的人文气质，也让祖祖辈辈的艰辛生活有了一份优雅和诗意。

缙云板龙灯习俗拾遗 / 章建明

龙是我国古代传说中的一种神物，它有麟、角、须、爪，形状奇异，能兴云作雨。原始时期华夏各族盛行图腾崇拜，轩辕一脉以龙为部族象征。仙都是黄帝升天的地方，缙云自古以来有着丰厚的神龙崇拜土壤，人们怀着对远祖的怀念和对神灵的敬畏之情，凭想象巧手制作五彩缤纷的板龙、布龙、百叶龙、篾箍龙等，在元宵节和庙会上举行传统迎龙灯活动，以期驱邪纳吉，风调雨顺，国泰民安。

板龙形制

在各式龙灯中，尤以板龙最为粗犷、壮观，深受剽悍山民的钟爱。据清乾隆《缙云县志》记载，板龙原名桥龙，古已有之。缙云板龙的长度、规模以及普及程度，在浙中南诸县无出其右。一条板龙常见的近百洞（每节龙身拱似桥洞，俗称“洞”），长的可达三四百洞，首尾相接，蜿蜒里许。在民国初，壶镇板龙就有过400多洞的记录。1942年，南乡章村村民为报答大洋前村西殿“三太祖”解除大旱之德，特制作360洞板龙沿40里山路迎往还愿。1984年元宵夜，胡村272洞板龙于下半夜两点钟迎到50里开外的五云镇，轰动一时，让县城居民大开眼界。

迎龙多以村为单位，承头人也叫“灯头”，负责组织张罗，年初五就开始向各家各户进行分派。制作龙身并不限于一户一洞，家里的牛和猪娘，都具有一洞龙的资格。龙头龙尾工艺较复杂，要村里专门请篾匠画工来做，其余龙洞由各户自行缚扎绘制。现在如果村集体条件许可，或有私人乐助，由村里统一提供龙板、竹篾、纸张、颜料等也不少见。龙身的主材是松树板，宽七寸，厚一寸（鲁班尺三尺六寸合一公尺），两端各有插接孔。按每节龙板的长度来分辨，可分大板龙、二号龙和小板龙三种。大板龙以城区各村为多，龙板长达一丈。二号龙板长八尺或六尺，相对转身灵便，更适合山区环境。小板龙节数不多，板长为四尺，专供十来岁男孩嬉闹。

板龙制作时先在龙板中心点上方插一杉木立柱，再在龙板底部横向安装一根硬木把手，称“龙托”。立柱顶着两根固定于龙板两端的粗篾条，形成半圆形龙骨架，再用稍细的篾条、篾箍缚扎成直径约一尺二寸圆桶状龙身。弧顶扎上三角形背鳍，作为龙脊。然后裱糊上棉纸，喷过明矾水，水干后纸质收缩变硬，再进行彩绘或贴金、银鱼鳞龙甲。龙甲呈菱形，画时在笔触之间及空白处涂抹羊脂，以增强纸张的透明感。两侧龙翼有“八仙”之类神话图案和“风调雨顺”“六畜兴旺”等吉语，龙脊则用彩纸折成若干“龙雹”加以点缀。龙头做成牛头狮面，安装在丈余长的龙板上。其额大而前突，双眼可以灵活摆动，两只水牛角高耸，嘴边粘挂黑纸剪成的长须，含圆形红色“龙口灯”。龙尾似蛇尾或鱼尾，与龙身相接呈S形，前后4只凤爪擎有“龙爪灯”。每节龙身内装有蜡烛插，可同时点燃5支烛。龙头安排6人为迎龙手，龙尾5人，每节龙身2人，其中一人把守衔接处的龙闩。龙属圣物，制好的板龙横卧时不许闲人横跨，你不绕道就只能从龙板底下爬过去。如有不晓事的一经抬腿跨过，那就犯了大忌，定会被村人拖住逼你买来红绸布在龙角上“搁彩”冲喜。此举对妇女尤为忌讳。

自古以来，宗祠不仅是乡村最好的建筑，而且又是族人的政治文化中心，具有神圣、权威、荣耀等属性。缙云板龙多数都以祠堂作为大本营，族人在这里商讨迎灯事务，还有加工制作并存放龙头、龙尾。由此而来，龙头的高度大小就受到祠堂门的限制，都要度门而做。如县城东门村的龙头净高按例都是2.8米，有一年不慎做大了，高出祠堂的上门楣，出龙时只好翘起龙后颈，先将龙角下斜出门，整只龙头才得以勉强出洞。

小溪龙头

在龙灯家族中，缙云西乡小溪村的板龙灯以硕大无朋的龙头名闻遐迩，“大龙头”就成了小溪板龙的代名词。据老人传述，明朝永乐年间村里出了个叫陈祚的进士，在京里做官。他回乡时指导村人仿效京城的龙灯，制成龙头灯供乡亲元宵娱乐，以后村人又结合本地板龙特色予以改进，就形成现在的大龙头板龙。

大龙头的基座用特大号龙板，其长一丈八尺，宽一尺二寸，厚三寸多。制作完工后的龙头宽2.4米，高3.8米，装上两角则可达5米。龙头与龙身相连处往上鞠了三道弯，使龙头高耸上扬，更显气派。迎龙时，要稳稳当当抬起这只庞然大物并非易事。小溪村的祖先为后辈设计了“横盘”抬法，即在龙头基座底下横向固定两长一短三根横盘木用来搬运。长的两根为一丈二尺，分置龙头板的头尾两端，各安排8人肩扛。较短的那根横盘木长五尺八寸，放在龙头板中央，安排4人肩扛。所以光抬龙头就需要20人，这还不包括轮换。由于加上横盘木厚度和迎龙手肩膀的高度，出迎时龙头总高度不下于6.6米。为保证重心稳固，还需在龙头顶部左右两侧各系一根“龙线”作为保险绳，专门安排2人负责掌控平衡。

与大龙头相配套，小溪板龙的龙尾高2.6米，也需安装两根横盘木由8个人肩扛，再由2人牵住龙线。龙头、龙尾相接便可出迎，不过旧时更多的还是接上龙身，装有龙翼、龙刺，插有蜈蚣旗、三角旗。龙头、龙尾，还各有两根全株“龙耸竹”左右随护。过去龙体发光都是靠燃烛，这些年多以电池电珠及小型发电机来替代。没有了烛光摇曳的效果，但却更为可靠及通透亮丽。大龙头威风八面，却因身躯庞大，以至于宽3米以内的道路街巷皆成瓶颈，而且受制于道路上方的横幅、电线、挑梁和骑马楼等。同时，还要注意抬杠人身高尽量整齐划一，场地也须选择相对平整。因而大龙头难以走乡串户，主要还是供族人自娱自乐，在本地空旷开阔的麦田或晒场盘桓。

小溪为陈姓聚集地，分上、下小溪两个自然村。迎龙盛事按老规矩轮流，上小溪村一年，下小溪村三年。轮到哪个太祖公房派，即由该派负责承头迎龙事务。以四年为一个周期，停歇三年再行出灯，每回出迎只有元宵节的一夕之欢，届时组织十条布龙、两套采茶戏班以及花灯队伍前来助兴。由于大龙头制作烦琐，所以每次出迎后骨架保存完好，下一次只是撕去旧纸，重新裱糊彩绘。龙头过于庞大，无法出入祠堂正门，因此在下小溪村陈姓祠堂专门盖有偏房栖身。后来祠堂成了校舍，村人又在大会堂东侧专门另建一间洞府，用于存放大龙头。为方便进出，其门可临时拆卸。

神龙出巡

元宵节的板龙正月十三“起灯”，俗称平安龙。下午3点钟光景，有龙洞的人家，都燃放一串鞭炮，到指定地点集中。按顺序，将龙板一端的圆孔与相邻龙板的圆孔对接重合，插上一根二尺长的硬木棍，作为龙闩，如此节节相接，首尾相连。古时候龙灯出迎前还须举行祭龙和开眼仪式，即经摆斋供拜后，揭下事先蒙在龙眼上的红纸，以墨汁点其睛，称之为“开光”。

晚饭后迎龙开始，首先由两盏牌灯为神龙开道。牌灯呈“甲”形，上绘云龙及“肃静”、“回避”字样，还有主办村的落款。执牌灯也讲资格，一定是族中名望、辈分较高的长者。再就是先锋、唢呐、箫笛、二胡、京胡、大鼓、钹、锣等十余人乐队，演奏“行路调”及其他民间曲目。乐队后面一人舞龙珠，与龙头动态相谐成趣。所经路线沿街两侧人家燃放烟花火炮以示“接龙”，牌灯引领巨龙驻足行注目礼，龙头频频点头致意。路遇有所祈盼且出手大方的主顾，队伍中有专人肩挑箩筐接受馈赠，礼品多为糖果糕点。整个活动过程中，鞭炮此伏彼起，鼓乐悠扬悦耳，万人空巷，观者如潮。星夜里龙首高扬，巍巍颤颤，龙身蛇行，烛光闪耀。好溪两岸，龙身倒映碧水之中，独龙成双龙。而在南乡山区，龙灯随山势起伏盘曲，远远看去，恍如天外飞龙。

第一夜的平安龙儒雅文静，要上城隍庙、县衙门或村口“本保殿”，绕城（村）一周。龙体如有损伤，第二天即行修补。第二、第三夜开始踏麦田，游山冈，绕溪流，转池塘，用意是驱逐瘟神，以保五谷丰稔，有个好年成。如今世道变了，除了寻开心，还多了些创收意识，少不了去拜访下过帖的村镇、单位、工厂、商铺和大户。所到之处，接龙者毫无例外要燃放大小火炮或散发烟糖红包。到正月十六这一夜，必尽兴方休，“颠”破龙身已在所不惜，各龙洞主人也会多安排人手替换。迎颠龙，两支先锋中的一支要调到龙尾处，一前一后，以其高亢激越的吹奏声来进行指挥协调。如长音“啊……啊……啊”意为朝龙头方向前拉，短促声“啊嘟嘟…啊嘟嘟…啊嘟嘟”为往龙尾方向后退。但发了神经的颠龙，大多不听指挥，在数百人“浪前”或“浪后”的呐喊和观众助威声中，迎龙手奋力挟龙前奔后突。此时，龙身在强力挤压下，龙板相接处有时会突然折成锐角，撞向观众，或者撞破店铺门板。把守龙闩的人除要尽力打正龙身，同时自己也要注意闪避不被挤压。如遇外地板龙来访，当地村民常会自发参与其中，直至恶作剧般用绳索套住龙尾像拔河似地拉来拖去。所以对龙尾手要求身强力壮，后腰插一把大柴刀，以备野外斫枝削刺，必要时还可以砍索自救。

板龙表演的重头戏为“盘龙”，又称团龙。盘龙阵需空旷地，县城通常在天妃宫广场或水南运动场，乡村则多在箽基晒场。麦田也是理想场所，麦苗经踩踏反而有利分蘖，俗称“龙打麦”。盘龙时鼓乐齐鸣，由龙珠导引龙头层层盘旋至圆心。稍息片刻，再转头换向，龙尾在外层绕圈折返，带出龙头。其间，鼓乐声中众人齐声大喊“哇嚯嚯”以壮声威。龙身在烛光映照下

通体明亮，进退有度，令人眼花缭乱。有时稍不留神，龙尾会将龙头围困核心，戏要够了才作罢。

以往的迎龙手都是青年壮汉，腰缠汤布，脚打裹腿，足蹬草鞋，带上汗巾、茶筒、干粮，四邻八乡亲友前来捧场相助。每晚乘兴而去，尽兴而归，村人放鞭炮相迎，吃索面，充点心。

龙事趣闻

时过境迁，灯会早已分不清娱神还是自娱。有一年东渡村板龙出迎县城后回村，五云镇一批后生意犹未尽，竟搬来大麻索套住龙尾要将其拖回县城。东渡龙归心似箭，合力往前，县城人眼看不支，到大桥南路李阳殿路段时，干脆把麻索绕到路旁千年古樟树上来个“缚住苍龙”。终因龙板撕裂，多人倒地受伤才作罢。无独有偶，20世纪70年代，中心村板龙出迎县化工一厂后返城，该厂一伙青工强行留“客”，还出动大卡车，用钢丝索将龙尾系于卡车拔河般缓缓拉回厂区。主事者无奈，速召一村民持利斧勤王救驾，斩断钢索才得以脱身逃逸。从那以后，中心板龙再也不愿越过上交岭南行。

旧时的缙云道窄弯多，坑塘随处可遇，据传以前有一大力士，中途遇同伴撒手，就独自一人肩扛六洞前行。不过许多迎龙手往往选择擅离职守空手绕前赶上去重新上岗，也有手劲好的会身悬龙板腾越障碍。南乡人到张山寨迎龙，下山时遇到地坎或山道凹凸处，中间一串迎龙手就有可能被绷直的板龙率地悬挂。龙下山，龙尾妒忌龙头痛快，好事者就用麻索将龙尾系到大松树上偷着乐。碰上路塝边碗口粗的树根基不牢，也有经不起几下拉扯便被生生扳倒或折断。也许板龙本是吉祥物，行事再粗野，也没有出过人命。

缙云方言中的“灯”与人丁的“丁”谐音，民间相传龙灯能“送子”，方法是将龙灯嘴里含的那盏红色圆灯送到欲求子嗣的人家，那家媳妇就会怀孕生子。还有一种说法是接龙口灯主得子，接龙尾上的龙爪灯主得女。灯头在筹备期间就要物色送子对象，也有户主自己主动请愿的。最好的对象是那些尚未有子女且家境殷实、出手大方的富户。接龙口灯需要一笔数字不菲的支出，过去生活水平低，大多是给每位迎龙手发一根面签或馄饨签（旧时纸张稀贵，饭店都用竹签做成面条、馄饨的凭证），今天当然没人再会对一碗光面感兴趣。打户主的红包主意，虽说数额是“凭你出手”，但没有几百上千，恐怕还是要失面子。只是由于人们观念转变以及实行计划生育，龙灯送子的美事已很稀罕了。送龙口灯也有犯难的时候，就是找不到主顾，没人要。这时脑筋灵活的灯头往往会想法预先侦知某家某妇有喜，到时候不打招呼搞突然袭击，将龙口灯吹吹打打热热闹闹送上门。而他们往往会认为事属“快活”，权当讨个吉利，不如做个顺水人情认了算了。

“天有龙肉，地有兔肉”是在缙云流传已久的俗语。缙云人对龙的崇拜与回族人不吃猪肉、印度人不宰牛不同，他们觊觎龙肉的美味，这似乎与澳洲土著毛利人以鲸为图腾而又喜吃鲸肉有些相似。尽管龙肉至今没有人能够品尝到，但缙云人幽默，自有排遣的路数。元宵板龙迎到正月十六最后一夜，会让后生小伙尽兴狂拉猛扯，直至巨龙体无完肤，这叫作“掰龙肉”。玩够了，就开始“食龙肉”，每位参与者都可以上前手掰刀砍，连骨带皮据为己有。那时人人都坚信：龙骨竹篾用于箍猪槽，饲小猪会日长夜大；用于箍火桶，养小儿会平安健壮；捡到龙灯残烛，将会添丁生子。现在时代不同，讲究少了，一般都是保留龙骨以备来年再用，只把龙身裱糊部分撕下丢到好溪，让水冲走。有人称之为龙归大海。

戏剧繁盛说缙云 / 项　铨

自古以来，缙云就有“百乐戏为首”之说。清乾隆《缙云县志》载“搭高台献杂剧，以忘悲取乐”，“弦诵之声闻于四境”，可见旧时缙云戏曲活动之一斑。

缙云戏曲演出场所星罗棋布，设置于庙宇祠堂中的古戏台，1985年戏曲文化普查时尚存251座，其中始建于明清两代有92座。如雅施祠堂戏台建于明嘉靖年间，五云镇官店村祠堂戏台始建于清乾隆年间。加上从20世纪50年代开始新建的农村大会堂178座，影剧院40座，足以说明缙云戏曲的历史悠久和广阔的舞台空间。

早在明永乐年间，新碧镇小溪村就有采茶戏，常演出于元宵灯节期间，故又名灯戏，它虽无戏剧冲突，也无典型人物，但它源自民间山歌小调，演农村生活小事，人们还是百看不厌。采茶班遍布缙云边远山区，至今还能在板举、双龙、姓江等村见到原汁原味的演出。

缙云演出名目繁多，正月二月有平安戏，娱神许愿，祈求风调雨顺、五谷丰登；秋冬有还愿戏，答谢神灵庇佑，庆贺年岁太平；宗族修谱有完谱戏；佛殿开光有开光戏；新设集市有开市戏；还有禁山戏、禁赌戏、生日戏、开桥戏等不胜枚举。更为壮观的是庙会戏，如张山寨献山庙每年有七月初七和十月十五两期庙会，每期都有十多个戏班在庙前四个戏台上斗台品演；县城隍庙每年十月十五庙会，则从十月十二开始，每三夜换一班，连续演个把月。1998年，缙云赵氏重修宗谱，发谱时延聘八个戏班在湖川村，五个戏班新民村，连演三天三夜进行斗台，可谓万人空巷，猛闹非凡。

清中叶以后，高、昆、徽、乱、滩簧各路声腔班社纷至缙云，较为著名的有应凤祥班、王新喜班、新紫云班、老玉麟班等，大都为高、昆、徽并唱的“三合班”，或徽、乱并唱的“徽班”。1985年在金竹朱姓祠堂戏厢房板壁上，发现了“宣统辛亥年五月十三至十五演出《佳期》《拷江》《训子》《单刀》《桂花亭》《方天云》”的戏班题词。这些戏名皆为昆曲剧目，说明清末民初还有专演昆曲的班社到过缙云。

由于各路声腔逐渐在缙云山乡落地生根，开花结果。民国初年，本县地方班社应运而生。1913年壶镇吕希照、吕阿四子办起“吕凤台班”；1923年壶镇吕学联创办“缙东舞台”，名伶云集，能演七十二本大戏和一百多个折子戏；1935年壶镇应庄村吕土樵创办“宏广舞台”，在徽班中有较大影响。还有安仁人创办的“汉焱班”和虞梅汉、王保堂创办的“胡村班”。历史最长、影响最大的是由梅宅梅子仙创办的处州乱弹班“大品玉”，从1925年建班，数十年间，一直演出于处州十县和毗邻永康、金华一带。

在缙云农村，还有一批酷爱戏曲的热心人，不顾辛劳，不计报酬，教戏传艺，如东方村的坤伯、胪膛村的蒋子文、榧树根村的虞梅汉、官店村的应汉波等。由于他们的辛勤培育，使戏曲之花，遍开缙云山乡。至新中国建立前夕，全县小唱班、采茶班等演唱团体三十多个，他们忙时务农，闲时唱戏，自娱自乐。

1937年“七七”事变后，抗日战争全面展开。省城杭州沦陷后，省级机关纷纷迁至浙西南丽水一带。沪、杭一带的商界、企业、学校、团体也都云集到丽水这个战时大后方。

1938年年底，缙云成立“青年抗敌剧团”，排出多幕话剧《保卫卢沟桥》和京剧《武家坡》。首场在城隍庙演出后，又在城乡演出《失大同》《复仇》《杭江饭店》《大浙江》《赵老二全家抗战》等剧。1939年5月28日还为捐募抗日将士寒衣举行了义演，将全部票房收入解省军管区转送前线。此后，仙都中学、五云小学、官店村、维新小学等纷纷组织演出队，演出《大义灭亲》《放下你的鞭子》和《顺民》等戏，推动农村抗日戏剧活动蓬勃兴起。同时，从沪、杭、绍等沦陷区避难浙南的“群芳舞台”“鲁家班”“天然舞台”等越剧班社，也来缙云演出《倪凤扇茶》《龙凤锁》《孟丽君》《盘夫》等一批使山区群众耳目一新的剧目，并以娓娓动听、细腻柔婉的唱做表演，赢得人们的喜爱。

抗战胜利，举国欢腾。无奈三年内战又起，戏曲班社解体，艺人星散，连最后一个处州乱弹班“大品玉”（子仙班）也难以在深山冷岙苟延残喘，只得忍痛散伙。

中华人民共和国成立后，1949至1953年间，全县创办了91个剧团，他们欢庆翻身解放，并配合各个运动进行演出。

1950年，梅子仙四处奔走，诚邀原“大品玉”“宏广”和“缙东舞台”三班之精英，于1951年成立“拥和剧团”，集处州乱弹和徽戏之大成，在丽水城内搭建戏篷，建立演出基地，常年演出。

1953年，缙云县改属金华（婺州）地区，“拥和剧团”也被改为“缙云县婺剧团”。老艺人们老骥伏枥，继承传统，排演了徽、乱剧目一百三十多本，保留了粗犷的表演风格。1956年起，剧团先后招收一批年轻学员，在老艺人言传身教下，以功促戏，以戏带功，很快成为艺术骨干，使徽、乱两腔的传统戏码、功底、风格，代有传人。

1962年，“哈尔滨市越剧团”（原建德越剧三团）返浙，落实到缙云，称“缙云县越剧团”，演出《追鱼》《孔雀东南飞》等剧，备受欢迎。1964年又从杭州招来15岁左右的年轻学员，排演了《三岔口》《双枪老太婆》等小戏，在缙云城乡和金、丽、温、台巡回演出。

十年“文革”，使缙云戏曲遭受严重摧残：传流戏被禁演，戏剧行头被烧毁，老艺人被批斗，婺剧团被解体，越剧团被砸烂，“八戏”昌盛，百花凋零，万马齐喑。

“文革”结束后，缙云戏曲开始迅速复苏。

县婺剧团恢复建制，《小刀会》《三打白骨精》两戏演遍全县城乡，处处观众爆满，有如久雨甘霖，滋润枯渴的山野。1980年，剧团又招收了一批小学员，为缙云戏曲培养接班人。

20世纪80年代中期开始，受文化多元化影响，戏曲滑坡，缙云婺剧团陷落低谷。1987年全年仅演出64场。无可奈何之下，婺剧团一度弃戏曲而演歌舞，但也只是昙花一现，终究是离宗叛祖非本行。后经体制改革，剧团由个人承包经营，官办剧团，名存实亡。但承包者立足农村，面向市场，到温州的瑞安、永嘉、平阳和金华的永康、义乌、东阳等地拓展了广阔的农村演出市场，收获甚丰。

与官办剧团名存实亡相反，缙云的农村民办剧团却异军突起。1979年，“群艺婺剧团”首先创建，其后“新建区婺剧团”和“盘溪区越剧团”相继成立。到1980年，又有43个有相当艺术水平和设备规模的区、乡剧团，从全县147个农村剧团中脱颖而出。它们不吃“皇粮”，自主经营，常年活跃在本县和温、台、丽、金毗邻县的广大农村，从1980到1984年5年间，即演出19.8万多场次。

1986年11月，缙云“群艺二团”作为地区农村剧团代表，在浦江参加全省农村剧团大串演，在人民广场与其他三个地区剧团同场品演，演出了《马武夺魁》《长坂坡》。两剧以稳健的功架、精湛的武功、粗犷的风格，赢得满堂彩。浦江观众纷纷赞扬：“处州戏了不起”。

1985年起，所有区、乡（镇）集体创办的农村剧团，全部成为个体经营的民间职业剧团，自筹资金，自担风险，自主经营。经过市场竞争，优胜劣汰，演出于温、台、金、衢、甬、丽等地。

1990年，缙云县为宣传党的基本路线，县、区、乡层层搞会演，村村有节目，乡乡一台戏，全县7600名泥腿子登台，演出949个节目。《丽水日报》《浙江日报》《文汇报》、新华社《内参》和省、地电视台，分别报导和播映会演盛况，缙云戏曲登上了一个新的高峰。

2006年成立“缙云县婺剧促进会”，2009年成立“缙云县处剧研究社”。仙都山水孕育的缙云戏曲之花，越开越盛。

缙云戏剧，有许多演出习俗。如灯戏即采茶戏，因都在元宵灯节时演出，故名。它历史久，分布广，是缙云戏曲萌芽时期的产物，但这一草根文化却流传至今。各地对灯戏演员挑选、排练和演出程序，各有一套乡规民约。

新碧小溪上下两村，各有采茶班，规定四年为一届。每届年前十一月，由首董在全村十一至十四岁男孩中挑选演员。入选者父母要交米十数斤，作为学戏期间夜餐膳食。采茶班“出红台”这天要在各个祠堂表演。十五日，在参加龙头开眼仪式后，两村在大溪滩土台上“品会场”。演满一届，因年岁已大，不宜再登台演唱，或留为教师或乐队或退役。

新川力坑村挑选灯戏演员更为隆重。每年除夕前，由村首董议定人选，并以红纸签标明担任行当角色，分头贴于入选者大门上，俗称“贴灯”，如此郑重其事，无怪一人入选全家光荣。采茶班在元宵傍晚开始，要跟随“打叉队”“花灯队”在全村巡游，穿门串户，每遇住户世间（中堂），都需表演。待到祠堂戏台演出，已近午夜。

溪南山岭下村甚为别致，凡中选演员，必先到本保殿拜菩萨并一起在佛前吃“木面饼”。“木面”在缙云意指厚脸皮，意为吃了木面饼后在学戏、演出中不会怕羞、怯场。

再如献山庙斗台戏。献山庙在胡源乡张山寨，庙供陈十四娘娘等七姐妹，自明、清以来长年香火不绝。每年的七月初七和十月十五的迎神赛会，附近数十个村庄都有案坛、案队组织，会期这天送案送戏进寨表演。献山庙正殿门前，四个戏台排列四周，各案队进寨后分轮斗台品演。演出以放铳为号，一铳准备，二铳开锣，三铳定输赢，以三铳响时台前观众最多者为优胜。因此各班都紧锣密鼓，使尽解数，争强求胜。演出中你追我赶，热烈紧张。广大观众时而涌向甲台，时而涌向乙台，顾盼不暇。历年参加斗台的班社有："大品玉""老玉麟""应凤祥""老紫云""新紫云""缙东舞台"和"宏广舞台"等，都颇有名气。演出剧目以《火烧子都》《擒史文恭》《抢阿斗》《南宋传》等武戏居多，均以高超的绝招和惊险的武打取胜。

有一年，"缙东舞台"与"王新喜"三合班相遇斗台，"王新喜"自认为老大，不把"缙东舞台"放在眼里，将近尾声时以为胜券在握，殊不知"缙东舞台"台边叠起十三张方桌，花旦章启从高台上轻捷翻落，惊险绝伦，观众顿时蜂拥过去，恰巧第三铳轰响，"缙东舞台"一举夺魁！

总之，每届斗台，一轮斗罢，一轮又起，傍晚方散。得胜的班社回村，有老酒好肉相待，兴高采烈；斗败的班社要由小花脸身背戏神唐明皇，灰溜溜过台基。由于献山庙斗台胜败，有关戏班荣辱和日后戏路好坏，因此献山庙每年的斗台戏，都有身怀绝技的名角云集！

正是由于缙云肥沃的戏剧土壤，以及多种多样的演出舞台和庙会，各个戏班剧团既斗智斗勇、各显神通，又互相观摩、互相学习，从而极大地促进了表演艺术水平，使得缙云戏剧之花至今长盛不衰。

仙都摩崖题记 / 王琼瑛

缙云仙都是国家重点风景名胜区、国家首批4A级旅游区，不仅有"黄帝飞升地、天然影视城"的美誉和峰岩奇崛、山水神秀的田园风光，而且还拥有早自唐宋以来的历代摩崖题记。

仙都摩崖题记是全国重点文物保护单位，年代跨唐宋元明清，书体有真草隶篆行，文体有诗词歌赋记，其种类之多、跨度之长、笔法之精，省内罕见，并具有分布广泛、形式多样、内容丰富等鲜明特征。

仙都摩崖题记分布情况一览表

地名	唐	宋	明	清	民国	当代	待考	合计
初阳山	2	11	22	7	15	5	3	65
仙水洞	–	37	–	–	–	–	–	37
鼎湖峰	–	2	1	–	–	1	–	4
小赤壁	–	3	3	1	1	4	3	15
铁城	–	–	2	–	–	–	–	2
忘归洞	–	2	–	–	–	–	–	2
总数	2	55	28	8	16	10	6	125

一、从年代分布看，仙都摩崖题记以宋代为主，明代为辅，具有极高的文物保护价值。

文人题咏题名刻石之风，始于东汉，盛于唐宋。缙云县始建于唐武周万岁登封元年（696年）。《隋书·地理志》载：永嘉郡括苍县“有缙云山”，“黄帝炼丹于此”。缙云山道教源于东汉时期，由道士王远开创，为我国道教活动中心之一，仙都为道教三十六洞天之第二十九“玄都祈仙洞天”。东晋著名道士郑隐、葛洪师徒曾在此炼丹。

仙都摩崖题记的盛衰与道教活动有密切关系。唐玄宗开元、天宝年间是缙云山道教发展的盛期，唐代著名道士周景复、刘处静等曾在此修炼。到了宋代，皇帝在黄帝祠宇大治宫室，赐名“玉虚宫”。到了南宋，浙江成为全国政治经济中心，仙都奇秀山水，吸引了许多文人墨客前来探胜。到了明代，缙云名人辈出，一批缙云籍进士先后归隐仙都，吸引了各地的文人墨客前来访贤，留下了“旭山”“昆岩洞天”“铁城”等近30处题记。清至民国时期，因尚佛轻道、战祸连绵，来仙都山访胜者多为名人官员，大多为游记、题名之作。

摩崖题记是仙都重要的历史遗存，其文物价值体现在三个方面：

一是时间跨度长。仙都摩崖题记始于三国、兴于魏晋。据传，仙都山最早的摩崖题记在小赤壁前的白岩潭内，因三国东吴赤乌年间久旱而好溪断流，八公里外的白岩人在此买下水潭挑水吃，并刻下“白岩潭”与“赤乌二年”的年号，为仙都摩崖题记之始。东晋大书法家王羲之曾书“突星濑”三字于溪边大石。现存摩崖题记囊括了从唐代到民国的各个朝代，最早为唐乾元年间（758—760）缙云县令李阳冰的“倪翁洞”三字，距今已有1300多年历史。

二是文物保护级别高。现存摩崖题记中，宋代以前占46%，明代以前占68%，1989年被确定为浙江省重点文物保护单位；2001年被确定为全国第五批重点文物保护单位，是丽水市六大“国保”之一，也是丽水市唯一被列入“国保”的摩崖石刻群，保护级别最高。

三是精品力作多。仙都摩崖题记现存125处，占丽水古代摩崖石刻遗存的1/3，占浙江古代摩崖石刻遗存的1/9，占江南古代摩崖石刻遗存的1/15。其中不乏名家力作和精品，如唐代书法家李阳冰的“倪翁洞”摩崖真迹、“黄帝祠宇”碑，以及沈括、朱熹、袁枚、沙孟海等名人大师留下的摩崖石刻，保存完好，品位极高。

二、从空间分布看，仙都摩崖题记以初阳山为主，仙水洞为辅，“多点”是小赤壁、鼎湖峰、铁城和忘归洞，具有独特观赏价值。

“仙都摩崖题记”游以好溪为主线，以初阳山石刻群为核心，顺溪往下是小赤壁石刻群，沿溪直上分别是鼎湖峰石刻群、仙水洞石刻群和铁城、忘归洞石刻，是“人在景中游、心追古贤人”的文化之旅、和谐之旅。其中，初阳山为仙都摩崖题记最集中、最精华处，初阳山亦名旭山，“当启明时，日光先射”，“拂石提名记来路，桃源无不在人间”（明文似韩《初阳洞》），初阳山石刻群包括倪翁洞、问渔亭、旭山题刻、君子石等大小景点16个，景点融田园村落、秀山丽水、天然泉石于一

体，是历代文人雅士闲逸悠游的“桃源仙境”。

仙水洞水质清醇甘凉，古往今来，段成式、周景复、皮日休、陆龟蒙、赵抃、沈括、李之仪、苏舜元等达官贵人和文宗巨匠都留下了他们的活动足迹，有宋代37题记处。宋人赵抃有诗云：“路入云端步步轻，洞中涓流一泓清。不逢真侣仙踪在，犹喜摩崖纪姓名。”

小赤壁位于好溪东岸，临溪壁立，长有数里，高达百米。峭壁红白相间，犹如焰火烧过，酷似长江赤壁。《缙云县志》载有“小赤壁朱子题字”，今已不见。峭壁上有署名“印海”的题记“小赤壁”。

鼎湖峰状如春笋，直刺云天，高170.8米，有“天下第一石、天下第一笋”之誉，峰下有4处摩崖。唐代诗人白居易有诗云：“黄帝旌旗去不回，片云孤石独崔嵬。有时风激鼎湖浪，散作晴天雨点来。”

旅游竞争，重在特色，其核心就是文化竞争。仙都摩崖题记遍布于好溪两岸和景区的悬崖峭壁之上，好比仙都这幅天然山水画卷上的题诗和钤印，如同横亘于群山之中的一条丹青彩带，又像是穿梭于历史时空的一道文化长廊，增添了仙都山水“诗中有画、画中有诗”的神韵，成为“文化点睛之笔”。而从更大范围看，仙都摩崖题记与周边丽水的南明山摩崖石刻、三岩寺摩崖石刻和青田的石门洞摩崖石刻，互为边界、融成整体，完全有条件连成“三点一线”，开辟“浙南三地摩崖石刻游”精品线路，打造“处州摩崖”金名片。

三、从书体分布看，仙都摩崖题记以楷书为主，行书为辅，“多点”是隶书、篆书和草书，具有很高的书法艺术价值。

仙都摩崖题记包括真、草、隶、篆、行等书体，品类繁多、书体齐全、风格各异，有的方峨奇伟，有的浑厚质朴，有的清朗明丽，有的苍劲古拙。在125处摩崖题记中，有篆书2处，隶书9处，行（草）书25处，楷书89处。唐人尚法、宋人尚韵、明清尚趣的风格可见一斑，被誉为“活字帖”。其中，字径最大为“铁城”两字，达3.2米。而最有代表性也是最具书法价值的是“一篆一隶五榜书”：

“一篆”指唐李阳冰“倪翁洞”题记。“倪翁洞”三字，是幅挂轴形浮雕，直写1行，字径45厘米，幅大50厘米×170厘米，开合有致，揖让成趣，劲利豪爽，骨气遒正，精彩冲融，属稀世之品，珍贵文物。李阳冰（722-785），赵郡（今河北赵县）人，李白族叔，是唐代小篆书法大家。在唐代，篆书推李阳冰为首，被誉为“若古钗倚物，力有万钧，李斯之后，一人而已”。《宣和书谱》称：“有唐三百年，以篆称者，唯阳冰独步。”“方时，颜真卿以书名世，真卿书碑必得阳冰题其额，欲以擅连壁之美，盖其篆法妙天下如此。”李阳冰于唐乾元年间（758—760）任缙云县令，因敬“计倪归隐仙都初阳山洞中”而题“倪翁洞”。《缙云县志》载，李阳冰在缙云的篆书真迹作品有十二通。现存世者仅为四处，即倪翁洞、黄帝祠宇、城隍庙碑（宋拓）、忘归台记（残），在中国书法史上具有很高地位。

“一隶”指民国楼村“问渔亭”题记（幅大130厘米×240厘米）。正文“问渔亭”三字，字径65厘米，结体参《张迁》《礼器》意，汉韵纯雅，静穆宏大，拙朴浑厚，骨力内蕴；附记63字，直写3行，行19至24字不等，字径9厘米，字字隶味与正文一气贯之。楼邨（1880—1950），字肖嵩，号玄根居士，缙云新建人，清优附贡生，为南社、西泠印社早期社员，诗书画印皆妙。

“五榜书”分别指明郝敬“铁城”题记、明樊问德“旭山”题记、明常居敬“鼎湖胜迹”题记、明龚勉“枕流漱石”题记、当代沙孟海“仙都”题记。“铁城”二字字径320厘米，直写1行，方笔奋身力运，墨气淋漓，枯润任然，书者激荡豪情，上下翻转之态，如在目前，可称榜书中见“势”见“笔”的精品。“旭山”二字直写，字径200厘米，幅大260厘米×500厘米，“旭”字端稳齐整，安如泰山；“山”字中竖挺直，中宫渐收，灵动自然。“鼎湖胜迹”四字横刻在鼎湖峰西面峰壁上，字径达300厘米，幅大350厘米×1300厘米，字迹笔画粗细齐整，雄壮圆厚；字体大小均一，结字静穆安处，与“天下第一峰”的巍然之势相映成趣。“枕流漱石”四字，字径85厘米，端庄俊逸，笔势雄阔，方圆兼用，神韵盎然。当代书坛泰斗沙孟海1981年所书“仙都”二字，幅大300厘米×400厘米，用笔方圆互参，结字大开大合，近赏豪气逼身，远观佳图一帧，“仙”字如数峰横卧，俯仰生情；“都”字末笔直刷突下，若神针出云，摄人魂魄，已成为仙都的独有标志。

四、从石刻内容看，仙都摩崖题记以题名为主，题字为辅，“多点”是题记、题诗和题款，具有重要的人文史料价值。

现存仙都摩崖题记中，题名46处，题字 45处，题记 23处，题诗 11处，形式多样，内容丰富，具有重要的人文史料价值。

从文学角度看，现存仙都摩崖题记中最有代表性的，是位于小赤壁的宋缙云县令王埴的《小蓬莱歌》和清代著名文学家袁枚的《游仙都峰记》，也是历代文人仙都游记中的精品，其文学价值不言而喻。《小蓬莱歌》全文共331字，文风平易畅达、从容婉转，记录王埴任缙云县令（1262—1265）期间，与同僚诸生到黄帝祠宇祭孔，泛舟蓬莱，一路所见所闻。宋时“秀出东浙”的仙都，“仙之山兮嵬峨，仙之水兮委佗。……天风高兮海涛白，倒光景兮挥八极。……予将溯洄从之兮淡忘归”的描述令人神往。《游仙都峰记》是乾隆四十七年（1782）春，袁枚游缙云时所作。此前他已游罢雁荡，从人告诉他，永嘉仙岩、缙云仙都均值得一游。他本打算先游仙岩，舟行10里方知走岔了道，于是不再折返，顺道一路来到缙云。在540余字的《游仙都峰记》中描述了入缙云“仙都二日游”的经过。尤其是游记最后的感叹，“我之当游仙都，仙都之当我游，天也，非人也。然仙岩咫尺可游，而于意外失之；仙都心已决舍，万不能游，而于意外得之。一游也，无大关系，而世事之舛忤如是，其他可类推哉”，有感而发，情真意切；文采风神，足可百赏。

从文化角度看，仙都摩崖题记是缙云文化研究的重要史料，是缙云文化尤其是道教文化的“活化石”。仙都摩崖题记中留下了东晋的郑隐、葛洪，南朝的陶弘景、陆修静，隋代的闾丘方远，唐代的周景复、刘处静，唐末五代的杜光庭，宋代的楼大度、黄见素、胡大用等著名道士在仙都的活动遗迹。比如，楼大度、黄见素与李仲辅同游的一幕展现于仙水洞“李仲辅题记”；同处仙水洞的“杨景等奉诏祈雨题记”有绍兴乙卯六月二十五日与楼大度、胡大用祈雨祠下，“甘雨踵至，合境告足”的记事。这些与近年在仙都出土的金龙玉简、唐宋陶瓷、水井，都充分体现了仙都道教文化的深厚和历史的悠久。

缙云木活字印刷 / 王琼瑛

活字印刷是中国古代“四大发明”之一，西方人誉为“文明之母”。

世界上第一个发明活字印刷术的是宋朝布衣毕昇。时间在宋庆历年间（1041—1048），比德国谷登堡（约14世纪90年代—1468）要早400年。

缙云现存的完整木刻活字实物，历史悠久，特点鲜明，是古代木活字印刷术的真传。这是我国为数不多保存至今，且仍在使用的木活字，也是活字印刷术源于我国的最好实物明证。

活字印刷术就是预先制成单个活字，然后按稿件检出所需字样，排版印刷的方法。一书印完，版可拆散，单字留待排印其他书版。

木活字较之泥活字和铜、锡、铅等金属活字，在制作上更为简便、容易，故影响最大。毕昇在制作泥活字之前首先制作木活字，虽未能成功，但后人继续研究此法，且很快用于书籍印刷。现存西夏文木活字本《三代相照言文集》《吉祥遍至□和本续》等佛经的发现为此提供了无可争议的实物证据。

元代著名农学家王祯更是创制了转轮排字架和转轮排字法。到了明清时期，木活字技术由于得到政府的支持，逐渐普及流行，获得空前发展，出现了《武英殿聚珍版丛书》这样的大规模木活字印刷工程，将我国木活字印刷推向历史高潮。与此同时，浙江、江苏、安徽、江西、湖南、四川等地还盛行印刷家谱之风，出现一大批以排印家谱为专业的“谱匠”或“谱师”。

从全国范围来看，木活字印刷术仅在浙江的瑞安、缙云、义乌等地得以留传，可再现古代活字印刷的传统工艺，堪称古代印刷术的活化石。目前已被国家确定为首批急需保护的“非遗”项目。

据文物调查，缙云目前已发现两套完整的清代木刻活字实物，一套收藏在县博物馆，还有一套留在民间。每套字盘40多张，字盘规格分大、小字盘两种，大字盘为60列×32 字=1920个字/张，小字盘为28列×23字=644个字/张；每套木刻活字共4万余枚，大部分为清光绪年间刻制，以老宋体为主，也有少量行书、隶书，规格分大、中、小号不等。

此外，还附有压板、版间隙隔条、排版盘和刻刀、镊子、刻笔、棕帚、棕刷、墨盘等印刷工具。刻刀用于刻字或修字；刻笔在木粒上描字或修整；刀夹用来固定字模便于刀刻；毛笔用于宗谱流支画线用；镊子用于夹取活字；排版盘可根据印刷内容，在存字盘内捡选出所需字进行排版；墨盘用于调匀墨汁；棕帚主要用来蘸墨水，并将墨水均匀地涂在排版盘上；棕刷是在纸铺于涂有墨水的排版盘后，用棕刷在其上方来回地刷匀，字即印在纸上；木棒是将印刷后的纸张整理折叠后，将纸张平放在作台上，再用二枚钉子固定在木板规定的位置中间，然后压平纸张再用木棒敲打平整；铁（钉）钻用来钻圈打孔（洞），便于装线；腊线用于串联纸张，装书成册。

缙云木活字印刷主要用于民间宗谱，大多采用“欧苏”二式谱牒，字体美观，笔力秀雅，深为修谱家族喜爱。通常分三种文本：一是传赞，有年庚落款的，一般排字盘为22列×18字，用6开纸；二是排行大小，按出生年月编号，用3开纸；三是流支，辈分从大到小排，兄弟行是从右到左排，

用3开纸。

在缙云每个家族都有修宗谱传统。20世纪80年代末及90年代初，缙云农村一度曾兴起“修宗谱热”。由于谱牒讲究传统，越老古式越有气派，在纂修家谱过程中的辑谱、印刷、造纸等社会化系列服务，对木活字印刷术的传承与发展具有重要的作用，使木活字印刷这一传统工艺至今仍富有绵延不绝的生命力。

近年来笔者在走访调查中发现，在缙云东方镇靖三村、舒洪镇外麻车村、新建镇新建二村、仙都农管处田村村以及原城北乡川石村等地，掌握木活字印刷技艺的传承人不下10人，其中绝大部分是80岁以上的老人，年龄最大的96岁，最小的32岁。

缙云木活字印刷工艺十分讲究，基本工艺分印刷、装书两大流程共14道工序，加上取材、制字模、写反字、刻字，整整“十八般武艺”，全凭手工操作，每道工序都需要真功夫。

印刷流程有5道工序：

1．理稿。将族谱原稿内容进行阅读审理，然后按族谱内容前后次序分页，并将页稿放在一块平整的木板上，以便检字用。

2．检字。对应页稿文字在字盘内找出所需字粒，并按顺序依次排列在页稿上，为排版做好准备。

3．排版。字检出后，逐一按页稿文字及列距对号入座，自右至左一列列排版，一般每列20字，排到空格则用垫木片填充。

4．校对。整张字排版完成后，与原稿逐一进行认真校对，确保文字内容无差错、无遗漏。

5．印刷。将小勺墨汁用温水调匀，舀入墨盘，再用棕帚蘸墨，均匀地涂抹于排字版上，然后将白纸平铺到排字版上，再用棕刷在排字版上来回刷匀后揭纸，印刷工序完成。

装书流程分9道工序：

1．划支。将干后的印刷页，从最后一页开始自下而上进行划支，用木尺压紧，在刻笔上蘸红水（朱砂加蛋黄调匀），按家庭流支用红线进行划分，因难度大，一般由师傅掌握。

2. 折页。从最后一页开始按顺序往前分页，再每张折叠成双页面。

3. 定板。将折页装整齐，叠放桌面，两头用钉子固定，再用模板压平固定，以免纸张移动。

4. 对丝（线）。定板后将每张纸的天头、地脚及中间线一一与木板上的线条对齐（字盘刻有几条固定线条用于对线）。

5. 打圈（孔）。用铁钉固定纸页，再用棒敲打成孔，用于串线。

6. 切谱。先用模板压平，再沿模板切割三个面，便于装订。

7. 装线。先用纸做好纸捻，专用其通顺孔道，使线孔光滑顺畅，便于用蜡线串装书籍。

8. 封面。用已选好的封面纸糊在书籍外层作为封面，写上书名。

9. 装订。量好装订用的蜡线长度，然后用腊线进行装订成册。

缙云木活字印刷主要有五大特点：一是取材有讲究。刻木活字选上好棠梨木（质细腻、光滑、韧度好，容易刻写）或枣木，经雨淋日晒自然干燥后制作字模。二是刻字有诀窍。反手刻上字形古拙的老宋体字，先横、次竖、后撇，刻一个木活字约需10分钟。三是检字有口诀。排版检字口诀是一首有“君王立殿堂，朝辅尽纯良。庶民如律礼，平大净封张”等158个字的祖传歌诀。四是排版有格式。先是序言、跋、志等大文章，接着是正文，竖排每页五大格，每格为一代，寓五代同堂之意。五是刷墨有技巧。用力均匀，恰到好处，阴雨天只刷一次，干燥天一会儿刷一次。

缙云木活字印刷术，既有实物遗存，又有技艺留传，对浙西南印刷术研究具有重要的实物依据和标本意义。

目前，虽然缙云掌握技艺的还有十来人，但大多数年事已高，而且由于木活字印刷术技术含量高，青年一代不愿学也很难学，缙云木活字印刷技艺面临着失传危机。

缙云古代的求雨 / 陈渭清

古代缙云的“求雨”，东乡叫“取龙”，西乡、南乡叫“取雨”。

“文革”前，遇大旱之年，百姓为求苍天下雨，东乡一带会组织人员到大龙潭（即百丈潭），西、南二乡到大仓山、越王山、里西岩或其他深潭、大泉眼以及常年有泉水流出的山洞去取龙。

取龙前，先由巫师降神，传达久旱不雨原因、解决办法和去除旱情后的酬劳，再把附近各个龙潭的名称写好放在米筛上筛，或者装进酒坛里摇晃翻滚搅拌均匀，再由师公用筷子挟，挟着哪个龙潭就到哪个龙潭去取龙（部分村庄有固定地点），此法谓之“刮潭”。

求雨仪典肃穆隆重，旱区参加取雨的村庄先要禁屠吃斋三天，名为“封刀”。每户出一成年男丁为雨兵，个个沐浴更衣，一律穿白色衣裤，各带大刀、棍棒、响灵叉等武器。西、南二乡还有龙筅，就是扛着一根竹枝编成辫状的中小型毛竹，以保护“龙瓶”。首事者必需恭请地方乡绅或官府陪同前往，官府亦喜欢参与，因为这是笼络民心，重视农业生产的重要举措。

取龙仪仗由大锣、大纛前导，接以毛蚣旗，龙瓶，就是两人抬着装“龙”的酒坛，再扛一株连根弯成龙形的毛竹称“龙竹”，后紧跟着雨兵。雨兵即便遇毒日喷火，也不准戴笠遮阴，以示虔诚。西、南二乡取雨时，分别在起点、终点及返回原地均由道士跪在竹选架起的高空（即用多竿龙筅交叉形成一杆天柱，两杆天柱之间横架一根木棍如单杠，师公穿戴道服，从地上翻到木棍上）哭雨，他先吹响扼角，然后向上天哭诉旱情：“啊开长久弗落雨，东西都晒死，泥鳅像铁钉，黄鳝如耕藤，田螺变铜铃，百姓没水食……”接着又唱求雨经：“天灵灵、地灵灵，田土晒得龟壳形，泥鳅晒得像铁钉，蚌壳螺蛳晒得朗朗声，求求龙王上天讲讲情，降我村庄三竿雨，田稻丰收保太平。”

取雨队伍经过，沿途各村都备有绿豆粥供取雨队伍吃喝。主事者率众至龙潭后，先由巫师或道士念咒，行封潭之仪。封潭即封禁水面，以免“龙”到时避走他方。接着请官府主持人跪着恭读“哭雨文”再放疏，即把装有“符”的信封放进龙潭，使之下沉，谓之向海龙王行文。过了一会，疏浮上来，说明海龙王有回音。放疏毕，即行“请龙”。人们向潭中寻觅捞取蛇或蝾螈。若潭中没有，则寻潭之四周草地。再无则下水捉鱼，所捉多系“白鱼”，俗谓白鱼是“龙女”，鲫鱼是“龙子”，龙女性急，请之能即下雨，龙子性慢，请之能下雨而费时长，故大旱之年多请龙女，以解旱情。

人们一抓到蛇、蜥蜴或鱼（黄鳝、泥鳅、鲫鱼、鳗），即装入“龙瓶”，上盖青柴树叶，急抬而归，归途不得撞见挑大粪的、烧焦泥灰的及施各种肥料的、车水的，尤其不得撞见耕牛，俗谓牛生麒麟，而麒麟喷火，与龙是大敌，撞见即要吓坏所接之龙，故取龙队伍多有打前站者，事先请沿途各村照顾。一路上，龙瓶周围拥满人群，所过村庄还要摆香案做龙斋。抬回本地后要到旱得最厉害的田畈转一番，意叫龙王看看旱情。雨兵随后口打胡哨、手摇响灵叉疾步奔跑。

接进村庄后，要用三牲福礼祭祀，再把龙瓶供于事先设好的“龙亭”上，并派专人看护。每天下午抬着龙瓶沿着农田绕走，称为降雨。取龙下了雨，旱情得以解除，则用同样的方法把“龙”送回龙潭。

爆竹赶龙求甘霖 / 项　翔

在缙云绵延不绝的山脉中，有一个被八迭岭隔绝的桃源仙境——方溪。方溪前有大树参天，青山环抱；后有山峦叠翠，宛如腾龙。沿方溪溯流而上，山谷清涧中有一古刹名感应庙，感应庙下有一水洞，洞中常年清泉涌动，凉风习习，传说洞中盘有神龙，故名龙宫洞。

关于这个龙宫洞，方溪民间有个古老的传说。

话说东海龙王敖广，坐镇东海之滨，司掌一方水土。敖广勤政爱民，东海一带风调雨顺、五谷丰登，成就了江南鱼米之乡而深得玉皇大帝赏识。敖广膝下有九子，其第九子因天生聪明深得父王宠爱，但他自持娇宠而顽劣不堪。玉帝闻之而下旨，要敖广好生管教。敖广无法，只得将其遣送到当年黄帝炼丹飞升之地——缙云，令其为地方百姓行雨，以消磨其顽劣之心。

九龙子离开金碧辉煌的龙宫，突然来到这个无拘无束的仙境，心里十分高兴，很快就在方溪上游的溪涧中寻得一个宝洞安居下来。

当地村民初闻有行雨神龙前来方溪，万分欢喜，就把九龙子所居之所称为龙宫洞，并筹钱捐物建起一座感应庙，以求神龙庇佑。九龙子见当地村民如此热情好客十分感动，不仅按四时节气行云布雨，而且对村民有求必应。一时间方溪祥风瑞雨，感应庙香火鼎盛。

一日，九龙子行云布雨已毕，遂趁闲暇之余外出游玩。话说缙云乃洞天仙境，春和景明，鸟语花香之美景数不胜数，九龙子沉醉其中，终日流连忘返，直至筋疲力尽才返回龙宫休憩。

从此，九龙子便日日游山玩水，不累不归，对本职工作却敷衍塞责。即便遇上大旱之年，村民前来求雨，他或大门紧闭，游乐不归；或对村民不理不睬，酣睡如泥。方溪大地遂土地干裂，旱魃为虐，村民苦不堪言。如此持续了几年，村民实在难以承受，就祷告上天祈求怜悯。玉帝闻之，龙颜震怒，再次下旨龙王，严管劣子。但九龙子已然不在龙宫，敖广鞭长莫及，万般无奈之下，老龙王只得应许当地村民，代其管教九龙子。

得到龙王的允许，村民便与几位德高望重的长者商量如何管教龙子。长者云：“此子虽生性顽劣，却也不失天真，初至方溪时，为村民做了不少善事。此刻求雨不灵，皆因龙子贪玩，精疲力竭而沉睡不起，汝等可购烟花爆竹，敲锣打鼓将其惊醒，赶出龙宫，以求甘霖。”

村民大喜过望，立即筹钱买来烟花爆竹，然后组织百姓浩浩荡荡摩肩接踵到了龙宫洞，发现九龙子依然沉睡未醒，村民立即拼命敲锣打鼓，点燃烟花爆竹，霎时间山谷里爆竹声如万马奔腾。九龙子被爆竹声惊醒，以为玉帝降罪，天雷齐轰，顿时号啕大哭飞出龙洞上了云端。片刻间天空忽然阴云密布，云中滴滴龙泪化为甘霖，解了旱情。

从此，方溪一带便留下千古传统：每逢大旱之年，村民们便会成群结队敲锣打鼓前往龙宫洞大放烟花爆竹，以惊醒龙子，赶其出洞，以求甘霖。

龙行缙云梦未圆 / 项一中

汉代刘向在《新序·杂事》中记载：春秋时期，楚国叶公子高非常喜欢龙。不仅家里的器物雕着龙，房屋、梁柱也统统画着龙。天上的神龙知道了，就飞临人间，把龙头探进了他家的窗子。叶公一见，吓得胆战心惊，拔腿就跑。这就是成语故事“叶公好龙”之来历。

比起叶公来，缙云人的“好龙”可谓有过之而无不及。

你看，他们把山脉说成“龙脉”，把瀑布说成“龙喷水”；他们在房子的粉壁上画着龙，大梁上雕着龙；在脸盆架、挂衣架上刻着龙；他们将板凳稍加装饰就叫“板龙”；等到老人故世，子孙随便拿把稻草一扎就是条“草龙”，下葬时将其烧毁，即称老人家已“骑龙上天”！

追本溯源，盖因轩辕黄帝在仙都“乘龙升天”之际，许多缙云人都想“搭便车”——拉着龙须妄图挤上黄帝所骑的“神龙”。不料他们沉重的肉身拔断了老龙葱脆的胡须，于是一个个重新跌落苦难深重的人间。从此，缙云人对老龙的态度变得爱恨交加、喜怒无常。

比如，从正月十三到十五，缙云人要进行一系列的“请龙”“祭龙”“舞龙”“迎龙”活动，对“神龙”极尽卑躬屈膝、谄媚奉承之能事。

然而等到正月十六，缙云人会突然翻脸不认“龙”，他们以下三滥的手法将“老龙”玩弄于股掌之上，等到极尽戏耍羞辱之能事后，再将“老龙”大卸八块，掰“龙肉”揭“龙鳞”，将其一片片丢进好溪冲入东海，才算出了一口当年不肯背缙云人升天的恶气！

缙云人对“龙”的怨气，还表现在大旱之年的求雨仪式上。

每当龙王玩忽职守引发大旱，地处东部沿海的缙云人居然撇开东海龙王敖广，直接向那位流淌着非洲黑人血液的北海龙王敖吉求雨。奇怪的是有求于龙的缙云人，此时绝对不会向北海龙王点烛焚香敬献三牲，而是派一帮不知轻重的年轻人打扮成什么“雨兵”，将穿着龙袍的黑脸敖吉从它的“驻缙办”——九盘山上一个俗称“北海洞”的阴凉岩洞中“哦嚯嚯”地抬到县衙前，然后不管三七二十一，先请它老人家在烈日下曝晒三天，尝尝玩忽职守的滋味再说。等到龙王满身大汗头冒青烟，缙云人再装模作样向它祷告祭拜。如数日后老天爷仍不降雨，缙云人就会先礼后兵，温柔地剥掉敖吉那身亮丽光鲜的丝绸龙袍，让它赤身裸体脸面无存地在炎炎毒日下炙烤！

有口难辩的北海龙王毕竟缺乏坚强的革命意志，所以等它遭到缙云人三番五次别出心裁的“软暴力”后，它老人家就哭爹喊娘举手投降了。等敖吉满怀冤屈地被迫上天行云降雨后，缙云人又会敲锣打鼓欢送这条老龙得胜回府，让它老人家重新孤苦伶仃地独坐于潮湿阴暗的“北海洞”里，眼巴巴地盼望着下一次大旱再重见天日。

总之，缙云人常常以这种不卑不亢、不娇不惯的实用主义伎俩，“与龙共舞”了上千年，并准备千秋万代“可持续性”地继续舞下去。

到了2013年春，缙云壶镇突然传出一则“石破天惊”的消息：

——在“丽缙工业园区”工地上，人们在一块破开的石头里惊奇地发现了一块“龙骨”！

缙云博物馆馆长闻讯后立即赶到现场，她断定这是块真正的恐龙化石。在美国国家科学基金以及日本福井县立恐龙博物馆的资助下，浙江自然博物馆、缙云县博物馆、日本福井县立恐龙博物馆和美国蒙大拿州立大学的专家进行了一系列调查和抢救性发掘。

经过一个多月的发掘，在胡宅口、西山沿等3个化石点挖出了大量的恐龙以及恐龙蛋化石。据分析这些化石至少分属四个甲龙个体，其中一个还是幼体恐龙。最令专家们兴奋不已的是一块甲龙头骨化石和一块尾巴长着骨锤的化石，它属于一只长近6米的甲龙。据11月27日《光明日报》的文章称：该恐龙有可能属于甲龙新种类。

总之，缙云壶镇的这次发掘，创下了浙江自1962年发现恐龙化石以来的六个全省第一：第一次发现基本完整的恐龙全身骨骼化石；第一次发现甲龙类恐龙尾锤化石；第一次发现完整甲龙头骨化石；第一次发现兽脚类恐龙头骨；第一次同时发现成年甲龙和幼年甲龙个体化石；第一次发现恐龙蛋化石。在舒洪镇上王村下山脱贫小区工地出土的大量恐龙蛋中，有圆形蛋、巨型长形蛋、蜂巢蛋等。最大的一窝每个恐龙蛋化石竟然长达37厘米，最小的却只有鸽子蛋大小。

据有关专家介绍，地球经过亿万年的地质演变，地表下的恐龙化石不断碎裂、分离、游走，要把它们修复还原拼凑成原来的恐龙形态，是一项艰巨而复杂的工程。如今这批化石被运往浙江自然博物馆进行清理修整，复原后将送回缙云博物馆展出。

以上缙云发现大量恐龙化石的事实表明，缙云历史上有关龙的一系列传说，绝非捕风捉影空穴来风。

遥想当年，缙云这方水土无疑是各类恐龙幸福生活的伊甸园。在这里，山头不会流脓，溪流没有污染，路边没有垃圾，蓝天没有雾霾，到处是花红草绿、天蓝云白；到处是风光如画、丽水秀山。

然而到了6500万年前白垩纪末期的某一天，蔚蓝的天空突然出现了一颗直径10余公里的闪亮小行星，它拖曳着一条火红的尾巴飞速撞向地球。在巨大的爆炸声中，粉身碎骨的小行星溅起了遮天蔽日的尘土。这些尘土随着平流层迅速向四面八方扩散，在天空中形成了一条如同黑棉被一般的尘土，紧紧包裹了整个地球，其厚度甚至连阳光也难以穿透，地球很快进入了寒冷的冬季。由于地面植物无法进行光合作用而纷纷凋敝，地球氧气含量随之迅速下降。植物的死亡则宣告了食草类恐龙末日的降临，而缺少了这些肉食提供者，导致了食肉类恐龙以及整个恐龙家族的灭顶之灾……

这条带尾锤的缙云籍甲龙，也没能逃脱这场白垩纪大灾难。幸运的是它及时卧伏于河边的泥沙之中，保存了自己的头骨和尾锤，以致在21世纪有幸被人们发现而重见天日。

缙云恐龙化石的大量出土，让缙云人做起了一个个“龙之梦”：

在壶镇工业园区的一侧，一夜之间出现了一个绿草如茵、碧水如镜的“缙云恐龙文化博物园”。博物园的入口，是一个龇牙咧嘴的恐龙化石头盖骨，一批批游客从恐龙张开的巨大嘴巴中鱼贯而入。他们顺着蜿蜒的游步道，在一节节恐龙肋骨化石之间前行。在道路两侧，白垩纪时代的各类恐龙成群结队地在草地上觅食、嬉戏、求爱、产卵。在一丛丛热带植物的掩映下，外形酷似一窝窝恐龙蛋的“化石博物馆”分布在绿树丛中。

正在游客们张大了好奇的眼睛，对这些千奇百怪的恐龙化石发出情不自禁地赞叹时，正在草地上游玩的孩子们忽然爆发出一阵哄笑。原来，离博物馆不远的一头霸王龙正在和一只体型娇小的缙云甲龙决斗。这头高达13米、重达十余吨的“巨无霸”以其体型优势，对长仅6米的甲龙实施泰山压顶式攻击，而甲龙则以灵活的身姿巧妙地左躲右闪，双方你来我往大战了三百回合而不分胜负。

突然，聪明的缙云甲龙使出了它的撒手锏——尾锤，它以四两拨千斤之势对准霸王龙的膝盖猛然一击，“咔嚓”一声砸断了强敌的一条后腿。霸王龙猝不及防，沉重的躯体突然失去了支撑而轰然倒地。孩子们看到这以弱胜强的一幕，无不欢呼雀跃鼓掌叫好。

在博物园最北面的山坡上，游客们又发现了一个高耸入云的缙云甲龙巨大尾锤，远远望去有如美国纽约自由女神手中高高擎起的火炬。一批批游客兴奋地乘坐着安装在恐龙尾巴里的电梯，登上了位于蓝天白云之间的甲龙尾锤。在这里，他们居高临下地俯瞰着富饶美丽的壶镇盆地，以及生机勃勃的恐龙文化博物园……

不知缙云人是否还有这样的胆魄：宁可少建几十座浓烟滚滚、噪声隆隆的工厂，也要做浙江第一个生态型恐龙文化博物园之梦？

因为，时不我待，机不再来！

胡诞地与胡相公 / 麻松亘

缙云民谣：“木樨花远处香，胡相公显外洋。”

供奉在永康方岩的北宋名臣胡则——胡公大帝（缙云民间称他为“胡相公”），是我们缙云人，诞生的地点就在靖岳村的“胡诞地”！

仙都附近有座巍峨的大山叫马鞍山，在马鞍山脚的好溪边上有座酷似乌龟的小山，人们叫它龟山。龟山一侧山体岩塔凹进，一洼半月形清水环绕，名为岩湖，也叫月湖。根据1973年实地测量，这岩湖长49米，呈两个肚形，大肚最宽处13米，小肚最宽处8米，两个肚形间最窄处4.3米。相传这岩湖边，就是胡相公诞生的地方。而胡相公出生后他娘就是在这里洗“嫩倪”（小孩）。所以人们就称此地为“胡诞地”。后来因缙云方言以讹传讹，才变为今天所叫的“胡塔地”。

20世纪70年代初“农业学大寨”运动中，靖岳二大队开展溪改筑坝，急需岩块。于是在公社领导的撮合下，于1973年12月19日与马鞍山大队签订了在龟山开山取石，填湖造田的协议，造成龟山毁坏、岩湖填埋的恶果！

相传胡相公父亲叫胡承师，是本县溶江乡岩坑村人，母亲应氏从永康县嫁入。应氏怀孕不久，承师却大病一场不幸身故。应氏孤苦伶仃，家境贫寒，衣食不足，临产前欲沿途行乞，回永康娘家做产。应氏一路风餐露宿，至八月十二下午途经仙都，顿觉腹中胎儿踢动，隐隐作痛，最后实感体力不支，见前面村口有座破庙，急忙进去稍事休息，不觉睡着。待到醒来，已是第二天清晨，应氏随即起身，挺着个大肚子，忍着饥渴，慢慢地翻过截脉岭，来到龟山边。她见湖水清澈，捧起湖水洗了把脸，然后坐在岩湖边歇脚。这一坐不要紧，突然袭来一阵穿肠剜肚的剧烈疼痛，伴随“哎哟！哎哟！……”的凄厉呻吟，应氏在淌满血水的湖边生下一个小孩。在这前不着村，后不着店荒野，应氏只得用自己的牙齿咬断脐带，将小孩放入岩湖洗身。说来奇怪，整个岩湖的湖水一下子洗成了鲜红颜色，而且后来每年的八月十三这一天，岩湖中的水就会变成红色。应氏洗好孩子，用所带的破包裹将孩子包好，再也没有一丝力气了，她只好紧挨孩子躬缩在路边。不知过了多久，有一小孩赶着一只大黄牛，从山上放牛回家，见应氏母子，还见湖中一池红水，连忙将她们轻轻扶上牛背，带回家中。这个牧童的家就在靖岳村，牧童家中虽不富有，但全家仁慈，乐善好施，遂高高兴兴地将应氏母子安顿在家中好生招待。不知不觉已到满月，牧童全家与应氏母子欢欢乐乐喝起满月酒。应氏千恩万谢，酒过三巡，应氏提出要回娘家。牧童父母早已知道她思母心切，料也留她不住，只得给她母子选择吉日，备足干粮、衣物，依依不舍地送她们母子上路。

光阴似箭，一晃过了二十多年。一天，两顶官轿，几个随仆来到靖岳，走进牧童家中。原来两顶官轿中坐的就是当年的应氏及其儿子胡则。这时胡则已经中了进士当了大官，他们是向牧童一家谢恩而来的。靖岳村从来没有见过这么大的官，况且他出生在这块地面，特别是闻知他为官清正，又曾奏免当地身丁钱粮，为民排忧解难，所以众议纷纷，欲在龟山旁边建起胡相公大殿，永远祭祀。胡相公知道此事后，坚拒不准，后来靖岳村的人们只得在龟山附近的山边选了一个地点，建起一座至今尚存的小庙，取名为“胡相公

殿”，同时把龟山岩湖一带取名为“胡诞地”，以示永久纪念。

无独有偶的是胡相公出生在胡诞地一说不仅流传于缙云，而且广泛流传于永康各地，并屡屡写进研究方岩及胡则的相关资料之中。例如永康民间妇孺背诵的《胡公经》，开篇就说：“南无佛说《胡公经》，胡公出生在缙云。胡公分身胡塔地，父母双双上天庭。”（摘自永康学者胡国均“胡公大帝信仰与方岩庙会”——天马图书有限公司出版《方岩签诗解说》）。

另外，1984年4月浙江人民出版社出版的《浙江历史小丛书·方岩胡则事迹》开篇就有这样一个故事：

“关于胡则的出生，永康一带流传着这样一个传说：相传胡则不是胡师承的亲生子，而是他收养的义子。

那年冬天，天气特别寒冷，一连下了几场大雪。有一天，一个乞丐模样的中年妇女背着一个三四岁的男孩，肩挎布袋，手拄打狗棒，一颠一拐地在冰天雪地里走着。她们从缙云县的胡塔地外出行乞已经十来天了，前一天晚上，娘儿俩来到了方岩附近的胡库村，刚在村头的土地庙安下身，暴风雪就跟着袭来了。她把孩子紧紧捂在怀里，一夜没有合眼。挨到天亮，孩子又吵着要吃的，她只得咬咬牙支撑起困乏不堪的身子走出了庙门。

时候已近中午，村里还是静悄悄的，家家关门闭户，路上不见行人。她们沿门求乞，几乎走遍了只有几十户人家的胡库村，那只缺口的海碗仍然没有沾过一粒米饭。她觉得眼前一阵发黑，赶紧伸手撑在一座院落的土墙上，待缓过气来，才使劲地喊道：‘天啊，可怜可怜我们孤儿寡母吧！’

这撕心裂肺的呼告，传进了大门紧闭的院内，一个二十多岁的青年打开了门，向她们热情地招呼着：‘哦，进屋暖和暖和吧。’

这个年青年人就是胡师承。尽管她家也不富裕，但一向乐善好施。他的妻子应氏，连忙端出一大盘准备过年的米糖。要饭的妇人喜出望外，撮起一块递给背上的孩子，把其余的倒进布袋，然后退向门口。师承劝阻道：‘雪大着呢，午饭米下锅了，吃了再走吧。’这时孩子已把那块糖吃完，正伸手到布袋里掏摸。应氏连忙又端来一盘。孩子吃饱后以后，眼眶里的两颗眸子变得光亮了，颊上泛出了淡淡的红晕。他高兴地挣着下了地，绕着阶沿的柱子跑来跑去，不时发出咯咯的笑声。这情景，使应氏突然想起了昨晚梦见青龙绕柱的情境，她想：莫非那青龙就应在这孩子身上？于是她悄悄把师承拉到屋里，把自己的梦境描述了一番。师承一听，也不由得喜上眉梢。在征得父亲同意后，就和那个求乞妇人商量，表示愿意收养她的孩子，那妇人也表示同意。从此，这个孩子便成了胡师承的长子，他就是胡则。”

再是《方岩民间故事》也收集了一个与上述缙云各地传说极其相似的故事。故事说，宋初建隆四年（963）八月十三，胡则母亲应氏从缙云岩坑出发，途径鼎湖峰时，仙气冲动胎气，至靖岳胡塔地，肚子疼痛，小孩“呱呱”坠地，应氏自己咬断脐带，抱小孩至岩湖中洗身，三洗两洗，塘水变成红汤，而且把小孩的脸也洗红了，这个小孩就是胡则。据说这个岩湖小塘，至今还是半塘水红、半塘水清呢。

另据溶江乡岩坑村《胡氏宗谱》明确记载：胡则父名承师，娶妻应氏（永康胡库《胡氏宗谱》对胡则父母姓名的记载也相同）为永康人。应氏怀孕将生，于八月十三日一早前往永康娘家做产。“不意行至靖岳胡塔地时，遂诞生一子，就洗两头塘，抱至母家养育”，此儿即胡则。

清康熙《缙云县志·山川·潭》对胡则的父亲胡承师有这样的记载：“大圣，县东南七十五里，胡则父承师修炼于此，后尸解，古其潭名大圣云。”胡则父亲胡承师在缙云县东南七十五里的大圣潭修道，而且在那里尸解成仙，可见胡则是缙云人的传说，应该说绝非空穴来风。

与胡则同朝为官的北宋名臣范仲淹，与胡则私交甚深，在胡则辞世后曾为之写了《墓志铭》。据缙云岩坑《胡氏宗谱》收录的《墓志铭》题为：《正奉大夫上柱国开国公钦赐紫金鱼袋赠吏部尚书前兵部左侍郎致仕胡正惠公墓志铭》，并写道：“公讳则，字子正，谥正惠，栝之缙云人也。”而《永康县志》收录的《墓志铭》题为《兵部侍郎致仕胡公墓志铭》，并载明“……婺之永康人也。”孰真孰假？不得而知。反正，缙云人民相信胡相公的根在缙云，生在靖岳胡诞地。不过他自幼在永康长大，后又以永康学子之名考中进士，所以声名赫赫都说胡则——胡相公是永康人。为此在缙云的靖岳一带还流传着一句“木樨花远处香，胡相公显外洋”的民谚呢。可尽管胡相公显了外洋，缙云一带的村民却始终没有忘记胡相公是缙云人民的乡里乡亲，靖岳附近各村的男女老幼至今保留着逢年过节到胡诞地的胡相公殿祭祀、每年秋天步行上方岩朝拜胡相公（一去就要连去三年）以及胪膛、靖岳附近二十多个村八月初九迎胡相公庙会等传统。

壶镇传统中医药 / 吕丰平

据北宋《元丰九域志》载："缙云……有五乡（万安、景福、官政、仙都、美化），胡陈一镇。""胡陈"就是今天的壶镇。

当时，处州府辖丽水、龙泉、松阳、遂昌、缙云、青田六县，但只有缙云的"胡陈"和丽水的"九龙"两个"镇"。相邻的婺州府辖七县，也仅有金华县"孝顺一镇"。故胡陈、九龙、孝顺称浙中南三大古镇。作为千年古镇，壶镇积淀了颇具特色的传统中医药。

一、缙云中医世家，壶镇占半数以上

1. 胪膛陈家：元末，胪膛田锡孙、田伟以医鸣世，锡孙收本村的陈拱为徒，陈拱"精岐黄，诊疗多中，且不较其利。"陈氏子孙遂世袭其技，较著名的有十世陈净"精修剂，济人之危。"十一世陈炳"尤精医业，用妙药。"十二世陈帛"承家传七剂之妙，一投遂能起沉疴。"十三世陈怡"攻医业，病者疗愈。"十三世陈录"尤精于医业。"十四世陈宏"尤精医业，授人以方，疗病多中，分文不取。"二十四世陈汝忠"岐黄精求，参透活人妙诀。"二十六世陈兆瑶"业岐黄如昔之扁鹊。"民国末年，西医日盛，陈氏家传医术遂渐次失传，今仅一人从事兽医。

2. 壶镇溪头吴家，源自兰溪永昌。光绪时吴肇麟前去拜访下潜应某（应佩苇的祖父），在五针松树下做了一梦，说溪头可供其发展，遂开药店名曰"问松堂"，其子时容、时兆传其技，孙锦军亦有名。

3. 壶镇大溪滩吴家：学自吴舜科，其子吴宗泰，中光绪朝的庠生，名声甚隆，非坐轿不出诊；至孙大嵩在双眼井上面开有药店，地位仅次于问松堂药店。现其家传中医技艺已历六世。

4．胪膛田家：田氏伤科的先祖胡莲，生活于清咸丰、同治年间。胡居壶镇青川（古称火鬏头），练就一身武功，得五台山名师疗骨真传，正骨、接骨手法独特，疗伤秘方服之效验，邻近诸邑慕名前来求诊者络绎不绝。其仅生一女胡氏，嫁二十一都胪膛庄田林森为妻。田胡氏产五女一子，子名田宝龙，自幼随外祖父、母生活。胡莲夫妇视其为掌上明珠，习以诗书，并教以正、接骨技艺，传以疗伤秘方。田宝龙成年后，开医馆于胪膛，娶妻虞世英，并尽传技于妻。可叹田宝龙英年早逝，子田旭初学成医技后又去台湾，故而虞世英为使医道有继，尽传疗骨绝技和秘方给孙子田大中、孙媳金碧辉及女儿田旭华（后来嫁新碧钭兆根，发展为钭氏伤科），并嘱咐："大医精诚，救人为先，无分贵贱；赴急不避寒暑，疗伤勿论亲疏！"至今已有五代传人，"田氏传统接骨术"在民间一直享有较高声誉。

5．县城"胡正吕"，胡治元创办于光绪辛丑年（1901），主营膏药。

6．县城诸葛家：源自兰溪诸葛村，1918年诸葛寅来缙云县城开办"春雨堂"，人称兰溪先生，其子诸葛儆名声亦隆。还有一家"春山堂"，系诸葛芬于1913年开业。

7．县城王家：王一清创办于光绪十三年（1887），主营膏药。

8．新中国建立前后壶镇一带卖膏药者基本是走江湖的走方郎中，最著名有三人：章培山（名章玉春）、应景山（应海法）、黄保山（名不详，靖岳西山人），而以章培山夫妻的武功和膏药为最。

二、壶镇中医药店铺林立

从1936年吕氏后裔绘制的"壶溪全图"可见，当时的壶镇南起天妃宫北至后塘畈，中间以东西走向的街道为中轴线，东起上街大门，西行经中街，出下街大门接大桥街，直至贤母桥头。

壶镇老街历来分上、中、下三段。历史上最热闹的当属中街和下街，这里沿街两侧店铺林立、生意兴隆，是古时壶镇核心的商贸地段。

药店就有"问松堂""太和堂""同仁堂""天一堂"等若干家。

壶镇中药堂以"问松堂"最为著名，清朝时期兰溪人吴肇麟在壶镇开问松堂药店。据称，当时壶镇的潜姓太公很有威望，儿孙为官的很多。村边有

棵大柏树和一株名贵的短毛九针松，都是潜姓太公所植。壶镇垟有名的“问松堂”药店，就是以这株松树取名，包药的纸上面就印有这株松树的图案。

根据1945年档案资料统计：全县有中药店11家，民间中医先生较为著名的有张鼎铭、吴仕潮、吕文东、钭珊瑚、王介平、昊业西、舒凤周、褚震烟、何寿坑、赵培樵、吕涌金、胡慎悦等。

古时没有西医药，壶镇百姓的医疗全靠中医作保障，较发达的中医药业为壶镇人的繁衍生息做出了极大的贡献。

三、壶镇中药材生产销售历史

清《缙云县志》收载本县土产中药元胡、白术、茯苓等101种，且详明其性状，相当于地方土产药典。

磐安，与壶镇山水相连，壶镇人称之为“上角”，是全国中药材生产和出口的重点县之一，是中国药材之乡，素有“天然药材资源宝库”之称。其山水土质和气候特别适宜中药材生产，据史料记载，磐安与壶镇的中药材宋代已贩运宁、绍商埠转外销，其中玉竹等列为贡品。历代以来，中药材是壶镇农民经济收入的主要来源之一。

本地中药材资源十分丰富，不仅品种多，门类全；而且产量大，质量好，在海内外享有盛誉。据调查统计，壶镇镇有家种和野生中药材1055种，其中药用植物药材1013种，动物药材39科42种。野生药材有量大质优的前胡、山楂、覆盆子、金银花、野菊花、鱼腥草、三尖杉、一枝黄花、竹叶、乌药、金樱子等20多种。目前种植具有一定批量的中药材有驰名中外的“浙八味”中的白术、元胡、贝母、玄参、白芍五味以及玉竹、丹皮、天麻、桔梗、黄芪、杜仲、厚朴等。壶镇的白竹、雁岭、唐市区块农民至今仍保留有种植中药材的习惯。

地产中药材的销售，壶镇镇古时通过集市（行市）、五月廿八大集等渠道交易，新中国成立后由供销社收购后交由药材公司销售。创建于20世纪80年代壶镇的中药材市场曾经是全国十大药材市场之一，后因政策调整，已于1997年1月10日关闭，目前壶镇镇地产中药材大多通过磐安中药材市场交易。

四、壶镇古时医疗卫生花絮

1. 双眼井水治病

下街到中街的拐弯处，有一口神奇的古井——双眼井，其水清洌甘甜，冬暖夏凉，除供人饮用外，还可用于治病消恙。炎炎酷夏，小孩身上若发了痱子，只要取井水冲洗几次就消失了；寒冬腊月，手脚生了冻疮，只要用井水泡几次，也就好了，堪称“神水”！

2. 老街路面及排水设施的全面改造有益公共卫生

老街呈东西走向，“自上街大门直至下街贤母桥，路线约千余米”，即今之解放街。老街路面原用大小石块砌成，历经沧桑，“市面振兴……惟街道湫隘，阴沟淤塞。”1934年，在吕焕光等人的倡导和组织下，发动全镇富户和沿街商店乐助集资，全面开展街道改造。从上街到下街，下挖排水沟，路面采用横宽八尺的石板铺设，左右以石块凑之。整个工程前后历经三年，于1936年全线竣工，“从此宽阔坦平，既免往来拥挤之嫌，复获公众卫生之益。”

3．端午节卫生习俗

壶镇百姓过端午节有个传统：门框插艾叶和菖蒲，腰部佩中草药香囊，喝雄黄酒，家居四周撒雄黄粉，意为除秽避邪，驱除虫蛇，保护健康，有预防为主意识。因为时令转暖，病菌开始大量滋生繁殖，寄生虫和毒蛇蠢蠢欲动，唯有积极预防才可防患于未然。

4．坐月子以豆腐皮和霉干菜豆腐养身

各地产妇以生姜、红糖、鸡蛋汤调养月子是司空见惯之事，而壶镇镇有句俗话："公婆，菜干豆腐盛板箩。"豆类制品有极高的蛋白质含量，霉干菜富含维生素A等，产后哺乳需要大量的蛋白和维生素作补充，才能使母乳旺产，母体复原。这一习俗对母幼保健确有益处。

总之，本地悠久的传统中医药文化，丰富的中草药资源，以及淳朴的民间养生民风，为缙云正在蓬勃兴起的中医药养生产业打下了坚实的基础。

桃花岭名称来历 /张　琳

缙云"桃花岭"，唐中期即有盛名。唐诗人顾况赴永嘉任监盐官时有诗《寻桃花岭潘三姑台》云：

桃花岭上觉天低，人上青山马隔溪。
行到三姑学仙处，还如刘阮二郎迷。

那么，最初是谁、又是为何在岭道沿途种植桃林呢？清浙江巡抚阮元《过桃花岭》诗云："何年道士栽桃树，终古征人散马蹄。"故有人认为最初在岭上种植桃树的是道士。而种桃一是因为桃木是驱鬼辟邪的神木；二是桃花岭战事频繁，多孤魂野鬼，故道士多植桃镇鬼。

但当地自古相传，岭以"桃花"为名是源于两个美丽的传说。一个是说，在很久很久以前，岭上有户人家，娘囡相依为命。家中虽然贫穷，但乐善好施，不仅长年累月为来往行人烧水供茶，并不时给那些贫病过客施食送药。娘年老临危之际很想再尝一口桃子，女儿立即爬山越岭到山下买来桃子，飞奔回家发现母亲已离开人世。囡悲痛欲绝，想这荒山野岭如果都种上桃子，母亲就能如愿以偿吃到桃子，自己也不会遗憾终身了。于是她就到岭下采来桃枝，每天在岭边扦插、浇水。有一天，囡正在自家屋前扦插桃枝，忽见一老翁摔倒岭上，女儿立即上前扶起老翁，又端来茶水给他解渴。老翁缓过气，问囡在扦插什么？女儿告之原委，老翁深为其孝心感动，站起身来，随手向前一摔宽大的袖口，说："这不已经是满岭桃树了吗！"女儿随之望去，果然满岭桃林，而且繁花点点，香气扑鼻。囡惊讶不已，忙回身感谢神仙相助，老翁却已不见，唯闻天空隐约传来："孝亲行善，世人共勉！"此后，囡精心管护桃园，到了桃子成熟，先在母亲坟前上供奉一盆桃子，其他桃子则免费送给行人解渴充饥，于是人们就把这个姑娘叫作"桃花"，而把这条岭道叫作"桃花岭"。

还有一个传说，说的是在很古很古的时候，桃花岭沿途全是光秃秃的荒山野岭。有一次，一位仙女经过这里，看到一个小伙子冒着烈日在车水。他一面挥汗如雨地车水，一面还悠闲自得地唱着山歌，煞是快活。干得那么辛苦还那么高兴，仙女走过去问道："大哥啊，天上日头这么猛，晒得你光脊流汗如油，可看你成天高兴地唱着山歌车水，这是为什么呢？"小伙子见问话的是个如花似玉的姑娘，就问她是哪里人氏？仙女说："我是来自天上的仙女。"小伙子听了哈哈大笑说："我回答你问的问题倒不难，只是你说你是个仙女，我就不相信了。"仙女道："要你相信倒也不难，不信你出个难题试试？"小伙子说："如果你能在一个时辰内让这荒山秃岭种遍桃树、开遍桃花，我就信你！"那仙女伸手一揽，手里捏着一根桃枝，随手又把桃枝折成四段，在山岭东南西北四面都插上一段，然后念念有词，再喝一声"开"，霎时间满山遍岭桃树林立，桃花怒放，宛若红云绛雾。小伙子惊讶不已。这时仙女说："你的要求我做到了，现在该你回答问题了！"小伙子醒过神来，说："我车水可以解除旱情，确保庄稼丰收，虽然大汗淋漓的车水，心中憧憬的是丰收的喜悦，能不快活吗？再说我唱山歌，这不仅自己快活行人也快活，而且还是对当地民间文化、精神财富的创造、传播和传承，做如此有意义的事，你说我快活不快活？"仙女听了小伙子的话非常惊异，她想："凡间普通百姓，竟然能以创造物质和精神财富为乐事，以愉悦他人为快乐。我这个神通广大的仙女，也应该为百姓多做点好事啊！”其实，她刚才所变的桃林和桃花是种幻觉，如果真的要变为现实，必须用尽功力，而功力用尽，她就会变成凡夫俗子，永远地脱离仙班。仙女经过反复地思虑，决定使尽内功，放弃仙籍。于是她又念念有词，旋大喝一声“栽”，就把这座荒山秃岭变成真正的桃树林了。由此开始每到春天，古道两旁漫山遍野开满桃花，那位变成凡间姑娘的仙女，人们都叫她“桃花姑娘”，而把这条古岭驿道，就叫作“桃花岭”。相传后来桃花姑娘与那位车水小伙相亲相爱，喜结连理，生儿育女，过着幸福美满的生活。

贤母桥名由来 ／麻松亘

好溪是缙云的母亲河，而河上的县前“龙津渡”、县南“东渡”和县东“壶镇渡”，是缙云古代最重要的三大渡口。“龙津渡”和“东渡”是连接括苍驿道的要津，“壶镇渡”则是内连金衢腹地、外通台温沿海的孔道。

壶镇古渡，古时建有木桥或小石桥，一旦大雨骤下山洪肆虐，即冲塌桥梁、毁坏田庐，阻绝交通，时有行旅葬身鱼腹。

壶镇吕蔡太孺人（1728—1815），素怀在壶镇渡“兴大工建石梁”（清道光间缙云知县汤成烈《吕氏三桥记》），变天堑为坦途的宏愿。其家中虽勤耕种、善商贾，富甲一方，但要以一家之力，实施如此浩大的工程，不管是资金，还是物力、人力，难度实在非同小可。于是，蔡太孺人在节衣缩食、勤俭持家的同时，常以早日建成壶镇大桥之志勉励全家。清嘉庆廿年（1815），蔡太孺人病危，恨宏愿未竟，临终前召载扬、载修、载驯、载希等四个儿子和建始、建盛等孙子于病榻之前，嘱曰：“必成是桥，以遂吾志！”（《吕氏三桥记》），载扬等子孙泣诺。

清嘉庆廿二年（1817）七月，经过多年准备、筹划的吕载扬兄弟子侄，在吕建盛的统筹下，开工建造壶镇渡大桥，桥体全部用条石横联嵌砌，半圆拱顶。经过一年零九个月的艰苦施工，到廿四年（1819）三月全面落成。半圆拱桥共有12墩13孔，每孔净跨8.6米，桥长67丈（《缙云交通志》记载为159米），宽丈余（4米），高近3丈（9.3米），桥面用石板铺设，两侧置石板护栏，两桥头以台阶为引。建桥共费白银两万六千多两，它首开了自古以来全县百米以上石拱桥梁的先河，是当时缙云境内乃至附近府县规模最大的石拱桥。

大桥建好之初，时任安徽五河知县、临海籍书画家洪蒙煊为之作《永济桥记》曰：“人颂太孺人之仁而美吕君一门之孝，遂名‘仁孝之桥’，而榜曰‘永济’”，时任缙云知县黄作霖亲书“永济桥”名。

永济桥后来为什么改称“贤母桥呢”？那是永济桥建成后第九年，即清道光七年（1827），兵部左侍郎、钦命提督浙江省学政朱士彦“巡试处州”（朱士彦“贤母、继义、竟爽三桥合记”，以下称《三桥合记》），莅

临壶镇，见如此壮观的石拱大桥，赞叹不已。于是，同行的处州知府李荫圻、缙云知县续立人请他赐名。朱学政得知“吕氏母子若孙三世为善”，治家严毅，自奉极俭，诸务躬亲，而行善济世，挥金似土，竭尽所有。“尤其难者，越岭登山，采办木石，履冰涉水，载流搬沙，身亲其事，累月经年，历久不倦”（道光间乡绅丁汝廉为载扬公建桥“请旌文”），共费白银八万四千多两（清代一品文官每年正俸白银180两，七品县令每年正俸白银45两。可见这建桥白银分别相当于一个一品文官和一个七品县令466.67年、1866.67年的正俸），在好溪的三大渡口分别建起或即将建起石拱大桥。朱学政心中对吕母的仁慈及其子侄的孝义感慨万千，欣然命笔，更壶镇“永济桥”为“贤母桥”，更县城在建的“龙津桥”为“继义桥”，预赐正在议建的东渡大桥为“竟爽桥”，并亲自撰写《三桥合记》，立于贤母桥头。可见，“贤母桥”这个大名，是清朝正二品大员所赐，其来历还真非同寻常呢！

贤母桥建成后的第140年——即1958年，古桥在原形上加固，并利用桥上游分水尖铺架1.5米木梁木板人行道，成为临（海）石（柱）省道公路的重要桥梁，通行汽车。随着经济社会的发展，贤母桥交通拥挤问题日益突出。1967年至1969年，省交通厅拨款7.1万元，依原桥孔数和形状，在其南侧加宽2.5米，并将木人行道改建成钢混双曲拱人行道，使贤母桥的交通能力得到了提高。至今近两个世纪以来，贤母桥默默地冒着烈日和风霜雨雪，桥上车行人走，川流不息；桥下则经历了数十次的洪水肆虐，它仍然横跨在好溪之上。

美丽、雄伟的贤母桥，它不是一座普通的石拱古桥，也不仅仅是壶镇的一座标志性建筑，它是中国传统文化之精髓——“仁孝”精神的产物，是壶镇人民乃至整个人类社会非常珍贵的精神财富和历史文化遗产。

问渔亭之题刻记 / 李贵升

问渔亭是仙都景点，亭旁的君子石上有一题刻，直写一行“问渔亭”三个大字，字径65厘米。落款四行“昔有问渔亭荒废已久 文长小学于兹 每访遗迹 徘徊欷觑 因募工重建 以勒名斯石 俾好古者有所问津焉 中华民国二十二年仲春月 陈文并识 玄根居士书”。落款共计62个小字，字径9厘米。

从时间推算，题刻乃1933年所刻，距今已有八十多年。古老的问渔亭早已经消失，但是问渔亭的题刻却还详细记录着本县两位乡贤的大名。一位是陈文，东渡镇兆岸村人，乳名星恒，又名官庆，陈文是其笔名，生于光绪二十八年（1902），毕业于处州中学，曾任县参议员，在独峰书院任县立第三小学校长14年（1940年改名鼎湖小学）。1933年他个人独资重建问渔亭，修建完工后请玄根居士书写碑文，再请仙岩铺石雕艺人洪献炉勒石。落款的时间是“中华民国二十二年仲春月”，即1933年春。

玄根居士即楼邨，又名辛壶，缙云人，生于光绪二十九年（1903），因反对封建婚姻，离家入杭州武备学堂读书，又因不平愤打满族学生，被开除学籍，再进浙江蚕桑学堂；毕业后在杭州仁和中学、安定中学执教。他自幼受父熏陶，酷爱金石书画，受吴昌硕赏识，结忘年交，加入西泠印社。

1923年，楼辛壶移居上海，结识柳亚子、黄宾虹、童大年等学者名流。杭州西湖雷峰塔倒塌后，特绘《雷峰遗迹图》，被视为画坛瑰宝，吴昌硕题字称“妙笔”。

同年10月，夏超任浙江省省长，辛壶应邀出任浙江省公署秘书。

1926年10月，夏超被杀，辛壶挈眷避难于沪，以卖字画为生。

1934年，应上海美专校长刘海粟之聘，任国画系教授。

1936年，任杭州艺专校长。

1937年8月13日，上海沦陷，辛壶作《西湖图卷》，画题：“不见湖山八九年，湖山今日倍凄然；驰驱湖上空回首，欲写伤心似涌泉。”

辛壶绘画以花鸟、山水画见长，书法习颜、柳书体，篆刻受吴昌硕影响颇深，西泠印社社长沙孟海曾盛赞其为近世诸家之佼佼者。遗作有《楼辛壶印存》《意庐诗钞》《清风馆集》《西湖十景册》等。

明堂里的名堂经 / 项传义

缙云人把院子称作“道坛”，但双溪口一带也把院子称作“明堂”。鲁迅在《书信集·致母亲》中说：“因为搬了房子，海婴常在明堂里游戏。”看来绍兴人也是把院子称作明堂的。据说，宁波人是把院子里朝南的正间叫作明堂，比较符合古意。

但明堂这个词，人们更多的是使用它的派生词义：花样、名目等意思。现在，也有将明堂改写为“名堂”了。

例如两个温州人在对话：

“听说松台广场今天有活动，去看看？”

“去了，没名堂显，就一班人唱唱跳跳。”

两缙云人在聊天：

“现在若干人背照相机，照相有什么名堂？都是傻瓜照。”

“摄影讲究用光、构图、意境，勿少名堂经哎！”

在文学作品里，也常能看见使用“明堂”派生词义的例子。如老舍的《女店员》：“政府招考咱们，咱们就得干出个名堂来！”

赵树理的《实干家潘永福》：“光靠几个上过短期训练班的技术员，也搞不成什么名堂。”

《官场现形记》第二十四回：“这个名堂叫作‘朝天一炷香’。”

此外，风水术中也有许多有关明堂的内容，什么小明堂、中明堂、大明堂，神秘兮兮的，普通民众感到困惑，会问“搞的什么明堂？”

一个原本为建筑方面的词语，怎么会派生出使用更为普遍的新的词义呢？流沙河先生的说法是：

“据说周朝明堂为圆形建筑物，想来或像天坛的祈年殿，朝廷举行大典用之。明堂的台阶上建大厅十二座，连成环形，近似今之钟面环置十二钟点，而缺其正南，（正南）建一大门（位置相当于钟面六点上）。这十二座大厅，每月限用一座，按照一定方位，使与节气相应，哪月用哪座，严格规定了，不得乱用。正月东北厅， 二月东一厅，三月东二厅，四月东南厅，五月南一厅，六月南二厅，七月西南厅……若遇闰月，无可用之大厅，国王就坐南大门中，所以闰字要那么造。……周朝天子每月所坐方位，绝非小事，乃与天地间的阴阳二气密切相关。方位坐错了，大厅用错了，阴阳二气就会前差后错，招致水火刀兵疫疠诸灾，以至天下大乱，太可怕啦！……我们四川人骂那些故弄玄虚者‘又搞些怪明堂嘛’，嘲那些爱搞烦琐者‘你明堂真不少哟’，足见明堂制度之不朽矣。”

其实，明堂大约也就是一座较为高大明亮的建筑而已，周朝时期的建筑水平总也高不到哪里去。西安半坡那些五六千年前的民居，可能因为没有锯、凿之类的工具，做不了灵活牢固的门，没有门怎么安心睡觉？聪明的古人就在门口建一条两米左右的狭窄甬道，将门口推远至甬道口，挡住门口的，很可能就是一捆带刺的荆棘——我们乡下许多菜园就是这样挡住园门的。这样，即使有凶兽拱开了门，人们还能将其阻拦在甬道里，若能用长矛刺死它，说不定还是一顿送上门来的美餐呢。

等到发明了锯、凿之类工具，人类就能兴建高大明亮的建筑了。于是，古代的堂出现了。堂，一般是部落首领们居住的，也是部落议事的场所。《孟子》这本书里，最早提到“明堂”这种建筑，明堂已是天子的居所。

“齐宣王问曰：人皆谓我毁明堂，毁诸，已乎。

孟子对曰：夫明堂者，王者之堂也，王欲行王政，则勿毁之矣。”

随着建筑能力的不断提高，更加雄伟的宫殿不断出现，于是明堂开始渐渐淡出王宫。与此同时，民间的建筑也进步了，尤其是产生了四合院之后，由于需要，总把院子里朝南的中位间空着，做机动综合使用，如祭祀、会客、教学，舂米磨面、匠人作场等。由于它开阔敞亮，就借了“明堂”一词称呼之。

各地的明堂也不尽一样。许多明堂只占用前半间，后半间称室，常常为女眷居住，于是又有将明堂称为堂前的。唐代诗人刘禹锡《乌衣巷》一诗中，有“旧时王谢堂前燕，飞入寻常百姓家”两句，其中的堂前，就是明堂。还有如“太夫人移步出堂前”，也是。

很有意思的是，我老家三溪是把明堂称为“祀间”的，又把每个小家庭的卧室叫“堂前”，这个“堂前”，可能就是正间的意思。

——摘自项传义《啊，桐子果》

缙云蒙城郡赵氏 / 赵福枝

百家姓中的赵氏属天水郡，但缙云赵氏却有一支是蒙城郡。

原来，宋初名相赵普四世孙赵期（1066—1137），绍圣元年中进士，宣和年间（1119—1125）任崇政殿学士、兵部尚书。宋江、方腊举义时他奏“防掠绝饷”，宋江被招安后又上疏荐宋江为先锋攻方腊，封武功伯。后两帝蒙难，赵期护驾高宗南迁杭州，又上疏北上恢复失地，被贬卫尉少卿。公愤辞官致仕，迁缙云县城北门外云塘而居。

期公八代孙赵巩，南宋副相格庵公长子，生南宋末年。咸淳三年（1267），苗寇逆命，毒害良民，通朝大臣惊骇不安。群臣共奏其事于度宗皇帝曰：“今天下南境受苗毒十者死八，父母妻子离散。陛下岂可坐视苍生失所乎？宜择名将领兵而征。”帝曰：“朕闻将非老成者，不可妄举。未知何人是名将而举之乎？”左右臣陈宜中、章鉴等进言曰：“缙云赵顺孙，我皇宋本朝名相，子赵巩，原受职监察御史，素熟兵机，识时宜，声名著于当世。臣敢陈之于王前。”帝因而诏之。公应诏奉旨领兵万余而征之。倭苗惊惧，无敢抵敌。得贼首级二千余人，生擒百余人。南境老壮少弱莫不欣歌：“我辈若非大将军，何以得苏？恩及海内无涯矣！”寇逃避而消。后赵公回朝闻于帝，帝喜之曰：“此子儒将也，而我国家命脉赖以扶持，功甚巨矣。”遂锡敕封赵巩大将军，赠缙云蒙城郡侯。（刘基《西岩赵先生行状》）

度宗帝诏赵巩镇守南剑抚慰南疆。巩公在任几年，功忠为国，体恤平民，苗蛮闻声而遁，百姓拍手称快，社会安定如初。帝闻巩公政声昭著，遂颁御旨：

“奉天承运，皇帝昭曰：勤劳王室，懋著廓清之功；安抚生民，克慰分官之望。福建诸路都总管赵巩，以征安南有功于国家。朕思扶危定倾，卓尔匪躬大节；褒功崇德，允协由命殊荣；用征大受之能，无望加爵之报。特赠赵巩轻车都尉、两浙都转盐运使、勋上昭武将军、蒙城郡侯。然后可望其举行不悖相维於长久也。

诰曰：朕思克捷功著，已显底定之全才；报德宠申，克协赏赉之公典。贤征内助，妻贵从夫。福建都总管赵巩以征安南勋，赠蒙城郡侯。其妻令人陈氏，禀性纯谨，禔躬粹白；克相夫子，允折危疑之冲；巩固皇图，无复兵戈之忧。既边陲之已静，俾徽号之并加。可封陈氏为蒙城郡夫人。服此眷命之隆，用昭阃阀之仪。敕命之宝大宋咸淳七年十月初十日。（《蒙城赵氏宗谱》卷二）

南宋德祐二年（1276）元月，元兵至皋亭山（今临平西南），恭帝遣监察御史杨应奎上传国玺，上降表。张世杰等拥益王、广王渡钱塘江。谢太后遣丞相吴坚、文天祥、枢密谢堂等至元军议和。三月，赵巩请辞，护送老父——南宋副相格庵公回缙云丛桂坊养病。南宋景炎二年四月，格庵公知时事不可为，医人以医进，格庵公挥之去，曰：“吾可死矣！”不药而薨。赵巩乃遵孝制，戴孝守丧。

元世祖忽必烈颁旨请赵巩赴福建任职：“奉天承运，皇帝昭曰：朕维生灵之思，苗寇扰害，何时不忧，必择名臣以称此职。具官赵巩，前朝素著名节，才脱寻常，威服蛮夷。今特再擢为轻车都尉、昭武将军。尔当励精训习，化顽梗以知方；尔当推诚逐虏，以抚我生灵。俾苗寇消除，咸得清平。汝往钦哉，毋替朕命。敕命之宝大元至元十三年三月十二日”。赵巩以“三年守孝未满”，拒不受命。元世祖只得待孝满再说。

南宋祥兴二年二月，陆秀夫抱幼主跳海，南宋亡。四月，赵巩受诏朝见元世祖，帝大喜："贤卿前不仕既尽子道，今来仕又尽臣道，可谓无亏忠孝"，遂敕封兵部尚书、兼任南剑总管，辖福建、江西、浙江、湖广五路都总管大将军。

赵巩赴任，勤政爱民，德威赫然。据《福建名宦传》载："时兵戈甫息，（赵）巩至，苏瘘起瘼，一以廉静不挠为先务。及三年，乃完城廓，创候馆、建浮梁，百废俱举。尤重学政，简职员，励课业，士风复进。诸生立碑颂焉。历邵、汀、建、漳、福五路总管，爵蒙城郡侯，谥懋康。"归都，知兵部尚书。

大德十一年（1307）七月，以病告归故里。元武宗颁旨："奉天承运，皇帝昭曰：念蒙城郡侯、兵部尚书赵巩，学精诸经，文辞享著宇内；才优韬略，雄风夙播三吴。尔今年高告老，应进尔阶，以见赏功之殊宠，特封为安南王，食邑二千八百户，实食一千四百户，永受终身之荣。"

圣旨到日，一代功臣，驾鹤西归，年70，葬黄碧山之麓。

赵巩一支裔孙乃以"蒙城"为郡号，奉赵巩为蒙城郡始祖。故缙云五云赵氏长房、三房属"天水郡"，二房属"蒙城郡"。

李阳冰与东门李氏 / 李贵升

旭山路在缙云县城的北边，是连接老县城与新县城的主要通道，为什么要取名"旭山路"呢？因为此路原有明代的一座尚书坟。

尚书坟的主人叫李鋕，号旭山，缙云县城人，生于1535年，卒于1625年，曾经当过明代的尚书，相当于今天的部长。

明万历甲辰年，缙云东门李氏重修宗谱，李尚书写了《万历甲辰重修谱牒附书》，其中考证了东门李氏与唐缙云县令之关系：

> 家谱自伯兄修后，垂三十年，续生无虑数百，有年已及壮未登谱名者，将来齿日繁而派渐远，兼之迁徙靡定何所，藉以联属而整齐之乎。鋕为此惧，请命族长谨为重修。恐传写不免鲁鱼遂以就

梓，续生者增之，前错者正之，凡例一依旧谱，毫不敢以私臆参焉中间。纪查任劳者：东郭则兄弟维乔，侄逢电、一德、淑游，侄孙开实；宫前则兄继易，弟继高，侄邦现、时春；云塘则弟继士，侄一果。侄孙文奎。鋕不过受成而汇辑。尔近，繁昌李进士万化者，不远千里持其宗谱请序于鋕。阅谱端则吾族与伊同出唐令尹阳冰公后，甚明。第世远籍湮未敢轻附，谨将鋕所撰繁昌谱序录左以备考云。

万历甲辰腊月念日鋕百拜谨书

南畿进士繁昌李君襄城者，手其宗谱过余，知同出唐令尹阳冰公后，盖千百载宗人也。阳冰公为陇西成纪人，初令缙云。已，复令当涂。按谱：公有子四人，伯曰拣，仍归成纪；仲曰援，居缙云后无传焉；叔曰拯，居台州之李村，后分徙缙云；季曰操，居当涂之青山，后分徙繁昌。同原异派，明如指掌，因思家之有谱，所以昭祖烈而永宗盟，宁详毋略。眉山《谱》叙世多称之，然曰：《谱》为亲作，亲尽则不及；曰：《谱》吾作也，独详吾所自出。得无嫌于略乎？

余家谱，作自少司公寇，盖宗苏氏遗意，断以李村徙缙云者为始，已上二十世至宋初宗才公生健将皋公镇守台江，俱仅存其名，自宋而上无纪焉。抑亦略矣，阳冰公为政，风流至今，遗芳邑乘，如《夫子庙碑》《城隍祠记》《忘归台铭》手泽犹有存焉，而世远籍湮，莫敢祖之。乃今阅斯谱，始吾宗为公叔子后，而宗才生皋镇守台江亦具载于元延祐时谱序，此其所从来彰彰明甚。惜略于余家谱，而犹幸详于斯谱也。昔左氏谓先王“因生以赐姓，胙之土而命之氏”，太史公为有爵者叙世家，皆不过视其国爵之久近而止耳。由唐至今，且屡赐姓矣，独李氏一盛于当涂，再盛于繁昌，奕世载德代有钜公闻人。其族望甲於县属，千载如新，岂不难哉？而作谱者又眷眷为子孙久远计，尊阳冰公为一世祖，历逆汉周而上以至受姓之始，源源本本见追远以教孝焉。下叙枝属条分缕析疏戚靡遗见睦族以教爱焉。旁及异派，若吾宗者详记原委，有出于余家谱之所不及，见锡类以广仁焉。今海内号名宗者，类以阀阅相标诩，或牵台疑信而莫之摭实，安有周详明确如斯谱者哉。以故考渊源于累叶，则知其祖德之滋树者，深睹长发於飏传，则知其后贤之象。继者远作述谟猷，闻风景行，而况为其子姓者乎？余尚有所冀焉，洪之千亿人争艳，繁而必思何以维其繁；甲第煌人争艳，盛而必思何以持其盛。分在则礼必肃，毋以势而相轩轾；情在则恩必稠，无以迹而相秦越。担爵错采者，务清白以振世风，考缮性者务忠醇以笃家，枯将使海内慕而称之，不独曰世族，而曰世德之家，虽由此千百世可也，此岂非作谱者意哉。余窃宗人之谊，故僭题简端，以规不以颂，而并以规吾宗云。

——《李氏宗谱》卷一

李阳冰，字少温，谯郡（今安徽亳州）人，唐代文字学家、书法家，李白族叔。唐乾元间为缙云县令，后官至国子监丞、集贤院学士。世称少监。初师李斯《峄山碑》，以瘦劲取胜。他善辞章，工书法，尤精小篆，世谓“劲利豪爽，风行而集，识者谓之仓颉后身。”

正是由于李尚书的考证，东门李氏才知道李阳冰就是东门李氏的先祖。到了光绪庚寅年东门《李氏宗谱》重修，当时的县令陈其昌为之作序，也有大量文字提到李阳冰在缙云的业绩，东门李氏都为自己有这样一位祖先而深感自豪。

白竹演戏有禁忌 / 赵章格

戏剧，对缙云人来说是老少皆宜。逢年过节，演台戏；家有喜庆，演台戏；还有平安戏、还愿戏、生日戏，名称多多。1998年，五云赵氏为庆贺间断50多年的宗谱重修竣工，湖川村赵氏请了 8个戏班在大会堂前品会场，新民村赵氏也请了5个戏班品会场。一时间，13个戏班同奏升平曲，共叙血缘情，可谓盛况空前，史无前例。

说到演戏，不少农村还真有些忌讳，是大家不晓得的。比如，杨家聚居的地方，从来不演潘仁美的戏，说是潘仁美害死了自己的老祖宗杨令公。还为演戏，杨、潘两村出现械斗。这可真是冤枉了一代开国功臣。而这种现象，在缙云白竹卢氏聚族而居的众多村落，同样有所忌讳。他们从来不演赵匡胤的戏，“赵匡胤夺了我家天下呀。”

个中缘由，慢慢道来。

让我们把历史翻回到公元959年。这一年，是周世宗柴荣显德六年。六月时，柴荣出征契丹，因病班师回到京城，自知不久人世，便将后事作了安排，让范质、王溥、魏仁浦三人执掌朝政，韩通掌管军队，共同辅助他那七岁的儿子柴宗训。过不了半年时光，便是春节了。七岁的小皇帝，在范质一班大臣的拥立下，登殿接受那批大臣朝贺。突然有人上得殿来，说有火急军情“契丹侵略来了”。范质等几个丞相没加什么思索，便奏准万岁爷，命令殿前都点检（相当于京城警备司令）赵匡胤带兵前往抗敌。赵匡胤一伙到了离京城20华里的陈桥这地方，便停兵不前，在此上演了著名的“陈桥兵变”，不动刀枪，不流鲜血，从这个小皇帝手中夺得了天下，从此，柴家天下变成了赵家天下。

如何安排柴荣的家属呢？有的人主张杀掉，可赵匡胤主张以仁义治天下，便将柴荣的一个儿子柴熙谨奖励给大将潘美当儿子，另一个熙诲（白竹卢谱作“宗炯”）奖励给大将卢琰当女婿。卢琰，是开封人，后周时曾当过主管建设的工部尚书，赵匡

1998 年，五云赵氏举行圆谱庆典，湖川村八个戏班品会场一角

胤封他开国上将军、越国公，夫人赵氏封一品夫人。卢琰有八子一女，女儿名叫卢锦，她便是柴宗炯的老婆。卢琰的岳父赵光，当过行军都督，是永康孝义乡（今磐安）人。后来，他就带着家眷在岳父家乡灵山下安了家，成为现在温州、缙云、永康、东阳、磐安一带卢氏的太公头。

卢琰担心朝廷中有人生是生非，便让女婿柴宗炯改姓卢。于是，就出现了“九支卢”这一称呼，凡是卢琰儿子衍生的，称“男支卢”，凡是柴宗炯衍生的，称“女支卢”。后来，他的子孙在他坟墓周边植了九株大枫树，表示他有九个儿女。

白竹一带的卢氏，便是柴宗炯衍生的“女支卢”后代。按照先前的习俗，子随父姓。白竹一带包括磐安潘潭一带的“女支卢”都应姓柴。家国恨，失国仇，铭于心，于是出现了不演赵匡胤戏文的习俗，是不难理解。

（按：据邻居吕品琴等口述整理）

谷川村名之变迁 / 周春柳

新建的谷川村，古时候叫鞠树前村。

据口耳相传，谷川村口小河边原有棵两人合抱不过来的大槐树，像一个老人鞠躬成90度，延伸到小河对面的水口山边，就像一条青色的虹桥跨在小河上，因此这个村被称为“鞠树前村”。

明朝年间，杨桥村的大财主杨德厚，富甲一方，家有长工十二人，丫鬟一个，烧锅亲娘一个，远近颇有名气。有一天吃过中饭，他酒足饭饱后坐在客厅品茶，很是志得意满。忽听大门外有人高声叫着：看相，貌风水！杨德厚就差丫鬟去把看相的先生请来。

先生走进客厅坐定，财主吩咐丫鬟奉茶后开口就问：“先生高明，看我的相貌如何？运道怎样？”先生细观良久，认为该财主五岳不相朝，三庭不均匀，中庭鼻塌不丰隆，下庭地阁不方圆。先生暗暗惊奇，然后慢条斯理地说："你这么富有，但你的家产是靠人家给你积聚的。"杨德厚问："靠人家？那会是谁？"先生说："把你家所有的人都叫出来，我逐一给他们看看。"

杨德厚叫丫鬟把十二个长工都叫出来，先生一个一个仔细看了，摇头说："都不是，你还有一个人没叫出来。"杨德厚说："就剩一个烧锅亲娘没叫来呢。"先生说："快叫来我看。"烧锅亲娘来到先生面前，先生一看就说："你家的全部财产都是靠她积聚的。"财主听后直摇脑袋，口中喃喃："没有这回事，请先生解释一下。"

先生说："你细听，所谓五岳相朝，人的面相，头部左边为东、右边为西、额头为南、唇下为北、鼻梁与鼻为中，东南西北中为五岳。额头为上庭、鼻梁及鼻为中庭、鼻子以下到下颚为下庭，此女五岳相朝，三庭匀称饱满，走路脚踏凌波，与你们不一样，不信你们自己看。"

财主送走风水先生后心中闷闷不乐，他吩咐众人，今天看相的事不准外传，众人唯唯是从。他想，一个烧锅亲娘有这样好的相，简直是天方夜谭。心中又想：如把烧锅亲娘留在家中，这种事传出去杨家的脸面何在？这可不行，待想个万全之策。

当天吃过晚饭，他对两个年轻长工说："晚上早些睡，明天我要到武义朋友家去。"第二天中午到了武义泉溪，杨德厚把风水先生的事告诉了朋友，说自己想把烧锅亲娘送人。这个朋友说："我一个长工三十岁尚未娶亲，就把烧锅亲娘许给他好了。"两人计议妥当，认为择日不如撞日，明天就来轿接走。

杨德厚回家后对烧锅亲娘说："你十五岁到我家烧饭，今年二十八岁了，女人终究要嫁人的，你从小没父母，我给你做主，明天不要烧饭了，我把你许配给武义泉溪的一户人家。"烧锅亲娘听后泪流满面说："一切由老爷安排，老爷的恩情我永世不忘。"

第二天，武义人到杨桥吃了午饭，就抬着新娘子动身了。当时正值六月天，他们在白马殿歇息了一次，抬到鞠树前村口时，抬轿的、坐轿的在烈日炎炎下都满身大汗，口干舌燥，见村口路边有一眼小泉水，就停轿歇息擦汗饮水，之后再起轿往鞠树前岭、夏家畈方向出发。

当天晚上半夜光景，鞠树前村上空狂风大作，下了一场雷阵雨。第二天早上村人到地里干活路过树边，看到大槐树身上有很多稻谷，连地上都是谷，奇怪的是村口外有谷，村口里却没有。大家暗暗称奇，纷纷回家拿工具收谷，人们认为一定是哪个烧锅亲娘在鞠树前村歇气，把她杨家的谷物带来了，从此鞠树前村就改名叫谷雨前。

据传，过几天杨德厚叫长工开仓挑谷到水碓舂米，发现仓内已经没谷了。不过短短五年，杨家很快败落。作者曾到杨桥村翻阅了家谱，人物属实，其子孙介绍，殿里的一个香炉上还刻有杨德厚的名讳，是明朝年间刻的。

姓潘杏花村来历 / 项一中

国人之爱杏，可谓源远流长，情有独钟：孔子讲学之地，谓之“杏坛”；行医积德之家，誉之“杏林”！

老夫从小寄居于双溪口乡姓潘村奶娘家，素知此村爱杏尤甚。全村之房前屋后、街沿溪畔，无不遍植杏树。到了杏子收获季节，累累硕果挂满枝头，满树金杏飘香。杏子吃多了，姑娘们自然花容月貌，杏眼樱唇，即便生起气来，也是柳眉倒竖，杏眼圆睁，可爱得狠。

1997年3月6日，亲戚告知，姓潘村的杏花已经盛开，遂与记者林莉、胡宝长三人带着摄像机，欣然前往采访。回来后老夫连夜写下一篇千余字的解说词，编辑后配以音乐，创作了缙云电视台建台以来的首部电视专题片《春访杏花村》。谁知道这初生牛犊之作播出后居然引起强烈反响，从此姓潘村也被人们称为“杏花村”。

如今，每逢阳春三月，莺飞草长，红男绿女们便纷纷前往该村欣赏含苞怒放的杏花，近年来更是每年都举办“杏花节”，吸引了大批游客前来观赏。以下就是老夫20年前所写的电视片之解说词。

春访杏花村

早春天气，远山刚刚撩开晨雾的面纱，一幅水墨淋漓、如诗如画的山水长卷便渐渐显现开来，缙云有名的“杏花村”，就掩映在这幅山水画卷之中。

这是缙云县双溪口乡一个拥有五百多户烟灶的村庄——姓潘村。一条浅浅的小溪把狭长的村子一分为二，每年春风尚未染绿江南，小溪两岸的杏树早已是繁花似锦，竞相怒放。

缘溪而行，只见从村头到村尾长近一华里的卵石街道上，春风依次吹开了沿溪的万朵繁花，把它编织成一道香气袭人的长廊。一株株亭亭玉立的杏树，或浓或淡，或素或雅，或紫蕊初绽，或花团怒放。一朵朵粉红的、鹅黄的、雪白的杏花，疏影横斜，暗香浮动，引得粉蝶翩翩起舞，招来蜜蜂四处繁忙。

在这个家家门前种杏，户户窗口飘花的村子里，八十多岁的潘鼎昭老人告诉我们，姓潘村种杏的历史十分悠久，具体年代已无迹可考。但从村口的摩崖石刻“茂松清泉”四个古朴典雅的楷字可以推断，至少在明代初年，这个村庄就已经开始种植杏花。

为什么这个村子很少种有其他果树，而偏偏对杏树情有独钟呢？村民潘育汉介绍说：姓潘村有个传统，叫作“前弗栽桃，后弗栽梨”，多种杏树就能给姓潘人带来“幸运”。

原来，桃树的“桃”与逃荒的“逃”谐音；梨树的“梨”与离乱的“离”谐音；而杏树的“杏”与幸福的“幸”字谐音。多种杏树，就意味着能给人们带来“幸福”和“幸运”！

也许正因为这个缘故，姓潘村的姑娘常常以“杏”字取名，如杏花、杏叶、杏蕊，杏娇、杏菊、杏娟……数不胜数。千余人的村子里，仅取名叫杏仙的姑娘，就有五个之多，以至邮递员送信时常常闹不清，究竟该送给哪个杏仙？

“一廉春雨王维画，四壁云山杜甫诗”；“风来花自笑，春至鸟能言”。这一首首富有诗情画意的春联，无疑是这个江南“杏花村”情景交融的真实写照。“淑气初衔梅蕊浅，和风先试彩衣鲜”，从农家古老衣橱上这些雅致秀逸的古体诗词来看，这个“杏花村”的文化底蕴，还真非一日之功呢。

杨柳依依溪水生，杏花如雪落无声。

莫怪杏园憔悴去，满城多少插花人。

漫步在杏花丛中，处处可见桃花源里景致，香雪海中神韵。每当春风拂面而过，杏树上就纷纷扬扬如天女散花般落下阵阵花雨，把村中的小道、石阶、窗户、门槛，都铺上一层厚厚的花瓣。

尽管杏花称不上什么国色天香，然而，在这个溪水绿于染，杏花红欲燃的季节里，使我们真正领略了一番“春来花似雪，冬尽雪如花”的千般美景、万种风情……

杏向岸边栽，人在花中行。当我们依依不舍地挥手告别“杏花村”，好客的姓潘村人热情地邀请我们杏熟时节再访“杏花村”。他们说，到那时，如花似玉的姑娘们会赤裸着雪白的双脚，嘻嘻哈哈地站在清澈的溪水里，拉起一面面五彩缤纷的花被单，只等年轻的小伙子爬上杏树一阵轻摇，那熟透的又大又甜的杏果，就会像冰雹一样落到花被单上，让你美美地尝个够！

营造类

书　院 / 陈喜和

书院，是旧时人们对学校的称呼。现在的农村，仍把学校称作书院或学堂，可见其对缙云人影响的深远。古时的书院其实就是私塾。

小筠大园的陶氏先祖陶渊明被尊称为隐逸诗人之宗，而且开创了田园文学这一文学流派。大园村的陶氏始祖大录公为宋太学博士，曾任丽水教谕（学官，相当于教育局长）其历代子孙均传承耕读遗风。大园陶氏先祖办书院，是全县最早也是办得最多的。从二世德周公开始，陶氏一共出了九个进士，是远近闻名的进士村。

早在900多年前的北宋绍圣年间（1094—1098），四世太祖母居臻公之胡氏夫人（1029—1116）和她的次子第五世景常公（字宾仲，进士）与母亲一起，出资在柳塘建书舍十余间，创办了君山书院，为子孙讲学之所，培育了大批陶姓和异性子弟，胡太夫人的孙子安中、外孙陈作肃皆中进士。君山书院比独峰书院要早八十多年。胡夫人是上宕万松书院创办者胡份（1040—1104）的姑姑，从时间和常理推断，君山书院应早于万松书院。姑侄创办书院、母子共办书院可谓缙云教育史上的一段佳话。

清朝乾隆年间，陶公贞懿之六世孙静庵公在筠山之南建了一所书院，叫聚奎书院。他择良师，集良友，讲学游学，传授知识，切磋学问，盛极一时。廿四世孙兆源公（1711—1776），在清乾隆二十六（1761），创办了漱芳书院。漱芳书院的第一任老师是西园村恩贡应维翰，他在1762年曾为书院写了一篇“记”，叙述了书院的创办过程和书院的陈设及周边的环境。漱芳书院为三间，门墙翚飞，栋宇峻洁，房屋宽敞，窗明几净。书院后面文峰山耸立，前面有翠屏似的山峰遮挡，左右重峦叠嶂；向下看，清流淙淙，缓缓向前；台阶前，有鱼池和花卉。书院环境优美，既可读书，又是花园令人忘返。果然，在书院创办当年陶姓学子舜瑞便考上了生员；次年兆源公长子允成、周姓人儿子献麟双双中了秀才。兆源公认为这只是开了一个好头，以后

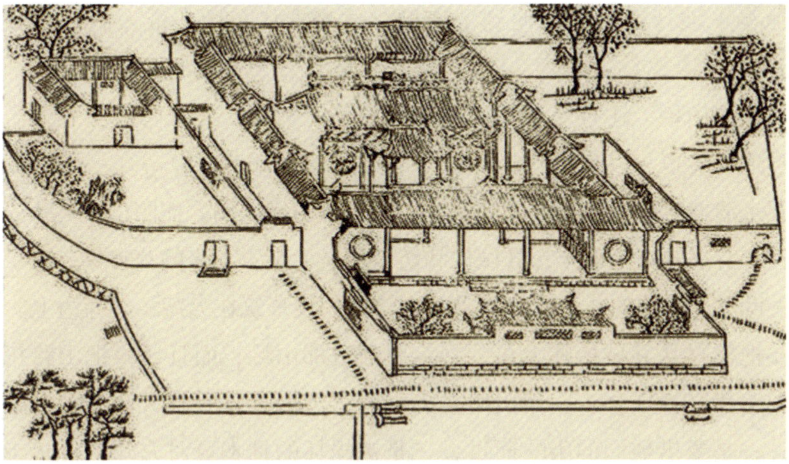

书院

必定还有重头戏出台，并且会一代胜过一代，百世传承，万世流芳。

兆源公创办书院，受到了民间的好评和官府的嘉奖，颁发了诸多匾额。如恩贡候选儒林郎应维翰题缙云儒学教谕胡公望的“奎壁联辉”；候补分府、署缙云县知县的“材挺世英”；缙云知县狐亦岱的“思艰图易”；缙云儒学教谕胡望斗的“才猷宏赞”；缙云县儒学训导陈丹轮的“中流砥柱”等。

清朝时村里还创办过香山书院。可惜创办者、创办地点有关谱志没有记载。加上旧时族众生活普遍贫困，入学者不多，因而书院屡建屡废，就消失在历史的长河中了。

借　岭 / 赵章格

出县城过名山村，涉好溪东南行，去清塘、车坑，得经过一座山岭。山岭林木葱郁，在灌木杂草之中，依然可以看到以往是条大道，特别是接近岭头的那一段，还保留着宽2米左右的块石铺就的石级。岭头有古凉亭，沿古凉亭下坡行数百米，便到了清塘。这是古代车坑一带人们去县城的必经道路。

说起这山岭，还有一个非常奇怪的名字——借岭。

难道山岭也可以出借？

原来清塘村与这山岭之间的阳山，是县城赵姓己山，而阴山及岭头一带则是外姓人所有。南宋末年，县城仁和坊（原老大会堂下来的菜市场一带）的赵顺孙去世了，而他的儿子赵巩兄弟几个将他的坟墓筑在大蓬长兴寺边上。

要把棺材从县城抬往大蓬，必定要经过那山岭，而且还得把山路拓宽。拓宽山路势必损坏林木，而山岭是人家的，怎么办呢？赵巩就去向人家说明情况，一是要借他们的山岭而过，二是被损坏的林木要对方开个价，予以加倍赔偿。

外姓人听了赵巩的说明后，说："赵丞相立朝不畏奸相贾似道，刚毅果断，忧国忧民，居朝堂，则忧国；在州县，就忧民。这便是我们缙云人的骨气，大长我缙云人的威风。如今过世，实为可惜，我们都商议他出殡时要排排场场为他祭祀呢。我们那山岭就送给你赵家吧。"赵巩听了感动不已，连声说："只借，只借。若送，可不能收。"于是，赵家就给那山岭起了个名字，叫——借岭！

麻礼生桥 / 赵章格

据说，廿三都宫前经后青去仙居方向，以前有座麻礼生桥。

某年的一天，一个温州商贩叫麻礼生的，到廿三都一带贩购苎麻。走到后青里面一山岙时，已日近黄昏，前不见村，后不着店。他正在心慌，忽然发现前面有丝灯光，真是山重水复疑无路，柳暗花明又一村，天无绝人之路啊。

又走了段路，麻礼生终于到了那露出灯光的地方，是几间茅草铺就的小屋。他非常礼貌地轻轻敲了敲门，只听得里面粗声粗气地接应着："哪个？”主人一面问一面开了扇门，又热情地将他迎了进去。

麻礼生告诉主人，自己因赶路错过了宿店，想在此借宿一个晚上。双方寒暄了几句，其妇人端上一碗茶来，便自顾上灶头给客人烧饭去了。麻礼生灯下端详着主人，只见他身材高大，两臂肌肉滚圆，缕缕青筋突起，浓眉下的眼珠露着凶光。麻礼生不寒而栗，主人倒很客气，主动与他聊着，问这问那。麻礼生对主人说，自己是做苎麻生意的。不一会，主妇端上了热腾腾的饭菜、酒肉，在这山野僻壤，也算是极丰盛的了。麻礼生心想，看外表非良善之辈，却心肠不差，正如古人说的人不可貌相哩。

麻礼生三杯五盏下肚，饭饱酒足，不一会就进了梦乡。

主人夫妇也熄灯上了床。妇人问："这客官是做何事干呢？"丈夫说："做苎麻生意。""做生意可是有的是钱啊。""做生意没钱那成？""我们家能像他一样有钱该多好。有了钱，屋买到溪头去，有多风光。莫说溪头，便是住到宫前也比这里好，宫前街平平，水清清，宫前没有独自丁。""命中注定啊，我们就是穷。""命中注定是注定，做人还得要活络，眼前货不要，口头肉不食，一生一世穷到底。""老婆，你有什么好主意？口头肉也食，眼前货也要。"夫妻俩对诗一般对着。主妇把嘴凑在丈夫耳朵边，嘀咕了一阵。

丈夫突然来了兴头，刷地起了床，寻了根箩绳。老婆随后端了盏桐油灯紧跟其后，双双轻手轻脚来到麻礼生床前。只见麻礼生醉若烂泥，除了下身短裤，全身赤裸仰面躺着，胸脯不时地起伏着，喉头发出"咕噜、咕噜"声。夫妻俩一看，暗自高兴。为了更明亮点，老婆还往桐油灯中加了好些灯芯。丈夫把箩绳打了个活络结，递给老婆。说时迟做时快，丈夫抬了下麻礼生的头，老婆已利索地将活络结套进了麻礼生项颈。夫妻俩左右开弓，死命地拉紧箩绳，只见麻礼生下身向上躬了几下，连声音都没出便瘫了下去。

老婆去脱麻礼生的体裤，中间那部位湿漉漉一大片，那是他临死时最后的挣扎，撒出了命尿。丈夫已拿来了雪亮的菜刀，一二下，就割下麻礼生的头，老婆接了过去。随则割下两臂，老婆又接了过去。开胸剖腹，老婆在一边一一收拾着。她指了指下腹那毛松松的阳物，对老公说："鹿鞭狗鞭不如人鞭，你看这鞭该有多粗多长？还是我来吧，把它割下来给你泡壶酒，壮壮阳。”老公听了心痒痒，多好的老婆。老婆到镬灶间拿来把小刀，在大腿夹，左一刀，右一刀，开了进去。左手捏起阳物，右手的小刀就像外科医师那样熟练，一刀刀下去，阳物一截截出来。老公端来一壶酒，老婆顺手把阳物装了进去。

解割完毕，老婆说："乘夜寻个地方把他葬了吧。"老公说："莫着急。把肉割下来腌着，来日有客官路过可招待。"老婆嘻嘻笑出了声。夫妻双双齐动手，把屁股肉、大腿肉，肚皮肉全刮了下来，满满腌了一瓮。

随后，夫妇俩搬开床铺，深深地挖了个坑，把尸骨葬了下去。

得了这笔横财后，夫妇俩又在这一年生了个儿子，可谓丁财两旺。

儿子长到了四五岁时，天天拿着一把钩刀在磨石上磨，爷问他："儿，磨刀做什么？""磨刀杀爹爹。"爹爹听了很高兴，儿子会讲调皮话。娘问他："儿子磨刀什么用？""磨刀杀娘。"娘听了高兴，兴许自个儿来日有出息！

时光如流水，谋财害命的事过去了十六年，儿子也长得像爷一般高大了。突然的一日，儿子手起刀落杀了爷。娘还来不及问缘由，他又是一刀砍下娘的头颅，夫妻双双就这样见阎王去了。

儿子杀爷娘的事被地保发觉后，他急匆匆赶到缙云县县堂击鼓。县太爷当即差人前往，将杀人犯抓捕到县衙。县太爷升堂后，惊堂木一拍，问道："大胆逆子，竟敢弑爷娘，是何缘由，从实招来！"犯人回道："启禀老爷，我姓麻名礼生，温州人氏。十六年前，我做苎麻生意，借宿在现今爷娘家。谁知他夫妻俩谋财害我性命，还把我的阳物割下浸酒喝。又把我的尸骨葬于床底下。大老爷若不信，可到我家床下挖地明验。"

县太爷听了半信半疑，当即将罪犯收监，再派差人前往罪犯家中挖地勘验。差人衙门到罪犯家中，搬掉床铺，没挖几锄头，果然看到了一堆白骨。

差人带着白骨回转缙云县，向县太爷禀报。

县太爷重新开堂，判道：

杀人害命害自身，荒淫阳物当人参。

天网恢恢终不漏，两条性命赔一人。

判毕，县太爷命差人把罪犯当堂释放，并给犯人一锭银子，叫他回家好好营生，别做伤天害理之事。罪犯万般推辞说：“大老爷真是包公转世，为我翻冤，这比银子的恩典不知大几倍，我可千万不敢要。”

罪犯回家后，勤俭劳作，成家立业，家道渐康。后来他在屋边溪坑上竖了座桥，起名叫“麻礼生桥”，桥头建起凉亭，终年供应茶水，尽做善事。

双溪龙骨桥 / 章一坚

缙云县有个双溪口乡，双溪口乡有个双溪口村。之所以这个乡和这个村都取名双溪口，是因为这个地方有两条溪，一条叫上周坑，北起松树岗，经上周、西洋和东里，一直往南而去；另一条叫贞溪，东起雅江、大黄、卢秋，途经金岭脚、姓潘、南源，也向南流去。这两条溪流汇合的地方就是双溪口，所以这个村庄就叫双溪口村。

在双溪的汇合处挺立着一座古老的石拱桥——龙骨桥。这座石拱桥最为特别之处，就是其桥面高过一般的屋顶，当你顺着一级级石阶登上桥顶眺望四周，上周坑溪水奔腾西来，贞溪之水蜿蜒向东。每当正月杏花盛开，站在桥上俯身就能闻到岸边横斜花枝上的花香；等到五月杏子成熟，伸手就能摘取树顶上硕果累累的杏梅。但龙骨桥建于何年，没人知道，只流传着这样一个故事。

很久很久以前，双溪口盆地有如“桃花源”里景致，到处是“良田美池桑竹之属，阡陌交通，鸡犬相闻。黄发垂髫，并怡然自乐。”百姓日出而作，日落而息，幸福而安乐。

有一年端午，连下大雨七天七夜，两条溪水涨满，且慢慢溢进村子，百姓奋力自救。第八天，雨不见小，忽然上游传来咆哮声，村民们知道，一定是山洪暴发，冲垮山塘，洪水呼啸而来。于是整个村子乱成一团，人们的哭喊声，牲口的鸣叫声，如同末日来临。

就在这紧急关头，忽然天空一阵闪电，接着一阵雷鸣，只见一条巨龙挺立在双溪合口之上，大家如见救星，纷纷往龙背上爬，当村民爬上，只听“轰隆”一声，洪峰把整个村子荡成一片海洋，田地冲走了、房屋冲毁了、牲口冲走了。只有巨龙纹丝不动地擎着全村百姓，直到洪水退去……

洪水过后，百姓用双手重建了家园，为感恩巨龙，大家募捐合资，以神龙救百姓的雄姿为蓝本，建起了一道彩虹一般的石拱桥。由于此桥的结构非常特殊，尤其下部的弧形石券拱，曲线优美，桥身挺拔，犹如用光滑的龙骨镶嵌而成，故被人们称为龙骨桥。

如今，龙骨桥虽然苍老，但依然是秀姿挺拔、亭亭玉立。桥墩如同龙爪，把上流泻下的洪水劈成两半，分流到左右桥洞。桥身古藤垂挂，有如美髯飘飞；桥下溪水如蓝，生机盎然。更为神奇的是桥上常常云雾缭绕，桥下却阳光明媚。

前路慕义桥 ／麻松亘

清道光年间，前路村有个应天祖（1760—1840），虽然终日辛劳，生活仍然捉襟见肘，难以摆脱贫穷。

某年冬天，时近年关，天祖挑柴到壶镇卖了，买回十几斤稻谷，拿到上水碓舂米。他一边舂一边叹息说：“就这么一点谷米，吃过大年，也吃不过正月半啊！想我天祖，干事无日无夜，却混不饱家人的一日三餐，有何面目活在人世啊！”他越说越是伤心，于是解下腰带，意欲上吊。恰在这时，路人听得里面有人悲戚哭啼，欲寻短见，急忙救下。说来真是凑巧，救下天祖的不是别人，而是他自己的丈人——陈坑村张鼎仕公。丈人见女婿如此寒碜，安慰说：“人生没有过不去的坎。过年缺米，明天到我家去挑好了！”

第二天上午，天祖来到丈人家，丈母给他烧爽面卵，丈人忙着给他装稻谷，又给他一块银圆买过年肉。天祖公吃饱喝足，便千恩万谢告别岳父母，兴高采烈地挑着两箩稻谷回家。走过好几肩路后，看见有几个小孩正在漳溪捉鱼，于是歇下来前去观看。忽然，一个小孩捞上来一条身透黄色、似鲤不是鲤、似鲶不是鲶的奇鱼，方欲倒入鱼篓，鱼挣扎着掉落溪滩。鱼一着地，连连跳蹦而起，小孩急忙想用捞兜杆去敲。天祖见鱼怪异，当即拦住小孩，让它蹦回水中。小孩哭闹不肯，天祖便掏出那块银圆给他补偿，小孩才高兴地回家。天祖继续挑着稻谷往回走，却发现稻谷越挑越重，等挑到水口村时，实在是挑不动了。他只得雇个人把稻谷分做两担往家挑。奇怪的是稻谷分成两担，仍然越担越重。待挑到家中，两担稻谷竟都已变得满满的了。两担稻谷倒进谷仓，只是薄薄的一层。谁料第二天打开谷仓，金灿灿的稻谷竟然从仓门口“哗啦啦”满了出来。天祖家的奇事被传得沸沸扬扬，人们认为这是“仓龙”来到他家的结果。自此之后，天祖一家再也不要为吃饭犯愁了。但天祖自有自己的规矩：家中稻谷除了自己食用和接济穷人外，一概不出卖换钱。

有一天，天祖到壶镇做帮工，天黑下来了还没有回家。天祖老婆张氏心里非常担心，于是随手拿了一根扁担壮胆去接天祖。恰巧有一个贼人牵着一头不知从哪里偷来的大水牛，走在张氏前面。这贼人本来就做贼心虚，听到后面有急促的脚步声，回头一看，朦胧中还看见那人手持柴棒，认定是追他来了。于是立即放开牛缰，夺路逃跑。天祖老婆见一头大水牛站在路中间，估计定是贼牛，就把牛牵了回来。天祖回家后非常奇怪，第二天一大早，就

前路慕义桥

到村里养牛户去问，可大家都说没有丢失。到临近村子去打听，也都说没丢失水牛，天祖只得先给牛做个牛栏，等待失主前来认领。孰料在西厢房挖牛栏宕时，挖到了一坛银子。有了银子做本钱，天祖决定改行做收购桐白、贩卖桐油生意。第二天一早，他就带着银两到仙居一带去做生意。当经过马飞岭凉亭时，见三个猎人正在凉亭内吵得难分难解。原来三人共同打到了一只很大的梅花鹿，因无法均分而争吵。天祖问他们梅花鹿卖不卖，猎人异口同声说卖。于是双方议好价钱，一手交银一手交鹿，猎人们平分了银子，高高兴兴回家去。天祖背着梅花鹿回家后，把梅花鹿的鹿茸、鹿鞭、鹿筋、鹿皮、鹿肉等逐一加工为成品，然后送到永康、金华等地出售，首次获得巨利。本银多了，生意也越做越顺、越做越大，渐渐成了廿三都的首富大户。

前路村西有条漳溪，从壶镇到仙居须在此过溪。旧时，溪上只有丁步或架木过往。漳溪属山溪性河流，一旦大雨骤下或久雨不歇，旋即山洪肆虐，冲塌桥梁，甚至给过往行人造成生命财产危害。寒冬初春时节，行人赤脚过溪，寒冷刺骨，更是苦不堪言。

道光十年（1830）隆冬，壶镇贤母桥的建造者吕建盛到前路拜访天祖，动员他建造漳溪大桥，并声明在施工技术和管理经验方面给予帮助。天祖听后对建盛说："我虽年近七十，身康体健，尤其是儿孙盛发，家财富足，迟迟没有动手建造此桥，恐技术不济也。今有仁兄相帮，我立即动手！"天祖边着手买下建桥要用的土地，并租下溪西一千把田用作堆放造桥块石；边请人设计施工图样，又买下宫泽陈氏宗族的山块，开宕取石。道光十一年（1831）秋末正式动工，到道光十二年（1832），花费一万三千两白银的漳溪石拱大桥顺利完工了。

整座大桥长53米，宽3.4米，高7米，二墩三孔，各孔净跨8.7米，桥两侧施望柱高1.4米。桥西头廊亭相向而建，北厢为庙，西厢为亭。

天祖建造此桥，首先是仰慕壶镇吕蔡氏一门仁义大德；又得到吕建盛的启迪和大力支持；故缙云知县张惟孝将之命名为"慕义桥"，并亲笔书写桥名。旋又要将其功德，报朝廷请旌，却被天祖婉言谢绝，并告戒诸子孙说："善而不彰，方为真善。故你们今后一概不准请人为建桥之事写记立碑。"

令人至今称奇的是，天祖公出巨资造桥，行善济世后，裔孙人丁大增，人才辈出。直到今日，村中七百多口应氏族人中，天祖公后裔超过一半。于是人们说：古人云“行善积德，福有攸归”，今日天祖公后裔旺盛，就是他建桥行善所积下的功德。

木栗甘心桥 / 项一中

真是“桥”比“桥”，气死“桥”！

跟“贤母桥”相比，它觉得自己简直就像后娘养的“买兒雏”。人家“白毛女”喜儿的父亲杨白劳这么穷，过年时还不忘给女儿扯根红头绳呢。可自己的“父亲”从来就没有过这样的儿女情长：从出生到现在，它连“桥类”最起码的装饰品——雕花栏板都没见过！

你看看人家贤母桥，从头到脚，从里到外，每块条石都是那么四方叠正，显得那么有教养、有身份，让人一看就知道这是大户人家明媒正娶夫人生的孩子。再看看自己身上的骨骼，有的三角棱丁，有的圆不溜湫，有的尖头钉脑，这不就像是捡来的孩子，没人疼么！

即使捡来的孩子，长大后不知道自己的父母姓甚名谁，至少他们曾经拥有过母亲，拥有过母爱。而唯独自己才是真正的“只知有父，不知有母”的单亲家庭……

关于自己终身未娶的“父亲”，以及自己不幸的“身世”，它知之甚少，记忆中只有一些鸡零狗碎拼凑而成的片段。

听说“父亲”王周庚出生于大清咸丰年间，年轻时膀厚腰圆，力壮如牛。可惜他出生在于括苍山脉最高峰大洋山下一个最偏僻的山村木栗村，可谓开门见山，落脚踏坎，生存十分艰难。

哪个姑娘喜欢嫁到那些“地无三尺平，天无三日晴，人无三分银”的地方？于是，那些山头村的姑娘都一个个嫁到山腰村；山腰村的姑娘又一个个地嫁到山脚村；而山脚村的姑娘呢，最喜欢“县袋头”的三里洋场、花花世界了。缙云话不是说“嫁到县袋头，三日没食也风流”么？有些聪明伶俐的姑娘甚至一步到位，从山头直接嫁到县城。于是那些山头山腰村的青年，眼巴巴地看着水灵灵的姑娘一个个往山下走，留下自己孤零零地打一辈子光棍！

“父亲”王周庚就是上述山里姑娘嫁老公“标准模式”之受害人。当他年轻时家里没有钱，所以没人嫁给他。等他有了点碎银，却已经垂垂老矣，因此还是没人嫁给他。

听人说，“父亲”的隔壁邻舍是个著名的长舌妇，因为没赶上“一步到位”嫁老公的好时代，从此妒火中烧，怨天尤人，常常“敲鸡娘、骂木勺”，动不动就泼妇骂街。

这一年快到清明节了，木栗村家家户户都在忙着制作清明粿，准备祭品上坟祭祖。吃午饭时，年近古稀的“父亲”自言自语的一句话，被隔壁那个长舌妇听到了，突然间她便暴跳如雷恶语相向，对“父亲”破口大骂：“王周庚你个讨饭坯，一生世断子绝孙！”

在那个“不孝有三，无后为大”的年代，“断子绝孙”是句最刻毒最残忍的诅咒！是可忍，孰不可忍？

可是，老实巴交、寡言少语的“父亲”，尽管气得浑身发抖，却连一句骂人的话也回敬不了！

当夜，“父亲”彻夜难眠。

回顾自己的一生，辛勤劳作，仅能糊口；忠厚为人，未有好报。而今，年近古稀，发白齿落，还被人咒骂“断子绝孙”。是啊，每年清明，看人家坟头，子孙成群，香火缭绕，而自己一旦入土，还会有谁盛一碗羹饭，烧几片纸钱，祭奠他这个孤魂野鬼呢？

想到这里，悲愤、悲伤、悲哀、悲凉，一起涌上心头……

睡梦中，“父亲”忽然发现自己来到一座似曾相识的大桥上。那一年他还年轻，曾经与大伙一起到永康帮人割稻，途中经过壶镇的一座大石桥，只见桥上过往行人你来我往好不热闹。听人说，此桥是一个姓蔡的老太太临终时留下遗言，叫她的儿子修造的，因此叫“贤母桥”。虽然蔡老夫人自己没福气走过这座桥，但所有经过这座桥的人都记得这位积德行善的老太太。

当“父亲”走近桥头，发现一块刻着“贤母桥　吕蔡氏建”七个大字的石碑时，尽管他目不识丁，却忽然觉得心头一震：石碑在梦中竟然化作一位满头白发、满脸慈祥的老太太，正对着他微笑……

次日清晨，天刚蒙蒙亮，人们发现在木栗溪上，有位老人正佝偻着腰，艰难地从水里挑选着一块块石头，然后颤巍巍地用畚箕挑到常有牛羊、小孩落水的溪岸，堆在一起。从此以后，日复一日，月复一月，除了农忙季节，不管阴晴雨雪，老人都在溪滩上下捡挑石头。

春去秋往，暑尽寒来。差不多一年之后，木栗溪两岸叠起了两堆高高的石头。古语云：命若富，捡到白纸变成布；命若穷，捡到黄金变作铜。谁也不知道这位沉默寡言的鳏寡老人捡这些石头干什么，盖房子么？老人来日无多，且无妻无子，即便盖起房子又给谁住？造坟墓么？为什么要堆成两堆，且分置两岸？老人只需一座坟墓啊！

直到光绪三十年（1904）春暖花开的季节，村子里来了几位温州造桥师傅，人们这才明白，这位行将就木的王周庚，竟然要为全村人造桥。而老人那些精心挑选堆于两岸的石头，就是造桥的石材。

人们在震惊与感叹之余，纷纷加入了这个奇特的工程。他们挖基的挖基，架木的架木，抬石的抬石，送饭的送饭。直到石桥竣工，没有一个人向“父亲”讨过一枚铜钱！

这年冬天，一座长10米，宽2.8米，高5.2米，净跨8.8米的单孔块石拱桥，终于横跨于木栗溪上。而“父亲”王周庚毕生辛劳所积蓄的十余两碎银，早已全部罄尽。

没了积余，无力自养的“父亲”，今后只能依靠乞食以及村人接济以度余生了。然而，这位老人却一反常态，显得异常兴奋。

坐在刚刚落成的石桥桥头，“父亲”嘴里衔着竹烟筒，一锅接一锅地抽着旱烟。他眯缝着双眼，满脸得意地瞧着溪流上的石桥，有如老年得子那样看着自己刚刚出世的“胖小子”，沟壑纵横的老脸上洋溢着幸福和满足的笑容。

他想，眼下最重要的，该是给孩子取个好名字了。

取个什么名字好呢？老人想，自己胼手胝足、如牛似马地劳作一生，仍讨不起老婆而断子绝孙。但是造了这座石桥，自己这辈子就没有白活，因为村里驭牛驭羊的孩子再也不会落水，寒冬腊月老弱妇孺以及过往木栗的温州客商，也不用趟着刺骨的冰水战战兢兢地涉水过溪了。不是说“喝水不忘挖井人”吗？走过这座石桥的人也一定会记得我，就像走过贤母桥的人都记得蔡老夫人一样！

既然过桥的人都记得我，我王周庚断子绝孙又有什么关系？即便当个孤魂野鬼也甘心。对了，就是这两个字——“甘心”！

于是，他恭恭敬敬地请人写了“甘心桥”三个字，作为自己宝贝“儿子”的大名，并请人刻在一块石碑上，又在石碑的下方刻上“光绪三十年甲辰吉旦 王周庚 建造”，然后将石碑小心翼翼地立于桥头。

看着竖立的石碑，他感觉非常满意，因为自己死后灵魂肯定会依附于石碑之上，每天从早到晚看着人们从他身边走过，从他“儿子”坚固的身上走过。有赶着牛羊的孩子，有上山砍柴的后生，有下田耕种的老汉，还有挑着番莳、苞萝的夫妇。他自己一生虽然没有当新郎的福气，但最喜欢看吹着唢呐、抬着花轿、挑着嫁妆的迎亲队伍了。还有，每年清明时节，村里那些挑着祭品的老人、欢蹦乱跳的孩子也会从桥上走过，去坟头祭拜自己的先祖和亲人……

有这么多人天天陪伴着自己，比之于埋在山坡上、山岙里那些只有清明节才有人祭奠的孤坟，老人觉得有说不出的快活和满足。

——以上这些，就是“甘心桥”对自己的身世、以及“父亲”王周庚的全部记忆。

而今，老人早已寿终正寝多年，连甘心桥自己也已活过了百岁寿诞。然而，有件事却让它老是感觉抬不起头来。你想，自己的年纪已经老大不小了，可是它的“父亲”——刻着“王周庚”名字的那块石碑，却仍然把它当成不懂事的孩子，日夜不离地守护在它的身旁，好像生怕自己乱跑乱跳走丢了似的。他也不想想，以他那把年纪，超过北山愚公多少倍，老眼昏花，老迈龙钟的，谁守护谁啊？要不是想到“可怜天下父母心”，自己的“腿脚”也灵便的话，真想一走了之呢！

还有一件令“甘心桥”感到羞愧难当的事，就是它竟然记不得“父亲”的面容、长相以及其他任何特征了。它仅仅记得“父亲”那件油光锃亮不知穿了多少年的破棉袄，以及他那根同样油光锃亮连说话时也不离口的竹烟筒。

记得还是自己刚刚“出生”的那年冬天，年迈的“父亲”天天披着那件破棉袄坐在桥头晒太阳。他美滋滋地从“儿子”身上走过来又走过去，前后左右地看个不够。到了中午，太阳暖烘烘的，他干脆脱下破棉袄，披在它身上，然后躺下瘦骨嶙峋的身子，就像躺在儿子身边一样，安心地呼呼大睡，直到日落西山。甚至于到今天，甘心桥似乎还能闻到破棉袄上“父亲”那股咸咸的汗味和呛人的烟味！

对“父亲”那根竹烟筒的记忆，是在次年的夏季，那是它最后一次看到“父亲”的身影了。当时，他已经病得很重，只能气喘吁吁地拖着沉重而衰老的双腿，慢吞吞地走到自己跟前，然后手脚并用，颤巍巍地攀爬到石桥底下。等气息稍稍平静，就用他那根竹烟筒上的铜烟锅，轻轻地敲打着它的脚后跟，似乎是在检查桥基下的石块有没有松动。而它却难受得几乎笑出声来——因为那根烟筒简直是在它的脚底挠痒痒啊！当它用恼怒的目光向“父亲”一瞥，却分明看见在敲敲打打之际，他眼中闪烁的点点泪光……

过了几天，它陆陆续续地听到行人们的叹息：由于病饿交加，“父亲”终于走了，走得很平静，人们为他筹钱下葬时，还看见他脸上仍留有微微笑意。至于“父亲”究竟葬于何处，风水如何，清明时节是否有人祭奠，给他上香烧纸钱，它就不得而知了。

不过，它觉得无论有没有人给“父亲”上坟都没有关系。因为，在那座坟墓中沉睡的不过是“父亲”的躯壳而已，而他不朽的灵魂和积德行善的基因，都已经凝固在自己的躯体里，流淌在自己的血液中。

想到这里，“甘心桥”似乎看到，“父亲”佝偻瘦弱、贫病苍老的形象，渐渐变得高大挺拔起来。它慢慢觉得，有这样一位“父亲”，永远值得自己这个“儿子”为之骄傲和自豪……

逸踪山人曰：

“不孝有三，无后为大”，乃圣之人教诲。

世如王周庚者，因贫而无妻无子，可谓“不孝”；

然则行将就木之年他却为人造桥，可谓“有义”。

而周庚同辈诸公，即便家财万贯、子孙如蚁，而今安在哉？

千年古河阳 / 麻松亘

河阳村位于距缙云县城15公里的新建盆地。全村烟灶八百，人口三千余，是义阳朱氏聚居的千年古村落。始祖朱清源乃吴越国掌书记，因慕缙云山水秀美，偕弟清渊于后唐长兴四年（933）卜居缙云。因祖籍河南信阳，故名其村为河阳。

走过石拱桥公济桥，就到了河阳村口“八士门”。宋元时期河阳士子屡登进士，第八位进士朱填之父朱竹友因儿子高中，遂在中峰山五龙抢珠入脉处建门楼以鼓励后人。八士门风水特好，因此人们又称它为“八字门”。为了讨吉利，村中红白喜事都要从此进出。八士门前有一对狮身隐首的石雕怪兽，相传为明朝开国皇帝朱元璋所赐，名叫稀罕。自古至今行人过此都会去摸摸稀罕，以求祥瑞。

河阳的古民居建筑分布在进八士门后，约150米长的古街两侧。正街上店铺林立，左右各有五条横巷，分布着十五座宗祠、十四座寺庙和百余栋四合院式明清古宅第。其中有条“三朝巷”，完整地保留了明、清和民国三个朝代风格各异的古民居。

河阳著名的民居有“廉让之间”“耕凿遗风”“循规”“映月”等。“廉让之间”建于清道光二十九年（1849），是河阳“十八间”中建筑最精致、设施最完备的古宅。整幢建筑由前厅、大院（天井）、后堂和附属用房组成。外墙上山水花卉、故事诗词的壁画，至今保存完整。房内廊下、窗户、牛腿、神龛等皆有木雕，刀法古朴典雅，简繁相宜。窗户底层方格雕刻细如筛洞，上层各种浮雕图案活灵活显、栩栩如生，技艺之高超，让人惊叹不已。

此外，河阳古民居还有一个重要特色是高低起伏、气势恢宏的马头墙。这种错落有致、黑白辉映的马头墙，不仅体现出一种明朗素雅和层次分明的韵律美，而且在视觉上产生一种万马奔腾的动感，隐喻着整个宗族的生气勃勃，兴旺发达。最雄伟的马头墙当属长不足百米的答樵路，32个马状墙头酷似群马仰头长啸，飞腾不息。

河阳村崇尚耕读传家，至清中叶又步入商界。朱氏家族既有书香仕宦、又有巨富望族的显赫门第，更有诗魂悠悠。宋元时期有《义阳诗派》八卷，元末明初有《菊巢诗钞》，明代有朱维嘉的《素履文集》十卷、朱琴隐的《义阳诗派续编》，清代有朱辉的《梅岩诗稿》、朱彰的《憇云斋集》、朱坤崇的《藜窗诗集》、朱小唐的《遁夫诗草》，现代有《朱兆雄诗集》等。据不完全统计，当前仍存诗词近千首之多。另外，堪称民间艺术一绝的河阳窗花剪纸，为省级非物质文化遗产。古朴的民风民俗，展示着它那悠久、浓郁的历史文化底蕴。

松岩百廿间 / 王琼瑛

缙云古民居、宗祠等古建筑几乎遍布各个乡镇、村庄，现存古建筑之多可谓丽水九县（市、区）之最。

缙云古建筑格局主要有四合院、三合院式；有明清古民居、古宗祠，以及元、明牌坊门楼遗存。现存古民居之丰富，格局保存之完整，雕刻之精美实属罕见。

现存代表性古民居松岩村百廿间，位于原雁岭乡松岩村，建造时间为清乾隆年间，建筑面积3712平方米。建筑布局由主院四进南北跨院三组院落组成一个建筑群，中轴线依次为门厅、天井、前厅、天井、中厅、天井、后堂，南北厢房及南北跨院组成。

主院门厅：二层三开间，明间用五柱七檩带后下檐，沿老檐柱设六扇隔扇门，分别用“诗、书、礼、易、春、秋”六字雕刻而成。前厅：单檐三开间。明间、次间用四柱九檩带前后双步，两侧山墙高出屋面做成七花山墙。前厅廊轩及其木雕装饰保存较完整，鼓钉柱础，划花水泥地面。中厅：双重檐三开间，明间、次间用七柱七檩带前后双步，圆形栌斗，雕花构件承托檐檩，沿前老檐柱设6扇格扇门，可惜此门于2003年被盗。后堂：双层重檐三开间，明间用七柱七檩带前双步下檐，沿前老檐柱设6扇格扇门。南北跨院轴线格局与主院相同。院落皆为三合土地面，天井用鹅卵石铺成；各院落纵、横轴线相互贯通，屋内通廊横、纵各四条，既通行方便又通风透气。

该民居建筑体量大，设计科学，结构规整，风格独特，雕刻考究，是我县乃至丽水市民居古建筑的佼佼者，具有十分重要的历史、艺术和科学价值，1995年被缙云县人民政府公布为第四批县级文物保护单位。

该建筑为松岩村胡景敦所建造。据《胡氏宗谱》载：松岩村胡氏第十三代金山公的四儿子胡景敦，字元崇，自号松轩，清代贡生，后人尊称他为松轩公。松轩公膝下有五子，均子嗣满堂，总计八九十人，是当地有名的大户人家。当地老百姓至今还流传着该建筑主人许多动人的故事。

据传松轩公性格开朗，豁达大度，不吝钱财。出租屋、出租田从不收重租，乐做善事。如松岩村周围的石板桥、曲松岭、凉亭等都是由他捐资建造和修筑的。乡邻若遇灾祸，他总是拿出钱粮赈灾救急，深得当地乡民尊敬和爱戴。故在他造房时众乡邻纷纷前来帮忙，有力出力，有物出物，使百廿间这座古民居不到一年的时间就建造完成。现存百廿间后堂的匾额“齿德齐眉”就是处州府对松轩公的嘉奖。

据年长者介绍：松轩公的太婆“犯五通”，是个乐善好施的人，人缘特别好。凡经过他家门口者，无论老少亲疏，无论贫穷富有，她都会热情地邀请到家里，施以茶水或饭食。因此，在人们心目中她就是通神人物，在世时结缘颇多，其后代能建造百廿间，也是祖上积德所致。

壶镇九进厅 ／麻松亘

壶镇工联村，有一座建于清道光年间（1821—1850）、规模宏大、体现江南庭院建筑风格的砖木结构民居。因其建筑格局由南、中、北并列三幢三进两套院式庭院构成，共有九进厅堂，故名九进厅，是省级文保单位。

九进厅是建造贤母、继义、竞爽三大石拱桥而名动京师的壶镇大户吕载扬所筹建，其规模宏大，布局奇巧，由其次子建盛精心设计并组织施工。

九进厅坐西朝东（偏南），古时四周有围墙、花园。面阔77米，进深46米，建筑占地3500多平方米，平面房屋81间。两条横贯三幢庭院的南北走廊，与相隔于三幢之间的两条东西向备弄呈“井”字交叉，以精湛的堪舆玄理“九宫八卦”布局，以居中的三进两套院为中轴，南北并列各分布一幢三进两套院。三幢宅第之间分别留有备弄，每幢各自关门后都是相互分隔的单体建筑，而每幢宅第都有门开向备弄，如果两条备弄前后大门一关，三幢庭院又与外界隔绝，自成一个整体。居中三进的正大门，是装饰精美的砖雕门楼，门楼两侧是雄伟的马头墙，青砖、粉墙、灰瓦相映，色调明净雅洁。进入正大门后依次为门厅、前院、中厅、后院、后堂。门厅为单层单檐，中厅、后堂及厢房为二层重檐。厅堂各明次三间，门厅和中厅全部、后堂前半部敞开。两侧为各11间的通长厢房，属两厢夹正式结构。九进厅有六个院子（天井），街沿和檐水沟都铺设青石板，院中用鹅卵石拼成美丽的图案。院子较大，宅子宽敞明亮。人们在天井能晨沐朝阳，暮观星斗，非常恬静舒适。

壶镇九进厅

九进厅的砖雕遍及九进，以正中三开间浮雕门楼为最精美。砖雕门楼正中下方为整座建筑主大门，门额阳雕“东平旧家”，栏额花枋极其精致。门楼明次三间共饰青砖浮雕九幅，雕刻严谨精细，山水楼台、树木花卉、飞禽走兽无不分毫毕至、栩栩如生。门额两侧，雕有暗寓“麟趾呈祥”的圆形麒麟，次间门额雕着暗寓“凤凰来仪”的凤凰。两次间花枋砖雕图案左右还间隔着玉兔和“福、寿、喜”三字合一的篆刻。花枋柱为牛腿形砖雕，依次雕芍药、荷花、寿桃、白鹤、菊花、牡丹等吉祥图案，为砖雕精华所在。牌楼顶端雕刻蝙蝠图案，暗寓洪福毕至的愿望。整个砖雕门楼图案疏密得当，内容华而不俗，加上青砖的自然和古朴，体现着主人不事奢华的平静心态。

九进厅的木雕也遍及九进，而以中三进为最。横梁、斗拱、牛腿、檐角、门楣、窗户上都遍布木雕。雕刻技艺充满东阳木雕之精髓，以浮雕、透雕为主要手法，刀法古朴大方、圆润细腻。精雕细镂、惟妙惟肖的木雕图案，富有生活情趣，深含人生哲理，暗寓着主人的理想和希望。它给人以艺术熏陶和享受，也给人以道德教益和感化，还会引起人们无限的遐思……

规模宏大、布局奇特、雕刻精湛的九进厅，饱含着古代能工巧匠们超凡入圣的才智和巧夺天工的技艺，是古人留给我们的一份十分珍贵、不可多得、值得珍惜和保护的历史文化遗产。

被毁的赵氏庄园 / 赵葛龙

在肩挑背驮的年代，壶镇大路街是台州、仙居、磐安一带通往金华的大路，是本地士人去杭嘉湖经商求学的必经之路，也是壶镇穷人外出严州烧炭、种山、谋生之路。

明正统年间（1436—1449），祖先雅湖呑赵珉，或许是相中了此地商机，或许发现这是风水宝地，便在大路街置业。自此，子生孙，孙生子，赵家在耕读传家的同时，也学起了做生意。

到了明末清初，赵氏人丁兴旺，家底厚了，见识也广了，尤为眼热的是经商者见到苏州园林后，认为那真是实实在在的“上有天堂，下有苏杭”呀。于是族人一起议论，梦想在大路街造个园林式庄园。

首先前往苏州，聘请了苏州园林设计师前来实地设计，在庄后构筑城墙，即从现在菜场赵长展屋后坎直到美化乡殿殿后，长约300米。在城墙之南开基，然后从东阳请来一批木雕艺人承建，历时五年，花白银几十万两。整座庄园门窗腿斗均采用石雕、砖雕、木雕。庄园中心建有花园、亭台楼阁、假山水榭、曲桥流水，植名木古树奇花异草。庄园落成之后，成了东乡最豪华的民间建筑。

除此之外，赵氏族人坚持耕读传家祖训，有清一代，就出了十八个秀才、一个贡生、一个举人、一个副举。同治九年（1870），赵保滋考取了举人，打破了缙云一县从康熙九年（1670）后200年间无人考取举人的记录。

咸丰初年，太平天国军队第一次攻入缙云，赵氏家族开始亡羊补牢。咸丰八年（1858）五月，合族公议立《条规》：“邑自城陷，国法无已。若不严明家规，何以示子侄而警族属乎！”然后“议立切中时弊规例数条，俾族人有所恪遵云。”《条规》共3条：“一、有非被虏胁自投匪党者，削谱留行，以示不齿。二、树党抢掠以及捕劫者，同议。三、有通匪放盗贻毒村族者，查明削谱。”

但没过几年，太平天国李世贤部第二次进入壶镇，并驻壶镇达半年之久。厄运渐渐向大路街赵氏庄园袭来。

庄园赵某有一妇人，颇有几分姿色，然水性杨花，让一太平军首领瞧见，顿生爱慕之心，俩人眉来眼去便好上了。某日清晨，被赵某捉奸正着。赵某怒向胆边生，将其活活打死。赵某急请叔伯兄弟帮忙，挪来地簟准备将尸体筒卷。事未毕，突有太平军小头目来请首领吃早饭。见长官不在，而数人神色慌乱，大刀一挥劈开地簟，发现是长官尸体，即刻跑回天妃宫营地报告。随即大队人马将赵氏庄园团团围住，见人便杀，见物便抢，洗劫一空后，一把火将赵氏庄园焚烧殆尽。

经此浩劫，大路街赵氏族人少了大半，外逃者隐姓埋名，流浪他乡。直到东、南、西“三乡民团”将太平军肃清之后，族人才在赵氏庄园废墟上重建家园，但元气大伤，辉煌不再。

红杏出墙带来的祸患，使大路街庄园惨遭劫难，赵氏人丁财产之损失，已经无法计算。然赵家族人认为，家丑不可外扬，以致此事一直无任何文字记载，仅在口头流传而已。

重修天下第一祠记 / 项一中

纵观天下之大、民族之盛者，莫过于东方之华夏。

俯览古今之远、德望之隆者，则莫过于轩辕黄帝。

所谓“天下第一祠”者，浙江缙云仙都之黄帝祠宇也。

《史记·正义》载：黄帝姓公孙，名轩辕，号有熊，又曰缙云氏。相传，黄帝修德振兵，一统华夏后，披山通道，拓土开疆，东至于海，西至空桐，北逐荤粥，南至于江。当其巡游江南之一隅，忽见清溪蜿蜒之岸，突耸拔地擎天之石，且壮若元阳，势欲干云。黄帝大喜，驻此炼丹，乘龙升天。百姓遂以“缙云”名其山，造“缙云堂”祭其帝。

永嘉太守谢灵运《游名山记》有云：缙云山旁有孤石，高二百丈，顶有湖，生莲花，古老云：黄帝尝炼丹于此。元《仙都志》则载：唐天宝七年（748）六月八日，有彩云覆绕缙云山独峰之顶，云中仙乐响亮，鸾鹤飞舞，俄闻山呼万岁者九，诸山皆应。处州刺史苗奉倩遂以奏之于朝，玄宗闻而叹之：真乃仙人荟萃之都也。遂敕改缙云山为“仙都山”，缙云堂为“黄帝祠宇”“周回三百里禁樵採捕猎。”当其时，北有陕西黄帝陵，南有缙云黄帝祠，史称“北陵南祠”，“黄帝祠宇”始有“天下第一祠”之誉焉。

宋天禧四年（1020），真宗遣使至仙都祭祀黄帝，投“金龙玉简”于金龙洞。治平二年（1065），又赐名“玉虚宫”。宣和三年（1121），玉虚宫毁于方腊之徒。其后，道士游大成重建宫观，改方位为东座西向，为阴阳者流讽之“虎瞰”。景定元年（1260），郡守安刘又取朝旨，命道士陈观定按旧址方位，改向重造其宫。

元延祐元年（1314），玉虚宫年久失修，日渐败落。道士赵嗣祺因奉旨主领宫事，重修玉虚宫，被钦赐“五品印章”。宫观落成，魏国公赵孟頫亦步亦趋，题写“仙都山门”及“风雨堂”之匾。通奉大夫、翰林侍讲学士虞集亦为之作《重修玉虚宫记》。明万历十九年（1591），太仆寺卿兼浙江巡抚常居敬，率藩台臬台及一应官员，莅玉虚宫祭拜，并于鼎湖峰刊“鼎湖胜迹”四字，以记其盛。有清一代，朝廷崇佛抑道，玉虚宫日渐式微。至光绪末年，宫观风雨飘摇，终成断壁残垣。

20世纪90年代，缙云民间重建黄帝祠宇之呼声日甚。人民政府顺应民意，于1994 年筹备重建天下第一祠，各界士人莫不欢呼雀跃，踊跃集资矣。缙云旅台同胞则不遑多让，纷纷捐资立轩辕像，造仰止亭。1998 年10 月，由清华大学建筑研究院设计、横店集团古建公司承建之仿唐建筑“天下第一祠”，终于披红挂彩，胜利竣工。

1998 年11月28日9时50分，睽别一世纪之中国南方黄帝祭典，在天下第一祠之轩辕殿隆重举行。祭典参照古之“禘礼”，击鼓撞钟，献三牲五谷、上美酒佳馔、供时果鲜花。主祭司仪，则庄严肃穆，虔诚祭拜，鞠躬如仪。国家旅游局、浙江省政协、省建设厅、省旅游局、丽水地委、北京海淀代表团、陕西黄陵代表团、中华轩辕黄帝研究会、旅台缙云同乡会敬献了花篮。当其时也，好溪之畔，人山人海；鼎湖峰下，盛况空前，缙云及周边民众计8万余人共襄盛典焉。

2003 年11 月，由天源公司归国华侨项雄军投资之黄帝祠宇二期工程开工。越二年，黄帝祠宇之宫门、缙云堂、怀祖堂、腾龙阁、游龙轩、驭龙亭等建筑相继竣工。2006 年3 月，浙江大学人文学院历史系、浙江省历史学会、浙江省楹联学会、缙云县仙都风景旅游管理局联合举办“天下第一祠海内外楹联大征集”，全国34 个省、直辖市、自治区、港澳台，及新加坡、马来西亚、美国、加拿大等地华人华侨之应征楹联计18000 余首。经遴选，123首精品佳作脱颖而出，由西泠印社书法家为之挥毫泼墨，缙云木雕厂陈慧珠女士为之精心设计，刻以椴木，贴以真金，悬于祠内，蔚为大观矣。

自1998年恢复黄帝祭典至今，缙云每逢清明及重阳皆行春秋二祭。然仙都古有“彩云仙乐、山呼万岁”之谜，今亦有三谜未解。

一曰：祭典雨歇。祭典之日常遇春雨纷纷及秋雨绵绵，然9点50吉时一到，霎时雨歇云开，此为一谜也。

二曰：台风避道。缙云县城地势低洼，每逢台风骤至洪水肆虐，十字街头即可行船。恢复祭典至今，台风避道，有惊无险，二谜也。

三曰：龙回仙都。2004 年重阳祭典，放飞34米之巨龙，龙腾仙都后渐行渐远，消失天际。祭典结束未久，此龙忽降仙都龙耕路下，且龙首在岸，龙尾在渊——此为三谜也。

由此观之，天下第一祠之“不解奇谜”何其多也，未知何人能解？

记忆中的老县城 / 方向荣

20世纪50年代初， 我出生在缙云五云镇的一条老街上。时光飞逝，韶华已昨，住在老县城不知不觉已有六十多年。虽然县城旧貌变新颜，但每每回忆起老城的旧颜，在我的心目中始终是一种温馨的回忆。

老县城五云镇当年的地盘也实在是小，有两句流传多年的俏皮话这么说：“小小缙云县，两爿豆腐店，衙门打屁股，全城都听见”，可谓准确生动。

小小的缙云县城，虽然如《缙云县志》所载，“四面皆山，人苦陆运，地无珍产，商贾鲜通”，但历史悠久，文化底蕴非常深厚。除了我自己儿时亲眼所见，还有从老人的美谈中得知的县城历史古迹就有：县衙门、东门（迎晖门）、北门（向宸门）、南门（文祥门）；社稷坛、学宫（原缙云中学南大门口）、孔庙（原缙云中学本部）、城隍庙（城隍山）、关帝庙（原政府招待所，20世纪40年代是民族教育馆）、天妃宫（现仙都宾馆）、丹阳庙（剧院巷）、槐花庙（槐花街）、仙岩寺（原缙云中学二部）、地藏庵（城隍山旁）、南塘庵（南塘路）、观音阁（现好溪橡皮坝上方）；本保殿（有四五处）、丽阳殿（水南）、基督教堂（原县委）；还有朱子祠（原缙云中学二部）、先觉祠（原教育局）、金莲书院（原商业局）；水门洞（水门街）、水门街牌坊、横门石马将军（南塘路口）、吏隐山；东门石板桥、铁索桥（五云铁桥）；以及古水碓、古埠头、古石板街、老街风火墙，还有几个碉堡；古老祠堂比较有名的是李祠堂、赵祠堂、丁祠堂、樊祠堂等。除了祠堂里的戏台外，其他大型老戏台还有城隍山、槐花弄、丹阳庙前、东门尖四处。

老县城的街道

缙云县城当时仅有胜利街和复兴街两条呈十字形的青石板街道。尽管1949年时，县城五云镇号称有“五街十八巷”，其实寺后街、水门街、水南街只能称巷。

胜利街旧称伯起街，东起东门尖（现溪滨北路），西至城隍山脚（现大桥北路），长度约为四百多米。一条街还可分成几段：东门街、县前街、十字街、城隍山脚。在清末民初伯起街还是卵石结构，以后改铺青石板，当我们幼小的脚步敲响她每一块青石板时，老街就会发出苍老的呻吟。

复兴街旧称北门街，北起北门头，南至铁桥头，也有数百米之长。两条街的青石板已翻修了多次。

胜利街自古以来一直是老县城最繁华的一条街，整个县城的商店都遍布在街两旁。1956年工商业社会主义改造之前，从东门尖算起就有以下商店：祝信大（肉店）、陆益大（百货）、春寿堂（国药）、义大生（棉布）、公和（糖果）、施义泰（棉布）、明德堂（国药）、益智书店、方有根（肉）、徐久通（棉布）、文华阁（文具）、王富春（文具）、锦源（百货）、永泰兴（南北货）、陈作本（刻字）、吕万生（什货）、卢泰峰（百货）、应炳川（棉布）、春雨堂（国药）、应芳记（酱园）、周伯富（西药）、胡义大（棉布）、春山堂（国药）、恒生堂（国药）、樊天然（照相）、德大（南北货）等。1956年后这些商号都被公私合营，商店也都成为国营或者是合作商店了。

胜利街与复兴街交叉的十字街口在当时是最热闹的地方，《缙云县志》云“皆贸易要冲，为全县精华所萃”。也是县城的中心。公私合营后十字街有国营商店百货公司，是全县最大的商场。一到晚上，十字街口更是热闹非凡，有民间艺人卖艺的（当时最普及的有卖梨膏糖），点着汽灯在表演；有卖吃的小摊——烧饼摊、馄饨摊、水果摊、杂货摊在吆喝着；有时还会放电影，表演小节目。当时拿一条小板凳坐着看电影、欣赏小节目是我们最大的乐趣。

水门街对准县前街的正面，就是缙云县衙门了。这里有一座八字门的高大房子，外面有一块不算大的空间。据记载，自从唐代缙云立县开始，历经宋、元、明、清，直至民国，这里都是缙云县治所在地，而且是屡建屡毁。过去老百姓都把这里叫作衙门，我们小时候这里已经变成缙云县人民委员会（相当于县政府）机关所在地了，里面有很多政府部门。而县人委八字门前面这块空地就是我们小孩子放学后玩耍的地方。

那时，八字门前面的街道上竖着几根涂着黑色柏油的木电线杆，上面吊着一个电灯泡，每日夜晚电灯发出的是昏黄的灯光。我们就在县人委的空地上做游戏，比如“捉迷藏”、“追潦盲”（方言）。20世纪50年代这里还有两个露天的防火池，盖着两块大铁板。

县人委的正对面是水门街，这是一条真正古老的小街，但是严格讲不是街，而是巷。古老的街上都铺着石板，还有一座高大威严的石牌坊高高耸立，但它的历史已经记不清了。正对着石牌坊的巷口就是一个古城门，紧靠好溪边，这座古城门就是五云镇有名的水门洞。

据老人们讲，当年建造古城门也就是水门洞的目的是防洪。因为当滔滔洪水从上游奔腾而下遇到古城门时，洪水只能漫进门洞，而不可能冲进县城。所以古城门的主要作用是防止县衙门、古街道和古民居不被洪水冲毁。

水门洞除了防洪作用，它还是一个风口，是夏天人们乘凉和聊天的好地方。每天从早晨开始直至深夜，水门洞整天都坐满了老人在侃大山。以前

缙云铁索桥

居民家里很少有电风扇，所以夏天晚上为图凉快，人们都喜欢搭一张竹床，铺一条凉席，摇一把扇子，睡在大街、铁桥、好溪边，水门洞下更是人满为患。

好溪、桥梁、水碓

除了夏季台风季节好溪山洪暴发外，好溪每天都静静地流淌着，溪水清澄透明，波光粼粼。花坞岸柳下，游来射去的溪鱼清晰可见。一群群白鸭、白鹅在水面上漂浮，几只翠鸟啁啾着飞掠而过，一派江南水乡的绝美风光。

直到20世纪70年代，县城百姓的饮用水，都是一大早从好溪直接挑到水缸，再拿来烧饭、煮茶。人们还在好溪两岸用石板做了许多埠头，供人们挑水、洗涤。每天从清晨起，埠头上就挤满了人，挑水、洗菜、洗衣服，熙熙攘攘、叽叽喳喳，热闹非常。

好溪最热闹的季节是夏天。每到傍晚时分，人们都会跳进好溪泡在水里，最多时可达数千人。小孩子则在溪水里尽情地打水仗，嬉闹着直到天黑。好溪造福于缙云人民，造福于老县城的所有居民，不愧为母亲河。

好溪经过县城的一段当时只有两座桥：一座公路桥，官名叫缙云大桥；还有一座石板铺成的石桥，老百姓称为东门小桥。到20世纪60年代初再重建了五云大桥即铁桥。

缙云大桥历史比较早，我们儿时记得是 1956年修建的混凝土桥墩、钢轨梁，桥面用木板铺成的低水位桥梁。桥面很窄，我记得桥上如有汽车来往，连手推车也不能同时通行（20世纪50年代汽车很少）。1963年又改建为混凝土桥面、适度加宽、仍是低水位的桥梁，一涨洪水，汽车就不能通行。每当洪水来临，我们常跑到溪边看洪水。我曾经亲眼见过几次惊险的一幕：有些驾驶员为了赶时间，冒险从有水的桥面上开车，由一人站在水里引路，汽车慢慢地开，但由于水流湍急方向盘难以掌控，常常是差一点就掉进水里，有的还是坐满了人的客车，令两岸观看的人替他们捏一把汗。

铁桥原名五云大桥，从复兴街横跨好溪接到水南街。此桥几遭洪水灾害，屡建屡毁，桥名也多次变更。1922年被特大洪水冲毁后，由当时北门耶稣堂牧师玛克德及乡绅赵鼎华先生倡议，奔走呼吁，在1925年改建为铁索吊桥。

据老人说，铁索桥是用几根铁索吊着，上面铺着木板，人走在上面晃来晃去。继后又改称五云铁桥（俗称），于1942年和1952年两度被洪水冲毁。至1963年，10余年无桥通行。所以在我们儿时，是没有五云铁桥的，只有几个桥墩矗立在好溪之中。

1963年9月动工的重建我已记忆犹新。那时，造桥技术还比较落后，造桥墩时先要在桥墩四周堆好沙袋，把水都抽干，工人日夜加班，晚上灯火通明，我们小孩子常跑去看热闹。桥梁材料是钢铁的，放在东门畈的缙云机械厂电焊，造好后100多人喊着号子用竹杠从厂里抬到桥头，好溪两岸则站满了观看的人，蛮是壮观。铁桥基本造好还没通行时，还发生过一次事故：一天晚上一根桥梁突然弯曲，桥面毁坏，在那个抓阶级斗争的年代里，还以为是阶级敌人搞破坏，政府部门对有关人员进行了审查。

东门石板桥是历史悠久的一座石桥，本地人又称丁步桥。桥面原是铺着两块条石板，双条石直立为墩，用燕尾榫卯连接，现在由三块石板铺着，是以后加上去的。当时的丁步桥是缙云县好溪特有的建筑，这一类型桥梁目前已属少见。石板小桥高出水面只有二三尺，宽也仅仅只有二三尺，在清清的

记忆中的老县城

溪水中，石板长桥跨溪卧波，野趣盎然，小桥流水，极有风致，也可以说是我们县城的风景线吧。

特别值得一提的是：我们儿时在老县城的好溪边有两座水碓房，东门小桥旁边有一座，好溪下游原观音阁下还有一座。以前没有电，老百姓加工粮食就是利用溪里的水资源，带动水碓来操作。现在东门石板桥头的水渠就是原来水碓用来引水的。水碓是利用流水的冲力冲击木头做的大车轮来转动轮盘，由轮盘再带动石磨来磨麦，带动踏碓来舂米。由于很费时，有时人们要点一盏微弱的油灯加工到天亮。由于水冲车轮常常发出怪叫声，所以民间流传许多水碓的鬼故事，可惜如今水碓已基本绝迹。

老城三门与公共设施

小小的五云镇，倚山带溪，历史上向无城郭，只于东、南、北三面设关门，所以称缙云县城有东门、北门、南门，唯独没有西门。五云镇从清代、民国至20世纪七八十年代，面貌变化一直不大。那时，东门石板桥已近县城边缘，好溪对岸靠风景山脚，只有火力发电厂、县农机厂的几幢房子，其余就都是田畈了。

从20世纪50年代末我能记事起，走到东门也就是迎晖门就出了县城，再向前走200来米，有一处“石马将军”，旁边有一株大樟树（至今还在）。“石马将军”处有石马、石人，再里面一点还有几座旧房子，南塘庵的旧址就在此处。

从复兴街朝北走，一出上坡的街口就出了县城，再向上走就是一个叫云塘的自然村。从老剧院向北走二、三百米就是荒山野地。向南走，到了大樟树下就冷冷清清了。向西走，到了观音阁就可止步了。再往前走几百米才有一个叫住产的自然村，并且下面有“棺材潭”、“宝童塔”，很吓人的地方。

靠西边，有座城隍山，是城中的制高点，从城隍山基本上可以看到老五云镇的全貌。城隍庙是古代缙云县主要庙宇之一，从城隍山脚往上爬有200多级石砌台阶，穿过一个大门洞，有一个大院落，正南有一个大戏台。院内紧靠东墙根儿，有一棵四五人合抱的大樟树。从我们记事起时，“城隍老

爷”已被迫迁移了，原城隍庙变成了展览馆。还记得“大跃进”时期，城隍山上挂了一个大钟，每天早上早早敲响，通知全镇农业社社员出工。

老县城里还有两个专门的戏台，一个在老槐花庙，一个在丹阳庙。槐花庙的戏台比较大，前面有一块空地，早前当过菜场，以后又移到胜利街新华书店门前。每逢节庆，专业或业余的剧团都要到这两个戏台唱戏。当时没有电视，电影也很少见，所以人们最喜欢的就是赶戏场了。有的人是为了求新鲜，有的人是为了图过瘾，还有很多人是为了凑热闹。当地有一句俗语叫作“锣鼓响，脚底痒”，说的就是这个意思。

在老县城中心有一个老剧院，很早前这个地方叫作“大施”（音）。我记得的戏院是木结构，有本资料上记载是1950年建造的。戏台在东边，楼上的楼板走起来吱吱直响，但结构又是比较先进的，横厢就有三层，可以看戏或看电影。戏院的中间还有一个水井，用铁盖盖着。1958年戏院上面的山垄建造了人民大会堂，戏演得也比较多。

20世纪五六十年代，缙云有两个剧团，婺剧团成立于1956年春，越剧团成立1962年7月。1962年老戏院被拆除，又重新建了新戏院。到了20世纪90

年代这个戏院又被拆除，如今在原址上盖了一层楼的商店，屋顶成了菜场。

老县城当时只有一家医院，20世纪50年代设在天妃宫旁，规模相当于现在的乡镇卫生院，60年代搬迁到应岙底。

县城当年有一家幼儿园，只有几十个小朋友。小学只有五云小学，老址在孔庙后面朱子祠地盘，1961年才搬到了现在实验小学的地点。

中学自然也只有缙云中学，这是所完全中学，设有高中和初中部。缙云中学的老址在孔庙、学宫，也算继承了老祖宗的地盘。我们读初中时，孔庙的大梁都已拆了，石柱都放倒在地，等待着命运的安排。

缙云最早的汽车站设在北门头，当时的车站只有一层两间小房子，一间票房兼候客室，一间作行李房。车站前的公路很窄，客车调头都要开到城隍山下的桥头去调。老汽车站直到20世纪60年代末才搬迁至水南新车站，到20世纪90年代中期又搬迁到如今这个地方。

60多年时间很快过去了，每每回味老县城的模样，各种印象和滋味令人无限感慨和留恋。尽管老县城仍然一天天在变，但老城的格局和轮廓还是基本完整的：横竖两条主街以及各条狭长的小巷基本保持原貌；胜利街中段一排屋顶的风火墙仍保留了当年房屋的建筑风貌；缙云中学旧址里的泮池，使人回忆起学宫和孔庙；巍然而立的城隍山以及南门、南塘路口的古樟树依旧郁郁葱葱，唯有它们见证了缙云老城悠久的历史。

我们希望，有朝一日能逐步恢复缙云老城的风貌，把历史悠久的千年古城建设成为省级历史文化名城。

千年一回大抉择 / 项一中

掸去岁月的风尘，揭开历史的面纱，时间上溯到公元第七世纪。

这是中国五千年历史长河中的第二个黄金时代。

在这个世纪的大唐贞观十二年，一位清丽可人、娇艳欲滴的少女，作为唐太宗李世民的姬妾，被披红挂彩地迎进了金碧辉煌的大明宫中。

对当代缙云人来说，这位近1300多年前步入皇宫、姓武名媚娘的少女，似乎与己并无多大关系。然而，正是这位14岁的少女，从才人起步，历经尼姑、皇后、皇太后，到67岁时又正式登基，成为中国历史上第一位女皇，到了她的第七个年号“万岁登封”元年，也即公元696年，这位女皇颁发了一道御旨：划永康之南、括苍（丽水）之北，立一新县。

自此，在中国巨大的版图上，赫然出现了缙云县三个大字。

历史的选择

有人说，好溪之畔那道高耸的城隍山石墙，是缙云古城的“额角”，而石墙上那棵盘根错节、遮天蔽日的古樟，则是古城不可或缺的“眉毛”。它的存在，不仅体现了古城的威严，更是它历经千年风霜的历史见证。

根据研究方志的专家考证，缙云立县后，地处翠微山下的五云盆地，很快被选为缙云县治之所在。至于何以选址于此，史志之书皆语焉不详，或干脆略而不提——是历史的命运，抑或时代的幸运，后人不得而知。

假如我们按大唐盛世之时代背景来推究，此地之所以成为缙云之县治，原因不外有三：其一，古人选址最讲风水，五云盆地素有“一湾碧水一条琴，三面青山皆画屏”之称，且盆地之内，小桥流水，阡陌纵横；粉墙黛瓦，鸡犬相闻。其二，就地形地貌而言，五云环山抱水，如以山为城，以溪为池，只需扼守东、南、北三道城门，即可御敌于县治之外。其三，就道路交通而言，五云雄踞浙南温、处、婺三州之孔道，扼南来北往商旅之要冲。故而尽管五云盆地确乎狭小如盆，但在那个自给自足的小农经济时代，作为一个县治，已然众望所归，舍我其谁!

立县之初，县衙即定位于好溪北岸之盆地中心。

建衙之始，即严格按天朝之有关典章体例实施。

衙门八字，坐北朝南。衙门之内，以轴线为中心：前为正堂，中为署楼，后为内宅。轴线两侧，左为吏、户、礼房，及幕厅、书斋；右为兵、刑、工房及捕厅。整个建筑群落布局严谨，主次分明。加上衙门前有“涌翠”之山，后有“忘归”之台，东有“客岩”之胜，西有“九盘”之险，中则“好溪”穿城，清波缓缓。以致历朝历代之文人雅士竞相赞誉：石蕴玉而山秀，水含珠而流清。难怪那位大唐县令、书法大家李阳冰秩满后要在翠微山的悬崖峭壁之上，泉流清莹之处，刻“吏隐山”，筑“忘归台”了。

然而，在华夏天朝五千年漫长的历史长河中，有一种代代相传的可怕基因：无论是江洋大盗还是农民起义者，对熊熊烈火都有一种不可抑制的原始冲动，一旦攻克京畿重地或州府县治，第一件大事便是纵火焚烧宫府衙门、民宅屋宇，以便趁火打劫、烧杀掳掠。

于是，盛唐之后，五云古城历经宋、元、明、清，延至民国。千余年间，好溪两岸几番兵匪交加，改朝换代；古城内外几经强寇掠境，人祸天灾；忽而是桑田楼舍，忽而是断壁残垣。但古城虽屡建屡毁、瓦砾荒烟，却仍然屡毁屡建、楼宇井然。

因为，在衣食自给自足的农业社会，谁不向往古城这小桥流水、田园牧歌之环境；谁能拒绝古城这文脉悠悠、风流倜傥之魅力？

现实的死结

斗转星移，世纪更迭。

从武则天临朝到20世纪80年代，穿城而过的好溪之水已经缓缓流淌了将近1300年。而恰于此时，地球——这个太阳系中的小兄弟，经历了一场世界性的政治板块大碰撞，引发了一场经济格局大重构。余波所及，五云古城亦为之震撼……

于是，面对呼啸而来的市场经济改革浪潮，古城抖擞精神，开创了一个前所未有的经济高速繁荣期：溪畔耸起高楼，山脚盖起厂房，沿街摊位密布，夜市灯火辉煌！

然而，古城毕竟已达千岁高寿，尽管它使出浑身解数，仍显露出日甚一日的龙钟老态：

一、古城人口与日俱增

20世纪初，县城人口不过区区数千，而到了20世纪90年代，人口激增至5万。每至集市之日，从北门头到十字街，从铁桥头到水南街，到处是车水马龙，摩肩接踵。此情此景甚至让那些对国家计划生育政策心怀不满者也大声慨叹：为什么我们不早点进行生育计划？

然而，尽管生育有了计划，但出生率正值高峰期，儿童数量依然源源不断地激增，而教育经费、学校课堂却难以随之同步增长，以致许多适龄儿童无法按期入学。于是，与李白的“蜀道难，难于上青天”相对应，古城出现了“孩子入学难，难于上青天”的顺口溜！

二、古城建房进岙爬山

随着人口的激增，引发了对住房的大量需求。而好溪夹岸、三面皆山的古城早已见缝插针、屋满为患。新建楼房只能从溪畔登上山岙，又从山岙爬上山腰，再从山腰登上山顶，最后又从山顶翻过山背！

每至夏秋之交，猛烈台风带来的倾盆豪雨，使得好溪河水一夜暴涨数米。于是，山顶住户暗自庆幸，溪畔人家则为水漫蜗居而焦头烂额，苦不堪言。每逢高温酷暑之季，水贵如油之时，溪畔人家额手称庆，山顶住户则守着藕断丝连的自来水而头顶冒烟，叫苦不迭。邻里之间，为争夺几厘米的滴水位而打得头破血流告上法庭者，更是司空见惯、屡见不鲜。

三、古城交通红灯频闪

经济的繁荣，物流的增长，使得古老的城镇交通频频告急。大客车、长拖车、面包车横冲直撞，拖拉机、自行车、黄包车各行其是。而当这些滚滚车流一旦汇入狭窄的路面，古城交通便如山洪暴发，瓶颈效应立竿见影：路宽处人堵车、车骂人，车速有如龟速；路窄处则一车瘫痪，百车莫开。尽管交通警察汗流浃背手忙脚乱，但“肠梗阻”却依然此起彼伏络绎不绝……

如今，古城曾经引以为傲的“环山带水、易守难攻”之优越地理条件，反而成了束缚古城发展的死结。尽管老城仍如老骥伏枥，壮心不已，但背负人口、住房、交通这“三座大山”，它只能迈着蹒跚的步履，一步三颤！

是啊，千余年来，古城早已把自己的青春毫无保留地奉献给了我们的先人，而今我们还能向它索取什么呢？历史的悠久，风光的旖旎，都已经是昨天的故事，夕阳残照中的古城，只能孤独地俯瞰着不舍昼夜的好溪之水，默默地回忆着唐宋的鼎盛和辉煌……

老迈年高的缙云古城，何时才能解开这个剪不断理还乱的死结，在新的历史时期迈开新的步伐，大踏步地向前行进呢？

时代的机遇

站在21世纪的门槛前，面对从大洋彼岸奔涌而来的经济大潮，以及来自西方工业文明的挑战，整个中国大陆全方位进一步改革开放的帷幕已经迅速拉开，其势之猛，其劲之强，前所未有。

介于沿海城市和内陆城市之间的缙云，该做出怎样的抉择呢？

是继续在古城的卵壳里做道场，拆了老街造新街，拆了旧房造新房，让时代的车轮永远在古老的磨道里打转？还是抓住千载难逢的机遇，实行战略性转移，迎接新世纪的挑战？

历史的脚步与现实的沉思，都在叩问这片古老的土地。

因循守旧，只能作茧自缚；抱残守缺，必定抱恨终天！

然而，向西看，是古城早已逝去的唐宋余晖；向东看，那曙光初露的新世纪晨曦，却由于近在咫尺的高山阻隔，显得如此模糊而遥远……

在历史性的机遇面前，对大挑战作出回应的必须是大举措；大举措的前提必须有大思路；而大思路的形成，只有跳出单向思维定势，实行多向甚至反向思维，才能高瞻远瞩，高屋建瓴！

终于有一天，有人登上了古城的最高峰——鹁鸪山，从空中俯瞰整个五云盆地。遥望古城上游数公里，南来的好溪突然转了个大湾，有如一只充满奶水的硕大乳房，滋养着一片纵横阡陌的冲积平原。此地溪水环流，平整扩展，田地如毯。登上名山畈的“龙椅山”向东而望，只见“婆媳”之岩巍然而立，好溪之水滔滔而来；向西而视，则有池塘撒落如镜，丘陵起伏平缓；望南而眺，则见曲水逶迤如带，翠峰耸峙如簪；朝北俯瞰，则见群山奔腾若龙，丘陵踊跃如虎……

此情此景，令人豁然开朗，击节而叹！

——这不就是缙云未来的心脏么？

——这不就是缙云未来的希望吗？

于是，经过短暂的困惑和观望，一个千载难逢的契机随着改革开放的不断深入而不请自来。

1995年3月5日，当“金温铁路”的第一列火车在成千上万民众震耳欲聋的欢呼声中驶入缙云，中共缙云县委、缙云县人民政府终于作出了千年一回的重大抉择——留出古城，将未来缙云的行政中心向东迁移！

这一年，距缙云建县的大唐万岁登封元年——恰好1299年。

初露的曙光

“大漠孤烟直，长河落日圆”，描述的是磅礴而雄浑的气势；

“水是眼波横，山是眉峰聚”，比喻的却是清丽脱俗的天趣。

纵观千古，横看世界，从埃及的金字塔到北京的明清故宫；从希腊的巴台农神庙到西藏的布达拉宫；从悉尼的歌剧院到苏州的古典园林；这些被誉为人类千古绝唱的建筑瑰宝，无不追求一种天人合一的和谐，以及雄奇博大的美感。而这种和谐美感的营造，在很大程度上取决于规划者高瞻远瞩的视角和匠心独运的思考。

“山不在高，有仙则名；水不在深，有龙则灵”，这是唐代诗人刘禹锡的名言。位于缙云古城之东的龙椅山，状如其名：它背靠高山，顶部凸起，左右回环，有如一把硕大无朋的座椅安放在新区北端。缙云县委县政府决定，新的行政中心就选址在龙椅山前！

于是，短短数月之间，一支支测量队开进了龙椅山前的丘陵地带，一批批工程技术人员站在测视镜前指手画脚紧张忙碌。而在一座座丘陵山谷之间，成群结队的推土机、挖掘机像一头头力大无穷的怪兽，用它们无坚不摧的铁嘴钢牙劈岗填谷、犁山倒岳。一辆辆载重运输车则发出巨大的轰鸣，在丘陵间奔驰忙碌、穿梭往来……

当人们站在龙椅山之巅，摊开雄伟的蓝图，俯视着这片尘土飞扬的热土，眼前似乎显现出一条奔腾的“巨龙”：

“龙头”就是龙椅山前气度恢宏的行政中心，在中心广场前的矩形喷泉，将构成“龙珠戏水”的壮丽景观。从广场中轴线向南延伸至好溪岸边，是一条宽阔的“龙脊”大道，大道两侧，则鳞次栉比，广厦高耸。在现代建筑群落之间，则是一个个鲜花盛开的乐园。大道末端的水上游乐场，则有如一条动感十足的“龙尾”。广场上喷泉飞花、珠溅玉落；大厦内流光溢彩，觥筹交错。登高楼则极目长空，山峦腾波；临清溪则碧浪滚滚，沙滩绿洲。溯流而上，则可凌“步虚”之绝顶，观“鼎湖”之清波。顺流而下，则可餐好溪之秀色，聆田园之牧歌。未来的新区是一首诗，一首动人心弦的优美抒情诗；未来的新区是一幅画，一幅令人流连忘返的立体风景画……

纵笔游缰，回首西望，那个昔日曾经辉煌的蓑尔古城，早已湮没在汹涌澎湃的改革浪潮之中，剩下的，只有凝固千年的岁月与沧桑。

掩卷沉思，扪心自问，我们新一代缙云子民，是否有胆略、有气魄超越古人的局限，实现新的腾飞，竖立新的丰碑？

好溪百转，水也滔滔，浪也滔滔。一场波澜壮阔的时代伟剧即将在这个神奇的舞台拉开帷幕，它将带动整个好溪流域和缙云城乡迈开新的步伐，登上新的台阶。这是历史赋予我们的使命，也是时代赋予我们的荣光。

缙云新城，必将以其独特的魅力，勃兴于青山绿水之间！

——原载西泠印社出版社《千古缙云》

注：2001年7月20日，地处五云古城的缙云老县衙，终于走完了她长达1305年的生命历程，光荣地退出了历史舞台。同日，坐落在缙云新区黄龙路38号的缙云县行政中心正式启用，包括县委、县人大、县政府、县政协在内的33个单位和部门入驻办公。

兵事类

匣中宝剑自有声 / 赵章格

南宋绍兴七年（1137）春夏之交，缙云县城北门外云塘，一位三品大员去世。他的儿子赵奉闻知凶信，立马请假“丁外艰”，从京城杭州奔丧而归。悲痛之余，他在家一面为父亲守孝，一面照管子女读书。

每有感发，赋诗咏志，他过起了隐士生活。

早年，赵奉10岁时，便能诵《诗》读《书》。政和年间（1111—1118），他以神童资格考入了太学，又曾跟随大学问家杨时先生学习理学，打算走科举之路。不久，宋江、方腊造反，他的父亲赵期参加了平定宋江起义，招安宋江后，又推荐宋江为先锋攻打方腊。由于父亲的功勋，赵奉补员为从八品的国子博士，相当于现在中央党校教师。此后赵奉声名日盛，负笈前来求学者不惮千里，但他取士非常严格，对那些纨绔子弟一概不收。

靖康元年（1126）闰十一月，漫天大雪。金兵攻破京城汴梁，钦宗、徽宗、皇子、皇女均被掳掠到金营。金人要废二帝为庶人，另立异姓为傀儡皇帝。宋朝吏部尚书（近似于今天的组织部长）人称“卖国牙郎”的王时雍主持议立张邦昌为帝。赵奉率太学生陈东等人示威游行，大骂国贼。

徽、钦二帝被俘北上后，大家就拥立徽宗第九个儿子、天下兵马大元帅赵构在应天（今河南商丘）即帝位，便是历史上的宋高宗。赵奉被升任为国子监的副长官国子司业。建炎二年（1128）升任翰林洗马兼显谟阁待制，成为皇帝的侍从，智囊团式人物。这年，力主抗金的东京留守宗泽，因黄潜善等权臣所沮，忧愤成疾，三呼“过河”而死。在扬州行在的皇帝，急命赵奉起草任命杜充担任东京（今河南开封）留守的委任书。赵奉知道杜充这人喜好功名，生性好杀，少谋略。便说：“东京是中原之根本，提升杜充这样才能微薄的人担任如此重要的职务，岂不是自拔根本吗！”便将皇帝的命令“留中不报”，搁置下来。皇帝没法，就让其他人起草了任命书。果然，杜充全面改变宗泽的战略部署，宗弼（金兀术）一到，便投降了金人。他的投降，使宋朝疆域从北宋变为南宋。

建炎三年春，高宗的流亡政府逃到了平江（今苏州），准备派人前往金营讲和，又让赵奉起草文件任命刘俊民为讲和使节。赵奉说：“前车之辙不远，今日复蹈故辙，自造危亡。我宁愿杀头，不敢托墨以偷生。”拒绝起草文件。二月，高宗还是遣刘俊民赴金营议和。可是到了秋天，金宗弼（即兀术）就举兵南侵，十二月十一，兀术打到了临安府（杭州）。皇帝急忙带领随从乘楼船经绍兴、宁波逃入海中。他对赵奉说：“卿真先见也，今日验矣。”

金兵退去之后，赵奉一心主张抗金，不合帝意，九年没有调动工作。他遇父亲去世，就在家中清闲，登高吟志，与县城詹文等好友诗酒相娱。

一日，忽有朝廷快马送来公文到云塘驿，命赵奉火速进京。原来，赵鼎等一批主战派又重新掌权，已经把韩世忠、岳飞等部署在前线，把张俊、杨沂中、刘锜等战将率兵部署在长江北岸，准备北伐收复中原；提升赵奉为兵部右丞衔，担任真（今江苏仪征市）、和（今安徽和县）诸路招讨使，招抚遗民，夺回被金人占领的失地。

绍兴九年春，赵奉接过诏书，涕泪交加云：匣中宝剑自有声，恢复中原有望矣。又想到父亲去世刚一年，本想在三年守孝中请名人为父亲写一方墓志铭，可现在不行了，他马上自己动笔，简简单单地为父亲写了400字的简历，请好友太学博士詹文过来写到石头上，刻好后匆匆安葬了父亲。

赵奉一路奔波，跨钱塘，过乌江，想到战事纷繁，他吟道：“晓望泰山云，暮饮乌江水；云水寄萍踪，何日归根处？”到了金陵（南京），抒发自己不肯随波逐流、力主抗金、挽救祖国的思想感情说：“醉中忽忽到吴头，怀见金陵却倦游。不逐波流赴沧海，挽兹神水上中洲。”赵奉这一次到前线，隶属于张俊战区。他到了前线之后，军法修明，号令严肃，金兵不敢来犯。

在这里，不得不先说说高宗赵构的一块心病。他的登基，名不正，言不顺，是众人推举他上台的。遗民泪尽胡尘里，百姓时刻希望打回北方去，接回二圣。但老爸、哥哥被接回来，自己往哪摆呢？一肚子不愿意啊，又说不出口。状元出身的秦桧看出了皇上的心事，便奉承拍马。于是君臣心有灵犀一点通，定下国策议和。作为提拔赵奉的恩人赵鼎，因为主战，也被充军到海南岛。

绍兴九年正月，“绍兴和议”虽然订立，可是第二年五月，金又破坏和议，下诏攻宋，一路出山东，一路取陕西，一路取河南，一路由完颜宗弼（兀术）率领入开封，趋淮南。南宋方面也做出了部署：韩世忠驻军泗州、天长一带，张俊驻军庐州、大平州一带，刘锜驻军顺昌（今安徽阜阳）一带，岳飞驻军鄂州（武汉），胡世将、吴璘驻军四川、陕西。十一年二月，赵奉授给部将王德方针策略，收复了真、和二州，总督真、和诸路军马。

正当主战派高兴之时，韩世忠、岳飞、张俊等手握重兵的将领，都纷纷被解除了兵权。五月，皇帝又让大臣们讨论议和的得失。赵奉“力陈以为不可”。紧接着，也是五月，好友岳飞以“莫须有”的罪名下了大狱，赵奉终于恍然大悟，明白了国策的缘由。好友下狱，能救吗？不能。从此，心灰意懒，愤懑成疾，便写个报告，退休还乡，将忧国忧民之情沁入《五云清唱》之中……

箬川忠烈侯王达 / 玛门洛川

西殿，在前村村南数里之山岙间，以村西有神殿而得名，供奉的是前村王姓先祖王达。

王达，字寻道，号石泉，生于宋熙宁元年（1068），卒于宋宣和五年（1124），享年57岁。因有兄弟三人，王迪、王迥、王达，达为老三，后人尊称为三太祖。另有结拜兄弟四人，合称七太祖。

王达之父叫王琠，行廿五，后世尊称为廿五公，任温州通判，后仕瑞安知县。王达幼时随父在瑞安长大，其父年迈离任归里，过箬川（今前村）时，见山川秀丽，便择地定居。

王达从小力大聪慧，韬略超群，善刀、剑、槊、戟，精远射，百步穿钱（铜钱），曾经出征抗金，参加过平方腊。

宋徽宗宣和三年（1121）二月，方腊部霍成富攻破处州，直逼缙云。缙云县令率众退避，唯有县尉詹良臣坚守岗位，聚集捕快迎战。詹良臣，原籍睦州，时已七十多岁。大敌当前，有人参谋说，你是缙云县一个小小县尉，现在方腊反兵来势汹汹，就像快刀劈毛竹，难以抵抗。你年过70，还是退避一下为好。但是詹良臣却严颜厉色地说："驱逐敌人缉捕盗贼，是我的职责。我只有拼死抵抗而已！"詹良臣带领弓兵数十人迎敌，最后兵败被俘。霍成富胁迫他投降，詹良臣毫无惧怕，怒骂说："你们不知道追求生路，反而想叫我投降？当年李顺造反于蜀，王伦造反于淮南，王则造反于贝州，到最后身首横分，妻子儿子均受诛灭。到时候官军一到，你的肉都要喂狗喂老鼠了！"霍成富恼羞成怒，叫人一块块剐下詹良臣的肉，塞到他口里命他自食其肉。詹良臣喷吐自身碎肉到敌人身上，到死骂不绝声。詹良臣惨遭杀害，终年72岁。

霍成富杀了詹良臣后，相继在缙云南乡、永嘉四川以及青田万山、仙居横溪一带烧杀掳掠，在箬川就杀害了王达族亲一百来人，激起王达极大愤慨！他迅速组织乡间民勇弓箭手数百人，协助官兵剿灭霍成富部，转战在处州、台州、温州三府会合地带，所到之处，纪律严明，秋毫无犯；作战英勇，奋力杀敌，战至仙居横溪，与詹良臣之子詹大方合力平乱。最后，王达率领地方乡勇参加剿灭方腊时阵亡，年仅39岁。

绍兴十八年（1148）由枢密院事、参知政事詹良臣之子詹大方上奏朝廷获准，敕封王达为忠烈侯。建豫庵，即忠烈侯庙，也就是坐落在前村西南的西殿。殿中原有一联云：

宫殿壮石亭温台婺隔百里之遥仕女尊亲称太祖

川源浚箬水宋元明历三代之久神灵若庇佑后昆

据传此联是缙云十四都箬川廪生王美棣所撰，我父亲对"川源浚箬水"的行文深感佩服，就将我大哥取名浚泉，二哥取名浚源，把我取名为浚川，所以经久不忘。

据传王达在有生之年便名闻三州（严州、台州、温州），外人只知三太祖是神，不知是人。某年七月十三，仙居某地备福礼香火前来求神赐雨，过前村五谷神（地名），当时28岁的王达正在此地插秧，问何以兴师动众？

西殿：忠烈侯庙

答："久旱无雨，欲求拜三太祖赐雨。"王达直身握秧说："我即三太祖也，何须多走五里路？汝等可将香案停在路边，朝我行礼便得。"仙居来人果然停下，设香案朝王达跪拜。王达以秧蘸水，朝北一甩，抛洒一片水滴。随即交代来人："尔等快回，否则将雨湿行装也！"仙居来人随即启程回家。途中，但见晴空乌云飞聚，尚未到家，便遇大雨淋头，雨水如田水发浑，水中发现带有秧苗断根。自此后，王达生前行雨，众皆谓之"神人"。因此，元代以后，西殿一直香火不绝。每年七月十五西殿庙会，更是人山人海，热闹非凡。

在西殿内，原有前清地方名仕撰联多幅，匾额五方，连同三十尊佛像金身和上下两厅雕栋画梁均受"文化大革命"浩劫损毁。20世纪70年代末改革开放后重修庙宇，西殿面目才得到基本恢复。

西殿台阶上方，原有一株很大的杉树，据说围着树干能停靠八担盐而不重叠。到20世纪50年代末，大杉树已经枯死，只剩树骨。可喜的是殿后的那株杉树正在继承老杉树的风骨，伟岸挺拔，胸围已经达到豆腐桶那么大了。

抗金名将詹世安 / 麻松亘

南宋抗金名将，必定首举岳飞。而北宋后期，反对议和、英勇抗金的名将，还有我们缙云的詹度呢！

詹度（约1074—1127），字世安，缙云县城人。詹度以父荫入仕，政和初（1111）知真州（今江苏仪征），升任两浙转运使。宣和三年（1121）六月丁父忧满，起复延康殿学士，知中山府，成为北宋末守御辽金边境的重要将领。宣和五年（1123）二月，调知燕山府。时有辽降将郭药师同知府事，药师自以节钺，欲居度上，度则称御笔所书有序。朝廷怕詹、郭交恶，命度与河间府（今河北河间）蔡靖两易。詹度屡次上疏奏郭药师怀有异心，背着朝廷，暗与金人交结。但徽宗听信奸佞童贯，置之不理，反加官太尉，以宠其心。宣和六年（1124）七月，调詹度任中山府路安抚使。宣和七年（1125）十月，金太宗下诏侵宋。药师亲金反宋迹象日趋明显，詹度又多次密奏朝廷，提醒朝廷早作防范。而徽宗仍不听，疏于战备。直到沿边巡检杨雍截获药师通金信件，方欲派人处置。而药师已率部降金，并充向导，挥军攻宋。十二月，詹度三奏金人分道南下，朝廷大惊失色。金军南下，包围中山府，詹度率领军民奋起抗击，杀金军大将蒲察、绳果。金军受挫后，采取越过中山府南侵的战略，接连占领庆源、信德等地。靖康元年（1126）正月，金兵越黄河，徽宗南逃，钦宗即位，起用李纲为尚书右丞，东京留守。京城军民英勇抵抗，加上援军云集，金军见势不利，解围北撤。回师途中，又猛攻中山、河间等地，詹度身先士卒，率军民齐心反击，战守甚力。钦宗御书奖誉詹度曰："尔秉节不移，婴城固守，能出奇策，屡挫贼锋，昔张许之守睢阳，二颜之守朔郡，不足为卿道。"三月，授为资政殿大学士。八月，调任荆湖南路（今湖北汉阳）制置使。闰十一月，汴京（今开封）沦陷，金向宋提出要詹度等抗金将领及朝中大臣共20人作为人质，时詹度在荆南，未赴金营，而其家属随徽、钦两帝，陷于金军矣。南宋建立，詹度被奸佞小人陷害致死。噩耗传来，高宗痛惜不已，追封“信国公”。詹度墓葬在丹徒县（今江苏镇江市）白兔山（位于镇江城南8公里，又名横山）上。

戚家军主将陈冕 / 麻松亘

数百年来，赫赫有名的戚家军可称得上家喻户晓、妇孺皆知。殊不知戚家军的主力招募自处州，其率部将军是缙云的陈冕呢！

陈冕（1505—1565），字德瞻，号西岩，缙云钦村人。好读书，精武艺。日本古称倭奴，故将明嘉靖年间侵扰中国沿海地区的日本海盗称为倭寇。其时，倭寇在沿海飘忽往来，大肆烧杀掳劫，惨绝人寰，严重破坏生产发展，威胁百姓生命财产安全。明嘉靖三十四年（1555）秋，戚继光从山东调到浙江御倭前线，鉴于卫所军将骄兵惰、纪律松弛、战斗力不强等问题，多次上奏请求招募新军，获准后，即到处州招募将士。处州知府选荐陈冕为把总，协助戚继光训练了一支纪律良好、英勇善战的队伍，时为抗倭劲旅，人称戚家军。嘉靖三十七年（1558），陈冕率处州兵随戚继光出御台州。处州兵以矿工为主体，是戚家军的主力，而陈冕则是戚继光主要将领。他们跟随戚继光南征北战，在各地御倭战场上战绩显著。嘉靖四十年（1561）四月，倭寇登陆，五月进至大田镇，妄图劫掠台州府城。敌闻有备，旋欲改道，窜犯仙居，劫掠处州。陈冕奉命率领处州兵分三道，自引兵二道，前后设伏，严阵待敌于大田至仙居所必经的上峰山。待倭寇进入伏击圈，鸟铳齐发，列一头两翼一尾阵，居高临下，勇猛冲杀。倭寇仓皇应战，当即有数百人缴械投降。余倭被迫退至白水洋朱家大院，被全部围歼，斩、擒倭寇各数百人，缴获甚丰，救回被掳百姓千余，因功授予千总衔兼理辕工。嘉靖四十一年 （1562年）七月，陈冕率领处州兵随戚继光往福建剿倭。福建宁德县城东北海中的横屿，是有敌数千，盘踞数年的倭巢，以往明军无可奈何。陈冕受命主攻，身先士卒，率部奋勇激战，占领倭巢，取得了入闽抗倭首次胜利，后又相继攻拔福清境内的数个倭穴。十月，班师回浙休整，倭患复盛。陈冕及处州兵再次随戚继光入闽，与新任福建总兵俞大猷、先期援闽的广东总兵刘显与一道抗击闽倭。嘉靖四十二年（1563）四月，以陈冕所率处州兵为主力的戚家军为正面主攻平海卫倭巢，倭寇大败。嘉靖四十三年（1564），再率轻锐兵力，藏火器，夜逼寇穴。一炮轰击，据点起火，倭寇仓皇下海而逃。随即水陆夹击，倭寇溺死三千，被斩八百，被俘男女千余人获救。福建寇净，还师归省，急病而逝。

戚继光高度赞赏陈冕所率处州兵之英勇善战，在其总结东南沿海平倭战争治军经验时著的《纪效新书》中曰："浙江乡兵之称可用者，初为处州，继而绍兴，继而义乌，继而台州；至于他处，则虽韩（信）、白（起）再生，不可用也。"又说："等而别之，得其人而教练焉。毕竟处州为第一，义乌次之，台温又次之，绍兴又次之，他不在此科也。""由是处（州）兵之名著天下，无处不募处（州）兵，而先浙、次直、次福建，皆处（州）兵矣。"

樊献科泉州抗倭 / 樊泽友

樊献科（1517—1578），字文叔，号斗山，缙云笋川人，少负才名，明嘉靖二十六年（1547）中进士，在北京为官数年后，被外派巡按福建。"宦迹半天下，山居二十年"，可谓樊献科的生平写照。今谨以民间传说数则，以及真实史料记之，以敬先贤。

先说一个在缙云流传甚广的民间故事。

话说明嘉靖年间，30岁的樊献科高中进士后，名声传遍了缙云的十里八乡，连邻县永康也有所耳闻。樊献科在京任的可不是普通的官，而是监察御史，这可是一个得罪人的官。为官数年后，樊公回家省亲，忽闻皇上召见，樊公想到缙云到京城路途遥远，恐遭政敌暗算，也为防强盗歹人抢劫杀人，就特意叫人制了一个囚笼车，自己坐在笼中往京城而去。途经永康通京之道花街时，人们见街上囚车中坐着一个身材微胖，一副穷书生打扮的人，有人讥讽道，“樊大猪拉来了！”“樊大猪拉来了，肯定是拉去杀的”。献科公闻之，微微一笑，不予置理。此时，忽见街边豆腐店出来一卖豆腐者，大声叱责说：“你们怎么如此轻薄？这位落难客官身材魁伟，相貌堂堂，怎可只重衣衫不重人？”樊献科闻之，报之一笑，囚车就穿街而过了，但豆腐店老板的话却深深地印在樊公脑海之中。

由于樊献科为官清廉，勤政爱民，深得皇帝恩宠。一日早朝，皇帝召见樊献科说：“吾大明皇朝东海之中有个琉球国，他们年年来朝，岁岁入贡，忠心可嘉，朕欲派爱卿代朕出巡福建，为福建巡按，兼管琉球藩国事务，爱卿可到库房领取金银珠宝，布匹绸缎，前往琉球国巡视，以示天朝皇恩浩荡，以扬我大明天威。”樊献科跪地谢恩后，向皇帝提出：既然陛下命我“代王过藩”，那我能否借皇上的御驾金銮一用，以扬我大明天威。想不到皇帝竟真的恩准了，于是樊御史乘着皇帝的金銮驾，从京城出发，前呼后拥，一路浩浩荡荡的南下。

途中，樊献科欲顺道回缙云省亲，看望数年未见的年迈父母，于是不知不觉又来到永康花街。永康县令早已率众官在花街迎候接驾了。可宽约数丈的銮驾要从花街穿过，街道狭窄难通，樊公即令县令拆除两边街面店铺。这可急坏了永康县令和街面店主及众多百姓，他们纷纷跪求御史开恩。樊公表示，只有花街豆腐店的老板肯出面说情，方有通融余地。花街百姓慌忙去请豆腐店老板，豆腐店老板出来一看，原来是那个当年被花街人讽之为“樊大猪”的，就为街铺两边的店主和百姓跪求开恩，樊公立即亲下金銮车，扶起豆腐店老板，命金銮车改道从驿道通过，送了豆腐店老板一个天大的人情。

缙云民间还有一个传说，樊献科任监察御史时，某日皇帝忽问：“爱卿哪里人士？”樊公答道：“我乃缙云人。”皇帝又问：“你们缙云的山川风景美不美？”樊公答曰：“缙云是个好地方，山川秀美，物产丰富，比如缙云的毛竹又高又大，叫作‘缙云砍竹倒绍兴，竹枝刷落满天星’。”说着就拿出家乡带来的箬帽，抽出几张箬叶，递给皇上说：“陛下请看，竹叶就这么大，可见缙云的竹子有多高多大了。”皇帝接着又问：“那我怎么知道你们缙云的竹子有多高呢，缙云到绍兴有多远呀？”樊献科慌忙改口答道：

“东京砍竹倒西京，竹枝刷落满天星。”大明皇帝总算明白了，知道缙云的竹子真的是又高又大。

樊献科越说越高兴，接着又说：“缙云的竹子不但又高又大，还有‘仙都石笋万丈长’！”皇帝听了，倍感兴趣，又问：“爱卿何以得知有万丈长呢？”这可吓坏了樊献科，顿时语塞。还好，与樊献科同朝为官的缙云人，也就是他的亲外甥郑汝璧，见舅舅危急，忙用手势做了一个圆圈，用手指了指天上。樊公马上明白外甥之意，脱口而出：“日落西山影上量！”

皇帝听了樊献科的话，自言自语地说：“东京砍竹倒西京，竹枝刷落满天星。仙都石笋万丈长，日落西山影上量。看来缙云仙都真是个好地方，什么时候爱卿陪朕到仙都一游？”这可又难住了樊献科，万一皇上真的来仙都，发现石笋没有万丈长，也没有刷落满天星的毛竹，那是欺君之罪，可是要杀头的呀。

危急之中，只见郑汝璧慌忙出列，高声说道：陛下，此事万万不可，缙云有个羊蚌峡，是必经之道，两边危岩高耸，非常险峻，文官须下轿，武官要下马，还得侧身才得以通过。陛下贵为九五之尊，怎能下轿而行？那皇帝听后，只得悻悻地说：看来仙都真是个好地方，可惜这么好的地方，朕不得见，实为一生之憾啊。

以上是两则民间传说，而以下记载的就是真实的历史了。

樊献科奉朝廷旨意“代王过藩”，到了泉州后，他积极开展对外贸易，在泉州设立福建市舶司，专门管理对海外和藩国的贸易。他又在泉州城南的车桥村设立来远驿，用以接待来大明皇朝的琉球贡使，并在泉州城内设进贡厂，以贮存琉球的朝贡品，大大促进了大明朝与琉球友好关系的发展。此事记载于《明史·列传第二百十一·外国四·琉球》中。这就是在缙云百姓间口口相传、津津乐道的樊御史“代王过藩”的故事。“过”者，交往之意也，至于樊献科后来有没有到过琉球国，由于年代久远，已不可考了。

明嘉靖年间，我国的东南沿海频遭倭寇侵扰，尤以浙闽为甚。倭寇在福建沿海杀人越货，奸淫妇女，无恶不作，福建百姓苦不堪言。当时樊献科所在的泉州城，更是倭寇侵扰的重灾区。

明嘉靖三十七年（1558）四月，倭寇从晋江长坑头登岸，杀掠数日而去，同月倭寇4000余人又攻陷福庆县城。五月，倭寇又率众来攻泉州城，犯境甚炽，福建巡抚与诸将商议，想撤兵入城固守，以避倭锋。樊献科朗声反对："我奉旨巡按，只要有利于国家，即可专断行事，现东南沿海受倭寇侵掠，诸将只图闭关自守，但城外百姓的性命如之奈何？"于是他调兵遣将，突然打开城门突袭倭寇，大获全胜；后又出兵驰援福清县城，终将倭寇驱逐出境。不久，倭寇又率数千余众，围攻泉州城，樊献科率泉州军民坚守20余日，倭寇久攻不下，悻悻而退。

除了动员泉州将士、百姓积极抗倭外，樊献科还利用与琉球藩国的良好关系，实现了大明朝与琉球国共同抗倭的千古佳话。

《明史》记载："（嘉靖）三十六年，贡使来，告王（前国王）尚清之丧。先是，倭寇自浙江败还，抵琉球境。世子尚元，遣兵邀击，大歼之，获中国被掠者六人，至是送还。帝嘉其忠顺，赐赉有加，即命给事中郭汝霖、行人李际春封尚元为王。"

从上所叙可以看出，琉球藩国国王的册封是要大明皇朝册封的，故琉球藩国世子尚元要与大明朝联手抗倭，"遣兵邀击，大歼之"。这与樊献科注重发展与琉球国的友好关系是分不开的。

明朝的百年倭患，始于泉州，樊献科也成为中国历史上最早抗倭的名将；其不畏强暴，奋勇抗倭的精神，也深深影响了泉州百姓。以致后来的戚继光和俞大猷，开创了明代抗倭"戚虎俞龙"的时代。

樊献科在闽省期间关心民众疾苦，减征赋税，外抗倭寇，内斗权贵，刚正不阿，敢于罢免鱼肉百姓的官员。他在泉州为官四年，闽中儿童父老无不知有樊公者。百姓有感于樊公恩德，专为樊献科立生祠，以念其功。献科任满调离，福建官民上疏挽留，于是又奉旨留任两年。

后来，因老父年老多病，盼儿心切，樊献科辞官回缙云，在仙都草堂陪伴父亲。一年后父亲去世，他守孝三年，然后再起，出副使于山东。在山东为官期间，樊公与友游泰山，在泰山"夫子庙"石崖上，刻下了"振衣冈"三个大字，落款"缙云樊献科书"。不数月，他又出任广西参政，后以御史解归。

樊公归田缙云后，卜居于仙都好溪隔水相望的阳谷洞（即倪翁洞），并在洞口巨岩刻“斗山洞天”四字。在洞口东壁，还有“明樊献科，卜筑仙都，日憩此洞，我将老焉。嘉靖四十三年”的摩崖石刻。

樊公居初阳谷时，常有官员拜访他。一次一位叫懒仙的官员来访，他已到阳谷洞前好溪边，还不知阳谷洞在哪里，于是向一位正在青莲石上垂钓的渔翁问讯，后人为纪念此事，在青莲石上建了问渔亭。

在独峰书院入口门边，立有樊公手书之诗碑：

樊献科题泰山摩崖石刻

夏日邀皇甫百泉少府至仙都

结庐就玄奥，环峰多奇踪。旭洞寒初暖，莲湖翠且重。

谗崖凌碧汉，远屿蟠苍龙。邀宾适遐尝，遗世轻尘容。

脉矣轩辕迹，冷然幽涧淙。飞鸟杳难及，攀髯将安从。

空啼谷中鸟，而闻岭外钟。寐宫玉宇静，怡坐夕阳舂。

愿共此山老，啸歌怀赤松。嘉靖癸丑闰三晦日斗山。

倪翁洞悬崖上有两个苍劲有力的大字“旭山”，芙蓉峡郝敬所题的“铁城”二字之下有一篇摩崖石刻，皆为献科公第四子樊问德所书，父子同书摩崖石刻，可谓为仙都山水增光添彩。

樊献科生于仙都，长于仙都，又终年于仙都。其“仙都草堂”一诗，当为献科公在仙都生活之写照。诗曰：

曲径松荫十里回，草堂半倚碧山隈。

溪边野竹春争发，石畔幽花晚更开。

临壑夜悬崖顶月，披云时泛洞中杯。

断桥流水非人境，疑是桃源归去来。

一代儒将郑汝璧 / 赵章格

明隆庆二年（1568）初夏某日，原本平静的缙云县城东门突然热闹非常，原来是22岁的郑家少子郑汝璧金榜题名。捷报传来，不光郑氏家族兴高采烈，缙云百姓脸上都有光啊。

郑汝璧（1546—1607），字邦章，号昆岩，他进京后被安排到刑部工作，由于政绩突出，很快升任相当于正厅级的郎中。当时，锦衣卫官员为自己升官，捉拿犯人时故意放出飞鹰抓犯人身上的毛发，并严刑逼供，官场百姓都谈“卫”色变。郑汝璧不信邪，重证据，重条律，平反错案，连锦衣卫长官都佩服得五体投地。

刑部长官王之诰，精于察狱，是个办案行家，对原先各个部门办的案件，总觉得有瑕疵，经常发牢骚。他发现郑汝璧这青年能办铁案，“才可大用”。万历元年（1573）张居正出任首辅，急于网罗人才，培养亲信，听到郑汝璧年轻有为，便将他调到相当于如今组织部的吏部工作。万历五年考核官员时，郑汝璧发现某人原本政绩平平，却暗走门道，跑官要官，并有小道消息：某某不日将当省部级大员。可一公布，却被郑汝璧列为罢官之列，官场无不佩服郑汝璧的胆量，私下称赞郑汝璧真是厉害。

这一年，张居正的长子也参加科举考试，本想郑汝璧给个面子，不料他故意称病，让副手徐元太代理，结果张子落第。监察官员赵参鲁因上疏论时政得失，切中弊端，被降职到基层。郑汝璧一到任，便给平反，重新安排工作。官场都感到太突然。汝璧听到这些议论后对人说：“天下人才，足可供天下之用，只看执政部门是不是公正无私去选拔罢了。”对于郑汝璧的作为，张居正也不得不叹服。

后来，郑汝璧升任副部级太常少卿，福建右参议，遭谗言，有人给他小鞋穿，被调任广东按察副使分管琼州（今海南省）的司法事务。琼州是海外边陲地，京官下放此地，郑汝璧有些想不通，于是年轻轻只33岁便退休回到老家，做起学问来。

45岁那年，也就是万历十九年（1591），朝廷又要郑汝璧出任井陉（今属河北省）兵备副使。该地因近邻塞外边陲的重镇赤城，三面与鞑靼毗连，当时虽然鞑靼向明朝称臣朝贡，战事不多，但时不时有鞑靼结伙前来抢劫百姓货物。前任怕引起点兵端，担不起责任，对鞑靼的抢掠，畏惧外敌，往往是睁一只眼闭一只眼，委曲忍让，大事化小，小事化了，最后走后门进京做起了平平安安的京官。朝廷就让郑汝璧补缺任赤城参政，他不以边疆为苦，欣然前往上任。

郑汝璧到任后一面整顿军纪，与诸将谋战略，实地大练兵、大比武，一面减除内地支边的礼物往来，并自身作则，骑马不坐轿。一日，又有一批鞑靼入侵杀人抢货。郑汝璧立即遣将剿抄，斩了带队头目，并警告余众说："我国人为盗，皆杀无赦。你等作逆，安能容得！"鞑靼慑服，狼狈而逃，自此边民安居乐业。

当年的"巡视组"给事钟羽阅悉边疆情报后，向朝廷上报说："臣巡视遍了边疆，敢战敢守，扬我国威的，只有郑汝璧一人。"万历皇帝大喜，奖给白银、绸绮。第二年，郑汝璧调任榆林（今属陕西）中路按察使，这里，同样是鞑靼常常入侵之地。郑汝璧深知鞑靼驯服不易，勉励官兵居安思危，勤奋训练，常备不懈，注重防范，务求边陲安宁。

郑汝璧题万里长城第一景：雄石硖

万历二十一年（1593）郑汝璧升任正部级的山东右布政，不久，又担任都察院右佥都御史，巡抚山东。当时正值山东、河南发生大饥荒，青州魏邦齐正在聚众造反，郑汝璧可谓临危受命。他一到任，首先召集府县对救荒作出权宜之策，互通有无，给钱给米；又命令各个集市的地方煮粥救民。因委任得人，救济有方，救济灾民633万多人。地方百姓感激郑汝璧，为他立碑，歌功颂德。在积极救灾的同时，郑汝璧派军队镇压魏邦齐，社会很快恢复稳定。御史钟化民巡视山东、河南救灾情况后，向朝廷禀报说："两省灾情相似。河南灾荒，出现人食人。山东灾荒，荒若不荒。"

当时，日本侵占朝鲜、占领釜山已整整两年。社会舆论纷纷，云日本与我一水之隔，扬帆即至，人心动摇。郑汝璧即以巩固国防为务，招募标兵，又奏准调入浙江兵，约以"五法"，让官兵在登州海北长山诸岛开田耕种自给，一年便生产谷麦17000余石。驻兵增多了，却不忧民。朝廷得到报告，又给予白银奖励。

万历二十七年（1599），郑汝璧出任南京太常少卿；三十年（1602），任都察院右佥都御史，巡抚延绥（今陕西延安、绥德、榆林一带）。郑汝璧旧地重来，他熟悉形势要害，且守将都是旧属，所以游刃有余，指挥如意。鞑靼首领炒儿忽、明爱等侵犯孤山红崖墩，大帅李如樟击败之。火落赤侵犯安边（今陕西榆林市定边县），大帅杜松破之。他又窥视怀远（今榆林市横山县一带），被游击沈应蛟打退。这几次保卫战，都因郑汝璧运筹帷幄，指挥有方。

万历三十三年（1605），郑汝璧迁兵部侍郎兼佥都御史，总督宣大（今山西宣府、大同）、山西等处地方军务兼理粮饷。郑汝璧到任时，正患病，但他以边疆安宁为要务，不顾病体，只讲战守；传令各道修城堡，练士卒，制器械；又召大将麻贵、董一元等商议用奇兵袭剿战略。鞑靼首领见无隙可乘，气殂计穷，边境从此安靖。

郑汝璧病情日渐严重，他一连写了三个报告，要求退休。朝廷同意他回缙云调养，谁知到达山东荆门驿时，便病逝于途中。朝廷谕祭文曰："德器完粹，才略渊沉，廉明有誉，威望允孚，勋猷夙著"。

郑汝璧去世15年后，明末清初大学问家谈迁编写编年体巨著《国榷》，其书对郑汝璧的评价是"有才而功不甚著"。

郑汝璧著有《大明律解附例》《仪制》《帝后纪略》《同姓诸王表》《功臣封爵考》《臣谥类抄》《延绥镇志》，有《由庚堂诗文集》传世。

赴朝杀倭父子兵 / 赵章格

缙云西乡有大姥山，古人谓“高可万仞，周围六十里，为缙西南群山之祖”。蜿蜒东行，有山名大君子山、小君子山，山间多竹，溪水东流，先人名其水为筠溪，名其地叫筠川。

北宋年间，壶镇陶滩有位知识分子叫陶榆，曾在丽水县当教谕，也就是现在的教育局长。他曾经过筠川，看到这地方两山环峙，碧水中流，峰峦崎崛。一座座山峦，骧者如龙，奔者如马，或如象如虎，或如狮如麟，更有形态郑重似硕儒，秀逸类秀士。笔架山、文笔峰、洗笔盂，名状不一，而且清流沃壤，可耕可钓，真是风水宝地。于是，他就迁居到这里定居，希望子孙后代出文人武将，光耀门庭。

时光一年年流淌，又过了几百年，朝代换了一个又一个，传到他的第十九代裔孙时，已是到了明朝嘉靖年间。小筠大园这地方有个叫陶铣的，他从小便开始读书，但参加科举考试求取功名的路，很是艰难。后来，终于出现了一线生机，通过推举，也就是现在的所谓推荐，千里迢迢北上，出山海关，到盖州卫（今辽宁省营口市盖县）谋到了一份差使，总算有了一个就业机会。

盖州卫这地方，明政府设有一个机构叫辽东苑马寺，专门负责饲养军马。陶铣就在这个寺中当了掌书记，也就是现在的文书之类。他有两个儿子：陶良心、陶良性。良心，后来当过松江府（今属上海）通判，后来当了正五品的沔阳州（今湖北省仙桃市一带）同知（相当于现在的地级市副市长）。良性，后来当过滦州（今河北省唐山市滦县）五品知州。这也正应了他们的祖先陶榆选址的期待。

陶良性，嘉靖二十七年（1548）出生于小筠大园，字以纯，号养悟。隆庆元年（1567），父亲陶铣到辽东苑马寺工作，16岁的良性随父同行。第二年，按照朝廷规定，他可以在盖州参加科举考试，不像现在的高考一定要回原籍。结果他考取了秀才。可是随后一连参加了六次考试，都名落孙山。万历十五年（1587）按规定交了些钱，也就是现在的所谓借读费，进入国家最高学府太学读书。

这个时候的日本，统治者称关白（相当于丞相），名叫丰臣秀吉。他为了平息国内武士对土地分配的不满情绪，决定对外扩张，获取更多的土地，完成他统治中国、朝鲜和日本，称霸东亚的梦想。万历十九年（1591），他派使臣通告朝鲜国王李昖，表示将于明年春天借道朝鲜进攻中国，通告中说："吾欲假道路贵国，超越山海而直入于明，使四百州溶化我俗，以施王政于亿万斯年。"用现在的话，就是说："我打算向你朝鲜借路，跨山越海，一直打到中国，把全中国的400多个州都纳入我日本版图，我日本在那里统治亿万年。"朝鲜一直以来向中国称臣，是中国的附庸国，国王李昖对日本的无理要求予以拒绝。但朝鲜一直以来重文轻武，"不知兵二百年"。万历二十年（1592）三月，丰臣秀吉调动兵力20多万侵略朝鲜。日军从釜山登陆，很快攻陷朝鲜首都王京（汉城，今首尔），北上攻平壤。李昖避难到中朝边境的义州，向明朝求救。

明朝廷的官员得到消息，开会讨论，大家义愤填膺，认为"倭寇侵略朝鲜，目的是想侵吞我中国。我朝发兵救朝鲜，实质上是在保卫大明疆土"。于是，从六月十七日开始，明朝出兵援救朝鲜，结果作战不利。八月，明朝

派三品大员兵部右侍郎（相当于国防部副部长）宋应昌负责抗倭，并下诏天下各省封疆大吏推荐将才。

陶良性闻讯立即前往求见，宋应昌询问陶良性籍贯，良性说自己是处州府缙云人氏。宋应昌听了非常高兴，原来是浙江老乡。宋应昌是杭州府仁和县人，今杭州孩儿巷还有他的古迹。虽然一个是高官，一个是学生，但两位浙江老乡谈得非常投机。陶良性向宋应昌提出了十二条抗倭建议，宋应昌大喜，说：“古代有个书生，抒发自己的豪情壮志，词中有‘少年有意伏中行’，这不就是你吗！”于是，他就把陶良性留在身边。

原先，陶良性的儿子起潜、起鸣、起翔，还有兄长陶良心的儿子寿国，都从老远的江南到辽东省亲。抗击倭寇战争爆发之后，他们都跟随父亲从军，加入了抗倭援朝，保卫疆土的行列。真个是雄赳赳，气昂昂，跨过鸭绿江。

明朝的援军，在宋应昌运筹下，在前敌总指挥李如松的指挥下，像秋风扫落叶，以破竹之势，一举收复了平壤、王京。在这次反击战中，陶良性杀了五个倭寇，陶起潜杀了三个倭寇。

这次战争，中国称“壬辰卫国战争”，如今的朝鲜、韩国称“壬辰倭乱”，日本称“文禄之役”。战事以议和而结束。陶良性父子以军功回国述职。陶起潜由小兵升任李如松部的旗牌官，陶良性于万历二十五年（1597）二月，选用任江西南昌府通判。

同年初，日本再次出动14万兵力，水陆并进侵略朝鲜。五月，明朝以兵部尚书邢玠兼任蓟辽总督，设指挥部于辽东。陶良性从小在辽东长大，而且参加过壬辰卫国战争，朝廷就将他从南昌调到永平府（今河北秦皇岛市卢龙县）任带衔通判，负责督运支前粮饷工作。他的大儿子陶起潜十月份在安东斩倭寇一个，十一月份在攻打尉山等地，又斩倭寇三个，同时与友军一起斩倭寇二个。因他在朝鲜杀敌有功，上级就让他的弟弟起鸣、起翔、寿国前往朝鲜探亲。兄弟们一到朝鲜，也投入了打击倭寇的部队，被编入游击将军茅国器的部队。

万历二十六年二月，在望津、农所等处，起翔斩杀倭寇二个，赏白银二两，寿国斩杀倭寇一个。三月，在安东一带，起翔斩杀倭寇一个，赏白银五两。七月，明军进攻望津、晋州，起翔、起鸣各斩杀倭寇一个。九月，征战咸阳等处，起翔斩杀倭寇二个。十一月，进攻泗州（一作泗川）、新寨，起翔斩杀倭寇二个、寿国斩杀倭寇一个。陶家父子在援朝抗倭中，一共杀了倭寇25个。可惜的是，陶起鸣在万历二十六年七月进攻望津、晋州战役中，为国捐躯，年仅27岁。

万历二十九年战争结束，兵部尚书邢玠报告朝廷，论功行赏，陶良性授正五品滦州知州实职。可是当他在上任途中，经过密云县时，忽然患病而去世，享年仅54岁。朝廷追念他抗倭卫国的功劳，追封他为四品明威将军。三十年九月，朝廷酌定东征功次，彰圣武，慰民心，起潜、起翔升任处州卫（相当于今天的丽水军分区）正六品百户。寿国升任总旗。起鸣阵亡，拟升一级，恤银 30两。

万历三十五年（1607）九月，起翔升任处州卫世袭指挥佥事，后出任温州三盘把总。天启二年（1622）四月，他挺身直入虎穴，招抚王钟、王锦等海贼。这年的九月，又有海贼为倭寇做向导，侵扰浙江沿海，形势严峻。起翔督兵前往三盘外海，冲锋破敌，犁沉海贼战船，沉没海贼王耀宇等80人，亲斩海贼总管大人，生擒海贼头脑甘清溪等30人，同时解救出被海贼抓走的平民百姓汪顺等48人。后来，起翔升任杭州罗木营守备、宁波府游击将军（相当于现在的师长）。

河阳闾门辫子洞

/ 吕丰平

话说清朝咸丰年间，缙云县太爷一早起来，脸露喜色，见女儿尚没有起床，就与妻子先吃早饭。忽听得衙役来报，说是有河阳三位村民前来告急，于是匆匆扒拉完早饭就上二堂去了。前脚刚迈进二堂门，就见三位衣衫不整、浑身沾满泥土的村民，气喘吁吁地你一言我一语向他告急：“老爷，大事不好！长毛于昨夜杀进河阳村了。我们是连夜逃出来的。”“老爷，长毛将百姓都赶进‘文翰公祠’，任意拷打！”“老爷，长毛在村中‘答樵路马头墙’下的大闾门上挖了三个小洞，将三位长老的辫子穿过小洞后打结，迫使他们跪于石板地上，勒令三天内交出三千两白银，不然就要斩杀！快遣人去救救他们吧！”

县太爷听罢浑身打起了哆嗦，头顶直冒汗。正不知所措时，县衙典吏忙上前安慰：“老爷莫急，水来土掩，火来水灭，冷静下来总会有办法的。”

“冷静个屁！如今长毛作乱，时势动荡不安，还有啥妙计可施？”县太爷急了也会骂人。

典吏眼珠子转了转，叫河阳三位村民先出去，低声道：“我倒有一妙计，可一箭双雕。”“速速讲来！”县太爷迫不及待。

“马上勒令壶镇的胡莲率道士队前往河阳村解救三位长老，请君入瓮，让长毛来收拾他。一可应付县衙保护乡里平安的职责，免得上下责怪我们见死不救；二可削弱道士队实力而免除我等后患。若他们能侥幸救出人质，那我们也不亏，可以赚取解救人质的酬金。”言毕，典吏得意地“哼哼”了两声。

“此计甚妙！速速亲率衙役前去壶镇赤岩山的紫虚观传令。”县太爷回过神来，急下命令。典吏岂敢怠慢，立即率众快马加鞭而去。

典吏率众到紫虚观见着胡莲后，立即下达县太爷命令：“着胡莲明日召集道士队，前往河阳庄解救三位长老。违令者斩！”言罢返回县衙禀报去了。

面对如此命令，非同小可，当晚胡莲就和有松、足意商议开了。“听说江南的太平军最近战事失利，侍王府见情势危急，就遣兵到周边偏僻小县打劫富豪，骚扰乡民，掳掠财帛，以充军饷。那河阳村为缙云富庶之地，且当于瓯、婺、台要冲，遭劫自然首当其冲。他们虽是强弩之末，但人多势众，凶悍无比，要我等道士队前去，区区数十人，岂不是自投罗网，白白送死？”胡莲细加分析。

“对！可是县太爷下了死命令，若不去，他遣红顶兵来抓了咱们问罪，也是个死。那该死的清兵怕长毛，但对付百姓却是心狠手辣的。这如何是好？”足意道出心中不安。

“真的要去救人，那也得等长毛睡熟，我们再趁夜黑凭着熟悉地形偷袭，出其不意，救出人质就跑，方能保全自己。”有松坦言。

“好，正合我意！我们明天召集队员，深夜偷偷摸进河阳庄，见机行事！”胡莲拍板定夺，并交代了相关行动细节和注意事项。

夜深了，英子和母亲端上刚做好的麻心金团，尽管香甜糯口，但三人心事重重，也不觉得特别有滋味，吃罢宵夜就各自歇息去了。

说起河阳村，缙云人如雷贯耳，妇孺皆知。河阳村建于后唐长兴四年（933），距今有一千多年，村里有十大宗族庄园式建筑，有宋代的古刹福昌寺，元代的八士门，还有十座古祠堂，五座古庙宇，民宅百栋，店铺林立，良田万顷，富甲一方。有民谣为证：“有女嫁河阳，赛过做娘娘。”所以太平军将其作为劫掠目标势所必然，捞油水就要往肥处赶嘛！

袭击河阳村的太平军小头目叫李成铁，是英王李玉成的堂弟，居侍王麾下。他率500余众夜袭河阳，没遇任何抵抗就进了村。众兵勇踢门窜户，将村民赶进文翰公祠严加看管后，搜遍了“义阳望族”、“廉让之间”等建筑群的所有“十八间”和“二十九间”住房，见好吃就吃，见财宝就拿，并洗劫了八士门内的所有店铺。李成铁路过八士门，见门前有一对无头的石狮子，不觉好笑，上前踢了几脚，取乐道：“一村出八进士就了不得了？洪武皇帝朱元璋赠你‘稀罕’名，却又不让同姓人出头，怕丢江山，与现今的咸丰帝一般小心眼儿，恨不得将我等太平军剿灭，实在可恨！我才不稀罕呢！”逗得随从兵勇哈哈大乐。

河阳阊门辫子洞

搜是搜了，劫也劫了，可是在这乱世，村民们平时大都将财宝藏于隐秘之所，李成铁部所得金银财宝很不乐观。于是他命令将三位村中长老穿辫进洞，跪地示众，开出天文数字，勒索村民交出隐匿的财宝，在马头墙林立的答樵路旁上演了敲诈的把戏！

胡莲率领的道士队一行20余人，在夜色朦胧中赶到了新建镇，先隐蔽在马家大院内；胪膛村的田林森因担心胡莲有失，也另率本村打猎队十余人随后而至。院中的马大爷是有松的远房亲戚，甚为可靠，胡莲叫他先出去打探一下情况。

河阳村和新建镇仅一溪之隔，溪上有座五孔石拱桥，名曰“公济桥”，建于清朝咸丰元年（1851），桥长20余丈，宽丈余，石雕栏杆上刻有花鸟等图案，是到对面河阳村的必经之地。马大爷离开马家大院，偷偷地摸到了桥头察看。他借着月色，发现桥东端岸旁的大桥殿已被太平军烧毁，桥面中间的龙门石（也叫锁桥石）落地，掐断了通道，对面桥头还有几个太平军士兵在来回走动，可见太平军事先做了防范，要想从桥上过到河阳村去已无可能。

马大爷急忙回来报告了情况。“这却如何是好？”胡莲急得直搓手。马大爷却不慌不忙道：“我平时喜欢打鱼，见太平军前来骚扰，将一竹筏隐藏于溪边树丛中，可渡你等过溪。”众人始才安下心来。

待到午夜时分，他们在马大爷引领下，沿溪岸上行约二里地，发现有一竹筏搁在树林中的浅滩上，立即分批乘竹筏悄悄渡过溪去。马大爷决意要留在竹筏上守候，以便众人撤退时有个接应。

到了河阳村口，为尽量不惊动太平军，胡莲吩咐足意和有松随自己悄声摸进村庄救人，其余人埋伏在村口接应。

因为事先截断了唯一通向河阳村的公济桥，太平军以为可以高枕无忧，所以除了轮班看守值岗的人外，大都呼呼入睡了。胡莲三人贴近墙根，穿过胡同小弄，摸到了答樵路，月光下但见有几十个马头墙（俗称封火墙），高出两山墙屋面的墙垣，恰似群马踏着广寒银光，仰天长啸，奔腾跳跃，直奔天宫而去。可谁知在这马群下那堵矮矮的贞妇墙旁边，却有三位长老被辫子穿锁阊门洞，长跪不起，动弹不得，奄奄一息。门内还有两位太平军兵勇在看守。

胡莲三人悄悄摸到了半开的阊门旁，将这人世间的悲惨景象看得清清楚楚。见闾门内的两个兵勇正歪头瞌睡，三人急亮出匕首，一个箭步冲进门内，手捂其嘴巴，利刃横架其脖子，不待其出声就将他俩捆绑了起来，并割下衣布塞堵住嘴巴，不让出声。足意见时间紧迫，打开闾门小洞内的发结已然来不及，于是挥刀齐刷刷割去右门板内的三个辫子死结，解脱了三位长老的束缚。各人背起一个长老，快步撤向村口而去。

他们快到村口时，急急的脚步声惊动了太平军的几个流动岗哨，他们马上敲响铜锣追了上来。埋伏在村口附近的道士队和打猎队员立即放箭、打铳掩护。几个岗哨兵勇见势不妙，落荒逃回村中报信。待惊醒的李成铁率大批太平军人马追赶到溪边时，胡莲他们早已乘竹筏过溪不见了踪影……

岁月如烟，逝去的已然逝去，而如今在河阳村答樵路旁的古老闾门上却永久留下了三个圆溜光滑的辫子洞，在默默地向后人诉说着当年惊心动魄的故事。

宗谱记载的战事 /项一中　录

缙云项氏宗谱·长毛纪略

——贼不剃头俗谓长毛

遥闻咸丰初年有粤匪洪秀全、杨秀清等自广西袭江南延至江西、湖南、湖北等省。（咸丰）八年三月廿七日，有贼将曰石达开者从衢州路来陷，郡城丽水遭殃。至四月八日至缙，缙邑奸民进贡纳牌，不至如丽水之搜山劫舍，贼至武义。

六月初八日官兵追来，贼从本邑逃去，起身之日延烧本邑东渡屋舍一大半。十年二月十七日，贼又陷本省，失士民十余万。闻说有张国良者，假张国祥旗号，贼吓逃。

十一年四月十九日，又有李贼曰世贤，从汤溪路来陷金华。又说有张玉良私引贼匪，所以官兵不及提防。四月二十八日，又陷本郡，五月初七日俞贼从小水门入，太守逃去，小水门屋舍烧尽。初八日至缙，初十日即至壶镇。十一日出永康，九月十九日有仓贼从永康至缙邑。十月初九又有谭贼至壶镇，二十里方圆房舍俱焚。

十一月初六日，李贼世贤，从金华至壶镇归仙居，南乡义民出而逐者，不无失焉。十二月十九日，李贼由台州返，过壶镇，遂于壶镇过年。二十七日，归三溪掳掠，宿一夜。同治元年正月初四又至三溪，不宿夜。正月二十七日，贼自去。不数日，贼将马又至壶镇搬移各处谷米猪牛衣服于金华，鸡犬不留，玉石不分。

三月十五日，马贼到三溪搜山劫舍，馆寓雅宅、后陈（厚仁），十六日至越王山，十七日至上周，焚上周屋舍一大半。十九日，十六、十七两都义民纠合勇壮数千至三溪逐贼，遇贼于杨梓弄山上，本都里雅潘（即姓潘）有疯癫者潘子祥，见贼首不破（怕），虽被贼伤一手，竟夺贼一钢叉，约重十余斤。余义勇遂胆壮气雄，败贼于雅宅庄，一直追至三溪应而返。三溪一带地方，惟余后陈、三溪应两处，其余一屋无存。次日，义民又至三溪应逐贼至壶镇。

四月初，合邑义民逐去贼在县治者。不数日，又围贼于壶镇大桥头，以神机铳杀数贼于台上，贼夜逃。不数日，又有贼首曰林彩新者，屯胪膛，十五日，贼自胪膛经岭口归溶坑桥烧屋一座，宿一夜。次日余等与本邑义民、仙（居）邑安仁义民败贼于溶坑桥，杀一敌首曰无敌大将军，贼逃出岭口外。自后日日与敌战于岭口山上，贼终不得入，十六、十七两都得以保全。后被仙（居）邑人以假逐贼之名，聚众数千，十六、十七两都被扰难堪。

五月十四日，予乡亦有二三十人合本部义民数千余人至横塘岸杀敌贼无算，是夜皆宿横塘岸。十五日日未出，贼尽众而来，义民惊散，义民亦有失焉。而三溪应于闰八月，贼又来焚烧了一大半（屋舍），后官兵从本郡来，贼逃去，遂以为安。

次年食米一斤粜至八十余钱，猪肉一斤，卖至三百余钱，村民掳去与病亡者总计十六七焉。

同治二年项劲松　项树泮　项献丰

铁血将军说赵狄 /樊泽友

近年来，有一部电视连续剧《我的团长我的团》在大陆热播，该剧展示了当年中国远征军在缅甸与日寇浴血奋战的历史。“我的团”指的是由孙立人将军率领的中缅远征军新38师113团，“我的团长”指的是刘放吾团长。其实，这个团当年还有个副团长叫赵狄，到了中缅远征军第二次入缅作战时，赵狄已经升任113团的团长了。

赵狄是缙云壶镇后塘人，16岁带了50个铜板出门闯荡江湖，19岁投军，毕业于庐山中央军官训练团二期。1937年在“八·一三”淞沪大战中曾率部重创日寇。1941年太平洋战争爆发后，赵狄任新编38师113团上校副团长，被编入远征军赴缅作战。

仁安羌解救英军

1942年4月14日，日军登陆缅甸南端口岸仰光后，其第33师团将英军第1师之7000余人团团包围于仁安羌油田区。

焦虑万分的驻缅英军第1军团长史陵姆将军问策于中国远征军新编38师师长孙立人，孙以“兵贵神速”四字作答，史陵姆欣然接受。他一面急速集结兵车运送113团逼近敌阵，一面命被围的英军与113团紧密配合进行夹攻。

英军按预定时间以百余门炮猛轰被日军所占的539高地。炮火停息瞬间，113团在刘放吾与赵狄的率领下以迅雷不及掩耳之势发起猛烈冲杀。高地日军两个营全部被歼后，被围的英军第1师7000余人以及被日军俘虏的500余名英美传教士及记者等全部获救。两军会师之际，英军如潮水决堤般兴高采烈地与我113团官兵紧紧拥抱。

“仁安羌大捷”是中国远征军第一次入缅作战时唯一的一次完胜之役，不仅轰动了整个世界，也极大地提高了中国在世界反法西斯阵营中的地位。此役后，孙立人将军及刘放吾、赵狄等，均获得了英国王室颁发的勋章。

值得一提的是，在1994年，也就是“仁安羌大捷”52周年之时，素有“铁娘子”之称的英国前首相撒切尔夫人在美国访问期间，还特意前去拜访了定居于美国的刘放吾、赵狄两位将军，表达了英国人民对两位将军的崇高敬意。

转战野人山进驻印度

1942年5月8日，中国远征军司令部召开会议，杜聿明命令孙立人率新38师殿后，随第5军经野人山回国。孙将军认为野人山纵横千里，荒无人烟，给养困难，由此回国实非智举。怎奈杜长官心意已决，难改初衷。临进野人山前，上千伤兵为不拖累大部队而集体自焚，远征军将士全体下跪磕头痛哭。最后，巨蟒、野兽、蚂蝗、暴雨、疟疾、登革热，造成了远征军“进4万，出8千”之惨烈结局。仅仅为把身染重疾的杜聿明抬出山，就葬送了20多个远征军兄弟。

殿后的新38师在掩护大部队的任务完成后，孙立人决定从野人山向西撤向印度境内，同时命令还在卡萨激战的113团西撤来会合。于是在刘放吾、赵狄的率领下，113团历经千难万险，于1942年6月8日到达印度，中国远征军也改称为中国驻印军。

孙立人将军以“将在外，军令有所不受”之决断，毅然违抗杜聿明经野人山归国的命令，带领新38师西去印度，挽救了全师上万人的生命，赢得全体官兵对他一生的感念。

滇缅公路于邦卡之役

进入印度后，刘放吾因伤住院，赵狄升任113团团长。

史迪威到了印度后，认真分析了中国军队第一次远征缅甸的失败教训，制定了新的策略。在为远征军补充了兵员及先进的武器装备后，远征军又经过美国教官一年的严格训练，全体官兵斗志昂扬。

为了给中国输送抗战物资，美国派出一个机械化工兵团准备着手修筑中印公路。这条公路东起印度洞母洞马，中经野人山，南迄缅北，最后与滇缅公路相接。由于野人山南麓于邦卡驻扎着号称“南亚丛林之虎”的日军第18师团之一部，若不先将这只拦路虎消灭，中印公路根本无法施工。于是，师长孙立人命令113团的第一仗从此下手。

赵狄立即率113团与日军"丛林之虎"之一部展开激战，战斗正酣，师长孙立人又亲率114团增援于邦卡。在我军以优势火力三个昼夜的猛烈攻击下，驻守于邦卡之敌被113团全歼。

中美联手共创瓦鲁班大捷

于邦卡之日寇被消灭后，日军之长久联队悄悄进入瓦鲁班，欲突袭美军麦尔利支队。孙立人即命赵狄率113团秘密向瓦鲁班侧背运动，赵狄向据守瓦鲁班之敌包抄前进，他命3营先攻占瓦鲁班南面的秦诺，切断敌通往卡盟的公路；又令2营从东、南两方围攻瓦鲁班。

麦尔利支队与113团取得联系后，双方决定一个从内往外攻，一个从外往内攻。由于麦尔利支队有日侨窃听日军电话，故中美联军处处先机制敌，稳操胜算。最后在赵狄的指挥下，担任主攻的113团一举攻克了瓦鲁班。此役敌弃尸757具，缴获日军弹药仓库5座，并迫使日军全线后撤了百余英里。

由于此役赵狄指挥得当，与美军配合默契，他不仅荣获了国民政府颁发的云麾勋章，同时还荣获了美国政府颁发的银星勋章。

胡康河谷痛歼日第18师团

瓦鲁班战役结束后，日军第18师团撤往缅甸的胡康、孟拱河谷。

1944年3月14日，赵狄率部翻越天险库芒山，到3月27日午夜渡过孟拱河，次日黎明即急袭日军，缴获了大批粮食和装备；再经一昼夜激战，又切断了敌军卡盟与孟拱的联系。孙立人决定立即举全师主力南下，攻占卡盟，尽快结束孟拱河谷的战斗。

5月29日，赵狄奉命进击卡盟。6月2日赵部攻克青道康，5日占领纳昌康，7日又乘胜向支遵方向追击。12日晨，113团3营已抵达支遵南侧，此时豪雨已使支遵尽成泽国。赵狄指挥迫击炮猛轰驻守之敌约600人的日军联队，继而再进行突袭，次日晨即攻占支遵。

16日晨9时，我军实施敌前强渡，一时间枪炮齐发，橡皮艇犹如脱弦之箭向对岸冲射，很快就占领了卡盟制高点637高地。高地屏障一失，卡盟残敌只得向西南山林逃窜。此时友军又攻占了日军曼德勒机场，敌军弹尽粮绝，陷入困境。后来在猛拱一个山谷发现2000余具全副武装的日军尸体，全部是饿死的。那个在南京大屠杀中参与杀害我30万同胞的日军第18师团由此全军覆没。

战后，坊间传说，孙立人将军命令将凡到过中国南京的第18师团的千余日军俘虏，全部就地活埋。

战八莫 太平江上出奇兵

新38师经半个月的闪击攻势，推进了240多里。10月29日，担任正面攻击的113团分左、右两翼歼灭了据守庙堤的一个中队守敌，然后沿江搜索，肃清了太平江北岸的全部日军。

10月30日，孙立人命令113团在正面佯攻牵制敌人，主力迂回渡过太平江，以便向驻守八莫的日军发起总攻。由于四个渡河点都被敌之猛烈炮火所控制，我军主力难以渡江。赵狄遂于11月8日夜，挑选六位勇士悄悄游过太平江进行侦察，发现敌军破绽后，勇士们以暗号急召对岸部队武装泅渡。俘虏了睡梦中的敌人后，赵狄又率部突袭俯视八莫的807高地，开创了当代中国战争使用蛙人部队作战的先河。

赵狄随后率部顺公路直扑莫马克，至11月16日便将八莫市区外围大小村落和三个飞机场占领。17日，日军坦克协同步兵向113团发起疯狂反扑，赵狄指挥部队予以坚决打击的同时，又以小股部队包抄敌后，打得日寇丢盔弃甲死伤累累，200余名走投无路的日军竟在阵地前集体切腹自杀。

我军逼近八莫市后，赵狄率113团从东南方向市区进攻，114团从东北方向市区进攻。日军为挽回败局，每天在坦克、大炮的掩护下组织反冲锋队，步兵和肉搏队一起上阵。11月18日113团的子弹打完了，就整夜和敌人拼刺刀。19日一早，敌人的肉搏队借浓雾的掩护摸到113团阵地，双方又进行了一场血肉横飞的肉搏战，最后以日寇凶悍无比之肉搏队全部被歼而告终，充分体现了赵狄113团的整体军事素质。

12月14日，八莫最坚固的陆军监狱、宪兵营房和老炮台都被我军攻克。日军遂沿伊洛瓦底江方向撤退，企图迂回到我军后方继续偷袭。没料到孙立人早已令113团埋伏于此，天亮后我军集中火力居高临下俯射，敌军伤亡惨重，就向防堤猛冲。113团之孙蔚民营长因防守失误被敌打开缺口，逃窜之敌恰好碰上我攻城大军，当晚双方恶战通宵。至12月15日中午，八莫城里的残敌全部被肃清。

赵狄在此役中身先士卒，指挥有方，但113团营长孙蔚民因指挥失当，致使部分敌人漏网。孙立人部军纪森严，赵狄侠肠义胆，替部下受过，结果在八莫战役结束时被调为军部附员。

台湾之“养鸡将军”

国民党政权在大陆失败后，赵狄跟随孙立人退守台湾，任入伍生总队少将总队长。后来因为孙立人与蒋介石的矛盾，赵狄受牵连被撤职。赵将军只好在家中养鸡卖蛋维持生计，一个戎马半生、勇杀日寇的将军，从此变成一个“养鸡将军”。113团的前任团长刘放吾也在1954年被强制退休，他以开煤饼店维持生活，台湾人称之为“煤饼将军”。

1970年，赵狄之子赵智博士接父亲去美国定居。刘放吾也由其子接往美国，因此才有了撒切尔夫人在美国访问期间，特意看望刘放吾、赵狄两位将军的故事。

禋祀类

风雨千秋黄帝祠 / 项一中

辽阔的华夏大地，名山罗列，河流纵横，在这片960万平方公里的土地上，分布着2800多个县。而在这2800多个县名中，与中华民族的人文始祖轩辕黄帝有关的名称却只有两个——陕西省的黄陵县和浙江省的缙云县，真可谓千里挑一。

众所周知，陕西黄陵之得名，是因其境内的桥山上坐落着轩辕黄帝之陵寝。那么浙江之缙云又与轩辕黄帝有何渊源呢？

据《史记·正义》载："黄帝，有熊国君。乃少典之次子，号曰有熊氏，又曰缙云氏…今括州（今丽水）缙云县，盖其所封也"。

原来缙云县之"缙云"，就是轩辕黄帝的一个名号！

陕西的黄陵县原名中部县，民国政府于1944年改为黄陵县，已有70余年历史。那么，浙江的缙云县又是何时所立的呢？

——大唐万岁登封元年，也就是公元696年。

换句话说，缙云行不更名坐不改姓，至今已有1300多年！

一、黄帝真的能"乘龙升天"么？

为什么缙云这片五千年前中国南方的蛮荒之地，会冠以长期活动在北方黄河流域的轩辕黄帝"缙云氏"之名号呢？

根据当地古代传说，黄帝南巡时曾在此地铸鼎炼丹、乘龙升天，故而此山得名缙云山。到唐武则天立县时，即以山名为县名，称之为缙云县。

奇怪的是司马迁在《史记·封禅书》也如此记载：

> "黄帝采首山铜，铸鼎荆山下。鼎既成，有龙垂胡髯下迎黄帝。黄帝上骑，群臣后宫从上者七十余人，龙乃上去。"

以此观之，缙云之黄帝升天说，与司马迁之"黄帝升天说"如出一辙，似同翻版，皆为无稽之谈。

作为民间传说，黄帝“乘龙升天”之说尚且情有可原。但为什么像司马迁这样一位伟大史学家，对如此荒诞不经之传说居然亦会采信，将其载入被称作“史家之绝唱，无韵之离骚”的《史记》之中呢？

原来，在人类文字发明以前，各个部落之历史只能依靠口口相传来保存，故称之为传说时代。轩辕黄帝就是传说时代的伟大人物。在他的天才领导下，中原大地群星璀璨，谋士如云，良臣如雨，浪潮汹涌般发明了衣、食、住、行等人类最基本的文明。

拥有这些英雄祖先的民族是值得自豪的，它不仅能启发整个民族的心智，而且能激励后辈成为新的英雄。故而人们总是以最崇高的敬意、用最神奇的语言来描绘和塑造英雄的祖先。因此，传说时代往往也称作英雄时代。

黄帝“乘龙升天”之说就是英雄时代之产物，它体现的是华夏先民对祖先辞世最崇高之敬仰。时至今日人们不是仍用驾鹤西归来暗喻前辈之谢世，其与“乘龙升天”又有何质的区别？

因此，以五千年前华夏先民之科学认知水平，将伟大首领之死誉为“乘龙升天”，窃以为并不为过。我们大可不必以今日中国科技之发达、唯物史观之先进，去苛责古人之愚昧无知、封建迷信。

至于司马迁“黄帝上骑（龙），群臣后宫从上者七十余人，龙乃上去”之言，笔者怀疑：这批人数众多的官员和妃子随黄帝同“骑”一“龙”，是否就是他们为黄帝殉葬的一种委婉说法？

殉葬分自杀和他杀两种。自杀殉葬者，往往视追随已逝尊者而去为自己毕生最大荣耀。此言并非空穴来风，哗众取宠。

据史料推算，黄帝时代距今约五千年。而据考古发掘，距今近五千年的黄河中下游龙山文化时期，就有人殉习俗。甲骨文记载的以人作祭（殉）计1992条，人殉13052个。直至明英宗正统年间，我泱泱中华才正式废除了长达五千年、具有中国特色的人殉传统。古时这些人殉称“人牲”，后泛化为“人生”；应殉未殉者称“牲活”，后来演化为“生活”。而那些因帝王之死被殉葬的臣妃，皆美其名曰——“随龙驭上宾”！

司马迁接下来还写道：“余小臣不得上，乃悉持龙髯。龙髯拔坠，坠黄帝之弓。百姓仰望黄帝既上天，乃抱其弓与胡髯号。故后世名其处曰鼎湖。”笔者怀疑，这里记载的所“坠”之“弓”，是否乃人们特意保留的黄帝遗物？而所谓的“龙髯”，是否就是臣子为寄托哀思而保留的黄帝“胡须”？而两千多年后，司马迁所听到的却已经是一个“黄帝乘龙升天、小臣持龙髯而坠”的故事，最终被他写入《史记》？

当然，此乃一孔之见，有待深入探讨。

二、黄帝南巡真的到过缙云么？

缙云地处江南，既然传说黄帝在缙云山“乘龙升天”，我们首先要问：黄帝为什么要到江南？他又是否能够到达江南？

要回答这些问题，我们还得看看《史记·五帝本纪》是怎么说的。

司马迁说：“天下有不顺者，黄帝从而征之，平者去之，披山通道，未尝宁居。”原来，黄帝打败炎帝、擒杀蚩尤后，他们的余部并未对黄帝心悦诚服，始终不肯归顺并纷纷退守江南。为讨伐那些隐藏于南方山林的“不顺者”，黄帝命士兵劈山开道前去讨伐，平定后再离开。黄帝到过哪些地方呢？太史公在《史记》中说：“东至于海，登丸山，及岱宗。西至于空桐，登鸡头。南至于江，登熊、湘。”

“熊、湘”者，湖南之熊山和湘山也，两山都在长江以南。由此可见，黄帝“南至于江”指的就是长江。换句话说，黄帝不仅到过长江，还登上了长江以南的“熊、湘”二山。

为什么轩辕黄帝一定要跨长江、渡洞庭而“登熊、湘”，进行中国历史上第一次南巡呢？

据古籍记载，炎帝在阪泉之战失利后，即率部退居长江以南之洞庭湖畔。在此，炎帝“盖宇于沙，是谓长沙”（《路史》）。而黄帝在打败最强大的对手蚩尤军事集团后，剩下的最后一个心腹大患，就是退守江南的炎帝。所谓卧榻之侧岂容他人鼾睡之历史定律，绝非黄袍加身的赵匡胤之首创，这是任何一个胸怀天下的帝王挥之不去的不二情结。因此，黄帝必须挥师南下，全力以赴对炎帝发动最后一击，以便唯我独尊，一统华夏。

当炎帝余部探得黄帝南下的消息后，知道波涛汹涌的长江天险和烟波浩渺的洞庭湖浪阻挡不了黄帝大军的步伐。于是，他们继续向南迁徙，准备暂避锋芒。不幸的是，在迁徙途中，炎帝身染重病不治而亡，部族只能将其就地掩埋在湖南与江西交界的深山密林之中。

假如我们翻开中国地图就会发现，在湖南最南部有个地名叫炎陵县，那就是炎帝陵墓所在地。如果当年炎帝逝世于中原大地或黄土高原，我们很难想象其部族会抬着一具腐败的尸体，跨黄河渡长江奔命千里，将其埋葬于湖南南部的大山之中。

而当黄帝追击至此，发现炎帝已死余部已散，遂踌躇满志地从湖南南部的深山老林越过江西井冈山，进入与之相邻的浙江南部山区凯旋北归，其心境应该极为放松。而面对迥异于黄土高原的江南秀美山川，黄帝并非总是作日理万机的最高领袖状，他既有南巡时压倒一切的"革命现实主义"精神，胜利后更可能产生诗情画意般的"革命浪漫主义"情怀，从而安步当车，陶醉于沿途的大好河山。

笔者怀疑，是否正是在这样一种轻松愉快的行旅途中，轩辕黄帝偶然途经缙云一带，从而流连忘返于这里的青山秀水之间？

三、黄帝究竟在哪里铸过鼎？

晋郭璞在《山海经》中记载："东阳永康县南四里，有石城山，上有小石城。云：黄帝曾游于此。"更为奇怪的是，与永康一县之隔的浦江县著名风景区仙华山，远古以来即建有纪念黄帝女儿元修之庙，至今仍香火旺盛，朝拜者如云！

永康、浦江及缙云之北地，古时皆属东阳郡，为什么如此狭小之范围，会有如此密集之黄帝传说？

我们再联系司马迁《史记》铸鼎之说："黄帝采首山铜，铸鼎荆山下。"史家认为，此"荆山"即河南灵宝之"荆山"。

巧的是，河南灵宝有荆山，浙江缙云也有荆山，而且著名的括苍古道就盘旋于荆山之上！

两地之荆山地名相同也就罢了，更不可思议的是，在缙云的荆山上，无论断崖、山谷、溪沟，随处可见一道道黑砂矿脉带。

"鼎"者，锅之先祖也。距此30公里的永康"中国科技五金城"，其最早之冶炼术源头就是铸锅术，而铸锅之矿砂即源于原属永康后属缙云的荆山。

那么，当时是否已经发明了冶炼之术？

太史公在《史记》中记载："蚩尤最为暴，（黄帝）莫能伐"。笔者怀疑，蚩尤之"暴"，是否因其兵器太过厉害之缘故？

因为《吴越春秋》载："神农以石为兵（兵器），黄帝以玉为兵"；《尚书》则云："蚩尤炼金（铜）为兵"！

也就是说，蚩尤代表的是先进生产力！

黄帝擒杀蚩尤之后，必得炼金之术。故南北朝的虞荔（？-561）在《鼎录》中记载："金华山（缙云曾属金华地区）黄帝作一鼎，高一丈三尺，大如十石瓮，象龙腾云，百神螭兽满其中，文曰：真金作鼎，百神率服。"

当然，我们仍不能据此即断定，黄帝南巡时曾在永康的石城山游历；在缙云的荆山或金华山铸鼎；在仙都的鼎湖峰炼丹，然后"乘龙升天"。其女儿元修随部族北归时留居或仙逝于浦江仙华山。但缙云与永康、金华、浦江等黄帝传说之地，方圆不过百里，何以古籍之记载会如此集中于南方此地？

再让我们来看看唐末道门领袖杜光庭《洞天福地岳渎名山记》的记载："三十六洞天之二十九，仙都山仙都祈仙洞天，三百里，在处州缙云县，黄帝上升。""七十二福地之七，崆峒山，在夏州，黄帝所到。"也就是说，天下之洞天福地与黄帝相关者仅有二处：其一为仙都山，其二为崆峒山。

如果说崆峒山已为《史记》"（黄帝）西至崆峒"所证实，那么黄帝在仙都山"上升"难道就是牛鼻子老道之胡编乱造？

总之，当地这种令人目乱神迷的神奇传说，以及剪不断、理还乱的神奇巧合，如同一个个魅力无穷的千古谜题，令人疑真似幻……

四、谢灵运与缙云山

有关黄帝的祭祀，最早的文字记载是《竹书纪年》："黄帝既仙去，其臣有左彻者，削木为黄帝之像，帅诸侯朝奉之。"

最早记载黄帝陵寝所在地的是《史记》："黄帝崩，葬桥山。"

最早记载在陕西黄陵的桥山祭祀黄帝的皇帝是《汉书·五帝纪》："元

封元年（前110），汉武帝率兵十八万，北巡朔方。还，祭黄帝冢桥山。”随着汉武帝祭黄帝冢，祭祀黄帝的礼仪也越来越隆重。

然而，正如《三国演义》开宗明义之言：天下大势，合久必分。自西晋“永嘉之乱”后，中国北方陷入了前所未有的社会大动荡：王公诸侯拥兵自重，军阀豪强裂土为王；农民起义烽烟四起，游牧民族五胡乱华。于是战乱中的中原腹地对黄帝的祭祀不可避免地出现时盛时衰、时续时断的现象。

然而，中国南方的长江中下游一带，此时却处于“天高皇帝远，地偏官不管”之平静发展期。随着晋元帝司马睿于建武元年（317）迁都建康（今南京），建立东晋政权，中国之政治文化中心首次转移至长江以南。于是，北方之名门望族，乃至士族、百姓纷纷举族南迁，史称“永嘉南渡”。在江浙一带，他们或如“建安七子”，寄情山水，偏安一隅；或如陶令渊明，结庐深山，消极避乱。

面对皇权没落、群寇蜂起之社会，在怀有封建传统理想的士大夫看来，与《史记》所载“神农氏衰，诸侯相侵伐，暴虐百姓”之上古乱世，毫无二致。因此，他们渴望华夏大地再出现一位像轩辕黄帝那样的人物，以便收拾旧河山，恢复天下之一统。

当他们发现缙云山这个相传黄帝“铸鼎炼丹”“乘龙升天”之地后，就在这里建造了“缙云堂”，用来祭祀、祈求这位人文始祖。

其时缙云北部尚属永康县，故宋永初年间（420—422）刘澄之《山川古今记》载：“永康有缙云堂，黄帝炼丹处，晋成帝作”。

——这是史籍记载中国南方祭祀轩辕黄帝的最早建筑物。

然而，由于缙云堂地处偏僻，要使它名闻天下，还有待另一位历史人物的出现。他，就是被誉为中国山水诗鼻祖的谢灵运。

谢灵运（385—433）小名客儿，世称谢客，乃东晋名将谢玄之孙，因世袭康乐公，故称谢康乐。永初三年（422），谢灵运被排挤出京，任永嘉太守。其时，浙南之温州、丽水、缙云之南部，均为永嘉郡属地。作为父母官，谢灵运对缙云山情有独钟，多有游历。在任短短一年时间里，他就在缙云留下了“谢公岩”“康乐岩”“客岩”“康乐庙”等遗址。李白在《送王屋山人魏万还王屋》中曾写下了“缙云川谷难，石门最可观……路创李北海，岩开谢康乐”之句。

谢灵运在其名著《游名山志》中写道：

“缙云山旁有孤石，屹然干云，高二百丈，三面临水，周围一百六十丈；顶有湖，生莲花。有岩相近名步虚……古老云：黄帝尝炼丹于此。”“龙须草，唯东阳、永嘉有。永嘉有缙云堂，意者谓鼎湖攀龙须时坠落，化而为草，故有‘龙须’之称。”

其时，缙云之南属永嘉郡，其北属东阳郡，故云“龙须草，唯东阳、永嘉有”。而晋崔豹的《古今注》则说：“龙须草，一名缙云草”。

当谢灵运最后弃官，溯瓯江、逆好溪北归，即将跨出自己的辖地缙云山时，又在《归途赋》中挥笔写下了一段充满深情的文字：

停余舟而淹留，搜缙云之遗迹。

漾百里之清潭，见千仞之孤石。

历古今而长在，经盛衰而不易。

在此赋中，谢灵运对缙云山水之一往情深跃然纸上。

正是由于谢灵运之名人效应，黄帝在缙云山铸鼎炼丹、乘龙升天、龙须化草及缙云堂等传说，才广为江南士族所知。而那些因南北分裂，“祭先祖兮无庙，望故乡兮难归”的落魄士大夫，也终于在南方找到了他们新的精神家园——缙云山。从此，他们纷至沓来，入山朝拜，祈求轩辕黄帝这位人文始祖显灵显圣，恢复华夏一统！

正是在这些政治精英、文化精英的不懈推崇下，缙云山很快崛起于华夏大地，并成为中国南方的黄帝祭祀中心和传播中心。

也是在这一时期，中原深厚的“黄土文化”深深地影响着缙云的“山地文化”。时至今日，在北方早已消失无踪的古汉语读音，仍大量保存在缙云的方言土语之中——但凡普通话难以押韵之古代诗词，只要用缙云土话一读，无不朗朗上口，音谐韵合！

五、从“缙云堂”到“黄帝祠”

当天下大势从合久必分走向分久必合之时，南北分裂的中国大地终于迎来了历史上第二个黄金时代——大唐盛世。

尽管李唐王朝君明臣贤、社会安定，但由于长期受魏晋门阀制度影响，李氏皇族竟以体内流淌的部分鲜卑血统为耻。为证明其出身高贵，李氏攀附春秋时期的老子为圣祖。老子为道教之祖，道教自然也成为李唐王朝的“国教”，而道家始祖轩辕黄帝也因此受到无比尊崇。

公元696年，武则天为了体现其政权之合法性，竟率文武百官登嵩山封禅，并以“万岁登封”四字作为武周政权的正式年号。但她认为，封禅只不过求得“天”与“地”的保佑，她还应得到天地之间的“人”来护佑。这个“人”就是“人文始祖”——轩辕黄帝。

原来，由于缙云山之黄帝祭祀影响越来越大，与缙云一县之隔的天台山道士白云子司马承祯，曾专程到缙云堂朝拜黄帝，并在缙云的白云山白云洞宏道。被武则天召进宫后，经他对缙云山的渲染鼓动，武则天决定：析永康之南、括苍之北，立一新县，即缙云县，以求黄帝对她的护佑。

然而，缙云立县后真正令其名声大震者，却源于一个千古之谜。

据元《仙都志》载：“《图经》云：唐天宝七年（748）六月八日，有彩云……覆绕缙云山独峰之顶，云中仙乐响亮，鸾鹤飞舞，俄闻山呼万岁者九，诸山皆应。”

“此曲只应天上有，人间能有几回闻？”处州刺史苗奉倩激动不已，立即将此吉兆上奏于朝。唐玄宗闻之大喜，叹曰：“真乃仙人荟萃之都也！”遂敕改缙云山为仙都，“缙云堂”为“黄帝祠宇”，并严令黄帝祠宇“周回三百里，禁樵采捕猎。”

在唐玄宗的金口玉言推动下，钦定的“黄帝祠宇”祭典从此更加隆重。其时，中国北方有黄帝陵，南方有黄帝祠，史称“北陵南祠”。

到了缙云山“彩云仙乐、山呼万岁”的第11个年头，缙云来了个新县令李阳冰。这位诗仙李白的族叔擅长书法，其小篆与秦始皇之丞相李斯齐名，世称“小篆双李”，有“篆圣”之誉，其造诣之深，即便千余年后的今天，仍无人能及。

李阳冰在缙云留下了10余处石刻，其中的“黄帝祠宇”碑即出自其手，碑文上方“丹阳葛蒙勒石”六个雍容华贵的楷字，则出自李阳冰书友颜真卿之手。北宋《宣和书谱》云：“李阳冰留心小篆迨三十年……方时颜真卿

书碑，必得阳冰题其额，欲以擅联璧之美。”黄帝祠宇碑刻，可谓珠联璧合，双星辉映！

相较而言，此碑比黄帝陵现存最早的北宋文学巨子李昉的《黄帝庙碑》还早了200余年。可惜1966年“黄帝祠宇”碑被缙云中学“造反”工友一锤两段，残碑现存缙云博物馆。

大唐长庆（821-824）年间，白居易出任杭州市刺史。据记载，白居易畅游仙都仰望一柱擎天的鼎湖峰时，万里晴空突然飘洒颗颗雨滴。白居易诗兴大发，遂挥笔写下了这样的诗句：

黄帝旌旗去不回，片云孤石独崔嵬。

有时风激鼎湖浪，撒作晴天雨点来。

六、从“黄帝祠”到“玉虚宫”

公元960年正月，赵匡胤在陈桥黄袍加身，建立了大宋帝国。在整个宋代320年历史中，对黄帝的祭祀十分重视。中央政府规定，对黄帝的祭祀每三年举行一次。

《仙都志》载，北宋天禧四年（1020），宋真宗派大臣到仙都祭拜黄帝，并将祈求国运昌盛的“金龙玉简”投放到一个山洞。1997年“金龙玉简”出土，现藏缙云县博物馆。

道家认为，玉虚宫乃上天玉帝之居所。宋治平三年（1066），英宗下诏，以仙都“黄帝祠宇”为核心，扩建成“玉虚宫”。到了明永乐年间，湖北的武当山也建起了玉虚宫，不过比仙都的玉虚宫晚了300余年。扩建后的仙都玉虚宫建筑群规模宏大，罗列着黄帝祠宇、玉虚真官祠、洞天仙官祠、金阙廖阳宝殿、飞天法轮藏殿、天一真庆行宫、三元三官圣堂、衍教堂、隐真堂等宏丽奇伟的宫殿群落。

到了北宋宣和二年（1120），方腊农民起义军以摧枯拉朽之势攻克缙云县城。他们在城内大肆抢劫掳掠后，一把火烧毁了缙云县衙和大片民宅。到了仙都，他们故技重施，将玉虚宫劫掠一空后再放一把熊熊烈火。于是，这座中国南方首屈一指的宫殿建筑群，在农民起义军的欢呼声中化为一片白地……

方腊起义被镇压后，道士游大成四处筹资，经数年努力，又于旧址重建了玉虚宫，其殿宇方位被改为东坐西向。然"阴阳者流"指责重建之殿宇改动了方位，成了"虎瞰"之地而有碍灵验，强烈要求重建。"郡守安刘"遂于景定元年（1260）赴京都临安向宋理宗请示，并"取朝旨命道士陈观定"按原来之方位重建了玉虚宫。

乾道五年（1169）十月，楼钥在《北行日录》中还记载："二十日渡溪，入仙都玉虚宫路……（独）峰之上相传有鼎湖，世言黄帝由此飞升…宫前两亭，顾瞻伟观。二十一日……谒黄帝祠宇。"

到了蒙古人差不多征服整个欧亚大陆后，最后一个征服了只有半壁江山的南宋王朝。那么，这个马背上的民族对于地处江南的黄帝祠宇又持何种态度呢？事实证明，当年被一个伟人讥讽为"一代天骄"的成吉思汗，其子孙并非"只识弯弓射大雕"的莽夫。

元延祐七年（1320），刚刚登基、皇位尚未坐暖的元英宗硕德八剌（第二年正式即位，年号为至治元年），为祈求轩辕黄帝保佑其皇基永固，竟大笔一挥，拨款对日渐衰败的玉虚宫进行改建扩建，很快使之"宫门增重旧观"。同时，他还破天荒地钦授主管宫事的玉虚宫提点赵嗣祺五品印章！

一个小小的玉虚宫主管（相当于九品），官品居然比大大的缙云县太爷（七品）还高二级。从《仙都志》的这一记载中，透露出元代统治者对轩辕黄帝的尊崇达到了何等程度。

难怪元代著名书法家、魏国公赵孟頫前来朝拜黄帝时，恭恭敬敬地为之题写了"仙都山门"和"风雨堂"两块匾额。到了至顺二年（1331），元代另一书法家、翰林侍讲学士、国子祭酒（相当于中央大学的校长）的虞集前

来朝拜黄帝时，不仅为之题写了“金莲馆”三字匾额，还为元英宗修玉虚宫之盛事撰写了《重修玉虚宫记》。

到了明代，朱元璋也按仙都玉虚宫之惯例，降旨敕封陕西黄帝陵护陵官五品之衔，后又确定帝陵所在地的中部县令兼任护陵官，其品级也搭上了顺风车，从七品荣升至五品。

明万历十九年（1591），太仆寺卿、右副都御史兼浙江巡抚常居敬，率藩台（相当于省长）曾士彦，臬台（司法副省长）廖恒吉及一应官员，专程到仙都祭拜黄帝，并虔诚地在鼎湖峰根部刻下了每字直径达3米的“鼎湖胜迹”四个大字。

清朝入主中原后，由于新的统治者长期信奉喇嘛教，实行崇佛抑道政策，缙云众多之道观遂纷纷摇身变为寺院。长期以来由道士管理的玉虚宫黄帝祠，也从此开始由盛转衰。

清康熙元年（1662），朱彝尊游仙都，黄帝祠宇已是风雨飘摇。朱彝尊不胜感慨，遂在《暮游仙都胜迹》中写下了这样的诗句：

一朝风雨晴天注，马迹龙髯不知处……

到了光绪末年，玉虚宫终于在西风残照之中轰然倒塌……

七、黄帝祠宇之重光

当时序进入20世纪90年代，缙云民间要求重建黄帝祠宇的呼声日益强烈。县人民政府顺应民间呼声，决定在旧址上予以重建。一时间，社会各界及台胞侨胞掀起捐款热潮，他们纷纷慷慨解囊，鼎力相助，使得第一期工程很快竣工。

2003年，归国华侨项雄军怀着一颗赤子之心，集巨资投入黄帝祠宇二期工程建设。越三年，金碧辉煌、宏伟壮丽的“天下第一祠”建筑群，终于以气势恢宏之盛唐雄姿，矗立于鼎湖峰下。

而今，黄帝祠宇仍按传统，每年举行春（清明）秋（重阳）二祭。祭典期间，不仅邻近省市大批民众前来参拜，陕西黄陵、河南新郑等地也各派政府代表团前来参加公祭盛典。

在2004年的黄帝祠宇公祭大典上，缙云山竟然又演绎了令人百思不得其解的一幕：祭典结束时放飞了一条长达34米的巨龙，只见它在祠宇上空盘旋一阵后即腾空而飞向东而去，在众目睽睽之下渐渐消失在蓝天白云之间。半个小时后，返回缙云县城的人们却发现这条飞龙又翩然返回缙云，降落在仙都的龙耕路上！

从大唐天宝年间的“山呼万岁”之异，到二十一世纪“龙回仙都”之奇，这一古一今、有声有色的世间祥瑞，给黄帝祠宇披上了一层神秘的色彩，成为仙都的又一个千古不解之谜！

千余年来，从缙云堂到黄帝祠宇，再到玉虚宫，尽管黄帝祭典有盛有衰，然而，历朝历代的文人墨客、达官显贵，诸如谢灵运、李白、唐玄宗、沈括、朱熹、赵孟頫、刘伯温、汤显祖、袁枚等等华夏风流人物，都留下了精美的诗文石刻，脉络清晰地记载了黄帝祠宇经历的千年风雨和兴盛衰败。

正是由于这笔不可估量的丰厚遗产，2011年5月，“缙云黄帝祭典”被国务院公布为第三批国家非物质文化遗产！

张山寨七七会 / 麻松亘

“张山寨七七会”是张山寨在每年七夕节举行的一个民间案会。

张山寨位于缙云县城东南16公里处，海拔580米，山势险峻，周边开凿有四条各约五华里的依山就势岭道。相传这里古时建有庵堂，后被匪盗强占为寨，故有“山寨”之名。匪盗被剿灭后，官府将该地交东山庄张姓掌管纳粮，“张山寨”地名由此而来。

张山寨七七会的源流。张山寨为什么要在七夕节举行案会呢？相传明洪武七年（1374），传奇女神陈十四为了除妖灭怪路过张山寨，发现一蛇妖正欲残害东山庄张希顺6岁幼子，陈十四迅速作法，制服蛇妖，救下幼童。为此，张希顺感恩戴德，自愿献出张山寨山地，发动善男信女，出钱出力，集资建庙，塑陈十四等神灵金身供奉于内，因庙址地名张山寨，又系张希顺献出，故民间俗称该庙为“张山寨献山庙”，敬称陈十四娘娘为“大亲娘”。而建庙后，大亲娘有求必应的种种灵验传说，使张山寨很快就名闻遐迩，香客云集。

明万历二年（1574），溶江乡岩坑村、田洋村等头首，相约附近各村商议，择定大亲娘生日——七月初七为案会日期，并确定胡村点的胡村、柘岙口、茶川、雅江点、田洋点、章村点等村为主事村，每年轮值。轮到的主事村要筹措资金，组织案队，上寨祭拜大亲娘，进行会案表演，张山寨七七会由此成为定例，至今已历440多年。

到了明万历末年，虔诚的香客信众为了抢烧大亲娘生日的第一炷香、情窦初开的青年男女为了寻求谈情说爱的空间、热心观众为了抢占到第二天观看会案表演的好位置，以及为求签祈福或诚心圆梦者纷纷提前到头天夜晚就上山度夜，从而形成了张山寨七七会的守夜、对歌等习俗。

1950年1月，张山寨大亲娘等神像全部被捣毁。1965年4月下旬，胡源、雅江两公社分别组织章村、雅江两个大队干部群众，突击三天，花费6500多工，把延续数百年历史的献山庙大殿以及三层楼舍、四个戏台，都作为封建迷信活动堡垒彻底拆除，木料砖瓦70多万斤也分别由雅江、章村两个大队社员全部运走，使张山寨七七会所依存的神庙遭受毁灭性破坏。

张山寨七七会

到了农历八月廿四日傍晚六时许，张山寨雷声轰鸣、大雨如注，“轰隆”一声，一块重达数万斤的巨石突然从山巅滚到庙址中心，人人认为这是神灵显现，因此即使在“文革”时期，偷偷上山朝大石头焚香膜拜者络绎不绝。待至改革开放，附近乡村又偷偷重建庙宇，重兴七七会。2011年5月，张山寨七七会被国务院公布为第三批国家级非物质文化遗产项目。

张山寨七七会的习俗程式。张山寨七七会至今仍相沿明万历初年确立的程式，分为：设立案坛、上寨迎轿、巡游祈福、献戏、山寨守夜、会案表演、祭拜归位等内容。

分立案坛。张山寨七七会参与面广，案队众多，规模盛大。为使案会在张山寨这弹丸之地有条不紊地进行，民间一直沿用明朝的轮流主事规定，分点设坛，错时迎案。旧时设有七个案坛，各案坛由周边三到六个村组成。后来合并为四个案坛，各坛设大亲娘“行宫”，俗称“娘娘宫”。每个案坛由同坛的轮值首事村负责当年经费的筹集和各类活动的安排。

恭迎大亲娘。每年六月初开始，轮值的首事村就要择黄道吉日，组织仪仗，抬着銮轿，到张山寨献山庙恭迎大亲娘。他们先在大亲娘神像前置香案，摆供品。然后燃香鸣炮，再将大亲娘神像请入銮座。在牌灯前导下，大亲娘的四抬銮轿由罗伞、掌扇、刀、枪、斧、钺等护卫下山，请入首事村娘娘宫，着专人日夜轮流值守，添香换烛。

同坛巡游赐福。七月初五，案坛内的罗汉队、民艺表演队全部集中在娘娘宫前进行会案表演。每队表演后都要跪拜大亲娘。表演完毕后敲锣打鼓，以威严的仪仗拥簇大亲娘八抬銮轿前行，各案队跟随其后，依次到案坛所属各村游迎、表演。各村须事先在村口摆好供桌供品，大亲娘銮轿一到，即燃香点烛，鸣锣放炮恭迎。銮轿坐北朝南摆定，村民顶礼膜拜，接受大亲娘赐福，案队则依次表演。各村迎游完毕，仍抬大亲娘回娘娘宫安歇。

献戏。七月初五开始，轮值村还要请戏班给大亲娘演戏，一般连演三到七天，其中初七这天每个“案坛”首事村都要分别请戏班上寨斗台演出。旧时庙前四个戏台，每班各演三个“散出”（短剧），以放火铳为号：一炮准备，二炮开锣，三炮定输赢，以三炮响时台前观众最多者为胜。因此，张山寨七七会每年的斗台戏都是名角云集，绝技纷呈，场面热烈紧张。

守夜祈福。张山寨七七会自从有守夜、对歌的习俗，便成了张山寨七七会活动的一大特色。在每年农历七月初六夜晚，大批信众上山安营扎寨，他们或燃篝火、唱山歌，或点香烛、祈福运，或成双成对谈情说爱。天上星光闪烁，山野灯火隐约，尽显七夕浪漫。

会案献技。七月初七，会案表演进入最高潮。这天凌晨，各村敲锣通知，三更起伙，四更用饭，五更出发。先聚集在各自的案坛娘娘宫前列队等候，最前面的罗汉队环形排列，由头领喊口令、吹口哨指挥，刀、叉、棍、棒一齐顿地，朝娘娘宫跪拜后，鞭炮、锣鼓、号角齐鸣，列队出发。各队行走顺序一般为：案头牌、案头旗、先锋号、大锣开路，后跟罗汉队、大联欢、秧歌队、三十六行、十八狐狸等民间表演队伍，最后由仪仗队护卫大亲娘銮轿。各案队顺着山路边走边演，向张山寨进发。

各坛案队一般都有四十多支，约四五千人。未到黎明，他们就到张山寨山脚，分别从四条崎岖山岭上山，沿途火铳轰响，喇叭长鸣，“哦嗬”声连天，摇旗呐喊，冲锋而上，抢占岭头。每年依例由先登岭头并在岔路口插案旗者优先进寨，进行祭拜和表演。这种约定俗成的方法既造就了争先恐后的热闹氛围，又避免了混乱争斗井然有序。

到达庙前空坛，锣鼓喧天、鞭炮齐鸣，观众人山人海，各案队按顺序进行摆阵、表演，表演者上有年逾八十的古稀老人，下有仅三至四岁的稚嫩儿童。三十六行、大莲花、铜钱鞭等传统民间表演，让观众大开眼界；尤其是压轴戏“叠罗汉”，绝技纷呈，紧张刺激，不时博得观众喝彩声，整个表演至少要持续5个小时。

祭拜归位。表演活动结束后，四个案坛的主事村各自抬着銮轿，亲送大亲娘回到大殿神位，护送人员祭拜后谢出，俗称“娘娘归位”。张山寨七七会主要程式基本圆满结束。

张山寨七七会集民众信仰、婚俗和传统武术、杂技、舞蹈、造型、戏剧、器乐为一体，是缙云一项大型娱神乐众狂欢节，也是缙云民俗文化的精华和缩影，非常值得我们进一步地认真挖掘、传承和发展。

迎罗汉 / 麻松亘

在缙云民间，有一种集传统信仰与武术、杂技、舞蹈、造型、戏剧、器乐为一体的大型娱神乐众民俗活动，叫作“迎案”。而“迎罗汉”则是迎案当中一档最具代表性的民艺项目。2011年5月，缙云“迎罗汉”被国务院公布为第三批国家级非物质文化遗产名录。

迎罗汉的源流。罗汉是梵名阿罗汉的简称，原意是指能断除人们生活中一切烦恼，不再受生死轮回之苦，堪受人天供养的圣者。罗汉在大乘佛教中居佛、菩萨之下，随着佛教从印度传入中国后，人们视其为神通广大，能降妖伏魔的神灵而受到百姓的崇拜。

缙云县地处山区，又居处、婺、台三州驿道要冲，山民为了抵御野兽和兵匪祸乱，自古就有习武练功的传统。而以村为队组织习武以及迎罗汉活动，至少可源溯南宋之初。南宋建炎三年（1129）十一月，金兵乘宋军江防

迎罗汉

未固之机，相继攻克庐州（合肥）、建康（南京）、临安（杭州），随后又屠掠附近州县。高宗逃亡于定海、温州、台州等濒陆海区。金孤军深入，恐腹背受敌，遂于建炎四年（1130）二月自临安北撤，旋又回军南侵。由是，高宗一度用韩世忠、岳飞、李纲等名将抗金，并于“秋七月……诏江、浙、福建州县，谕豪右募民兵，据险立栅，防遏外寇”（《宋史》）。时有“胡森，字云林，苏州人，任武节大夫、东南第一正将。从高宗南渡，寓居缙云”（清康熙《缙云县志》），响应皇诏，组织青壮年教授武术，村自为队，习武自卫。因缙云百姓期望自己的武士个个都成为刀枪不入、水火不侵的英雄豪杰，故喻他们为“罗汉”，称习武队为“罗汉班”。

此后，罗汉班世代传承，除了保家卫国，他们还积极参与民间案会，表演武术和杂技，深受广大民众欢迎，而这项活动也被称为“迎罗汉”。目前，缙云全县还有罗汉班三十多支，罗汉队员多达数千，分布在县域10多个乡镇，除了参与武术竞赛，也活跃在当地节庆和传统案会活动中。如金竹钢叉队屡屡应邀参加省内外重大节庆表演。缙云迎罗汉的热闹场面已远超春节、元宵，是缙云民间当之无愧的“狂欢节”。

罗汉班的组成。罗汉班一般以村为单位，队员性别、年龄不限，每班少则四五十人，多则百余甚至数百人。完整的罗汉班除了武术、杂技表演队外，还必须有幡旗队和锣鼓班。迎罗汉一个月甚至数月前，推举一人牵头，主持“结班酒”，编制花名册，组成罗汉班。并聘请武术师傅教授十八般武艺以及迎罗汉的有关节目，以求功夫扎实，表演精彩。参与案会时罗汉队员一般头带英雄帽，上穿兵勇套挂或练武中衫，下着灯笼裤，腰捆大扎包，脚穿白底黑布鞋，各自手执大刀、四门叉，钢叉、马刀、盾牌、双锏、红缨枪、棍、长棒等相应兵器，真可谓威风凛凛。锣鼓班器乐主要是先锋和锣鼓，先锋一般在迎罗汉队出发和游迎途中吹鸣，锣鼓则在游迎或表演时都要伴奏，敲打多为“满江红”“乱锣”“大魁锣”等曲调。

迎罗汉的程式。一是祭旗。这是古代出师前军队首领杀死某种动物以祭祀神灵，求得庇佑，鼓舞士气的一种祭祀仪式。迎罗汉的祭旗也以动物血涂抹迎罗汉用的器具，目的在于驱除邪气，保佑罗汉班出迎平安。祭旗仪式一般在当天凌晨或二日前举行。如水口村罗汉队在祭旗前聚集观音殿，燃烛上香，吉时一到，主祭上高香、读祭词，接着锣鼓喧天、鞭炮震地，彪形罗汉咬破大公鸡项颈，以鸡血涂抹在旗幡、兵器和锣鼓乐器上。又如金竹村五月十三迎罗汉，五月十一就举行祭旗仪式。吉时一到，罗汉班所有队员必须集聚到关帝庙，上三牲、供蔬果，司仪点烛燃香，主事者恭拜、敬酒，长者诵祭文，祈求平安富足。接着鸣锣放炮、声威震天，由彪形罗汉手持活鹅，三拜关公后用口咬破鹅颈，然后以鹅血涂抹在迎罗汉的各种兵器上。2010年金竹祭旗，三名罗汉将26只活鹅项颈咬出鲜血，然后凌空后抛，蔚为壮观 。

二是列队游迎。罗汉班以一字长蛇阵在村庄之中或两村之间游迎，游迎时，由锣鼓班拥簇着两支先锋（长号）前行开道，随后依次为旗幡队（阵头旗、神幡、蜈蚣旗）和大刀、钢叉、四门钗、盾牌、棍棒、拳师、罗汉孙（化妆成戏剧人物的孩子）、长脚鹿等武术、杂技班队。

三是表演。迎罗汉的核心程式有走阵、要武、叠罗汉等内容。

走阵。罗汉队进入各村表演场地后，大刀队以单刀前后左右砍劈，绕场一周，驱使观众退让出较为开阔表演场地，然后开始走阵。罗汉队员在阵头旗率领下通过交叉穿插进行布阵、团阵、破阵。阵法有大团圆、半月阵、四方阵、对角阵（大交叉、剪刀阵）、十字阵、梅花阵、九连环、双龙阵、蝴蝶阵（迷魂阵）、紧锣城、龙门阵、小盘龙、剪刀阵、双龙出海等十六种，各种阵式各有寓意。如大团圆以两个半月相合为圆，寓意团团圆圆，家事和美；四方阵，寓意春夏秋冬、四季平安；梅花阵按金木水火土五行布阵，诱敌深入，最后围歼；蝴蝶阵又称为迷魂阵，诱敌深入，使之难分方位与生死两门，迫之坐以待毙；对角阵寓意四面八方交叉交会，广交朋友；双龙阵寓意巨龙腾飞，大展宏图，事业有成。走阵时阵形变化莫测，节奏快慢有致。锣鼓班欢快的鼓乐声、罗汉们雄壮的呐喊声、观众热烈的喝彩声此起彼伏，现场一片欢腾。

要武。在罗汉队员围成人圈的中央空地上，罗汉队依序展演舞刀花、四门叉、滚钢叉、拳、棒、双刀对杀、刀盾攻防以及对打拆棍、拆拳等武术技艺。罗汉拳在要武中最有代表性，缙云罗汉拳代表队在1953年金华军分区首届运动会荣获冠军。要武中以惊险著称的则属滚钢叉，钢叉在古时既是驱鬼辟邪的法器，也是民间自卫的兵器，表演时由幡旗摆阵、鼓乐伴奏，表演者手、脚、腕、肘灵活配合，肆意表演双手花、转腰、滚背、过腿、调车、飞钗等技艺，起承转合，变化多样，高潮迭起。

叠罗汉。叠罗汉是迎罗汉活动的压轴戏和重头戏。叠罗汉的造型有大小牌坊、大小荷花、观音扫殿、罗汉井、花篮、金桥等多个种类，以牌坊、罗汉井最有代表性。叠罗汉的各种类型，分别由数人或数十人配合叠造而成。大、小牌坊一般叠三或五层，上一层的人骑坐在下一层人的肩上，每高一层人数相对减少，顶层由一名罗汉孙手挥仙帚，名为罗汉芯。

罗汉井一般由四位身强力壮的青年分两组从四个方位相向而立，每组肩扛两根横杠作为罗汉底柱；第二层仍由四壮汉分两组相向骑立在罗汉底柱肩头的横杠上，每组亦肩扛两根横杠，作为罗汉柱；第三层的横杠交叉中央站立一位壮汉，肩驮手挥仙帚的罗汉孙，作为罗汉芯；另在第二层四个横杠头各坐一位打扮成戏剧人物的罗汉孙。亭阁形的罗汉井叠好后，罗汉底柱的壮汉还要拼体力转圈，体力和难度俱堪称一绝。

过金桥是叠罗汉的尾声，由一组壮汉各肩驮一人，以一定距离站立，被驮者后平仰，手搭后立壮汉的肩膀，一一相接，搭成人桥，然后让罗汉孙在人桥上行走或翻跟斗表演。过完金桥车，叠罗汉结束，迎罗汉活动也得以圆满成功。

在古代，迎罗汉活动是缙云民间习武强身、保家卫国重要载体，同时也是山民之间感情交流、娱乐享受的一个重要平台。延至今日，它仍能满足百姓民俗信仰、文娱表演和节庆欢乐等需求。保护和传承好迎罗汉这一非物质文化遗产，对于弘扬民间传统和乡土特色文化，将起到积极作用。

壶镇赤岩山 / 赵祝亮

赤岩山，位于距离缙云县城15公里的壶镇西南。因山有“危岩高耸，色赤如赭”而得名。宋绍定年间，缙云县令陈大猷曾篆刻“赤岩”二字于石壁，字巨三尺，笔锋遒劲。山上林木繁盛，寺庙众多，素为壶镇一带民众祀神崇佛的求佑之地。

相传，远古时期，此地原是一片汪洋，波涛汹涌，鱼戏虾嬉。然而有一天，突然洪涛退去，海陆分离，鱼虾纷纷离岸归海。但有一双巨鼋，却因恩爱无比，缠绵交欢，竟忘归海。岁月飞逝，沧海桑田，双鼋石化，遂成赤岩山“双鼋交欢”之奇异形胜。

赤岩山，是缙云儒、道、释“三教同生、三家并存”的宗教名山，也是民俗文化传承繁盛之地。从宋代起，山上就有祀神信教活动。千百年来，民众为供奉诸家神圣仙佛，陆续建造寺庙达十余座。明成化《处州府志》载：宋嘉定年间，“缙云唐葛岭三真人庙，祈雨驱魔，屡有应验”，可见“三将军殿”至少始建于宋代。此与壶镇《卢氏族谱》“在南宋时，三将军显灵，卢公以为天意，遂捐地造殿”的记载，正相吻合。其他寺庙则大多建于明清两代。清嘉庆之后增建的庙宇，即有福云庵、阎王殿、美化乡殿，七星娘娘殿（已毁）、三妙善殿（已毁）、三官殿、孟婆殿、十二判官殿、正觉庵、千手观音殿、莲花寺、圆通宝殿、本保殿及灵鼋塔等，故赤岩山在浙南地区颇著名声。

赤岩山众多寺庙中，千手观音殿、阎王殿和三将军殿在民间最具影响力。在世俗眼里，观音菩萨因具三十三化身，无处不在、无所不能，救苦救难、普渡众生，故千手观音殿成为民众最崇拜的地方，自然顺理成章。而位于赤岩山南坡的阎王殿，则为丽水境内所独有。在民间传说中，阎王是地狱的主宰，掌管着善恶奖惩、生死轮回，因此阎王殿塑有许多作恶多端者在地狱受刑的各种场景：或上刀山或下油锅，或割舌剜眼或剖腹掏心；满目腥风血雨，情状十分惨烈。在过去鬼神崇拜的年代，其生死轮回和因果报应，对世人所起的教化作用，不可小觑！

然而，赤岩山的“三将军殿”由于历史的原因，其对世俗的影响却远超千手观音殿和阎王殿。这不仅源于其建殿时间的久远，还源于影响世俗的两大功能：

其一，宋时壶镇遇百年大旱，百姓往三将军殿祈雨而有应，故衍生出重阳节迎案酬神的风俗。每年九月初九重阳节，赤岩山都要举行迎神赛会，俗称“迎案”。乡民们纷纷出动，万民空巷，如醉如痴。案会上有走高跷、迎罗汉、叠牌坊、十八獏狸、三十六行、哑口背疯、老鼠娶亲等等节目表演，参与民众极多，遂成为展示民间信俗、武术、特技、杂剧、“非遗”等综合文化盛典。

其二，因三将军能降魔除妖、驱病救灾，民间逐渐成养儿要去三将军殿“认亲爷（爹）”的习俗。谁家有小儿难养，都得虔诚前往赤岩山认三将军为“亲爷”，以求其护佑，长大成人。在壶镇一带，过去有许多年长者的名字，往往都带有“唐”“葛”“周”等三字，这些人小时候就是到三将军殿认过“亲爷”留下的痕迹。

“文革”期间，赤岩山多座寺庙遭到拆毁，迎案活动也被禁止。20世纪80年代，赤岩山重新开始恢复生机。如今，赤岩山上道路规整，花木繁郁，梵声悠扬，寺塔林立，已成为省内外游客的休闲观光胜地。

壶镇圣岩寺 ／朱文风　陈渭清

圣岩寺地处缙云与永康交界的滴水岩山巅，向为壶镇西部的屏障（风从圣岩入，水从赤岩出）。圣岩寺坐北朝南，左有伏虎山、白象山守门，右有荷花仙子山、千年灵龟岩护佑。这里千余年前是道教圣地，600年来道佛儒并存，四周山上摩崖石刻众多，历代文人墨客赋诗题词丰富，文化底蕴深厚，是一个不可多得的旅游胜地。

圣岩既是永康的方岩、灵岩、圣岩三岩之一，又是壶镇的赤岩、圣岩、云岩三岩之一。明朝起为壶镇北山村吕氏所有，故又称吕氏岩，但仍在永康境；清朝以来是驸马周氏的产业，道光二十年（1840）大修后，就属缙云美化乡招善里廿四都了。所以道光《缙云县志》将其正式列入缙云主要佛观庵堂之一，光绪县志继之，是缙云东乡唯一在县志中载有寺记的佛寺。寺下之小村圣岩前，现仍属驸马村。

唐以前，此洞窟为道家辟谷修炼之地，传说曾有唐碑记载了这事。可在儒为圣，在道为仙，在释为佛。这里既然不会是儒家的书院，那此圣极有可能是方腊自称圣公的圣。方腊所信奉的是摩尼教，也就是明教。此地的山崖极像黑色的幕帐，所以近人有黑幕崖的戏称。

洞窟里大雄宝殿边上的三眼万年滴水，有天生水缸和水池接着，自古以来被人们崇为圣水，有道光壬寅年的“圣水”摩崖，传说具有神奇的促育功效，且分为食、洗等品种，刚好够住寺者和香客饮用。

黄墓岭头向南边有其姐妹寺，叫崇善寺，宋《周山房集》、明《永乐大典》、《缙云县志》均有记载。该寺始建于南朝梁武帝大通年间，崇善寺之名取自蠲敝崇善：革除敝政，崇尚雅道。南朝范晔《后汉书》之“西域传论”释其义：“且好仁恶杀，蠲敝崇善，所以贤达君子多爱其法焉。”崇善寺颇具规模，占地面积达三万平方米，宋末被毁，重建后于明朝嘉靖十五年（1536）又被朝廷拍卖。后来仙居、永康、壶镇等地百姓建小庙伽蓝殿以祀之。

明朝隆庆元年（1567），资政大夫南京刑部尚书白竹旸村卢勋在《西山陆氏宗谱·序》中曰：“丁卯秋，余避尘，游永邑圣岩僧舍，雨浃旬不止，山中凉气袭人，泉声盈耳，真世外境也。”

圣岩寺虽岭峻、寺仄，但洞敞，最多时可容纳十来位出家人。道光时，有古楼陈礼成（1787—1845）在此为僧并葬此的记载。但该寺地处险要，风光独特，又以“祈嗣独盛，麟儿永锡”而向为两邑民众和远方文人雅士所赏览，寺旁古人摩崖留题颇多。

至清初，圣岩寺已经残破。道光二十年（1840），周氏族人贡生周松淳（1809—1861）重建了圣岩寺，道光二十二年（1842）春落成，是该寺近代的鼎盛时期，分内外殿和上殿，有36间殿宇和路廊，8间外殿和里殿横厢还是二层楼房，清水阁更是三层，总计房屋有48间，外殿与内殿都有单独的厨房，分别住有道士与和尚。寺倚自然山形，洞窟精巧设计，规模远胜于大同恒山的悬空寺，素有“圣岩寺，半天高，恭敬求拜子孙多”之语。是时不仅山门、金刚殿靠悬崖各为一景，五开间大雄宝殿和三开间百子堂倚洞建成重楼式样别致新颖。而且二层天门至大雄宝殿间，利用天成石径和突兀石台建了路廊、金刚殿、戏台、文昌殿、百子堂、关帝庙、清水阁、天师殿、仙女庙、亭阁，往南上坡的上殿还有路廊、财神殿、月老堂、三开间悬空的观音殿。曾有人以七律诗《重建圣岩寺落成》贺之。其诗云："天然石室尚玲珑，庙貌重新此地中。凿破悬岩开圣域，酿回滴水开人工。图终罔恤移山诮，创始全凭集腋工。且喜经营差遂志，庄严法相永尊崇。"此诗镌刻于圣岩寺原路廊之岩壁上，字为楷书，下具"时道光壬寅年春月周松淳题。"同时并请永康县丞、书法家、安徽桐城吴廷康，题写了"圣岩寺""天栈云横"横书篆刻，字大如斗。其左下方，有七言律诗一首："圣水无源本不凡，天留半壁室空嵌。壮观胜景开新辟，法界争传吕氏岩。岂是前身有夙缘，攀萝绝蹬方重泉。从今韵事成佳会，风雨名山镌石选。"石刻系隶书，直写六行，行十二字，幅大，共高225厘米，宽300厘米。这两方摩崖石刻在1982年为缙云文物管理委员会登记在册，1988年编入《缙云文物录》；2002年，永康市将它公布为市级文物保护单位。道光廿九年《缙云县志》还收编了溪头吕佐周所写的华丽骈体寺记一篇。

为庆贺落成，周氏等族于寺前搭戏台演戏三日，戏毕散发麻糍馃，并将开光之日三月廿八日，定为庙会纪念日，且代代相传。次年周松淳喜得一子，为此，留下了"松淳建寺得子"之美谈，现有后代百余。民国时僧众他走，周氏遂请念佛先生（庙祝）前来，代为管理。至土改时，寺庙被圣岩前村周某登记成房产居住，到四清时，因众所周知的原因，将寺院拆掉，背下木料建造驸马村分配站，以资抵账。今之圣岩寺内殿佛像厢房，乃于1982年化缘再塑和重建，然已是风光不再，但圣岩寺作为壶镇和永康地面独特一景，仍为时人所青睐。骚人墨客甚至留下了"圣岩苔润水常滴，天栈风软云自横"之佳句。

2001年开始，圣岩寺一度被周某出让于永康籍庙祝管理香火。2016年12月，周松淳的七世孙周闽尧又以重金购回，正准备开发成圣岩寺旅游景点。

壶镇地母崇拜 / 胡保华

地母崇拜在缙云壶镇一带具有悠久的历史。每年的农历十月十八，壶镇以及与其交界的县、市民众，都会怀着虔诚之心，从四面八方聚集到壶镇项宅的地母殿，隆重祭祀地母娘娘，祈福许愿，祈祷风调雨顺、国泰民安。

那么“地母”究竟是哪路神仙？为什么会有这么多信众？

“地母”就是大地之母，也就是中国民间传说的女娲娘娘。

相传，女娲娘娘以黄泥和水，仿照自己抟土造人，创造了人类社会，并建立了婚姻制度。后来，世间天塌地陷，女娲娘娘为了拯救人类，熔彩石以补苍天，斩鳌足以立四极，至今留下了女娲补天的神话。由于女娲娘娘开世造物，因此也被称为大地之母。

地母像

据传，黄帝统一华夏后，在黄河边“扫地为坛”祭祀地母，成为中国历史上祭祀地母的第一人。此后，历朝历代帝王均建祠设殿进行祭祀，民间也将女娲尊为圣母。

自古以来，壶镇一带的地母娘娘崇拜非常普遍，特别是“博爱包容、慈孝感恩、万物共荣、和谐人间”的地母精神，更是广泛流传。进入新的世纪，壶镇将地方核心文化定为“慈孝”，就是因为这块土地积淀了丰厚的地母文化，对社会和谐有着深远的影响。

从遗留在壶镇大地上的风情习俗以及地方建筑中，我们可以寻觅地母崇拜留下的痕迹，最著名的当属贤母桥。这座横跨好溪之上，长178米、高7.8米、宽4.1米的十三孔石拱桥，是清嘉庆年间壶镇孝子吕载扬兄弟遵母遗愿，历时近三年，耗白银3万多两建造的。该桥的建成，用事实讲述了一个“母贤子孝”的故事，一直为当地百姓称道，故时人将之命名为“贤母桥”。贤母桥不仅仅是一座桥，更是慈孝文化的一个符号，折射的正是“慈孝感恩”的地母精神。

壶镇项宅村有个叫吕玉蕊的老人，已经86岁高龄了。由于深受地母文化的影响，自20世纪60年代开始，她就行善修德，言传身教，始终如一地以遵循地母的慈爱精神，影响着村民的家庭和睦，邻里友善，感恩大地养育。更难能可贵的是，吕玉蕊老人长期坚持为邻里乡亲救难解困，寻医问药，从不计报酬。她的言行，影响了一方百姓。

由于历史原因，地母殿被毁，玉蕊老人希望能重建地母殿，让地母文化能够代代承传，继续造福百姓。

吕玉蕊老人的女儿、女婿得知母亲的心愿后，对壶镇悠久的地母文化进行了深入的了解，认为地母文化对建设和谐社会、弘扬人伦道德、保护自然环境，具有深刻的现实意义。于是他们带头捐资筹款，在他们的带动下，民众积极响应，踊跃集资。

如今，项宅村这座全部由民众自愿捐资重建的地母殿，虽然占地不大，但飞檐翘角，金碧辉煌，充溢着“博爱包容、慈孝感恩、万物共荣、和谐人间”的地母精神，散发出壶镇这个千年古镇的无穷魅力。相信历史悠久的地母精神，能在壶镇乃至缙云代代传承！

南乡栖真寺 ／麻松亘

栖真寺地处溶江乡郑周村东北笠峰山麓。相传唐大中十二年（858）杭州云栖寺高僧玄真云游到此，见群峰叠翠，苍松蔽日，渊泉清芳，遂留栖于此弘法。咸通二年（861）建寺，名之栖真。后屡历兴衰，至明末清初寺产散失，寺院湮废。清康熙五十七年（1718），僧悟民查回寺产，乾隆廿年（1755）重建。乾隆三十七年（1772），僧志和移建现址，建大殿、山门、客堂、僧舍。嘉庆十一年（1806），僧在章、诚明建方丈楼、禅堂、斋房、祖庭，并铸铜钟。道光八年（1828），缙云知县续立人赠匾栖真寺，曰“五云第一”。

栖真寺处南乡山区，交通不便，何以能成为缙云第一寺呢？壶镇、新建，虽地处平畈，壶镇还称“缙云财赋之区”，因此历来成为兵祸匪乱首要的劫掠目标；县城作为衙门所在，攻占意味着胜利。可见栖真寺之所以能够成为当时缙云第一寺，除了住持和寺僧勤俭寺务、寺风纯正外，根本原因在于地处南乡山区，兵匪祸乱鞭长莫及。

道光廿四年（1844），僧元定又募化十方，费银巨万，在大殿前建罗汉楼，中五楹，左右各三楹，高三丈六尺，并雕镂金身罗汉五百尊，神态各异，栩栩如生，声名远扬。道光廿七年（1847），缙云知县汤成烈为之作《栖真寺新造罗汉楼记》。僧杲林、在章继而蝉联主持。在章、诚明师徒又先后募资，重建方丈室、斋堂、戒堂。

清末民初，高僧锡莲主持寺务。释锡莲（1864—1926），号石泉，仙居县陈岭乡双岩村人，因家中生计困难，年仅7岁就入栖真寺出家。他悉心钻研佛教经典，兼通儒家学说，刻苦临摹王羲之、赵孟頫书法，20多岁就继承师傅衣钵，主持寺院，理事严明，戒律整肃。1914年，他募资重建祖堂、客堂、二门、厨房等。他道行高深，学识渊博，为人谦谨，时任浙江省长的夏超、曾任浙江督军兼省长的辛亥革命先驱吕公望等官宦名士，慕名前来拜谒请教者络绎不绝。锡莲师心地善良，惜苦怜贫，寺中每需叫零工，本着资困

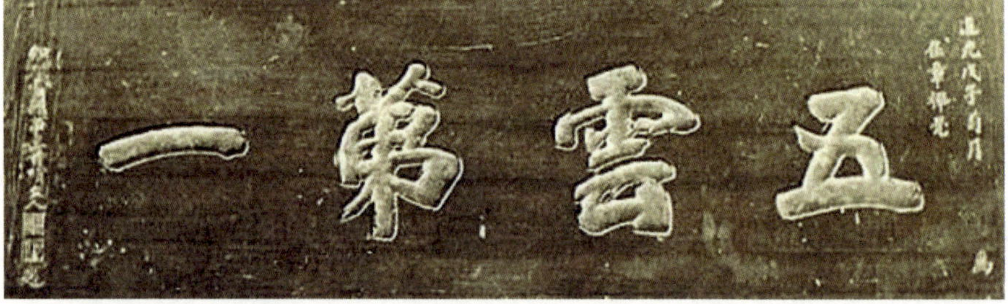

济贫宗旨，不计老弱而雇特殊贫困者。他乐善好施，热心地方公益，如1920年与周扎、虞喜球等募建南乡的马乌石拱大桥，带头捐出巨款，深受乡里敬仰。锡莲善诗词，工书法。时寺前对天柱峰，高百余丈；寺周前有印月池，深十余丈，广廿五亩；寺左倚花岩，寺右抱箬峰，苍松叠映，绿竹交加。寺内则凡名山古刹应有的殿宇斋堂，寺中尽全。殿宇僧舍广达120间，僧徒盛时逾百人，寺田丰达400亩，不愧仍为“五云第一”的佛门乐土、浙中南名刹。

锡莲师之后有静植、道楼、征圆、继原、继根相继住持。民国时期，政府令“拨寺产、办学校”，栖真寺亦在其列，其寺渐趋衰落。1942年，迫于日寇战火，私立仙都中学分部迁寺中办学。旋因南弄人偷柴跌死，命案扰寺。尤其是1945年，上官坑村李某入寺住持，卷入地方派系争斗，引来1947年国军廿一师围剿，使寺院遭受巨大损失。以至寺产、僧徒凋零，一朝名刹遂趋衰微。新中国建立初，尚有大殿3间和山门、二门、罗汉楼、祖师堂、方丈室、禅房等79间，寺田157亩。1950年10月，寺僧尚有妙心、品进、选静、守明、继月、妙来、征祥、妙定、妙清、善护、妙中等11人，宗教活动基本正常。“文革”初，所有佛像被毁，大部分殿宇、寺房被拆，建筑材料被运去建造溶溪公社办公楼，寺基由郑周村使用。留下的13间住房和7间方丈堂，也被占用。

1984年5月，僧妙法、妙来进寺管理，恢复宗教活动。1988年1月，转由僧灵慧管理。1989年，寺院相继收回许某使用的方丈堂和郭某使用的寺房。1990年3月，灵慧因故开除僧籍，由尼善和入寺住持。募集资金120多万元，新建占地250平方米的大雄宝殿一座、厢房10间，并请佛像、铸铜钟，购置法器，整修山路2.5公里。

2006年1月，尼善和年老退养，僧性道入寺住持。先后募集资金150多万元，新建天王殿及两侧厢房；又拆原方丈堂、三圣殿等，建作真如堂、念佛堂、寮房等；建成食用引水工程；整修小放生池、山门，修筑围墙。2012年，乡村组织开通郑周至寺院汽车路，全面整修大放生池，有效改善了交通条件和寺前环境。

栖真寺自古有“栖真八景”之称，即“古洞栖云、磐石安禅、锦池映月、石龟听经、岩门锁翠、冠岩织锦、笠峰戴雨、天柱卓锡”。寺中保存有道光八年（1828）缙云知县续立人题写的“五云第一”匾额，以及清嘉庆年间所留的“栖真寺历代住持表”。

大岩三将军殿 / 沈必贵

大姆山位于缙云西部，毗邻莲都，海拔989.5米，山脉连绵数百里，土地肥沃，林茂水沛，为小筠坑之源头。

相传昔时，大姆山盘踞着五只白额花斑“大猫”（老虎）。其擅吸天地之灵气，日月之精华；练就呼风唤雨之术，腾云驾雾之功，且昼伏夜出，专掳幼童为食，以补其精血。天长地久，修炼成精，已成为附近村寨的一大祸害。山民人心惶惶，谈虎色变。

相传道教真人张天师云游江南，途经缙云，夜宿筠川黄山。山民遂向天师诉说山中大猫祸人之事。天师夸下海口说：擒拿大猫，易如反掌！

翌日将晓，张天师头戴方纶巾，身着阴阳八卦服，手持降妖杖，一副道骨仙风模样。天师独上山峰，临高远眺，只见五只大猫正在山岙松荫下酣然大睡，全然未知天师驾到。张天师心喜，欲趁其不备，杀它个措手不及，遂趺坐山头，双手合掌，口念秘咒，作起法来。但见天昏地暗，飞沙走石，一个金刚降魔圈飞转着从天而降。此时，大猫忽觉大事不好，骤然惊起，躲过张天师的降魔圈，遁入丛林。张天师追赶不上，无功而返。天师日前曾夸海口，今日降妖失利，自觉愧对山民，竟不辞而别径往处州而去。五虎自恃魔法厉害，见张天师都奈何不了，气焰更加嚣张；祸害人类，更是变本加厉。

几年后，张天师云游吴国都城，与唐葛周将军不期而遇。闻知三将军武功非凡，遂将大姆山五虎伤人及降妖失利之事，一并道出。三将军闻后，拍案而起：朗朗乾坤，岂容妖魔祸害人间！遂奏请吴王，领兵偕张天师往大姆山伏虎而去。

不日，唐葛周三将军随张天师抵达大姆山。但见大姆山方圆几十里，田地荒芜，罕无人烟，甚是荒凉。一行人顾不得路途劳累，直上大山，径奔虎穴。经过一番拼杀，五虎力怯，落荒而逃。众将分兵搜索，最终五虎败于三位将军手下。五虎魂魄霎时化作几缕青烟，四空而散，尸身随之变成山岭。如今，在大姆山上仍能见到五座头朝四野、身踞腹地、神态毕肖的虎形山峰。

民众感念唐葛周三将军及张天师降妖伏虎、护佑百姓的莫大功德，遂在山上建起“大岩唐葛周三将军殿”和“张天师庙”，以示纪念。逢年过节，祀奉敬拜，历朝历代，香火不绝。尤其是大岩唐葛周三将军殿，至今香火兴旺，香客如潮。

洪岭姑婆庙 / 陈喜和

传说，白牡丹在洛阳与吕洞宾相会后，得到了吕洞宾的一点精血而成了神仙，被王母娘娘收在身边。后来王母娘娘屈指一算，白牡丹与陈十四有结拜姐妹之缘，就命白牡丹投胎缙云洪岭村陈家兴家。

陈家兴单丁独子，父母双亡，娶胡源乡东山村张士进之女张菊兰为妻。三国时期吴国赤乌二年（239）六月十三日午时，张菊兰生下一位千金，一称，竟有九斤多，于是取乳名为九姑——即白牡丹转世也。

九姑长大后，聪颖伶俐，貌似观音，村人都叫她“赛观音”。

九姑曾在王母娘娘处偷偷学了不少法术。某年秋收后的一个早晨，娘要把稻谷晒出去，九姑劝阻说：“娘，该日莫晒谷，未时要落雨。”娘不信，晴空万里哪来的雨？硬是把两张地簟谷晒出去就上山干活了。到了未时，果真大雨倾盆，等菊兰赶回家，稻谷已经被雨水湿透了，她难过得呜呜地哭了起来。

九姑安慰说：“娘，你莫哭，我叫热头（太阳）转来晒燥你的谷。”菊兰半信半疑地看着女儿，说：“你若有这个本事就好啰！”九姑见娘不信，当即拔下两根头发，一头抓在手里，一头甩了出去，口中念念有词，头发渐渐变长变粗，最后缠住了太阳，并把太阳拉回来停在半天空。傍晚时分，突然太阳当空，晒谷的人们一片欢呼。等把谷子晒干了，九姑才放下头发把太阳放走。从此，九姑被人们称为“仙女”。

人怕出名猪怕壮，九姑有如此高强的本事，求她的人越来越多，如占卜问卦、择日看病等等，无一不准，无一不灵。门前终日车水马龙，门庭若市。但九姑毕竟是仙身，喜好清净，越来越厌烦凡间喧嚣杂乱的生活，产生了隐身而退的念头，但又舍不得父母。

光阴荏苒，不觉九姑到了18岁。此时她正值豆蔻年华，风姿绰约，亭亭玉立。见过她的人，无不被她的美貌所倾倒，特别是年轻小伙，更是如痴如醉，说媒求婚者络绎不绝。尤其是桃花岭脚芥菜弄村的青年叶俊生，托媒婆天天缠住菊兰把女儿嫁给他。菊兰深知女儿的秉性，被缠无奈，只得硬着头皮与女儿商谈婚事。菊兰未开口，九姑先说话：“娘，我知道你要讲啥事，自从我成了‘仙女’后，家里就乱糟糟的没有安静过。为了全家的安宁，你就把我许配给叶俊生吧，我与他命中注定有此缘分。”

这年的八月十八日，是九姑出嫁的吉日。当花轿刚刚从洪岭村抬出，九姑就问轿夫：“你们抬轿，是喜欢重呢还是喜欢轻？”轿夫异口同声地回答：“当然喜欢轻啦！”轿夫刚刚说完，顿觉轿子突然轻了。但当轿子抬到芥菜弄叶俊生家门口，掀开轿帘一看，惊出了一身冷汗！轿子里只有一双绣花鞋，却没了人影，叶俊生当场晕倒在地。原来，九姑听了轿夫们的回答

后，就隐身而去了。此时，叶家乱成了一锅粥，人们议论纷纷，“仙女怎么可能嫁给凡夫俗子呢？”

九姑最初隐居在洪岭村边的乌岩洞中，但她常常听到爹娘想女儿的哭声，心里感到很内疚，只得离开乌岩洞，准备隐居到上坪村的古方山青云洞（即仙女洞）去。相传九姑到上坪，要途经胡源柘岙口、上坪屋柱岭、三叠岭脚、和尚田等地，这些地方都留下了她的脚印。

仙女洞坐落在上坪村古方山大石壁的石缝中，周边风景清幽，怪石嶙峋，对面有镜岩和面巾岩，组成梳妆台，旁边还有朝拜的七仙女，以及若隐若现的隐仙岩。洞口右侧，有仙水涌出，水流清澈。洞左侧十几米有“天门”。洞背的峭壁上长着一棵高大的古松，树冠像半开的大雨伞，人们称之为仙女华盖。此树谁也砍不动，不管是用斧还是用锯，因为砍树的刀斧锯子还没碰到树干，就会遁地无踪，所以人们对古松敬若神灵。

后来，九姑的舅舅张汝和受姐姐张菊兰委托，到处寻找她的下落。一次路过仙女洞附近，发现有红绿衣裳晒出，怀疑外甥女隐居在此，就把九姑穿过的绣花鞋与脚印进行比照，结果大小长短正好吻合。张菊兰知道女儿下落，心里也稍稍得以安慰。多年过去后，后生小子就把九姑称作“洪岭姑婆”。

洪岭姑婆每年都要回洪岭一次，有一回路过章村（一说古路）已经时至半夜，只好宿于唐葛周殿内。不料三位将军摸黑前来调戏，被姑婆一脚踹翻大殿西彭头。直到如今彭头墙倒了又修，修了又倒。

相传躲在福建古田临水洞的南蛇精，趁陈十四娘娘上闾山祝贺师母大寿，窜到缙云南乡作恶造孽，施下瘟疫，以致雅江、双溪、溶溪、章胡村横尸累累。陈十四娘娘回来后就叫洪岭姑婆协助她，两人一起用法术把南蛇精关进上坪古方山“蟒蛇洞”，为百姓除了一害。接着洪岭姑婆又把解药调在古方塘和其他溪流中，溪水流过各村，人们喝了疾病立即解除，瘟疫从此不翼而飞。

人们至今仍然相信洪岭姑婆是个为民除害、佑民平安的女神。

前村慈相寺

/玛门洛川

古时，距前村里许的慈相寺，相传与王达第三子王禹师关系密切。

王达与夫人陈氏，共育有四子，禹师乃其三子，生于宋高宗乾道元年（1165）。禹师诞生之时，满屋异香，左手掌纹呈“陈寺”草书字样。禹师身材魁梧，眉清目秀，耳大垂肩，目迥嘴大，鼻直脸方。禹师青年时期便专于医学，且医道精通，医术高明，收费低廉，得到过禹师医治的人无不感恩戴德，故禹师早早便名扬乡里，但年逾而立仍不娶，于孝宗年间皈依佛门入慈相寺为僧，法号了翁禅师。越五年，招僧徒数人，居寺庙从医行善，佛缘日广，四方闻名。

孝宗年间，临安谢皇后得怪疾，久治不愈，只得张榜求医。了翁闻知，揭榜进京，被宣召进殿。临太后病榻前，察颜观色，把脉问诊，开出药方。谢太后一剂服下，便出蜈蚣数条，而后觉精神焕然，康复如前。龙颜大悦，欲封官爵，赏赐金银。了翁一概谢绝。奏请说：“小僧行医行善，皆为普救众生，非图高官利禄也！”谢皇后念其佛心虔诚，医术高明，遂举荐他任临安法华寺住持，赐以锦缎袈裟。了翁遂往，任法华寺住持期间，曾云游杭、嘉、湖、苏各州之荒村僻壤，为百姓治愈无数奇疾怪病。

过了40多年，了翁禅师年近90，辞别临安法华寺，携谢皇后所赐袈裟回缙云黄龙寺，与黄龙寺住持了庵禅师成忘年之交。了翁禅师百岁时，“年逾颐期，无疾而终”。先朝皇后所赐袈裟也遗留在黄龙寺。

前村慈相寺，始建于唐会昌六年（846年），自从了翁禅师离开慈相寺后，僧众渐少，香客渐疏，寺庙渐荒，每况愈下。此后近五十年，香烟冷落，神像倒塌，断垣残瓦。理宗初年（约1225年前后），黄龙寺住持了庵怀念了翁禅师旧谊，云游大洋前村慈相寺，见寺宇败落，心中凄然痛惜。是年二月，巧遇后村隅官潘斌四十大寿，筵间潘公叹息：“吾四十无嗣，虽富甲一乡，又有何为？”了庵禅师劝其出资重修慈相寺，布施积德，定能感动上苍。潘斌欣然承诺，当年动工重修慈相寺，重塑佛像，每月初一、十五增设琉璃灯，慈相寺再次复兴。

宋末元初，慈相寺有僧众数十人，而半里外的西姑岭背还有尼姑庵一座，有女尼十数人。寺庵咫尺相近，僧尼往来频繁，久而久之，佛心不坚，僧尼淫乱。于是民间聚众联名告发僧尼淫乱案，官府勒令西姑岭上的尼姑庵搬迁到后村村北（即今“庵下”），中间有村庄阻隔，僧尼淫乱得以杜绝。但慈相寺已名声毁损，再度败落萧条。

清康熙《缙云县志》记载慈相寺“寺废”，说明唐宋间慈相寺历经几度兴废。清光绪三十年（1904）又重刻《慈相寺》碑，证实又进行了重建或重修。

1958年初，慈相寺正厅正中为观音，右边是托塔天王李靖，两侧分别是手持三尖刀的二郎神和手举金砖的伽蓝；左边是土地公公，两侧是土地婆和黑脸手举竹节鞭的财神“赵元坛”。“大跃进”后，佛像被毁，慈相寺又成为一座空庙。

2004年冬，慈相寺景点开发筹备小组再次重建慈相寺，重塑佛像12尊，以及大钟、大鼓、香案。2006年增建香房三间。2012年又化缘集资，增加面积以备扩建，使慈相寺更具千年古寺风貌。

自2005年起，有法号净忠者常住慈相寺，从此常年钟鼓时鸣，念经之声不绝，进香男女老少络绎不绝，其中不乏温州、青田、仙居或其他外地口音者。慈相寺历经千年变迁和数番兴废，如今又香火不绝，兴旺如前了。

大洋大灵寺 / 玛门洛川

缙云大洋山主峰石奶洞背，海拔1500.6米，是括苍山脉的最高峰。在主峰南麓西溪坑上游有一处平缓窝地，土名大寺宇，这就是大灵寺的遗址。远近闻名的夫妻蛇故事，就发生在遗址的断壁残垣之间。

根据现存遗址目测，大灵寺磡基东西宽约80米，南北深约30米，坐北朝南，估计当时建筑不会少于80间。寺前有西溪坑，寺后是石鼓尖，寺西五里有天然垒石仙人头（即仙能头）。寺西三华里有古尼姑庵叫绵洋庵。

民间流传，大灵寺大门高一丈，阔八尺。二厅有袒胸露腹、笑容满面、手执布袋的弥勒佛，民间俗称布袋和尚。布袋和尚背后站着韦陀佛像，一手握拳，一手按锏，锏尖放在脚背。

二厅拾级而上就是大雄宝殿，正殿东侧为僧众斋房，以及医药室，以纳香客就医。二楼为客房，可留香客过夜。正殿西侧为禅房戒房，二楼为藏经阁。

大灵寺鼎盛时期，名闻浙南三府（处州、温州、台州）五县（缙云、丽水、青田、永嘉、仙居）。清朝末年，大灵寺就已僧散寺空。到1945年春，因为多年失修，部分木结构已经霉烂脱落，渐成百草丛生的废墟。1955年，大洋山垦荒高级农林牧合作社成立，1956年改名为缙云县林场，1958年改名为大洋山林场。20世纪80年代初，附近好事村民筹资在大寺宇大灵寺原址搭建了一座简易庙宇，一时间吸引数百朝拜者，政府获悉后对庙宇进行了拆除。20世纪90年代，夫妻蛇的故事通过网络流传甚广。

据传，明末清初，缙云的大洋、永嘉的巺宅、碧莲以及青田的万山季宅一带，连年瘟疫不断。大洋山区更是有病无药难就医，“没办法，求菩萨”就成为民间唯一对付疾病的办法。面对肆虐瘟疫，有的朔病望亡，有的朝病夕亡，有的甚至全家覆灭。《潘氏宗谱》记载，明隆庆六年（1572），全村兄弟排行辈有130多人，到清顺治末年（1661），全村兄弟排行辈仅剩30多人。

清康熙二年（1663），杭州法华寺有善法、弘法、护法三个和尚来浙南云游，见大洋及周边瘟疫肆虐，而所过山野，草药遍布，一股普渡众生之心油然而生。经合议，三人决定，分别在缙云、青田建立寺院，广收门徒，传医治病；善法在青田石凡建威灵寺，护法在小源建小灵寺，弘法在缙云大洋建大灵寺。

寺基选定后，弘法大师云游各地，筹措建寺资金。康熙五年，缙云、青田三寺院同时破土动工，康熙八年，同时建成寺院。

大灵寺建成后，弘法大师多方游说，召集了来自缙云、青田、永嘉、仙居、丽水各地前来出家的僧人50多人，以及国清寺前来建寺的十几名僧人。为以拯救病人，抑制瘟疫，弘法大师发动僧众上山采药，用十几口大缸炮制煎熬。先令患者清水沐浴，配之戒荤素食，然后虔诚地向佛像跪拜。做到上述要求，方可入医室接受诊治。他通常采用喝、洗、熏三法。一是喝汤药；二是置病人于药水缸内浸泡洗涤；三是以药物烟熏气蒸病人患部。通过几年努力，大洋周边瘟疫感染率和死亡率大大降低，香火也日益旺盛。

因大灵寺全是男性和尚行医，前来求医的女施主令弘法大师感到为难。拒绝求医不忍心，接受其求医又不便。弘法大师赴杭州白云庵请住持师太赐予良法。师太选派几名懂医术的女弟子前来大洋山，在距大灵寺三里之地创建绵洋庵，诵经念佛兼施医术。此后，凡有女性施主拜佛求医，均到绵洋庵。数年后，远近许多妇女，或因婚变，或因丧夫，或因厌世，便远觅绵洋庵，落发为尼。首学佛经，次学医术，传经行医，名声大振，庵宇日益兴盛。

由于山高路险，进香不便，弘法大师募集各方捐助，从温州请来修路工匠，就地取材，修建了寺院通往前村、木栗、外前、青田小源、永嘉西岙等多条石子路。为方便香客过夜，又盖起香房供信众安寝。

清康熙二十年，处州府太爷公子患怪病，全身发痒，皮肤层层剥落。府

大灵寺遗址

太爷闻大灵寺弘法大师医术高明，请其诊治。弘法遂将公子抬上大灵寺，戒荤腻，吃素斋，然后每日入药缸泡浴两时辰，浴后配饮汤药，搽以膏药，再念佛一时辰。疗养两月，公子痊愈。知府感恩戴德，向朝廷奏准每年赐大米200担，此后进香信众均可免费用斋。

据说弘法大师身具“五通”，即天眼通、天耳通、他心通、宿命通、如意通，可以变石成金，无中求物。如僧众或信众用斋，人多饭少，只要他打开饭甑，用勺在内稍加搅拌，米饭便会增加。相传弘法大师活到108岁才坐化圆寂。

大灵寺建寺180余年后，寺院住持更替多任，俗家弟子、纨绔公子寄居不少。有些花花公子甚至携妓带娼，破坏了寺内的清规戒律，损毁了大灵寺的名声。寺院未倒，寺誉已消，曾经香火旺盛的大灵寺，遂呈风雨飘摇之势。

到光绪年间（1875—1908），大灵寺只剩下三四个老和尚。光绪末年，大灵寺僧亡寺空，梁朽柱烂，寺院倒塌。

1914年，有青田洪姓富户，因家庭多灾隐居在大灵寺修行。他靠田租收入修缮了大灵寺，被称作洪活佛。如今大灵寺遗址仍留刻有“青田高湖弟子李成献酬”、“民国癸丑年冬月吉旦立”的两方石墩。

洪活佛重修大灵寺后，也学会了中草药、推拿、气功，为香客治病，寺院又维持了二三十年。1930年后，洪活佛家道败落，且年事已高，只得走村入户给人们治病谋生。1943年，温州沦陷，日本飞机对沿海村庄狂轰滥炸。恰好洪活佛正在某村为人治病，遇日机轰炸，人们纷纷躲避，可活佛说自己有佛保佑，依然正襟跪坐，口念佛经，一颗炸弹落下，洪活佛被炸身亡，寺院不久倒塌。

20世纪70年代，人们发现大灵寺码头堪上下两道石缝中，盘曲着两条蛇，一条是黄色方块花纹，似和尚的袈裟模样；一条是菱形花纹，似尼姑衣裳图案。两蛇头尾皆藏于内，仅露出中间一截，它们与世无争，埋头藏尾不吓人。两条蛇双出双隐，形影不离。不久，附近就流传出“夫妻蛇”的故事。2000年缙云电视台作了报道后，吸引了大批游客，甚至出现了“见到夫妻蛇，交上桃花运”的说法。

谐趣类

杀猪福 / 项传义

缙云风俗，农户快过年时杀了猪，主人必定要煮一锅肉招待杀猪老师（屠夫）及左邻右舍。肉是割去猪头后的“二头”肉，则相当于脖子的那一块，其他还有猪肠、猪肺、猪肝、猪血等杂碎。杀猪师傅若有时间，可能坐下来在主人家吃饭，若还要去别家杀猪，可能匆匆喝碗肉汤就走了。端给左邻右舍的带汤的肉，还有个好听的名称，叫“杀猪福”。我在双溪公社粮站工作时，有一次，工友给我讲了个“杀猪福”的笑话，纯属民间口头文学。

每年年关杀猪，李某都要端一碗“杀猪福”——猪肉汤给隔壁盲眼的老太婆。这年腊月，李某家又杀猪了。

盲眼老太婆关着门，在家里听着门外的猪叫声，褪毛声，砍肉声，甚至切肉声。一会儿，连肉香都飘进她的屋里来了。老太婆估摸着肉该煮熟了，快要送过来了，她早已想好了答谢邻居送给她“杀猪福”的话语，并且一遍一遍地默念着。

这时，门“吱呀”一声开了。老太婆赶忙笑着说：“哎呀，真要感谢你们了，年年这样端给我‘杀猪福’！”

可是，半天没有人声，更没有肉香。老太婆拿拐杖一划拉，原来进来的是条狗。

杀猪福

“你这条死狗！进来做什么？还不给我死出去！”

狗出去了，老太婆下地关上门，无望地回到原地坐下，时间分分秒秒地过去。今年，老李家可能把我老太婆给忘了？老太婆有点不快。

“吱呀”一声门又开了。

“你这条死狗又进来了！还不给我死出去！”老太婆圆瞪着瞎眼，火气十足。

端着热气腾腾“杀猪福”的李某不知所措，进不得，退也不得……

——摘自项传义《啊，桐子果》

扛猪的幽默 / 王平和

20世纪70年代末、80年代初这个时间段，壶镇供销社收购生猪。那些年，农户一般在正月里就到猪崽市场选购一头小猪，那是一只刚从母猪乳房吮奶水的十来斤重的小崽。各家抱回家后如同喂养宝宝一样呵护，有的因想省点猪崽钱，选购的小猪过于稚嫩，还要棉袄保暖、奶瓶米汤水喂养。待其稍大，以每天的洗碗锅水，杂以黄菜叶、野菜草，再抓上一把米糠皮，充作猪主食。日积月累，一年三百多天，小猪伴着日子过。

到了农历十二月，全家人企盼一年中最为重要的事情之一，怎样处理这头年猪。处理年猪不外乎两种方式，一是自家请杀猪师傅宰了分档处理；二是直接扛到供销社收购生猪点卖了。自家宰了的算是上户人家，一般是猪头腌后腊干，大年三十用作祭拜谢年的上等祭品；内脏自留用，砍下一二刀肉备作正月待客；其余大部分肉排仍卖给供销社。这样处理的好处是自家过年有猪头肉、内脏，可维持大半年的猪油。当然肉卖了就能留下明年买小猪崽的钱，剩下的可给小孩扯块布，给老爷子买点烟，置点年货。这是一个村里为数不多的殷实家庭的年猪安排。而大部分农户是扛到生猪收购点卖掉，这样可以得到更多一点的钱，一个年关要用到钱的地方太多了。

供销社收购生猪按毛重折率后计价外，还配发给肥料票、饲料票、食油票，有时还奖励一点糖、布票之类。所以扛猪投售也是农户的一个节日。这天一大早，主妇就要烧上猪老二最喜欢吃的美食，诸如菜叶玉米糊、大麦

粉糊、再充之番莳丝之类，反正这天即使主人餐桌上的东西，主妇也一改以往的节俭之风，都会舍得舀给猪老二，因为这一肚伙食并不是叫它消化的，是为了赶早投售供销社时过秤时称重用的，多吃进一斤就是一斤毛猪肉的价钱啊。

这样让猪吃个大饱后，主人就要把它前后双脚捆住，四脚之间穿插一根杠子，夫妻俩抬上肩，就可以上路投售了。这时一头肥猪四脚是朝上的，一个猪头歪在一边，嘴里＂咦咦＂叫声不断。夫妻俩扛得气喘吁吁，却企盼着今天能卖个好价钱，指望着年终派上大用场。所以夫妻俩不禁你望望我，我望望你，笑嘻嘻喜上眉梢。

有好事者专为此幅杠猪画面勾勒出一个传神的谜语：

四脚朝天，四脚朝地；
一个咦咦咦，两个嘻嘻嘻。
——谜底：夫妻扛猪（读：di）！

三溪出气井 / 应子根

三溪西应八景中有个“天井含烟”，据说古时常有神仙出没。

传说古代三溪有位在族中排行第十七的太公，娶妻后生了十个公子七位千金，可谓人丁兴旺、富贵双全，故人称“十七公”。

有一年，十七公两个公子同科及第，又同时娶亲成家。一家四喜同庆，数百亲朋共贺，好不热闹。

这一天，八仙中的铁拐李跋山涉水云游东海后，正从仙居逆永安溪而游，再从雅溪坑沿龙水而上。但见沿途危峰兀立怪石嶙峋，山势险要急流汹涌。一个山垄将险水拦向左转，一下子又有巨石将急流堵向右冲，真是碧峰左围右堵，激流横冲直撞。

铁拐李边走边数着千姿百态的水湾，一直数到漈潭，这短短一程就足足有“急流十八湾”和“险峰十八闩”。铁拐李自思：“我云游天下，见尽奇峰异水，也很少见到如此奇特的胜地！”正在陶醉之际，不禁又有“疑似步苍穹，却闻旌鼓隆”的感觉。举头一看，竟是“瀑飞来万马，石险跃神龙”的漈潭飞瀑胜景。

攀上“半空喷瀑气如虹”的漈潭山顶，又意外见到“四面群山环抱，中间沃土万顷”的灵山秀水，如一幅画卷展现在眼前。铁拐李以为此地已是“山重水复疑无路”了，没想到前面更有“俗朴风淳另有天”在等着他。

当他手舞足蹈趁溪而上，只见前面路上人来人往熙熙攘攘好不热闹。铁拐李问了过路客官，方知是十七公家四喜临门，乡邻乡亲好友亲朋前去庆贺。

铁拐李暗忖：“地灵必有人杰，我也去凑个热闹吧！”于是将双脚一划，上身一扭，马上变成腿粗如棕榈树，流血流脓不堪入目的乞丐，一跛一拐地拐到十七公家门行乞。正在忙碌的人一见来了个蓬头卷须、满身污垢、坦腹跛足，胁夹铁拐的乞丐，无不恶心欲吐，马上去报告十七公。十七公见到臭乞丐后慌忙请到中堂以礼相待，吩咐摆桌丰盛酒菜给这位客官享受。众人深知十七公惜苦怜贫、勤俭持家的传统家风，也就无话可说，乖乖款待乞丐。

不一会外面鞭炮震天锣鼓动地，两队迎亲队伍同时热热闹闹而回，人们兴高采烈手忙脚乱好不热闹。恰好此时，酒醉饭饱的铁拐李开口要主家给他一碗刚出锅的豆腐，一坛没有开封过的三年陈酒。人们问他干什么用，铁拐李伸出臭气逼人的烂脚，说是洗烂脚用。

这时旁边的相帮人真是心焦了：“你这个讨饭人真有点过分了，古来话说‘讨饭人吃不得猪脂饭’，现在我家主人以贵宾恭敬款待，你还提出过分要求。我们这里连三岁小孩都晓得一粥一饭来之不易，就是主人自己也从来都是省吃俭用，何况现在大家忙得不可开交啊。”铁拐李听后无言理会，

三溪漈潭

悻悻而去。他一边走一边想：这三溪港虽然民风淳朴风景好，但毕竟气派有限……

他离开十七公家后，从“眠犬”到“立虎山”，从“禹王庙”到“天马山”，从“草塘”到“天地坪”，不禁停住脚步看来看去。看了多时，终于拿出铁拐在那里一捅，这里一捅，雷电交加惊天动地。这一捅，捅出了与漈潭相通的“出气井”，这一捅，捅出来一道流传千古的“天井含烟”奇观！

只可恨铁拐李当时一边捅一边念：“上出气下出水，三溪出穷鬼！”从此，三溪注定世世代代平庸无奇，出不了高官巨贾。当时如果铁拐李念“下出水上出气，三溪出皇帝”，三溪肯定比现在要好得更多！

不过，“天井含烟”奇观，却给我们的祖先带来无数的传奇故事。其中：水牛从天地坪的“天井”掉下去后在漈潭爬上岸的故事；白龙驹救越王后跳下漈潭，从“天井”飞回家的传说……比比皆是。

时过境迁。最近几年，曾有三溪人做了个吉祥梦，那个蓬头卷须、坦腹跛足、胁夹铁拐的乞丐，又回三溪故地重游。当他见到“天井含烟”时感慨地说了一句：

上出气下出水，三溪出财主。

上天井下漈潭，三溪胜桃源。

神仙与挑夫 /周宅照

苍岭，道家称之为三十六小洞天之成德隐真洞天，它横亘在壶镇与仙居横溪中间，是金华府通往台州府的官路古道。虽说是官路，但路道崎岖，层岩叠嶂，过了南田风门头，二里半山岭，尤为陡峭，行人往来，膝盖可以碰到下巴。

一日，一个神仙云游到苍岭，看到岭上的人肩挑背驮，汗流浃背，气喘吁吁，好不罪过。神仙心想，若没有这苍岭，该有多好，穷苦百姓便可省力多呀，我得把它推平。

过了几日，神仙又从苍岭经过。他想起了自己许下的誓言，便把仙帚一挥，化成一把四齿耙，从苍岭脚的牛脚腕开始耙。一耙下去，地动山摇，满山的黄泥像潮水一样向胡陈洋泻去，据说后来成了东山人做缸钵、瓮甏的好材料。再一耙，岩石滚滚西去，堆起了狮子山。

神仙上到牛背龙头，登高望远。往西俯视，胡陈洋尽收眼底，缕缕炊烟，点点村落，应了"宅塘岙落米，苍岭脚争被"这一民谚呢。往东看去，接日云山，天外有天。再看那苍岭古道，就如一缕丝线，来来往往的行人好像蜂眼（蚂蚁）搬家。神仙想歇一会，便把四齿耙往路边的山崖上啄去，据说岩石上还留下四个岩洞。

神仙看得飘飘然，好不快活。只见一个老成丁（老头）肩负重担，一步步艰难地向岭头爬行上来，档柱的铁口舌不时发出有节奏的"噹噹"响。原先两头翘的扁担，由于沉重的两头的货物，压得没了傲气。到得岭头，老成丁用档柱把担子往路边山崖上一靠，从货担上取下草袋饭，就地而坐，食了起来。神仙看得真切，这饭可是冰冷的呀，民生不易，生计艰辛。他就走了过去，靠近老成丁，与之搭话。他说："老丁家，你们挑担，真是够辛苦了。我想把这山岭推矮一点，平正一点，让你们省力气一点。你看如何？"

老丁家自顾自地食着冷饭，瞟了神仙一眼，放下手中的竹筷，拍拍胸脯说："吃得冷饭冷馒焦（锅巴），不怕苍岭半天高。我们穷人，生来命就苦。假若日日有客商叫我们担货，便算运气。只要有货担，再高的岭都不在乎。此岭有如穷人的饭碗。你把岭耙平了，就是夺了我们的饭碗，连冷饭冷馒焦都没得食哦。"

神仙听得真真切切，物力维艰啊，我好心险些办了坏事。于是他将四齿耙向天空扔去，最后齿耙落到仙居镇头村外，叫耙篮岩；耙柄落在黄秧树东边，成了短棒岭。

缙云番莳王 / 麻松亘

相传某日，一个永康人与一个缙云人发生口角，永康人骂道："你真是个缙云番莳！"缙云人马上回击："你真是个永康萝卜！"有个金华人听见了前来劝解，永康人和缙云人都觉得他劝偏了，便一齐对他吼道："你真是个金华牛！"三个绰号，虽说似乎互有贬义，其实它们深深道出了三地风土人情的特点。缙云山多田少，旱地盛产番莳；永康田多土厚，萝卜又长又大；金华"斗牛"，闻名四方。而萝卜皮光多水，喻义永康人头脑灵活通达；番莳皮糙多粉，喻义缙云人本性淳朴实用；至于金华牛，则喻义金华人生性憨厚勤力。

缙云人怎么会拥有番莳这顶桂冠呢？这可能与番莳曾经是缙云百姓数百年当家口粮有关，但也不排除与缙云曾经放出的那颗"番莳大卫星"有着非常重要的关系。

时光流逝到1958年，缙云与全国各地一样进入"人有多大胆、地有多高产，不怕办不到、就怕想不到"的"大跃进"年代。

话说这年1月下旬，为期七天的全县四级干部大会在东方乡召开，会议全面部署了掀起大放"高产卫星"的工作。番莳在山多田少的缙云，对解决广大山区农民的饥饱具有重要意义。于是在该年6月，县里提出全县番莳面积扩大一倍达六万亩，同时决定"试创亩产番莳二十万斤"的县级"番莳王试验田”。

为实现亩产20万斤番莳王的目标，县里首先成立了以一名副书记和一名副县长为正副组长，机关干部、技术员和老农三结合的领导小组，然后请农技人员在东门畈精心挑选了一块旱涝保收试验田，并在田边竖起“20万斤番莳王试验田”的大幅标牌。6月23日开始平整土地，先是深翻土层三市尺，再施栏肥400担、堆肥600多担、人粪尿240多担以及部分桐饼，然后回填面泥，整好畦面，等待扦插。6月25日晚上7时，开始抽水润土。接着经过战前紧急动员的50多名工作人员赤脚露臂下田，挑灯夜战，扦插番莳秧，采取“密植水平插”技术，株距1～2寸，行距1尺2寸，亩插番莳秧约6000余株。直到深夜12时多，番莳秧扦插胜利完成。当晚县广播站就播出了这条震撼人心的新闻，《缙云报》也在醒目的位置进行了报道。

番莳王试验田宣传浪潮一浪高于一浪的时候，“半路杀出个程咬金”——仙都乡某村复员军人麻某某带领民兵提出：“学黄继光革命精神，立董存瑞战斗意志……番莳亩产廿五万斤”；紧接着又有新美乡某社九名干部提出了种植亩产35万斤番莳试验田的口号。一亩田667平方米，20万斤、25万斤、35万斤，也就是说每平方米必须平均种出300斤、375斤、525斤的番莳，这样的高产指标，是多么鼓动人心啊！消息传来，给县里番莳王试验田带来巨大的挑战和压力。于是县机关全体干部披星戴月，浩浩荡荡往试验田送人粪肥，以实际行动落实应战。时近子夜，人们才陆续回到机关大院，炊

事员老范给每人奉上一碗破例不收菜饭票的菜泡饭，算是慰劳。

缙云的番莳高产试验，得到上级的高度肯定和赞扬。7月14日下午，金华专区主要领导率13个县的一把手，实地参观缙云的“番莳王试验田”，“缙云番莳”的名声由此传遍金衢各县。

人粪尿、焦泥灰、颗粒肥、过磷酸钙，甚至专车从温州运来虾皮、龙头鲓，一次又一次地追肥，使试验田里的番莳蔓长得层层叠叠。于是又搭起棚架，让番莳蔓顺着架子往上爬。过不了几天，棚架上的藤蔓又已密不透风，缺乏光照，又拉上电线，用电动鼓风机不断向棚架鼓风。同时在棚架下安装了一盏300瓦的电灯，以增强光照。一系列前所未有的“科学”措施，使大家信心倍增。8月17日晚，县领导带领机关干部、老农、技术员等5人住进试验田边的草棚，“人不离地，地不离人”，开展田头会诊管理。对此，《金华大众报》刊出了以《田里住着好县长，精心培育番莳王》为题的长篇通讯，“缙云番莳”由此在省内外声名鹊起，前来参观者络绎不绝，省民间歌舞团还专程赶到缙云开展慰问演出，现场赶排的节目有歌词唱道：“缙云县，放卫星，一亩番莳要种30万斤……”

“九月掏番莳，十月做生意”，到番莳收获季节了，人们欢天喜地地挑着竹簸箕，篾箩筐，簇拥几辆拖拉机，浩浩荡荡前去掏番莳。大家七手八脚花了大半天时间，才把那层层叠叠的番莳藤割完搬走。开锄了，大家屏住呼吸，大眼瞪小眼地期待着大番莳奇迹般地出现……。挖了一锄，没有番莳，再挖一锄，还是没有番莳，……挖到番莳秧头了，起了一株，是一串串最大不超过大拇指的“番莳筋”，挖了一株又一株，株株如是……

“缙云番莳王” 试验失败的消息尽管被封沉，但仍不胫而走，成为人们茶余饭后的风趣话题，“缙云番莳”更是由此名声大噪。

乡村婴戏 / 项传义

小时候在乡间，几乎没买过什么玩具，但山边地角里的花草果实都可以当作玩具。

记得当年有一种叫“拍（掰）儿拍囡”的游戏，在儿童中很流行。两个小孩，采来“拍儿草”——一种类似水竹的植物，摘头去尾，取中间一段，两人双手各执一端，同时开始将草掰开，如果草茎被分成“N”形了，就说是拍了囡（女孩）了；如果拍成“11”形，就说是拍了兒（男孩）了。小伙伴们常常玩得笑个不停，“生儿子了！”“生女儿了！”叫着嚷着乐此不疲。有时还特指给谁谁拍，取笑人。看来生儿育女在孩子们的心目中，也是一场好玩的游戏。

还有一种叫斗草的游戏，浙江许多地方叫“打官司”。周作人也在《园里的植物》中说：“芣苡见于《国风》，医书上叫作车前，但儿童另有自己的名字，叫它作‘官司草’，拿它的茎对折互拉，比赛输赢，有如打官司云。”但我们小时候，用得最多的还是杜鹃花的花心，两小孩各取花心一根，两手各执一端，然后让花心处十字交叉位置对压，谁的花心被压断了，就算官司输了。据说此种游戏还与端午采草药有关，并且具有悠久的历史。白居易的诗《观儿戏》，说的就是“打官司”：

髫龀七八岁，绮纨三四儿。

弄尘复斗草，尽日乐嬉嬉。

待到夏秋之交，金针花开过之后，那金针秆也是一种玩具，叫“擒箸”。把折来的金针秆折成筷子一般长，整整齐齐的一把，数量以小手能握住为宜，大约十数双。两小孩对坐在地上，先玩的握箸掌心向上，松开五指，手掌向上一推，箸被抛离掌心，手掌则迅速翻过来变为掌心向下，箸落下来，有的搁手背上，有的落地，或一端落地，这时必须轻轻抖掉一头落地的那些，这样手背上留下的就少了，最好是留三根。接着，再往上抛一次，手心迅速翻转用五指“擒”住其中一至三根，抓住的就搁自己面前，算是赢得的，抓多了无效。若一根也没抓住，那就如同打台球一般，让位——让对方“擒”。一把箸都被擒光了，一场游戏宣告结束，大家都数数自己擒了多少，多者为赢。“擒箸”的规则也可以改为“擒五擒十”，允许抓五根或十根，其他数字无效。一般来说，女孩子比男孩子更喜欢“擒箸”。

还有一种“啄苦槠穴”的游戏，爱玩的孩子们，会用捡来的苦槠和苦槠耙做游戏。先在山坡平正处中心挖个小坑，大家都放进一颗苦槠，然后轮流着用苦槠耙的竹枝耙齿打坑里的苦槠，打出坑的那几颗，就被打的人赢走了。我们蹦着跳着，常常玩得满头大汗。

美丽的山村，虽然没有电动玩具，孩子们的生活却也丰富多彩。

——摘自项传义《啊，桐子果》

周柱伯驭牛 / 麻国裕

20世纪某个年代，上级派驻洋墩大队各个生产队两名官员，与农民同吃同住同劳动，每晚开忆苦思甜会，四类分子斗争会，牛鬼蛇神批斗会。社员白天干活已经十分劳累，晚间还要开批斗会，大多苦不堪言。

某日，驻队的贾官员为视察双抢大忙，与社员一起出工。他头戴大草帽，身穿白衬衫，足套短洋袜，脚蹬解放鞋，踱方步行走社员中间，颇有钦差出巡之风范。

彼时并无机耕路，两丘水田中间仅有一条盈尺宽的田埂，用来行走挑担。第五生产队专业耕田驭牛的周柱伯，犁耙耖样样俱精，常年跣足，平日对官员半夜开会颇有腹诽。其时恰好赶一头黑牯牛走在贾官员身后，见他慢腾腾踱着方步，即挥鞭催牛，用土话大声叱曰：“你这畜生，头怕热，脚怕冷，怎不快走！”

贾官员何等聪明人物，自然听出弦外之音。扭头正欲发作，却见周柱伯箭步上前，双手紧按牯牛屁股，大声喝曰：“畜生还不快走，还想放屁

耶？”大牯牛被惊疾步前冲，瞬间贾官员避让不及，挤落水稻田中。天可怜见，贾官员虽非天潢贵胄，却是何等高贵身份，鞋袜深陷水田烂泥中，白衬衫污渍斑斑，狼狈间急摸污泥鞋袜上岸，无暇发威问罪。众社员皆驻足观看，窃笑不已。

事后贾官员明察暗访，遍查周柱伯祖宗十八代，发现他世代赤贫，根正苗红，历史清白，欲斗无由，又系水牛挤下水田，终不能以牛批斗，怏怏自认倒霉而作罢。

狗头有秘密 / 麻国裕

20世纪60年代，农村水稻亩产仅三五百斤，双季稻产量更低，故每年秋收除去交公粮、农业税，社员所剩无几，常常饿肚子。

话说洋墩生产大队长穆某，小学文化，绰号“小算盘”。某夜大队干部开会毕，腹内饥馁，苦思寻物充饥。“小算盘”头脑活络，突然想到本村一“四类分子”家养一条黄狗，每日皆以人屙为食，即令民兵队长吴福率人前去打狗。也该老狗其命当绝，众干部当着主人的面将其一顿乱棍敲死，拖至早几年办过食堂的祠堂内，将狗泡汤褪毛，开膛破肚，分块肢解，并将整个狗头内脏一并入锅大火猛煮。

彼时农村电灯至夜十点三闪通知停电，其后须以油灯照明。时值夜深，油灯昏暗，大锅中热气蒸腾，肉块翻滚。众人口水流淌，饥肠辘辘，只等大队长令下，即可大快朵颐，一饱口福。

“小算盘”思忖，眼下干部、民兵不下20余人，皆虎视眈眈，然狗肉仅二十来斤，僧多粥少，自己怎样才能多食狗肉？俗话说“狗头坨坨肉”，唯有先把肉多的狗头抢到手，才能多食。于是他抢先一步上前捞出狗头，张口即咬，突闻一股屎臭，直冲斗牛。趋至油灯下，掰开狗嘴细察，只见狗嘴内赫然含有一大段黄屎！

“小算盘”何等精明，随即应变曰：“狗头未烂！”扔入汤中续煮。不久，肉熟汤浓，众人邀食，他自称牙疼，独吸旱烟，亦不多言。

众干部狼吞虎咽。啃食间，皆说有股屎气，或说狗肠未洗干净，然肉照食，汤照喝，顷刻间风卷残云，唯留狗头给大队长“小算盘”独享。“小算盘”尴尬不已，他灵机一动，便学起“孔融让梨”，说自己牙疼，叫民兵队长代劳。吴队长感激涕零，赶紧捧起狗头，掰开狗下巴张嘴欲咬，只听“啪”的一声，一段黄屎突然掉落地上。

——众人目瞪口呆，纷纷大呕不止……

报头的趣闻 ／麻国裕

洋墩穆至新，曾任国民政府报社编辑，随军记者。1950年入谭震林任校长之“华东革命军政大学”，后分配松阳县文化馆，偶有文章发表于省内外。1957年因“政治历史问题”被清理回原籍务农，戴“帽”监督劳动。然其秉性不改，常带书报在田头休息时观看。

彼时《浙江日报》报头由省委书记谭震林用繁体字题写。1967年反“二月逆流”时，早已担任副总理的谭震林成了“急先锋”“黑干将”，被打倒在地再踏一只脚，永世不得翻身。而《浙江日报》的繁体“報”字也被革命造反派拆解，读成“土干部小人”，是污蔑、攻击革命干部。从此，革命群众对报头的文字非常敏感。

文汇报

某日，穆至新在田间休息时拿出自带的《文汇报》观看。其时，《文汇报》的报头仍沿用近代著名书法谭泽闿（1889—1948）先生所书的楷书，“汇”字繁体写为“匯”。生产队长见穆至新拿出报纸，就瞄了一眼，却发现这个反革命分子正在看“文匯报”，不禁怒目圆睁大声叱曰：“穆至新，你这个死不改悔的老反革命，你与北京‘三家村’‘燕山夜话’黑帮有书信联系且不说，还经常带浙江日报的“報”字来侮辱我们革命群众，是可忍孰不可忍！今天又带“文匯报”来羞辱我们，欺负我们造反派没文化，这是公然对抗文化大革命，我们决不允许你这个反革命的猖狂进攻！”

穆至新只好缄口不言，低头认罪。后来，公社革委会勒令他去“更新水库”做义务工，监督劳动。

庆幸先生奇遇 /赵章格

现在壶镇人民路西侧，也就是以前通往雅化路方向的地方，改革开放之前，在人们的印象中，那里曾经是一片坟地，坟茔累累，古树参天。1958年“大跃进”时，多数树木被砍去烧炭炼钢铁，只留下稀疏几株。就是在这一片坟地的地方，曾经有座寺院叫茶堂寺。据县志《寺观》的记载，茶堂寺建于宋开宝八年（975），父老相传，后来让明朝嘉靖年间的卢尚书给抄了。

清同治年间“长毛反”时，长毛又一次进了廿四都、廿五都地面，杀人放火，抢劫财物，奸淫妇女，民不聊生，纷纷逃入深山僻壤避乱。来不及逃难的，就被长毛像切菜般赶尽杀绝，茶堂寺一带尸横遍野。有一人不传其姓名，为书写方便起见，笔者暂叫他为庆幸先生。当时庆幸先生躲藏在那尸堆当中，几天没食没困，又不敢出来。他筋疲力尽，而脑筋还灵清着。突然听到有脚步声，他急忙屏住气闭上眼睛假死。只听得其中一人在说“这个是张三，死某日某时。”另一个回说“对上了，我勾掉了。”又听得另外那个说“这是李四，某日某时死，勾掉吧。”庆幸先生听得真切，就强打精神，偷偷地睁开眼缝瞟了下：一老一少，老的拿着一本簿，少的拿着一根木棍。少的翻动一具尸体，报上姓名，老的在簿上做个勾。这一老一少距自己越来越近了，庆幸先生赶忙合上双眼。突然，一根棍棒落到身上，“庆幸先生没死，他来日要死在杭州府台牢。”庆幸先生听得清清楚楚，那一老一少从自己身边过去。

庆幸先生慢慢回了家，家是断垣残壁样。“长毛反”平靖以后，世道渐趋平静，家道渐渐丰足，一家和睦怡然。但他将当时的情景深藏于心，缄口不言。

一个傍晚，庆幸先生食了夜饭，端张凳子到园子外正闲散着，见一位二十出头光景的粉面后生对坐在对面的一块岩头上，形色有点愁苦。庆幸先生本是个善人，见状便走上前去与之搭腔。原来这后生是个读书人，进京赶考，不幸路上碰到强人，盘缠被抢了。一听后生诉说，菩萨心肠的庆幸先生二话没说，便把他接进屋去，叫老婆又是烧点心，又是烧脚汤，安排床铺。第二日早五更，又是像送嘉宾般的好酒好肉招待，并赠给铜钿当盘缠。后生千声谢万声谢，不忍离去。

第二年，这后生高中进士，捷报不让往家送，却让送到了庆幸先生家。庆幸先生自然为之高兴一番，还给送捷报人厚礼。

没多久，后生青云得路，为官当了杭州府太爷。他第一件事便是去壶镇感谢庆幸先生这位大恩人，称他是再生父母，将皇上加封给他父亲的官位奏准皇上改封给庆幸先生。庆幸先生无论如何不肯接受。后生无奈，便准备接他去杭州养老。庆幸先生又是再三推辞，后生只好罢了。

又过了些年，后生前来看望这位大恩人。此时，庆幸先生已丧妻，后生又说要接他去杭州看看景致，逛逛西湖。庆幸先生又是一口回绝。后生百思不得其解：难道我没给回报老先生有气？他深思熟虑了一番，便问道：“大恩人，你对我的恩德，我永世不忘，只是回报无门。让我如何是好？请你去杭州嬉几日，你都不答应，说说缘由看，让我也可放下一注心。”经后生再三盘问，庆幸先生说：“官人对我的情意我领情，可杭州千万去不得。”后生问：“为什么呢？”庆幸先生见后生没一丝假，便把长毛反时节那两个点名人说的话详详细细吐了出来。后生听得仔仔细细，明明白白，没等庆幸先生讲完，便打断了他的话：“啊呀，恩人，你真是个糊涂人，你想，杭州府是我讲了算，谁个敢把你关到班房去！”

庆幸先生想想也有理，便定下主意，要随后生去杭州嬉嬉。

第二日一早，两顶官轿早已在他门口候着。后生扶庆幸先生上得轿，便一前一后出发，经蛙蟆岭、麻车、石柱、永康、金华。金华府太爷早已在路边为他俩接风。遂后经兰溪码头，改乘渡船，经七里泷、富春江，抵达杭州。自有杭州府中人在码头迎接，不在话下。

庆幸先生在杭州府，后生敬若上宾。什么东坡肉、糖醋鳜鱼、西湖藕粉，只要是杭州府的特产，日日换着花样食。日日有差人陪着嬉，六和塔、雷峰塔，游人如织音难通；南高峰、北高峰，南北高峰各不同；里西湖、外西湖，里外风光满目中；灵隐寺、岳王庙，寺庙香烟暖烘烘。

庆幸先生嬉了个把月，杭州虽好，龙窝不如狗窟，思念起家乡来。他对后生说：“都说上有天堂，下有苏杭。杭州实在是天堂，承蒙你的福分，让我在天堂嬉了个遍，此生足矣。我想回去了。”

后生一听，真的是难分难舍。忽然计上心来，对恩人说：“先生通五经，我那儿子五岁了，我公事繁忙，照料不了。你就先当当他的启蒙先生吧，先教他读《三字经》，你若心烦，就带他逛逛湖光山色。等我近日寻到了先生，你再回去。”

听后生一说，庆幸先生还真的不好意思推托，便正经八道地当起了启蒙先生。“人之初，性本善。性相近，习相远”，小孩子天资聪颖，没几日，能背一大段《三字经》了。

小孩子生性好动，一日，他背完了庆幸先生布置的《三字经》，对先生说："先生，带我出去到西湖沿嬉嬉哦，嬉转来再读啊。"庆幸先生说："好啊，只要你认真读书，来日也像你爹那样，做官做府，先生当然会带你游西湖呢。你快同娘讲一声，我便带你去。"

师徒俩出得门来，早有一个府中差人在候着。三人转街过巷，一记工夫便来到了西湖边。差人在一旁候着，师徒俩在湖边游着。小孩子见一群红鲤鱼"啪啦啪啦"游了过来，好不高兴。他马上投了点点心，鱼群呼地游过来抢食。小孩子蹦蹦跳跳，忘乎所以。

突然，不知从哪里游过来一只癞头鼋，一口将小孩子拉下水，吞了进去。庆幸先生惊呼一声："快来人！"便慌成一团，如烂泥瘫倒在湖边。差人听得呼声，急忙跑了过来，小公子已不见踪影。差人吓得魂飞魄散，连呼"大事不好"，责怪庆幸先生没照顾好小公子，一面把他抓了起来关进了杭州府大牢，一面向府太爷禀告。

后生闻讯，昏厥了过去。太医火速抢救，后生苏醒了回来。他忽然想起了庆幸先生，亟问："恩人呢？"差人说："已投进大牢。"后生一听，连说"不好了不好了，赶快将先生放出来。"

差人不敢怠慢，前去班房。一到班房，牢头说："早死在牢中啦。"

后生闻噩耗，痛心疾首，大叫了一声："我害了恩人"！后生以厚礼埋葬了庆幸先生后，世代祭奠不绝。

最爱《红灯记》 / 项一中

1966年5月16日，《人民日报》发表了《我的一篇大字报》，全国大、中、小学全面停课闹革命。红卫兵小将高唱"造反有理"，到处"破四旧"，抓"牛鬼蛇神"，砸"走资派"狗头！

到了1968年7月，毛主席他老人家发出了最新指示："大学还是要办的，我这里主要说的是理工科大学还要办，但学制要缩短，教育要革命……

要从有实践经验的工人农民中间选拔学生。”

于是，经过一段时间的准备，从1970年下半年开始，全国各大专院校开始重新恢复招生，招收的学生从工厂、农村、部队里进行选拔，实行群众推荐、领导批准、学校复审相结合的办法。这就是“工农兵大学生”的起源。

在农村，这种选拔大学生的方法刚开始时深受群众欢迎，但那些公社干部、大队书记们很快就醒悟过来。他们不辞辛劳，千方百计地代表贫下中农把自己的子女推荐上大学。而那些因自己子女年龄太小还无法上大学的造反派干部，则拼命推荐自己的亲戚朋友上大学，或者干脆按送礼多寡进行排名推荐。据说1977年党中央决定恢复高考时，曾遭到许多基层干部强烈反对，因为很多地方已经按干部子女的年龄大小进行了排队，最长的推荐名单已经排到了21世纪！

相传，当年缙云南乡某公社某生产大队推荐了一个热爱劳动、关心集体，一不怕苦、二不怕累的优秀青年上大学。前来招生的大学老师看了他的事迹非常感动，想了解一下这位优秀青年的专业志向，就满怀热情地问他说：“请问你喜欢读什么系？”

这位青年一听，张口就答：“当然是革命样板戏了！”

招生老师见他没听懂，又问了一句：“我问你喜欢读哪一个系？”

他毫不犹豫地回答说：“我最喜欢提篮小卖《红灯记》！”

《红灯记》剧照

戴不破的帽子 / 项一中

1969年7月的某天中午，在溶溪公社花楼山生产大队一个自然村里，有个小学生刚刚放学，他唱着老师刚教的革命歌曲蹦蹦跳跳地回家：“天大地大不如党的恩情大，爹亲娘亲不如毛主席亲，千好万好不如社会主义好，河深海深不如阶级友爱深……”

当他跳到家门口，唱到“爹亲娘亲不如毛主席亲”时，正巧碰上他爹挑着空粪桶从生产队劳动归来。这个肚皮饿得贴背脊的老爹一听这句歌词，就对着孩子吼了一声：

“爹亲娘亲不如毛主席亲？你现在就到毛主席家里去吃午饭！”

不料孩子他爹的喝骂声被人举报。公社革委会立马就给他戴上了“现行反革命”的帽子，并抓进“8·11指挥部”关押批斗，后来又对他实行长期监督劳动。

1981年，一帮公社干部前来自然村为这个反革命分子“摘帽”。他们以为这个反革命一定会和右派分子或其他四类分子一样，对党和政府的宽大政策千恩万谢，然后端茶送水，感激涕零。

不料当公社干部站在他家门口，庄严地宣读为他摘去“现行反革命”帽子的红头文件后，此人不仅没有感恩戴德、热泪盈眶，反而不紧不慢、不冷不热地说：

“这顶帽子冬天不暖夏天不热，比纸还薄比布还轻，一年戴到头洗都不用洗，一个生世我也戴不破，你们尽管给我戴戴添啊！”

一帮公社干部尴尬莫名哑口无言，灰溜溜地拔腿就走……

王爷开大口 / 项一中

20世纪70年代，双溪公社东风大队有个老贫农，他苦大仇深，双耳皆聋，但年纪大辈分高，生产队里都叫他“宝唐叔公”。

1968年9月的一天晚上，县放映队到双溪公社放电影。宝唐叔公食过夜饭跟着孩子一起去双溪口，等两个影片放完才摸黑回家。

第二天上午，社员们在劳动之余坐在田岸上歇息，一个好事者大声问他：“宝唐叔公，昨夜放什么电影啊？”

宝唐叔公耳朵聋，人家跟他讲话要大声喊才听得见，所以平常很少有人跟他搭讪。这会见有人问他话，就赶紧回答：“智虎威取山。”

“什么电影？”有人没听明白，又大声问了一句。

宝唐叔公以为别人故意捉弄他，便瞪着眼睛说：“我耳朵聋，你也耳朵聋了？我再说一遍，是：智、虎、威、取、山！”

大家听了哈哈大笑，原来宝唐叔公把革命样板戏《智取威虎山》听讹了，说成了《智虎威取山》。

“你们昨晚半夜才摸乌盲回家，难道就放一个《智虎威取山》，没放别的电影？”好事者又问。

宝唐叔公说：“《智虎威取山》放完，还放了个‘奇弄白股臀’。”

“什么？”昨晚去看过电影的社员忍不住仰天大笑，没去看电影的却莫名其妙。因为缙云话“弄”的意思是做爱，而“白股臀”就是“白屁股”，“奇弄白股臀”的意思是：奇怪地对着雪白屁股做爱。

好事者再假魔托术地问他：“你说谁弄谁的白股臀？”

宝唐叔公一本正经地回答：“我是听孩子说的，他没说是谁弄谁。”

原来，当年小学的语文课本就是一册《毛主席语录》，所以孩子们小学毕业后连许多常用字也不认识。当晚第二个电影放的是《奇袭白虎团》，他孩子读不出“袭”字，就按老师传授的秘诀：见到不认识的字就读半边，因此把“袭”读成了“龙”，缙云话“龙”“弄”谐音，所以他就读成了“奇弄”。加上缙云话“白虎团”和“白股臀”音调相差无几，于是这个革命样板戏在宝唐叔公耳朵里，眼睛这么一眨，老母鸡变成鸭——《奇袭白虎团》就变成了《奇弄白股臀》！

幸运的是，宝唐叔公三代赤贫，属于标准的铁杆贫农，没人敢乱说乱动说他犯了“恶毒攻击罪”。

过了几个月，县里的放映队又来公社放电影了，宝唐叔公自然又兴致勃勃跟着孩子去看。第二天上午，劳动间歇时人们又故技重施：

“宝唐叔公，听说昨夜又去貌电影了？”

“是啊，貌电影总比摸乌盲听广播有意思呢。”

“还记得昨晚放的是什么电影吗？”

“那总记得呢，听我儿子说，是什么王爷开大口。”

大伙儿丈二和尚摸不着头脑，王爷开大口？什么意思？

“宝唐叔公你再说一遍，那位王爷叫什么名字？”

宝唐叔公想了想回答道：“哦，我记起来了，是大海王爷开大口！”

这时，他孩子从另一丘田里慌急两忙跑到他爹面前，对他吼道：“爹，你找死啊！不是‘大海王爷开大口’，是《大海航行靠舵手》！”

缙云“蛙琴”

/项一中

吾生亦晚，资质亦钝，唯肚宽胃阔，嘴馋喉深，日食洋芋三百枚，餐饮薯汤五大碗，以致洋气满腹，脑瘦肠空。及入小学，每逢近午，则饥肠辘辘，臭屁滚滚。先生只得掩鼻授课，其金玉良言、科学箴言，皆如鸭听天雷，鸡睹闪电矣。

年方十二，就读舒洪初级中学。校长骆加寿先生为培养“又红又专革命接班人”，倡导吾辈学子自习乐器。自此，但逢周末课余，校内琴声如鸡鸣狗吠，窗外笛音若鸦雀争食矣。

老夫见此，分外眼红，意欲东施效颦，求大音于希声。遂择天蓝云白之日，趁晨光微曦之时，上山砍硬木，削皮作琴杆；入岙觅石竹，去节作琴筒；爬树剥棕榈，抽丝作马尾；下涧割箬竹，选竿作琴弓。待得一一装配，万事俱备，独欠东风——琴面蛇皮，无处可寻！

盖因蛇之为物，滑溜囫吞，其形虽软，其齿剧毒，一朝被蛇咬，十年惧井绳。其时老夫乳臭未干，胆小如鼠，即便蜥蜴爬于眼前，畏之胜过猛虎，何况赤手捉蛇，抽筋剥皮乎？

某夜，老夫忽得一梦：碧波池塘，莲叶如伞，荷花映日，锦鲤成群。俄而，池底突浮巨蛙，皮青肉厚，嘴大如盆，吸食红鲤，眨眼将尽。老夫怒发冲冠，双手握拳，厉声呵斥：毒物休得无礼，且看将尔碎尸万段！

巨蛙突闻其声，转头怒目，突射长舌，仓促间老夫手忙脚乱，反被其舌卷入蛙腹。初入其内，但闻腥臭扑鼻，漆黑如墨，老夫遂猛然以独门绝技“三脚猫”反制，岂料蛙皮弹性极佳，只闻声震寰宇，嗡然有金石之音，反而震伤老夫五脏六腑，以致肝胆俱裂……

悠悠醒来，方知南柯一梦。然蛙皮金石之声，犹余音绕梁，不绝于耳。老夫福至心灵，茅塞顿开：蛇毒虽胜蛙舌，蛙皮岂输蛇肤？遂按图索骥，至仁岸寻一碧波荷塘，捕特大青蛙，剥以蛙皮，蒙于琴筒。

逾三日，皮尽干而紧绷，以指弹之，其音悦耳。老夫大喜，遂张弦调试音准。琴弓推拉之间，只闻低音如雄蛙“呱呱”求偶，高音若雌蛙“叽叽”对应；随之如孩提牙牙学语，渐入佳境后不辨雌雄，直呼老夫以“外公”“外婆”之声。老夫喜不自胜，遂以著名歌曲《东方红》试拉之，岂料曲调中隐隐如闻金石裂帛、杀猪宰羊之音。以致一曲未尽，满座皆惊！

1966年，“红卫兵”横空出世，学生罢课打砸抢，老教师挂粪桶游街。老夫满怀阶级感情，高举大蒜拳积极响应，且以琴为枪，猛拉《造反有理》，狠斗“牛鬼蛇神”；轻奏《万岁毛主席》，深情表“忠心”。

可惜到了1968年初中毕业，老夫回双溪东里，接受贫下中农“再教育”，摸爬滚打“炼红心”，曾立下大功之“造反利器”遂不知所终。

光阴荏苒，日月如梭。时过40余年，吾之同窗徐公学献，偶闻老夫言及此琴逸事，不禁大惊失色，叹之曰：君何大意矣？此琴乃天下第一、世界首创之民族乐器也，不仅可扬我华夏天朝之美声，且可争我缙云“山里无铳”之闲气云。言毕，徐公正襟危坐，思索良久，尔后微露玉齿，轻启樱唇道：“此琴可取名‘蛙琴’耳！”

——呜呼，“蛙琴”香消玉殒数十年，而今方得正名。悲乎？乐乎？惜乎？幸乎？吾不知也……

美食类

黄帝和黄酒 / 项一中

相传，黄帝在仙都铸鼎炼丹时，许多北方来的将士因水土不服而萎靡不振，久而久之不思饮食，水米不进。

这天一早，黄帝在一个长竹筒里装满了米饭，然后背着竹筒，准备上山去寻找医治患病将士的草药。

等到黄帝攀爬到半山腰，已是日过半午，还仅仅采到几把草药。他想，看来附近这种草药很少，不如先吃几口米饭充饥，再爬到山顶去找找。他攀爬到一个泉水潺潺的山涧后，打开竹筒就吃起饭来。

刚刚吞下几口，黄帝就觉得饭粒难以下咽，他干脆就用竹筒接满山涧里的水，吃起了泉水泡饭。喝完大半筒后，黄帝就把竹筒往旁边大树上一挂，继续登山找草药去了。

费了九牛二虎之力登上险峻的山顶后，黄帝果然发现这里长着整片的草药。等他采集了一大捆，太阳已经下山，天色开始暗了下来。他把草药往背上一驮，顾不得那个挂在树上的竹筒就匆匆下山了。

很快，大部分将士们吃了黄帝采回来的草药，身体慢慢好转。

过了一段时间，草药

吃完了，但个别病势较重的将士还没有彻底痊愈，黄帝决定再次上山采草药。

当黄帝刚刚爬到半山腰，感觉自己大汗淋漓，四肢酸软，怎么都提不起精神来。平时自己身体强壮，怎么突然间会产生这种状况？莫非自己也得了水土不服症？

黄帝正准备找个山涧喝点泉水提提神，左右一张望，突然发现上次采药未带回去的竹筒还赫然挂在那棵大树上。他走过去摘下竹筒，想看看里面的泡饭如何，不料盖子一打开，一股浓香扑鼻而来！

黄帝往竹筒里一看，发现原来的泉水泡饭已经变成橙黄色的液体，就忍不住喝了一大口。液体刚刚入口，就觉得舌爽喉滑，满口醇香，吞入肚腹后更是有股暖流令人神清气爽，全身说不出的舒畅。于是他“咕咚咕咚”一口气喝光了液体，只剩下一层饭渣。

当晚，黄帝采药归来，发现自己萎靡疲乏的症状一扫而光，而且全身充满力量。他开始疑惑起来，因为上次采药归来，感觉全身酸痛，所有的筋骨好像都散了架。为什么同样爬了一天山，采了差不多的药，今天的身体不仅没有一丝疲劳，而且感觉筋强体健，精神焕发？难道今天喝的液体里，隐藏着什么秘密？

他打开竹筒，舀出竹筒里残存的饭渣，闻了又闻，舔了又舔。发现这饭渣的味道不仅酸中带甜，而且醇香浓郁！

经过几天的研究，黄帝得出了结论：米饭经过浸泡后变味发酵，饭粒慢慢溶解成汁液，散发出特殊的香味。而喝了这种液体，全身的血气流通更为顺畅，不仅能治疗水土不服，而且有很好的滋补作用，让人体的机能更加强壮！

黄帝心想：根据这种原理，是否有意把米饭和泉水按一定的比例相混合，装入竹筒里或者陶罐中，再通过一段时间的自然发酵，令其变成一种对人体有益的液体呢？

想到这里，黄帝立即命人砍了很多竹筒，烧制了许多陶罐，然后装进不同比例的米饭，再接来仙水洞中的泉水，按不同的温度、环境进行试验，最终成功地复制了这种对人体有滋补作用的琥珀色液体。

由于这些液体大多是装在酉字形陶器里制作出来的，人们就画个“酉”再加三点水，把它叫作“酒”。又因为这种用米饭酿成的酒是“黄帝”发明的，又呈“黄色”，人们就把这种酒叫作“黄酒”。

——这就是中国“黄酒”之来历。

后来，人们通过化验才知道，黄酒含有18种氨基酸，其中的8种是人体自身不能合成的，加上黄酒有许多易被人体吸收的营养物质，如：麦芽糖、葡萄糖、高级醇、有机酸、维生素E等，有助于人体血液循环，促进新陈代谢，具有养生长寿之功用。

如今，缙云每年举行的黄帝祭典，主祭者都要高高举起酒爵，把黄帝发明的“黄酒”作为祭品，恭恭敬敬地供奉在祭桌中间。

缙云烧饼 / 麻松亘

要说缙云知名小吃，首推“缙云烧饼”。它不仅饼香扑鼻、色香诱人，而且故事传奇、文化底蕴深厚。

缙云烧饼起源的传说主要有两种。

一是轩辕黄帝炼丹烤饼说。传说轩辕黄帝当年在缙云山鼎湖峰架炉炼丹，身心非常专注，连吃饭都不离开一刻。黄帝如此，大臣们也不敢离开半步。但“人是铁饭是钢，一餐不吃饿得慌”啊！终于有一位聪明的大臣，和起面团，贴在丹炉壁上烤熟，敬献黄帝。黄帝驭龙升天后，当地百姓就用陶土模仿黄帝的丹炉，烧烤面团食用，以期也能升仙。后来百姓虽没有升仙，却创造出独特的缙云烧饼。

二是缙云古代烧砖瓦、烧木炭而受到启发。在山靠山，缙云山民自古有以烧砖瓦、烧木炭谋生的传统。在砖瓦、木炭烧好冷却后，窑工们必须夜以继日地出窑。此时窑的内壁还是很烫的，窑工们为了不误工，就在出窑前和起面粉，贴在窑壁，饿了就以此充饥。后来有些窑工不烧炭了，但还是想吃那种烤饼，于是他们开始根据瓦窑的形状反复试制、改进，终于创出烤制烧饼的一整套设备和烧饼的烧烤技艺。

缙云烧饼的起源，可以仁者见仁，智者见智。但有一点应该可以肯定，它至少在600多年前的元朝，就已负盛名。说的是元至正十八年（1358）十二月，朱元璋手下将领胡大海攻婺州（金华），久攻不下。朱元璋亲往督阵于城西，并挥师大破援兵，迫使婺州元军守将出降。奇怪的是城破的“先一日，城中人望见城西五色云如车盖，以为异”（《明史》）。消息传到朱元璋耳里，视为吉兆，又知离婺州不远的缙云，古来亦称“五云”，且有黄帝升仙鼎湖传说，是个龙兴祥瑞之地，故认为“五色云”的呈现，是上天指引自己必须前去恭祭，方能成就大业。苦于当时的缙云还属元兵控制，朱元璋只得微服潜访缙云，祭祀轩辕黄帝，此间得以品尝缙云烧饼，觉得十分可口，此后竟念念不忘。待他登基做了皇帝，立即派人到缙云挑选师傅，带回宫中专做烧饼。有一天早上，朱元璋正在吃烧饼，才咬下一口，宫内太监报说刘伯温求见。朱元璋想，刘基每每神算，用兵如神，这次不妨再试他一番，于是将盘中烧饼，用碗盖了起来。刘基礼毕坐定，朱元璋问曰：“先生深明数理，可知碗下何物。”刘伯温掐指轮算一番，答曰：“半似日兮半似月，曾被金龙咬一缺。依臣算来，乃烧饼是也。”朱元璋赞叹不已。后又问国运，遂成著名的隐语预言歌谣——《烧饼歌》，流传于世，至今被人视为神撰。其实，刘基运筹帷幄、神机妙算是世所公认的，但这次猜烧饼，故弄玄虚的可能性更大。因刘基早年在离缙云不远的青田石门洞读书，后又有郑葆（民间称“郑国师”）等诸多缙云朋友，还在缙云雅宅娶了一房陈姓妻室，故对缙云烧饼当然是熟悉不过了。朱元璋把

缙云烧饼

刚出炉烧饼虽然盖了起来，但其香味早已飘到了刘基的鼻子里，能不猜准吗？当然，这个故事已经足以说明，烧饼至少在明朝开国之前，已经盛行于缙云。

缙云籍作家吴越先生著的《括苍山恩仇记》，被人们誉为近代浙西南民风民俗的活辞典。在他这部洋洋洒洒的200万字作品中，涉笔缙云烧饼的，达30余次，把缙云各式各样人物喜欢品味缙云烧饼的风土人情，以文学作品的形式，展现给了世人。

无独有偶的是2005年，草根艺人“基地小虎”卢晓武用缙云方言自编自唱“缙云烧饼”歌，在网络和缙云的大街小巷广为流传，使缙云烧饼的名声更加广为传扬。

2015年7月，缙云烧饼被中国烹饪协会评为“中华名小吃”。230多家缙云烧饼示范店分布在全国20多个省（市、区），并走出国门，在加拿大多伦多、澳大利亚悉尼、意大利米兰和阿联酋迪拜开出缙云烧饼店。缙云烧饼从业人数约达万人，营业收入达数亿元。

缙云羹宴 ／麻松亘

“羹宴”是旧时缙云山民以“羹”为主体的地方特色宴席。

缙云山多田少，山上多葛藤、苦槠，山地多番薯、蕉芋，而这些植物，淀粉含量非常丰富。山民们每年都要到山上去捡苦槠、挖葛藤、收蕉芋，加上破碎而不能收藏的番薯，洗制淀粉，俗称“山粉”，它是缙云羹和羹宴的关键原材料。

据说缙云羹及羹宴的流传，还与南宋大理学家朱熹有关。

南宋淳熙九年（1182）八月，朱熹自台州来到缙云，缙云学子闻讯纷纷寻迹求学，于是他在壶镇雁门山和仙都伏虎岩下开门讲学。朱熹历来主张有教无类，故前去听他讲学的，不仅有远近文人士子，很多山野樵夫、牧童村姑也都赶来听课。负责接待的缙云人因为时值八月酷暑，没什么好菜，为了变换花样，只好用山粉加各类农家菜肴作为佐料，糊山粉羹给朱熹吃。不料朱熹吃了缙云的山粉羹，感觉嫩滑爽口、余味无穷，一再称赞。从此，山粉羹就成了缙云人招待贵客的一道美食。

古代缙云，山多田少，粮食短缺，生活艰难，但家中娶妻生子、寿庆之类的喜事还是要操办的。朴实的山民为了筹办好家中喜事，一方面要考虑让客人吃饱吃好，另一方面则要考虑节省。于是，山民们经过长期摸索、总结出用肥肉（美其名曰“海参”）、猪血、猪肠、豆腐、千张、豆腐枣、精肉等配料，调试出“海参”羹、猪血羹、猪肠羹、豆腐羹、千张羹、豆腐枣羹、敲肉羹、甜羹等羹类系列，成为缙云旧时颇有特色的“羹宴”。

山民梦寐以求的喜筵，首先是想补充一点油水。因此，肥肉羹必然是第一个上的，人们还称其为“海参开宴”呢。然后，七羹八羹，鱼贯而上。而敲肉羹必然是压轴的，因为它是当地人公认配料最精、味道最好、档次最高的羹，而且有一个贤孝的美丽传说。相传很久以前，缙云县有户穷人家，母子二人相依为命。有一年，老母突然病倒在床，儿子想买点精肉给母亲补充营养。第二天凌晨，儿子就上山砍了担柴卖了，买回一小块猪精肉，煮给母亲吃。老母牙齿掉落咬不动肉，又咽不下。儿子看在眼里，急在心里。次日，儿子又用卖柴的钱买回精肉，切成小薄片，撒上山粉，加上盐，然后用面杖反复轻轻敲打、碾压，把肉纤维敲断，去其韧性，使其松脆，再用手撕成小片，然后把水烧开，糊制山粉羹给母亲吃。老母亲吃了状似琼脂、色如琥珀、肉质脆嫩、鲜香滑爽的敲肉羹后，精神一天天健旺，病也随之好了。

羹宴最后的大轴，则是寓意大家的好日子永远甜甜蜜蜜的甜羹。

人们说，旧时缙云的筵席，就是一桌羹宴，实在不言为过。这么多道羹下来，客人们的肚子填饱了，饭菜也省了，大家都欢喜。

如果把缙云羹宴加以梳理、开发、提高的话，我认为完全可以成为非常具有缙云地方特色，乃至全省、全国的名宴、名席。

爽面卵 / 麻松亘

“爽面卵” 自古以来是缙云民间最上乘的待客佳品。爽面长长，意寓安康、长寿。鸡卵圆圆，象征完满、团圆。故在缙云，大年初一五更早，要吃爽面卵；生日祝寿，要吃爽面卵；贵客上门，要吃爽面卵……爽面卵无愧为缙云最深吉祥寓意、最浓文化韵味、最受百姓青睐的传统美食。

相传黄帝南巡，在驻足鼎湖九炼金丹的同时，广泛传播中原文明，缙云百姓感恩戴德，遂以自制的索面礼待黄帝君臣。索面上口，柔韧爽滑、满口清香……黄帝连声说：“爽！爽！爽！”于是缙云百姓借黄帝金口玉言，将索面改称为“爽面”。

缙云爽面，少不了卵，因为爽面卵是缙云民间的待客上品。

爽面卵

缙云旧俗，大年初一的早餐家家户户都要吃爽面卵，以求新年吉祥顺畅。每逢生日，必吃爽面卵，寿宴则以爽面卵开宴，以祈健康长寿。即使在生日蛋糕、吹蜡烛等西洋风情挺进千家万户的今天，过生日吃爽面的传统仍然风行。而贵客上门、游子辞行，也都以爽面卵享之，祝愿亲友遇事圆满、安康长寿，并致以敬重之意。

记忆当中，正月拜

年时的爽面卵文化韵味最浓。卵一般用过年时煮熟染红、拜佛用过的鸡卵，剥去外壳，卵白还透着粉红。满满一大碗爽面卵的顶尖，铺着油豆腐丝、瘦肉丝或油渣和香葱等“签头”。碗底则垫着大大的肉块或肉丸子，叫作“垫碗”。你可千万不能把“垫碗”吃掉哦，这样才叫作有吃有余吗。那时的鸡卵，是一般农家的上乘补品，数量又很少，普通老百姓家里一双鸡卵，往往要接待很多批客人，因此有“正月卵，烫烫暖”的俗语。因此拜年出发前，父母亲往往都会嘱咐我们不要随意把卵吃掉。亲戚如果真的想你吃卵，她会用自己的筷子把你碗里的鸡卵夹开，那才是真心叫你吃，夹开的卵你就可以放心地吃掉了。

缙云爽面卵，确实有其悠久历史、独特风味和吉祥的文化底蕴。

清明馃 / 麻松亘

清明馃是缙云民间祭祀轩辕黄帝和清明祭祖扫墓的必备祭礼，也是一种深受百姓喜爱的地方传统美食。

缙云民间做清明馃的历史久远，清乾隆《缙云县志》有“清明寒食节，家做青馃，……埽于墓坛”的记载。清明馃在古代仅在清明节前制作，主要用于祭祀。时至今日，缙云街头几乎一年四季都可以买到清明馃，主要功能已成为老百姓喜爱的点心。还因为“清明”与“聪明”谐音，人们常常会抱着婴儿向邻里乞讨清明馃， 给孩子讨个口彩，谓之“讨聪明”，可见清明馃还是民间文化食品。

清明馃的来历，据说还与大禹有关。相传大禹治水13年，三过家门而不入，水患得以平息，深得世人敬戴。大禹死后，各地纷纷建庙祭祀。缙云各村都建有“本保殿”，大多供“平水大王”，就是大禹。百姓有的认为大禹治水劳苦功高，祭祀须用三牲大礼，有的认为应该用五谷百果。最后大家通过讨论认为，大禹生活简朴，如用高贵祭品恐怕有违圣人本愿，应该用绿色食品祭祀，方合大禹爱民之心。从此，清明祭祖，人们便纷纷以青艾叶之汁

清明粿

液将米饭染成青色，作为供品祭祀大禹。

缙云则用青蓬（鼠曲草）加糯米粉做成清明粿，作为供品。制作清明粿，先要到田畈采摘青蓬嫩头，洗净后放入沸水汆熟除去苦味，再捞出挤干细切，再把熟糯米粉与蓬团相混，放入石臼捣透，裹之以馅。粿馅分咸、甜两种。咸的一般由猪肉、芥菜、笋、豆腐精制而成，甜的多为豆沙加糖捏团。清明粿有扁圆形、鱼形等，俗称“元宝粿”等。最后是在蒸笼底放一层“粿箬叶”，隔水蒸熟食用。

缙云清明粿采用古传技艺制作，外观青绿碧翠、晶莹剔透，上口糯韧适口、清香美味。尤其是所用的青蓬，具有祛风除湿、调中益气、止咳化痰功效，对降低血压、治疗消化性溃疡，以及祛痰、镇咳、镇痛都有一定作用。散发着淡淡清香、深含着浓浓亲情和绵绵乡恋的清明粿，不仅是缙云传统的特色小吃，同时又是保健群体的食疗佳品。

灰汁粽 / 麻松亘

中国乃至东南亚等国都有粽子，但最具有风味特色的，当莫过于缙云的“灰汁粽”。

相传黄帝在鼎湖峰驭龙升仙后，峰巅的丹鼎也飞升天庭，唯留下一大堆炼丹烧过的柴灰。百姓们想：“黄帝食鼎中仙丹可以升仙，此柴灰也定非等闲之物。”于是纷纷拿回家中，想着法子享用，以期长生不老。时近端午，一老妪以泉水泡柴灰，过滤、沉淀后，以灰汁浸泡糯米用来包粽，及食，见粽色嫩黄，香气扑鼻。邻里纷纷仿效，旋以灰汁粽对天朝拜，感谢黄帝恩赐美食，用灰汁粽祭奠黄帝遂由此相沿成俗。

缙云灰汁粽以青箬包裹，主料为糯米、柴灰汁和内馅。柴灰必须用“硬壳乔”柴烧成，再以泉水冲洗，用纱布过滤的柴灰，澄清后分别以灰汁浸糯米。内馅分咸、甜两种。咸馅用家养猪鲜肉或咸肉、火腿，佐以菜咸笋或大栗、花生米。甜馅多用豆沙加糖。如过节或给读书人吃的粽子，包成拦腰两扎、每头两角的“门闩粽”；而祭祀、拜佛用的，则包成长而尖状，名为斋（尖）粽，其内馅就不能包肉了。再是在煮粽子时，要盖上一捏浸湿的“稻秆圈”，以免上层粽子干裂或不熟不透。

灰汁粽不仅色泽嫩黄明丽，入口柔软细糯、油而不腻、清香爽口、回味鲜美，而且具有祛病养生功效。因为灰汁多碱，可中和血液酸性毒素，防止管壁沉积，促进血管软化；“硬壳乔”灰汁更具散寒消肿、消症破积特效。故缙云灰汁粽以色、香、味、养、疗等特色，越来越受到人们的青睐。

博士粽 / 项笑羽

博士粽原名秀才粽，始创于明代南乡十七都的里雅潘（今姓潘村），至今已有数百年历史。

缙云南乡双溪口一带风俗，学童考试当日早餐，必先食糕后食粽，因为“糕粽”二字与考试“高中”谐音。所以当年姓潘村的童生赴县城考秀才，为讨得好彩头，不仅早餐要食糕食粽，而且路上还要带着糕粽。因为一来糕、粽都是用优质糯米制作而成，不仅美味可口，且非常耐饿，最适宜当作外出远门之“路粢”。

然而这一年童试期间，一位势在必得之姓潘童生吃完粽子，居然腹痛如绞、下泻如水，最后因头晕脑涨、力疲气短而名落孙山。事后他发现，此乃发馊粽子所致，不免痛心疾首，后悔莫及！

回乡后，其父母痛定思痛，决心改良粽子，目的只有一个，那就是使粽子保存的时间更久，至少在童试四五天内不会坏。经反复试验，他们以熟透的姓潘糖柿拌和精选之糯米，再加上其他秘密食材晒干后磨粉，终于制成了常温下保质期长达七日之“柿粽”。

次年，这位童生再次赴考，其所带的路粢以及主食，皆以甜蜜柿浆与糯米配比制作而成的柿粽。结果，一举考中了秀才，从此柿粽被誉为秀才粽。

后来，这种富有文化品味的南乡小吃秀才粽，在姓潘村隔溪原大道坛潘鼎丰、潘鼎仁等数户人家的不断传承下，一直流传至今。

改革开放后，姓潘村文风大盛，小小村子居然出了16个博士。

为什么一个千余人口的村庄会出现这么多博士？是他们家的坟场个个冒青烟，还是有其他为人所不知的秘密？最后人们通过不同的渠道探知：他们赴考时都不约而同吃过糕粽，也即秀才粽！

就这样，秀才粽又被人们改称为博士粽。

姓潘村博士粽，由于甜流蜜的糖柿柿浆和精选糯米互相交融，渗入米粒之中，加上几种秘密食材辅助，在蒸煮之时产生了一系列化学反应，形成了一种特殊的清香鲜甜、糯软爽口之风味。此外，博士粽还带有补中益气、养胃健脾、清火润肺等一系列药效。

了解了博士粽的药用性能后，姓潘村之所以有这么多博士之谜题，也就迎刃而解了。

冷水金团 /周宅照

冷水，是壶镇的一个小山村，古时叫冷水铺。这里有一种小吃叫冷水金团（汤圆），外边金黄色，里面晶莹剔透，食而不腻，曾誉享壶镇洋。

冷水金团，一般只在过年时制作，可作为上桌食品，又可作为回赠拜年客的礼物。

冷水金团，主料是糯米，配料是红糖、茴香、桔皮之类。糯米营养丰富，能补中益气，健脾养胃，止虚汗。

先是制作备料：一是舂好米粉。冷水地处高山区，糯谷生长期长，称寒糯，比其他糯米更细腻更有糍性。先把糯米浸泡数日后沥干，倾进老臼用老鼠头舂碎过筛，米粉备用。二是炒好米籾（音：缙云方言第四声翁字）。籾是把籼米用汤泡一下，然后放锅中炒熟，乘热加入佐料红糖、茴香、桔皮之类，冷却后磨成米粉备用。

金团有二种，一是汤圆。把糯米粉加入适量清水，揉匀搓成一个个像乒乓球状的米粉团，待镬内清汤沸时入镬，等一个个上浮就熟了，用爪篱捞在碗中，加入红糖。待红糖烊出，即可食用。

二是，把煮熟汤圆用爪篱捞起，放在敷有馀的箪箕上，再撒些馀，便可上桌。吃起来既不腻口，又清香扑鼻，回味无穷。则使到了第二日，仍旧可吃，不需加热。

说起冷水金团，相传是在嘉靖年间，东洋过来的倭寇杀人越货，无恶不作。后来倭寇占领了台州、仙居。风传还要过横溪、越苍岭，抢劫壶镇，冷水铺民众听了人心惶惶，因为这里是去壶镇的必经之路。

正准备逃难时，又传来了好消息，浙江巡抚阮鹗大将军将要带领金华、处州兵，准备跨越苍岭，前往仙居剿寇。众人听了，吊着的心总算安了下来。

一个读过私塾的人先生说："阮大将军率正义之师征伐恶匪，让我黎民安居乐业。古人说王师到处，箪食壶浆以迎。我冷水铺别无长物，糯米有的是，做些点心迎王师，也算我们的一点心意。"众人听了，都说在理，便各自回家，我一石，你一斗地献出糯谷。一时间，砻磨碾米声、老臼舂米粉声、麦磨磨馀声，此起彼落，整个山村炊烟缭绕，不分老少，人人动起手来，做汤团。

果然不数日，阮大将军真的带领先头部队登苍岭向冷水铺而来。众人在读书先生带领下，早早在村口西岭头上搭起棚帐，摆起桌椅，备了香案，供上汤团、茶水，敲锣打鼓以迎王师。阮大将军一到，见百姓如此诚情，甚为感动。先生献上一碗茶说："在下代表百姓请将军用茶。"阮大将军见那茶色泽翠绿，香气浓郁，喝了一口，甘醇爽口，举起大拇指连连称赞说："不逊龙井呀。"百姓告诉说，这茶叫括苍云雾茶，产于本地高山，本是贡品。

众人又献上汤团，阮大将军看到端上来的东西，形如柿饼，色似黄金，便问："这叫什么？"众人回说是本地土制的汤团。阮大将军咬了一口，说："嗯，好点心。宁波汤团洁白，油而易腻，这汤团清口，黄金色，活像黄金做的金团呢。"众人听了，自然快活，连声凑和说："是，是，是金团。"

阮大将军一行离开冷水铺，经五洋湾，到达南田，筑起将台，择日祭祀山川、神道。听说阮大将军在南田要祭祀，冷水人老早就把装满汤圆的板箩担送到南田。祭祀时，阮大将军特意吩咐，将金团、云雾茶作为祭品。阮大将军祭祀毕，点兵遣将，挥师如猛虎下山，直下二里半，收复了仙居、台州。

喷香浸尿卵 / 章一坚

不知大家是否尝过缙云一道特殊的美食浸尿卵？

所谓浸尿卵，其实就是用尿液煮成的鸡蛋！

这种尿液当然不是普通人的尿液，而必须是身体健康的"嗣尕倪"的新鲜尿液，换句时髦的话就是童子尿！

制作过程并不复杂：先把"嗣尕倪"的尿液接入干净的瓦罐，再放进鸡蛋，置于火炉上用木炭慢慢地煮一个时辰，等到瓦罐热气腾腾骚味四溢，再把罐中鸡蛋轻轻拍打出裂纹，让尿液充分渗透后继续煮。大约再煮一个时辰，美味浸尿卵就大功告成了。用手剥开一个热乎乎的鸡蛋，放进嘴里轻轻咬一口，那真是咸淡适中，满口飘香。如果再喝一口刚刚煮蛋用过的卤汁，顿觉入喉舒适，余味无穷！

原来，双溪一带风俗，吃了浸尿卵可以大补。春天吃过浸尿卵，一年不会脚酸；立夏吃过浸尿卵，一夏不会犯困。唯一的禁忌就是：当天不能浸水，否则营养会流失！

相传，浸尿卵已有将近千年历史，至今在双口、东里、姓潘、上周一带村庄里还流传着这样一个故事。

北宋末年，方腊部将霍成富攻占缙云后，到处烧杀掳掠，朝廷派遣胡参将率官兵前来剿杀。可是这胡参将没打过仗，听说霍成富部下都有阴兵附体，刀枪不入，他心中害怕，就不敢主动出击。后来听说盘踞在双溪口一带的霍部义军被当地百姓组织的乡勇打败，已经从双溪口、平坑口往胡陈、仙居一带逃窜，胡参将这才率官兵浩浩荡荡前来清剿。进入双溪口后，大队官兵在村里耀武扬威，作威作福，把附近村落闹得个鸡飞狗跳，还扬言要杀几个通匪的，百姓敢怒不敢言。

这一天胡参将要吃鸡蛋，命令村里的里正张老爹去煮。张老爹不敢怠慢，马上吩咐下去，自己有事走了。其时村民对胡参将已经恨之入骨，有人就偷偷唆使不懂事的小孩往煮蛋的瓦罐里撒尿。当三个村民把鸡蛋端上来后，胡参将一闻气味就感觉不对，顿时变了脸色，命令手下把三个村民绑了，严刑拷打。村民熬不过刑罚，只好如实招了。胡参将下令把三个村民治个通匪罪，统统砍头！

正在刀斧手高举鬼头大刀，张老爹匆匆赶到，随即高喊：

“胡参将，刀下留人！”

“怎么，你也想死？”

“胡参将，这叫浸尿卵，是大补的食品。我们见您剿匪辛苦，是我特意吩咐他们煮的。”

“天下哪有这等事？”

“您不信？我们祖上流传一句话：春天吃了浸尿卵，一年脚不酸，立夏吃了浸尿卵，一夏不犯困！”

“那你给我吃吃看！”

张老爹拿起一个尿煮蛋，从容不迫地剥开，塞进嘴里，吃得津津有味。胡参将将信不信，命人取来铁锅一口，让兵丁往里面撒尿，然后放入鸡蛋，点火烧煮，要张老爹当场吃尿煮蛋。

煮了半个时辰后，张老爹捞起臭气熏天的尿煮蛋，当众三下五去二地把十来个鸡蛋一口气全吃完，再舀了一勺锅里的尿液，吹吹凉，然后咕嘟咕嘟喝得一干二净，一帮官兵看得目瞪口呆。胡参将看了现场表演，不由他不信，三个村民的命才算是保住了。后来胡参将班师回朝，还叫张老爹再煮一大锅浸尿卵带去孝敬老爹老娘。

其实，用新鲜的童子尿煮鸡蛋，确实有药用作用。童子尿烧煮后会形成结晶，中医称作“人中白”，可滋阴降火、止血治瘀。《本草纲目》记载：人尿为轮回酒、还元汤，童男者尤良，其尿清热，主治寒热头痛、症积满腹！

官粟类食品 / 项传义

缙云东乡人称玉米为官粟。不知道玉米最初传入缙云时，是否真的得到过官方的推广，这些琐事早已被淹没在茫茫史海的尘埃里，咱也不去考证了。

官粟的吃法很多，小时候吃得最多的是官粟羹，几乎天天早晚都要吃。但小孩子比较挑食，都不喜欢吃，因为缙云一般人家做官粟羹是不放油的，只放盐，再掺和一些咸菜、青菜或番莳块，甚至番莳丝。如果官粟面再粗一点，对小孩们那娇嫩的小嘴来说，确实不很受用。

官粟的另一种吃法，是做成汤团，三溪人称之为官粟金团。做法有两种：生面和熟面。生面的做法是，将和好的官粟面团一块块“摘”了扔进锅中的沸水里，煮熟即可。所以三溪人说这是“摘”金团。熟面复杂些，将和好的官粟面直接放入热锅中，边用锅铲搅拌、翻炒、煸压，直至半熟。然后用锅铲把大块的熟面划拉成三四厘米大小的块，加水煮熟。照样，官粟金团的汤里也要放盐并掺和一些咸菜、青菜之类。官粟金团已属半干半稀的食品，当然比官粟羹好吃些。

苞萝饼

官粟饼最好吃。最常见的是20多公分大小的薄饼，手艺好的可以做得很薄，烤得很脆，香头就出来了。三溪离仙居近，仙居的女人最善于烤官粟饼，有一种俏皮的说法：仙居“内客人”（妇女）用一只手在大腿上都能做出很大的官粟饼！你看，神吧？

如果喜欢吃软的，又要快，我娘有时是将和好的官粟面团揉成立方块，再用刀切成方薄片贴到热锅上烙，锅底要放些许的水，烤出来的方形饼，一边软，一边微焦，也不错。如果用咸菜、菜干或菜头丝做馅，做成头梳饼，当然更好吃。

有一次在山上吃官粟饼，父亲给我讲了一个官粟饼的故事。

从前，有两兄弟上山干活。吃中饭的时候，发现母亲给他们带的是五张官粟饼。哥哥想，我先拿两张叠着吃，等会再吃一张。

弟弟早已把一切看在眼里。不慌不忙地吃完了第一张，说：

“哥，你这样两张饼叠着，好吃些吗？我也试试？”

他把剩下的两张饼一叠，“嘎嘣嘎嘣”大嚼起来，哥哥只能翻白眼！

玉米（官粟）是17世纪从南美传入中国的农作物，和地瓜、花生传入中国的时间差不多，它们的到来，真是大大地充实了国人的肚子！无怪乎清中后期，中国的人口一下子增加了很多。现在，全国从南到北都种玉米，产量仅次于水稻麦类，是食粮，也是饲料，对解决国人的温饱问题贡献极大。仅此一项，我们也该谢谢发现了美洲大陆的哥伦布大爷吧？

——摘自项传义《啊，桐子果》

特产类

缙云番莳 / 项一中

国人最尊崇的，大约莫过于薄古厚今。

国人最痛恨的，大约莫过于崇洋媚外。

因为薄古厚今，我们与前朝作比较，比出了一穷二白三座大山；比出了和平崛起万国来朝。可惜有些崇洋媚外者，他们对洋人洋货极尽卑躬屈膝点头哈腰之能事，丧尽了泱泱大国之天良、堂堂华夏之尊严，令人可气可恨又可叹。

然而，缙云人却认为，我们吃的是洋芋官粟；穿的是棉布化纤；住的是水泥洋房；乘的是火车飞机。洋芋、官粟（玉米）原产美洲；棉花原产西域，化纤发明于法国；洋灰（水泥）乃英国人之发明，钢筋混凝土乃法国人之发明；美国人发明了飞机，英国人发明了轮船。以上吃穿住行，哪一样不是漂洋过海引入中国之洋货？

除此之外，更有一种被人“偷”进中国的洋货，不仅重新塑造了缙云人的肚皮，而且改变了缙云人的生活。

话说五百多年前的1492年，意大利航海家哥伦布受西班牙王室的派遣，带着给印度君主和中国皇帝的国书扬帆出海，去寻找一条能够到达黄金遍地的印度以及盛产茶瓷的中国之海上通道。经70个昼夜惊涛骇浪的航行，哥伦布终于发现了他认为是印度其实是美洲的新大陆，并在这里意外地发现了番薯、玉米等作物。后来这些产自美洲的农作物被西班牙水手引进吕宋岛（菲律宾）栽种。

明万历二十一年（1593），正在吕宋做生意的福建长乐人陈振龙、陈经纶父子，见当地有一种“其大如拳，皮色朱红，心脆多汁，生熟可食”名叫“甘薯”的块根作物，就想将其偷回福建种植。当时菲律宾正处于西班牙殖民统治之下，他们把甘薯视为奇货可居，“禁不令出境”。陈振龙父子绞尽脑汁想出“取薯藤绞入汲水绳中”，并在绳上涂抹污泥，方骗过出境关卡的检查，偷回福建种植。因甘薯来自域外番邦，故将其称之为番薯。

番薯进入中国后，由于其“生食如葛，熟食如蜜”，很快从福建向内地传播。到康熙初年，番薯进入浙江，逐步向全境蔓延。

据道光《缙云县志》记载，缙云人把番薯说成“番莳”，“嘉庆初尚少，近岁城乡多种之”。随着热气腾腾、香甜绵软的番莳摆上了原本萧条零落的餐桌，填饱了缙云人精瘦的肚子后，女子干瘪的肚皮也随之水涨船高，并很快引发了缙云的人口爆炸。据缙云县志记载，清嘉庆五年（1800）缙云人口只有88450人；到了道光廿七年（1847），人口猛增到118637人。也就是说，在番莳传人缙云后，缙云人口很快猛增了30%。

缙云人向来对洋货来者不拒，尤其是对番莳更是怀有一肚子阶级感情。20世纪中叶的大饥荒，缙云的“嗣尕倪”（男孩子）“婉妷倪”（女孩子），有几个没有吃过偷来的番莳而存活至今？

想当年，上山放羊割草砍柴的孩子常常饿得肚皮敲大鼓，他们一有机会就偷偷溜到生产队的番莳地，找到地表隆起者就狠狠踹上两脚，然后三下五除二扒开已经踹松的土块，挖出一块圆溜溜的番莳，再将土填回以掩盖罪证。然后躲到地坻后堪，用手一拍番莳上的泥土，张嘴啃去红色薯皮即可狼吞虎咽大嚼一番。吃完生番莳后孩子们会假装若无其事继续割草砍柴放牛，等到队长发现时他们早已踪迹全无。笔者当年少不更事，自然亦是个中好手。可以说正是这些漂洋过海的番莳，让我们这一代度过了长达三年的大饥荒。

每年霜降将至，生产队就忙着收获地里的番莳了。收完番莳后孩子们就会成群结队地去番莳地“搜番莳菈”——用小锄头重新翻地，把那些偶然没挖干净的小番莳再找出来充饥。奇怪的是一起去的孩子总有那么几个运气好的，一下子就会搜出大块的番莳，令人好生羡慕。老夫当年愚笨，竟然没有碰上一次好运气，以致常常被俺娘骂得狗血喷头，说我就是没本事，尽挖些指头粗的番莳根。直到生产队解散后，儿时的“嗣尕伴”才笑着解开了谜底：当年不是他运气好挖到大番莳，而是他爹收番莳时偷偷留在地里，做了标记让他去挖的！

当然，除了我们这些孩子对生番莳生吞活剥外，聪明的缙云人还会用各种手法来折腾这些洋货。

番莳挖回家后，大部分要储藏在番莳洞中，一部分则放在阴凉处风干。风干的番莳由于昼夜温差而脱水变软，体内的淀粉会快速转化为糖分而变得鲜甜。此时，聪明的缙云人就会用种种匪夷所思的妙法来折腾这些洋货。比如红皮白心的“六十日”、红皮黄心的“南金勇”、白皮白心的“三个叉”、白皮红心的“红心向党”、紫皮紫心的“紫气东来”、黄皮黄心的“卵黄番莳”，各有各的用途。人们用削、切、刨、锉等各类刀法，或蒸或炒或煨或煮，制作出一系列番莳食品：番莳丝、番莳片，番莳糖、番莳甘，番莳粉、番莳面……

缙云人制作番莳甘时，先将风透的番莳切成条，煮熟后捞出在太阳下晒两天，再放入饭甑蒸透，又重新拿出去晒。如此这般三番五次又蒸又晒，番莳条就变成了晶莹剔透、又甜又软的番莳甘。

制作番莳丝则比较简单，通过刨子刨出丝，晒干后即可储存，到了盛夏之季用来煮汤，就变成了缙云传统的解暑消渴“人参汤”。而制作番莳片则只需将其刨皮、切片、煮熟、晒干，等到过年时穷苦人家会在大铁锅里用砂子把它炒制成“番莳松”，而殷实人家则用茶油把它炸成金黄色的“番莳片”。只要将番莳片放到嘴里轻轻一咬，满嘴都是又脆又甜的“嘎嘣嘎嘣”声，这让那些眼睛滴溜溜转的观馋“嗣尕”垂涎三尺，口水滴滴嗒嗒往喉咙里咽！

烤番莳

假如你把番莳拿来熬糖，则必须让鲜番莳风得发软，等到它体内的淀粉充分转化成糖分，再刨皮、切块、加水烹煮。等锅里的番莳煮到快烂时捞出，再往灶里添柴，用温火继续熬制锅里的番莳汤。就这样熬啊熬、熬啊熬，一直熬到番莳汤由薄变稠、满屋香甜，再用锅铲一蘸，如果下滴的糖水形成了晶片，番莳糖就熬制成功了。

总之，一块块小小的番莳，被缙云人软硬兼施玩弄于股掌之上，令其痛不欲生死去活来，最终变成了种种美妙的主食、零食、小吃，以致缙云周边的丽水、青田、永康、仙居、武义、磐安，人人看着眼馋，个个嘴巴流涎，就酸溜溜地把缙云人叫作“缙云番莳”。

对此，缙云人不以为耻反以为荣，因为这番莳毕竟是不远万里来到中国的正宗老牌洋货，吃了番莳就等于开了洋荤。不像“永康萝卜”“仙居乱泡”，即使吃它一辈子也是一身土气！

正因为如此，“大跃进”时期的缙云人为了歌颂劳苦功高的番莳，居然创作出一首气势磅礴、流传千古的“缙云番莳诗”：

番莳好食，放屙省力。

坐落端正，给以干净！

“放屙”者，大便也；“端正”者，结束也；“给以”者，站起来也。译成俗语即是：番莳好吃，大便省力；坐下去就完事，站起来就干净——省了手纸。

此诗天才地、创造性地、全面地总结和概括了番莳的丰功伟绩，将其清理肠胃之功能提升到一个崭新的理论阶段！

当然，朗诵此一鸿篇巨制，须用道地缙云土语方言，辅以挺胸凸肚气沉丹田，方显我等缙云人之洋气扑鼻洪福齐天！

——摘自《缙云地名探秘》

缙云金针 / 麻松亘

知道“宜男”是什么植物吗？很生疏吧。要说“萱花”的话，你可能还不知道。再如果问“黄花菜”知道的人可能多一些，如果说“金针”，大约所有缙云人就都知道了。因为缙云“金针”的产量，曾经位居浙江第一、全国第二。

金针叫作“宜男”，出处有西晋周处《风土记》载：“怀妊妇人佩其花（指“金针”），则生男，故名‘宜男’。”另有三国曹魏时著名思想家、音乐家、文学家，“竹林七贤”的精神领袖嵇康在其《养生论》说“合欢蠲忿，萱草忘忧”；西晋时期政治家、文学家、藏书家张华在其《博物志》也载：“萱草，食之令人好欢乐，忘忧思，故曰‘忘忧草’。”明代的李时珍在《本草纲目》中说：“萱草味甘而气微凉，能去湿利水，除热通淋，止渴消烦，开胸宽膈，令人心平气和，无有忧郁”，因而使黄花菜之“忘忧草”别名，流行更广了。

金针

对于黄花菜之所以叫“金针”，也有相关传说：说的是秦末农民起事领袖陈胜，原来家境贫寒，又身患恶疾，常以乞食度日。偶遇“金针”姑娘，常煮黄花菜送给他吃，不久疾病痊愈，身强体壮，后来与吴广发动农民起事称王，旋念贫病交加时金针姑娘接济之恩，遂将黄花菜更名为“金针”，于是历代相沿。在缙云县，黄花菜还有一个名字叫“鹿葱花”，清道光《缙云县志》就有“鹿葱即萱花，鹿食解毒之草九种，萱其一也”的记载。

在中国，黄花菜已有几千年的栽培历史，最早见之于文字的是《诗经》“卫风·伯兮”之“焉得谖草，言树之背”句，而这谖草，就是金针。金针在缙云的种植历史，也是非常悠久。成书于600多年前的元《仙都志》“草木篇”就已有“萱草根”的记载。据《缙云县志》记载，金针在明、清时期就已是本县主要的物产之一。20世纪60年代，红旗公社（今舒洪镇）开始规模种植本地种金针，其后发展到盘溪区各乡村，形成规模种植。

葛洪和葛根 / 应子根

东晋医药学家、炼丹术士葛洪（284—364），是一位杰出的道教养生学家，也是葛玄神仙的堂侄，炼丹大师郑隐之徒弟。因战乱祸害师徒失散有年，葛洪连年跋山涉水行医济世寻师不息。

葛洪深知仙都这一缙云仙山，乃道教典籍称之为玄都祈仙洞天，属三十六小洞天之第二十九，是轩辕黄帝的三大行宫之一，峰岩奇绝，山水神秀。于是有一天他慕名而来仙都，一来瞻仰轩辕黄帝炼丹和升天的圣地，二来行医寻师。葛洪云游仙都之时，频频闻说当年黄帝炼丹的仙草神药及饮用的神奇仙茶仙水，多数来自括苍山脉的龙溪仙谷，于是暗想：难怪听说自己寻找失散多年的师傅郑隐，这些年就是隐居龙溪，原来龙溪竟然是黄帝寻药问茶的灵川宝谷！因此他情真意切，问津盘溪，逆潜贞水，马不停蹄，从南乡进发龙溪仙谷，来到某一山岭脚的村庄，直向庄户打听。一位银须飘逸的老者指引：鄙村叫东南岭脚，后山有一东乡通往南乡的东南岭，客官如奔龙溪仙谷，可抄近路，直跨十里石级的东南岭即乃龙溪地界也。葛洪道谢启程，登上三青求，路径西岙、福建厂，直奔东南岭。到了岭头，北望东乡，龙溪仙谷郁郁葱葱，龙水扬波滔滔不绝；回顾南乡，奇山异石古树峥嵘，贞溪清流宛若银带。他身居岭头仙风入怀神清气爽，正想置身凉亭歇息一会，却好像听到隐隐约约的小孩哭声。葛洪循声寻找，顺着林间小横路宛然信步，不到五十步之遥，只闻小岙清泉叮咚，左侧有一东歪西倒的草舍，柴门虚掩。一个七八岁光景的童子一把眼泪一把鼻涕地哀哭："神仙爷爷，山隍土地哎，显灵显圣啊，救苦救难啊……"葛洪连忙上前问过明白，原来是一家种山度日的山民，小孩的祖父母在未满"头七"的短短日子里相继瘟疫而故，母亲在破烂不堪的病榻上奄奄一息，其父亲失魂落魄积劳成疾，"痛风病"疼得死去活来，业已几天几夜疼痛难熬生不如死，年幼无助的小孩上天无路入地没门。葛洪看在眼里痛在心中。马上将身边带来的药粉，以山泉为药引，分别给小童的父母亲喂了下去。过了半个时辰，只见他娘嘴唇泛红能翻身讨喝汤了，父亲肿消痛止渐渐精神焕发。一家人慌忙下跪谢恩："请问何方仙师救苦救难，山民没齿不忘。"葛洪连忙扶起众人，谦称"过客姓葛名洪，与你们有一面擦肩之缘。"他边说边拿出一大包药叫他们连吃三天病根必除，同时在一个葫芦里拿出几粒种子，教他们如何栽种推广，既可治百病又能救饥荒，借以造福一方，功德无量，然后称"路客葛洪就此告辞"。

山民按照葛洪仙师的吩咐吃药，果然应验如神病消痛止。次年春，虔心种下的种子生根发芽，很快生成草质藤本，块根肥厚，全株有黄色长硬毛。茎长好几丈，甚至几十丈，铺满于地面或缠攀于它物而向上生长。为了纪念葛洪功德，山民给此藤药取名带有"葛"字的"葛藤"和"葛根"。将"东南岭"改名为带有"洪客"字的"洪客岭"。后来村民口音有误，不知何时将"洪客岭"称为了"洪坑岭"，又将东南岭脚的桥也称为"洪坑桥"，岭脚的村名也随之命名为"洪坑桥"村。

几千年来，葛根这灵丹妙药在缙云大地一传十、十传百地种植推广，覆盖了缙云山山垄垄。葛根加上相关的草药搭配，一直为缙云山民发挥解肌退热，生津透疹，升阳止泻等奇特功效；也用于外感发热头痛、项背强痛、口渴生津，痛风腿肿等多种疾病，与缙云百姓结下不解之缘！

大明嘉靖年间，倭寇猖獗，戚继光率兵抗倭于浙江沿海。那一年练兵于龙溪东俞山"跑马坪"，适逢暮春三月，天气忽冷忽热，加上操练劳累，很多士兵接二连三倒下，有的筋骨疼痛，有的脚酸手软，有的呕吐不止，有的冷如冰死去，有的热似火活来……龙溪百姓知情，纷纷挖来葛根加上几种草药调配，送到军营给广大将士服用，一两天过去，士兵不知不觉病灾全消。全军将士感谢之余，无不称赞灵丹妙药！

后来从清咸丰十一年至十三年，太平军李世贤部入境，烧杀掳掠，缙云各乡的乡勇顽强抗敌时；同治二年（1863），瘟疫盛行，粒粟贵如珠时；1935年夏，刘英、粟裕率部的中国工农红军挺进师经过家乡之时；地下党和敌后武工队的武装革命在缙云三乡的红色根据地不懈奋斗的艰苦岁月里；……葛藤、葛根无不担负着“充饥治病渡难关”的光荣使命！有诗为证：

救荒济世替饥粮，止痛排忧驱病殃。
从叶到根全是宝，灵丹妙药美名扬。

姓潘糖柿 /项笑羽

宋末元初，潘氏始祖从箬川迁居南乡的姓潘村。在这里，他们培育了一种名叫“姓潘糖柿”的柿子，至今已有800余年历史。

姓潘村所在的双溪口盆地，群山环抱，酸碱土质，特别适宜柿树生长。这里原产一种叫“生倪囤”的野生柿子，虽果小籽多，但甜度很高，而其他柿子虽果圆籽少，甜度却很低。潘氏先祖发现此一秘密后，遂以山上移植之野生“生倪囤”为母本，与各类柿子进行嫁接杂交试验。经几代人努力，终于培育出系列柿子品种：大柿、串柿、牛奶柿、火瓮柿、鸡心柿，其中尤以大柿最为出名，被誉为“姓潘糖柿”。

到了20世纪80年代，潘育汉（现任丽水职业技术学院盆景花卉园技术员）、潘理昕等人在原有糖柿基础上，又进行了大胆的试验，通过几年的辛勤培育，柿子甜度进一步提高，形成了“皮薄如纸，鲜甜如蜜”的新糖柿，成为柿中珍品。

姓潘糖柿抗病性极强，从来不需农药防治，是真正的绿色食品。它富含维生素C、胡萝卜素、果胶和水溶性膳食纤维，不仅有良好的润肠作用，而且具有清热润肺，生津止渴，健脾化痰的功效。

然而，对于红彤彤的柿子，许多医学专家信誓旦旦、言之凿凿地说：柿子不能空腹吃，而且一次只能吃一个，否则会在腹内形成结石。奇怪的是自古以来双溪姓潘村东里一带，人们都是在山上干活肚子饿得咕咕叫时，才爬上柿子树采摘熟透的柿子充饥，而且一口气就四五个、七八个地吃。不仅等柿子红了再吃，甚至在柿子刚刚长圆，孩子们就摘下来埋在水田里"扣水柿"吃，但双溪口乡的村民从来没有查出比其他乡镇的村民多长了结石！

如今每逢秋季，双溪口、南源、姓潘、东里、上周等村庄的田边地角，一株株柿树上硕果累累，一个个柿子犹如一盏盏红色小灯笼，悬挂在碧绿的树叶之间，把山野秋色点缀得风光无限。

此时，你只要轻手轻脚爬上柿子树，摘下一个晶莹透亮的糖柿，剥开薄皮小孔，努嘴轻轻一吸，就是满口流蜜！

好溪玳瑁鱼

/麻松亘

“溪中玳瑁鱼，可以荐佳宾”（《恶溪》）。这是清初极负盛名的文人朱彝尊赴永嘉游幕，途经缙云，喜遇故知——缙云县儒学教谕蒋薰，偕游仙都后对好溪“玳瑁鱼”的盛赞。无独有偶的是650多年前的元至正十九年（1359），一位“面铁色，跛一足，谈辨风生”（《明史》），才高八斗的雅士孙炎孙伯融，随耿再成、胡大海十万大军屯兵黄龙山，暇游仙都，尝得好溪某鱼，鲜美无比，问之店家，曰为“玳瑁”。他之后总制处州，仍念念不忘，于是在给宪使黄继先送的“好溪图”上题曰：“君乘马，望君来括苍下。君乘舟，望君来好溪头。好溪水生玳瑁鱼……”。

但是，好溪中哪一种鱼叫作玳瑁鱼呢？

某先生考证认为：好溪玳瑁鱼就是“雪质而黑章的鲫鱼”。其根据可能是岳珂所著两宋随笔《桯史》：“金鲫鱼：又别有雪质而黑章，的皪若漆，曰玳瑁鱼，文采尤可观。”这里说的“玳瑁鱼”，是指由鲫鱼经过长期豢养选择、培育、演化而成的观赏鱼——金鱼。所以，孙炎、朱彝尊他们说的好溪“玳瑁鱼”，不是普通的鲫鱼，更不是“雪质而黑章”的金鱼。

清代阮葵生《茶余客话》卷五载：“津门多海豚，毒重；吴门所出江豚，大而味薄，皆不佳。惟黄河汇淮二百里中出，又名‘玳瑁鱼’……”也就是说玳瑁鱼是河豚的别名。而河豚每年清明节前后会从大海游入长江、黄河中下游一带水域。但好溪作为山涧清溪滩多水急，远离大海，是不可能野生其中的。可见，以上所谓的玳瑁鱼，都不是文人雅士所说的好溪玳瑁鱼。

那好溪玳瑁鱼到底是哪一种鱼呢？鄙人多方采访探研，最终认为好溪的玳瑁鱼，就是好溪中我们平时俗称“大猫鱼”是也！缙云人谓老虎为大猫，而好溪中的大猫鱼“雅翼巨口，鬐鬣皆圆，黄质黑章，皮厚而肉紧”（清道光《缙云县志》）。也就是说它体色鲜黄，并有许多不规则黑色斑纹，状如虎皮；更因它是肉食性鱼类，生性非常凶猛，背鳍和臀鳍的硬刺尤为锋利，捕者常被其刺手。人们虽喜之于味美，也痛其刺手难抓，遂观其皮纹，终其生性，谓之“大猫鱼”。孙炎是应天府句容（今江苏镇江句容市）人，朱彝尊则是秀水（今浙江嘉兴市）人，他们都不理解缙云话“大猫”的真实含义。而他们都知道河豚味美，又有过“玳瑁鱼”别称，因而他们取缙云话“大猫鱼”的谐音，称之为“玳瑁鱼”了。

缙云好溪的大猫鱼，学名即鳌花鱼，又叫鳜鱼，缙云民间也叫石桂、岩桂或岩富贵，属脂科鱼类。鱼肉质丰厚坚实，刺少肉多，味道鲜美，营养丰富，富含蛋白质，可补五脏、益脾胃、充气胃、疗虚损，适用于气血虚弱体质，可治虚劳体弱、肠风下血等症，向为鱼中珍品。唐代诗人张志和曾在其《渔歌子》词中喜形于色高吟“桃花流水鳜鱼肥”。难怪孙炎、朱彝尊他们品尝了好溪的大猫鱼后，久久不能忘怀，并用诗词去赞美它。

清道光《缙云县志》中，另还载曰：“大猫鱼：浑身黑色，状似鲫而无鳞，开尾。小鱼畏避，故名。”这种鱼身黑不似虎状，味不称美味，仅小鱼畏之，实在难配“大猫”之名。因此，县志虽有此说，百姓素不承认，民间从不流传。而俗称鳜鱼为“大猫鱼”者，不仅缙云、莲都等附近县、市亦然也！

好溪大猫鱼不仅因其味美而备受文人雅士所青睐和讴歌，相传还与刘基刘国师出山辅佐朱元璋成就帝业有着瓜葛。据缙云《郑氏宗谱》的刘基“仁佑郑先生招引文”载，元至正廿年（1360），朱元璋派处州总制孙炎礼请刘基，刘基则来到缙云松溪征求好友郑葆（郑仁佑）意见。两人泛舟桑潭，用玳瑁鱼佐饮，商定出山辅佐朱元璋，后成为赫赫有名的明朝开国军师，人称刘国师。因为郑葆也是卧龙水镜般人物，故缙云民间也历来尊称郑葆为郑国师。

据有关资料记载，全世界生活在江河、湖泊中的淡水鱼约有8275种。但像好溪的玳瑁鱼那样，能与刘国师和明太祖逐鹿天下联系起来，能使文人雅士屡屡留恋而为之讴歌的，也许是寥寥无几的吧！

阳屯箬帽 / 王平和

阳屯又称南顿，是壶镇一个千人左右的村庄。该村紧邻好溪，少田地，无山林，四季收成难以果腹，三餐料理竟无柴薪，生活异常艰辛。然则上帝给你关上门时，会给你开启另一扇生窗。比如，农民田间劳作，夏顶烈日，冬冒雨雪，为能遮风挡雨，人们都要戴上一顶箬帽。不知道从哪年哪月开始，阳屯村的太祖太公就留给子子孙孙一门编织箬帽的手艺。

阳屯人加工箬帽，要经过选竹、锯竹段、劈蔑条、编织里外套帽坯、垫箬叶、扎圆周等七八道工序。他们先从山林中砍来毛竹，采来箬叶，然后把毛竹锯成一米左右的竹段，再用篾刀多次劈削加工，剖出像细面条般的竹丝，再把竹丝编织成帽状的两个外壳坯体，拿已用水浸泡后的箬叶铺垫于两个壳体的中间，插上固定篾条，扎圆四周，一个箬帽就做好了。

就这样，阳屯人晴耕雨编，日耕夜编，基本都是利用农闲之余，田间劳作之余生产出一顶顶箬帽，通过地下市场（地摊）、地上市场（供销合作社）撒向浙东南一带，让农民烈日下得到一点蔽荫，风雨中获取一些遮挡。而阳屯人也从这些手指缝中产出的产品中取得微薄利润，聊补少田地无山林之困境。

制作箬帽

为追求这点利润，阳屯村各农户的女主人总会督促全家人利用空闲的每一分钟来赶做箬帽。阳屯村的夜晚就常有这样场景：村头路边的路灯下，熙熙攘攘地坐满一众男女，或劈篾丝，或编外壳坯体，众人常是双手不停劳作，嘴巴不停说话，聊尽天南地北，中外世界，上溯五千年历史，下涉十万里地理，神仙鬼怪，今古传奇无所不包。聊得兴起，一齐哈哈大笑，聊得不投机，互相扯骂，唾沫四溅。但一般不会赌气翻脸，当晚骂过，明早仍在水井头打上招呼。在这种氛围里长大的阳屯人口才都相当了得，据说曾有一外嫁女在婆家与人吵架，能够连续骂上半个时辰而不重复，骂上两时辰而不歇口，直把人家骂得人仰马翻，落荒而逃。

阳屯人因为祖上传下来的这门手艺，因此反而比邻近许多有田地、有山林的村庄过得稍为滋润。然则沧海桑田，时代变迁，工业化、信息化时代终结了人人面朝黄土背朝天的场景，也使阳屯人编织箬帽的手艺成为历史的收藏。

阳屯灯笼 / 王平和

壶镇阳屯产出的灯笼，虽然不像阳屯箬帽那样家家户户生产，但名气很大。当年红火时附近永康、磐安、仙居都有商家客户到阳屯要货。阳屯生产灯笼的农户不多，都是祖传手艺人家。

阳屯灯笼与现在社会上盛挂装饰的各种红灯笼完全不同，与之相比，它显得简陋、寒酸，但经济、实用。阳屯灯笼的外壳采用毛竹丝编织为方格状圆柱形，壳体外糊贴半透明绵纸，再用桐子油涂抹，使之防水并更加透光。这壳称之为灯笼壳。里芯托盘采用圆形嫩松木锯断成片状，称之为蜡烛盘。在蜡烛盘上钉上铁钉，用以扦插蜡烛，称之为蜡烛扦。用毛竹劈成七十厘米左右的蔑条，烧烤弯作U字状，称之为灯笼拐。把灯笼拐两头插入蜡烛盘，套上灯笼壳，外面贴上福禄寿喜吉祥彩字，一个阳屯灯笼就算是完工了。

在尚无电灯的年代，灯笼是家庭的必备品，主要是用作黑夜照明。天旱时节，夜间田野星星点点，那是农人挑灯笼车水抗旱；去水碓磨坊路上，灯笼悠悠领引，有挑谷麦缓缓前行，那是农人去舂米磨麦。

除此之外，阳屯灯笼还另有重要用途，即要为逝者照明接引。壶镇邻近三乡，逢年过节、清明上坟，一般需做羹饭祭祀已故亲人，这时必须点燃灯笼焚香接引亡灵，而后祭拜插香烧纸。还更有习俗，或有亲人因故客死异乡，要把逝者亡灵接引回乡，就必备阳屯灯笼一盏，点亮后焚香祷告，诚请逝者魂灵随灯而回。习俗表示只要灯笼不灭，不论远在天边千万里，逝者都会跟随左右，随灯返回家乡。再有特别之处，壶镇习俗还取其灯笼“灯”与缙云话“丁”之谐音，谓之“丁财皆旺”之意。即在先人安坟落圹后，需向每位子孙后人赠送灯笼，意在雨露均沾，各门子孙俱要兴丁旺财.

制作灯笼

如今，科技发展日新月异，照明器材一代胜过一代，取代阳屯灯笼的各式各样灯具不计其数。奇怪的是生产阳屯灯笼那几户传承人家，生意并不衰落，仍然不紧不慢地生产着。尽管往年那种肩扛硕大灯笼筐，穿村挨户送货零买的不见了，而用现代工具到阳屯村订货取货的仍络绎不绝。

据介绍，现在阳屯灯笼主要用途就是给逝者照明接引。于是，凡有生老病死，骨灰安葬入圹等仪式，必定要按照孝子孝孙男女一众人数采购灯笼。看来，逝者也好，生者也罢，灵魂的安放，都是需要有一盏明灯给予照明接引的。

湖川火炮 / 赵章格

缙云的火炮生产，当数湖川历史最长。湖川火炮，大的叫炮仗，小的成串的叫炮仗倪，清康熙年间（1662—1722 ）传入。当时，湖川赵某娶仙居施氏，施氏有做火炮术，遂将传家绝技传给赵家。自此，赵家于农忙之暇开始生产火炮，成为传子不传女的生计绝活。至1949年，湖川经营火炮较著名的有赵林兴、赵益兴、赵泰兴、正大兴、赵发兴、赵明兴、赵顺兴、赵宏兴、赵云兴等。火炮的品种有一两至十二两，最大的是双斤。1936年，县城北门赵氏总祠落成，就专门做成双斤，可谓震天动地，传为佳话。

相传湖川家家户户从事火炮生产，忙则耕，闲则作，经济较他村活水，引起外村人的眼红。1949年前，湖川有名人之子与邻村妇人相好，于是邻村人计上心来，伺机捉到了奸。邻村人对他说："我们也不想为难你，只要你把做火炮的技术教我们，便一了百了。"此人为了面子，只得唯唯诺诺，将做火炮的原料及工序：切纸、炼硝、叠纸筒、打隔、上硝、包装等，一一言传身教，原本传子不传女的绝技，像天女散花般撒播开来。

新中国成立初期停产。1963年湖川大队拿出集体资金5000元作为本钱，组织十多名社员恢复火炮生产，并逐渐扩大，成为大队以工养农的主要支柱。据《缙云县供销社志》称：火炮在"文化大革命"前是供销社日用品主要业务之一，产品主要销往邻近诸县如永康、武义、东阳、磐安、义乌、浦江、金华、兰溪等。

1985年，改革开放给湖川带来了机遇，村双委认为："湖川的基础是火炮，湖川的腾飞依然是火炮。"他们请能人，教技术，改革工艺，增加品种，提高质量，拓展市场等措施，投资30万元，建起火炮总厂，下辖28个分厂，从业人员600多，厂房建筑面积4000余平方米。全村80%农户投入火炮生产，1993年年产值超400万元，创税利50多万元，居全省火炮行业第2位。1996年，拥有固定资产300万元，职工800余人，设爆竹、鞭炮、烟花三个分厂，生产"寿星牌"爆竹、烟花、鞭炮和枪硝四大系列产品百多个品种规格，产品驰名江、浙、皖、沪三省一市。火炮业的发展，带动了造纸、化工、印刷的配套行业，解决了大批劳力的出路，并造就了一大批办厂能人和推销人员，为农民脱贫致富，为以后的工业兴起创造了条件。

火炮生产毕竟是一种危险行业，如1982年3月29日装硝车间爆炸，死6人伤36人，直接经济损失27万元。1986年2月16日，炼硝车间摩擦起火，死4人伤2人。2005年12月11日，炼硝车间又发生火灾。为人民生命财产安全计，县政府于2006年9月宣告关闭全县火炮生产厂，传承300多年的湖川火炮业从此退出了历史舞台。

缙云赏石 /施德金　项一中

从某种意义上来说，浩如烟海的人类文明史就是一部漫长的石文化发展史。缙云赏石文化可追溯至五千年前轩辕黄帝在鼎湖峰下崇石拜石、铸鼎炼丹的传说，华夏文明就此泽披缙云。

缙云县位于浙江省西南部，从唐武周万岁登封元年（696）置县至今，始终以其悠久的历史、秀丽的山水饮誉一方。一千多年来饱蘸吴风越韵的缙云，或凿石为器，或取石为料，或筑街修桥，石街、石屋、石桥、石亭、石塔构成了别具一格的江南风景，使缙云成为一座名副其实的“石城”。

缙云地处武夷山-戴云山构造隆起中段，属火山岩构造带。1.3亿年前，猛烈的火山喷发造成了千姿百态的火山岩地貌。仙都就是一个以火山地质景观为特色，融田园风光与人文史迹为一体的国家级重点风景名区。境内有九曲练溪、十里画廊，以及奇峰一百六，异洞二十七。高170米，状如春笋，直刺云天的鼎湖峰，就是火山喷发留给缙云人民的最大礼物，也是中国最大的单体观赏石。距县城7公里的黄龙山，如苍龙蛰伏，有“金猴捧桃”“卧龙石”“角钻岩”“白象岩”“龙台”“龙鳞”“磐石”“飞舟”等象形石，以及八窗洞、珍珠洞、蝙蝠洞、双层洞等奇异洞穴。

属于丹霞地貌的岩门景区，有座“花岩”，其高百丈，正面看犹如一朵硕大无比的鸡冠花，如横着看，它又如一匹五色锦缎，垂天而下。古往今来，人们数不清它究竟有多少花朵，有多少色彩。大洋景区的花岗岩地貌则自成一体，形象独特。炽热的岩浆侵入地表冷却后，经达上亿年流水冲刷和自然风化，形成了大洋的叠箱岩、香炉峰、凌霄石等等神奇景观。而东方镇的“磊山”，以及有“缙云九寨沟”美誉的柿坑大峡谷，就是缙云的小家碧玉。正是这些旖旎秀美的自然景观和丰富多彩的历史遗存，奠定了缙云石文化的基础。

亿万年前的火山活动，不仅造就了缙云峰岩奇绝的山水，更赐给缙云丰富的“宝石”资源。撒落各地的赏石主要有两大品牌，即被称为“火山舍利子”的球石，以及美轮美奂的仙都丹玉。

火山球石是缙云贮量最丰富、特征最鲜明的观赏石。南宋杜绾所著的中国首部赏石专著《云林石谱》就记载：“处州靖岳石”，指的就是东方镇靖岳村一带的火山球石。缙云的古火山喷发遗迹主要集中在东方、仙都一带。因火山喷发而撒落的火山球，可分为原生态火山球和被溪水冲刷而形成的水冲球两大类。火山球以球体为基本形态，有单一的球体，也有两球或多球连体，如飞碟、葫芦、花生、瓜果、怪兽、神龟、古佛、达摩等等，古朴典雅，神态各异、禅意味浓。大的重达几十吨，小的可在手中把玩，令人爱不释手。

缙云火山球的最大特点，是球体内充满石英或玛瑙。有的球体由于石英、玛瑙外溢，而在球体表面形成各种各样的纹理图案。有的球体在水流冲击下破碎成两半，构成了丰富多彩的火山球图纹石。既有平面的，也有浮雕的；既有单色的，也有多色的；如：白石英、黑玛瑙、紫水晶、蓝玛瑙、黄蜡石等等。图案则有山有水、有花有草、有鸟有兽，有人有物，千姿百态，应有尽有。

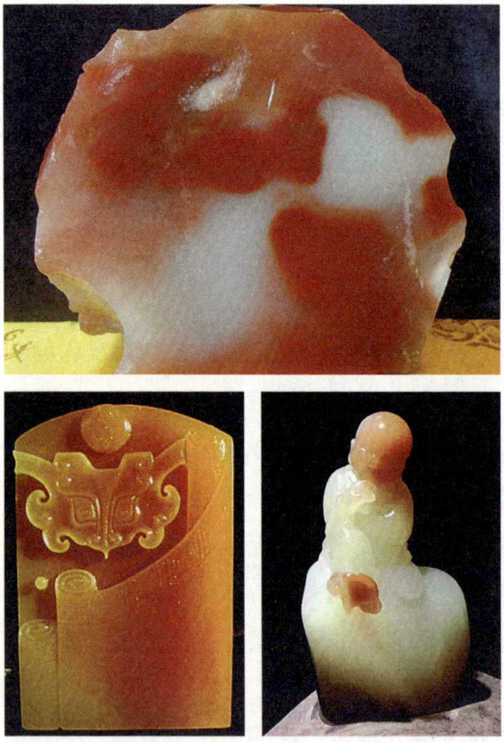

仙都丹玉

独具特色的缙云火山球引起了国内有关专家的关注，并被誉为“火山舍利子”，以及“中国最有内涵的石胆石”，被浙江省石协推荐入选《中国石谱》。

“仙都丹玉”是2011年在舒洪发现的一种新玉石。相传轩辕黄帝平定天下后，曾到江南巡游，并在缙云的鼎湖峰下采“金”铸鼎，然后取男根石、女阴泉、五色石等材料用来炼丹，丹成后乘龙升天。传说这种用来炼丹的“五色石”就是如今的“仙都丹玉”。

缙云发现仙都丹玉的消息传开后，引起省、市地矿部门的高度重视。2012年5月，浙江省地质矿产研究所、浙江省珠宝玉石首饰鉴定中心，对仙都丹玉进行了矿物学及宝石学研究后认定：这是一种以玉髓为主要成分的玉石，属石英岩玉，隐晶质结构，硬度在摩氏6.5–7之间，密度在2.6–2.70之间，折射率为1.53–1.55；主要成分二氧化硅含量在92–96%左右。对照《珠宝玉石名称》国家标准（GB/T16552—2011），仙都丹玉与黄龙玉的宝石特征基本一致。从此，这种当年黄帝炼丹之玉石遗珍，开始走进寻常百姓家。

仙都丹玉有山流水、草皮料和山料等，以黄、红、白为主色调，并有黑、紫、灰等多种色彩伴生，还有金包银、银包金、金包铁等形式。玉质纯净、色彩靓丽，水头温润，玉质晶莹，不起绵，不裂绺，韧性好、易雕琢，故不论原石还是雕刻作品均美轮美奂，深受浙、闽、滇、粤等地玉石专家特别是黄龙玉收藏者的喜爱。行家们认为仙都丹玉具寿山石的色彩、和田玉的温润、翡翠的硬度、黄龙玉的品质，可以说集当代中国优秀玉石品质于一身，是目前发现的中国品质最好的黄龙玉山料。

除火山舍利子和仙都丹玉两大品牌石种外，缙云的赏石资源丰富，种类繁多，其余如黄蜡石、卷纹石、叶蜡石、青石、红碧玉、矿物晶体、树化石和恐龙化石等不胜枚举。

深厚的人文底蕴、丰富的石头资源，为缙云赏石文化奠定了基础，进入新世纪以来，缙云城乡爱石、觅石、藏石之风盛行，赏石队伍不断壮大，石头文化和黄帝文化、婺剧文化并列为缙云地方的三大特色文化。1998年10月，成立了“缙云县根雕奇石协会”。2007年观赏石从“根雕奇石协会”中分离出来，单独成立了“缙云县观赏石协会”。从此赏石群体不断扩大，赏石水平迅速提升。中国观赏石权威期刊《宝藏》和《中华奇石》杂志，相继对缙云赏石进行了连续报道，缙云赏石频频跻身全国知名大展并屡屡得奖。特别是2012年仙都丹玉作品《惠安女》荣获中国玉雕石雕作品天工奖银奖，大大提升了缙云赏石的知名度和美誉度。

如今，品石赏玉、论石鉴玉已成为缙云城乡喜闻乐见的大众文化。一方石头“和谐一个家庭、汇聚一批朋友、传承一种文化、弘扬一种精神、拓展一个产业、造福一方百姓”，是缙云赏石的最好写照！

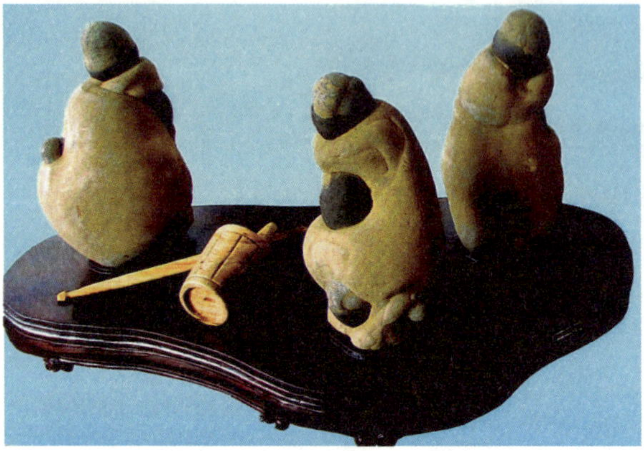

三个和尚

天然奇石《三个和尚》，取材于“一个和尚挑水喝，两个和尚抬水喝，三个和尚没水喝”的哲理故事。

你看，扁担横陈，水桶倒地，三人视若无睹。

左侧胖和尚腹鼓如球，肚皮早已灌满井水；中者小和尚一脸得意：我怀揣水壶，看谁熬得过谁！右侧瘦和尚则喉咽干粮，吞吐两难，心中却想：瘦者耐旱，尔辈能奈我何？

三个和尚之体态神情，令观者捧腹失笑，感叹造物主之无所不能，构思者之匠心独运。然一笑之后，却发人深省：貌合神离，难解一渴，三人一心，其利断金！

藏石界尽人皆知，得一人物造型奇石难，得三块人物奇石更难，找到三块大小相当、高矮恰当的人物奇石难上加难。老夫费尽心机，前后花了数年时间，方完成这一妇孺皆知的哲理故事组合，可谓痴心不改，有志竟成矣。

缙云根雕 / 项一中

缙云现代根雕的诞生，和一句口号紧密相关。

20世纪80年代，缙云县委、县政府掀起了一场轰轰烈烈的“致富运动”，并提出了一句响亮的口号：要想富，金针茶叶长毛兔！

正是这句短短十个字的口号，催生了缙云的现代根雕艺术。

随着这个口号的提出，全县很快掀起了一场声势浩大的开发荒山种植金针、茶叶的高潮。大洋区前村、南溪、木栗三个公社，为了贯彻落实县委、县政府的致富口号，纷纷开大会定指标，将荒山划片落实到生产队，然后动员社员集体上山，挥锄挖根翻土，种上金针、茶叶，坐等“先富带后富”。那场面，真是漫山遍野人头涌动，干劲十足气冲斗牛，其效果堪比当年愚公移山！

海拔1500米的大洋山，乃括苍山脉之最高峰。其山险而峻，其石坚而硬，故生长于石缝之中的树根受尽大山之压迫，加上老天爷风霜雨雪，老百姓刀耕火种，树根被逼得上天无路入地无门，只能铤而走险而盘根错节。

1982年春，老夫大学刚刚毕业，便恰逢其时地分配到大洋区公所。第一次下乡，就跟随区委书记来到南溪公社新路大队检查“文革”标语口号的清除情况。当我们大汗淋漓气喘吁吁地爬上海拔1000米的新路村口时，第一眼望到的并不是那些过时的标语口号，而是家家门前堆柴、户户窗后叠根的壮观景象！

——这些树根，就是那句致富口号的“副产品”！

老夫余光一瞥，便狗眼识珠：在一堆堆、一叠叠高墙般的树根之中，竟有奇根如驰牛奔马者。于是老夫随手翻动，但见有根拳拳团团，状若猪肚驼峰者；又有根曲里拐弯，势若神龙飞空者；再翻则有根舒展流畅，似长天舞凤者。而画蛇添足、邯郸学步、狐假虎威、刻舟求剑者，简直不可胜数。于是老夫拊掌大笑曰：天赐我也！

征得户主同意后，老夫选了几个形神兼备之树根带回区公所，凭着初中毕业学过两年木匠的“学历”，驾轻就熟地配备了斧凿锯锉，半夜三更苦中寻乐地上下求索。当老叟无师自通地创作出缙云第一件根雕作品《扬鬃烈马》后，便志得意满，自诩高人逸士，独具高才卓识。随后，《沙漠之舟》《东方醒狮》以及《独步天下》等一系列作品纷纷问世。

在经历了两年月朗星稀、柳暗花明的探索后，老夫又从战略的高度，理论的深度，天才地总结出根雕艺术之“五项基本原则”：

——宁精勿滥，宁曲勿直，宁缓勿急，宁缺勿接，宁磨勿雕！

其一，何谓“宁精勿滥”？

《沙漠之舟》

《独步天下》

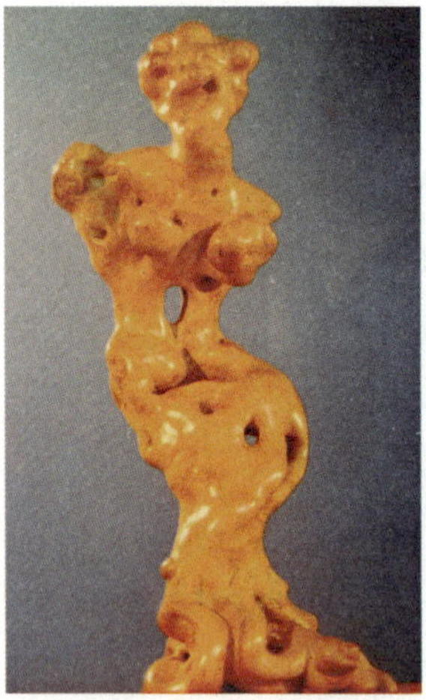

《山野维纳斯》

《扬鬃烈马》

项一中作品

创作根雕，第一步先得挖掘树根根坯。

古语云：千军易得，一将难求。从万千树根中选择根坯，如同从万千士兵中选择将军，与其良莠不分、多多益善，不如吹毛求疵，精益求精。盖因树根有软硬贵贱之分，根形有奇巧呆板之别。故每个树根形状往往不可同日而语，加工后其艺术价值亦有天壤之别。根友上山寻根觅奇，切记百中挑一。否则，见根即挖见根即取，必定挥锄脱层手皮，肩挑磨破脚皮，制作抽筋剥皮，作品鸡毛蒜皮！

——此乃：宁精勿滥，人见人爱是也。

其二，何谓“宁曲勿直”？

挖好根坯后，第二步就是删繁就简。

要将树根从山中搬回家中，须锯掉一些无用之根丫，方能上肩。否则刺叉八角鹿，如何下山？那么怎样才能确保留住宝贵之根，去掉多余之丫？老夫以为，根理亦同文理，以弯为美，以曲为奇。君不见，古人云：文贵曲而忌直，天上只有“文曲星”而无“文直星”乎？

根友若见曲径通幽、钩心斗角者，即根中之上品；若见曲意逢迎、刁钻古怪者，即根中之精品；若遇曲里拐弯，阴险狡诈者，即为根中之极品。君不闻，“直如弦，死道边；曲如钩，反封侯”么？然世间奇曲者，人类多见，百中可挑其一；根类鲜见，万中难寻其二！

——此乃：宁曲勿直，不愁衣食是也。

其三，何谓“宁缓勿急”？

树根背回家中，紧接着就是第三步：造型。

树根聚天地之精华，凝日月之灵气，故大巧若拙，大智若愚。吾辈食烟熏火燎之物，吸俗不可耐之气，往往一见树根，未加思索，即大刀阔斧，将出类拔萃之根，砍尽杀绝；留平庸无奇之材，奉为圭臬。

以上所述，乃老夫痛定思痛之言。盖因初学根雕，无师自通，遂不知天高地厚，一见树根便狗胆包天，斧凿俱下，以致削足适履，画虎类犬。有鉴于此，初学者切记，造型乃根雕成功与否之关键，必须反复琢磨，细嚼慢咽；大胆想象，奇思绵绵；方能天人合一，妙想翩翩。

——此乃：宁缓勿急，制胜出奇是也！

其四，何谓“宁缺勿接”？

确定造型后，第四步就是粗加工。

俗语云：金无足赤，人无完人，何况出身贫寒、天打雷轰之树根？当根友确定树根之造型，开始粗加工，即会发现非此即彼之缺陷。如：欲将此根雕成雄狮，却只有三条腿；欲将彼根制作成龙，却只有一只角。于是乎便自作聪明：或接一角，或插一腿！

相传，米洛的维纳斯出土后，有艺术大师见其断臂而欲恢复原貌，遂试接其臂。不料添加任何姿势之手臂皆如画蛇添足，远不及维纳斯之美。根雕艺术亦如玉女维纳斯：此根之上再接他根，无异于盲人装假眼，老太镶假牙。故此切记：宁缺一腿，不添半尾；宁缺双耳，不添一角。

——此乃：宁缺勿接，风度翩翩是也！

其五，何谓“宁磨勿雕”？

粗加工完成后，第五步即精加工。

老夫观福建、东阳之根雕，无论动物、人物，皆可谓栩栩如生：五官须发双眼皮，汗毛睫毛纤毫现；躯体四肢手指甲，皱纹弯曲酒窝浅，完全失去树根之天趣。如此之“根雕”其与“木雕”又有何区别？

古诗云：“十年磨一剑，霜刃未曾试。今日把示君，谁有不平事？”老夫以为，“雕”者，斧劈凿刻之暴也；“磨”者，和风细雨之谓也。根雕技艺亦如剑艺，制作最讲究一“磨”字，最忌讳一“雕”字。

换句话说，与其对树根斧凿刀劈，令其“须眉”毕现，不如以“磨”代

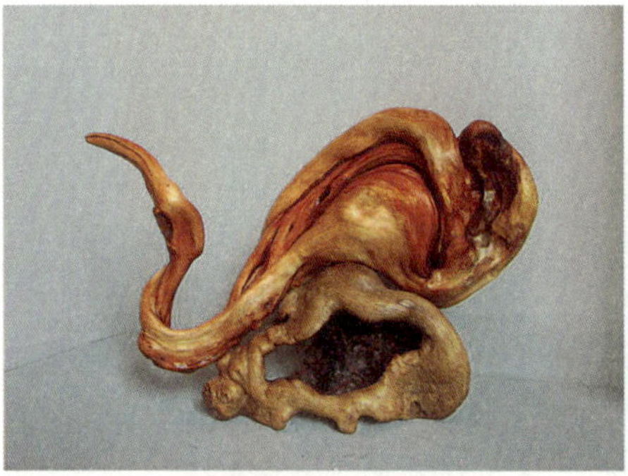

章建明作品

章建明作品

“雕”，令其朦朦胧胧，似是而非，充满野趣之天然！

回忆当年制作根雕，老夫双手常冒血泡，其原因乃手持砂纸、力透纸背而烫之起泡。故根雕成品，抚之则若婴儿肌肤，爽滑如脂也。

——此乃：宁磨勿雕，独领风骚！

话说老夫自从独辟蹊径，开创现代根雕之先进理论，顿觉豪气干云，舍我其谁。未经上级领导审查批准，便自封“醉根山人”之号。从此便峨冠博带，称孤道寡；欺世盗名，俾睨天下。

此举果然行之有效。舒洪供销社之老友胡文，年轻时乃南京市知名画家，1978年其大作曾入选“浙江省优秀油画作品展”。1988年他到城隍山脚老夫寒舍拜访，偶见案头之根雕“东方维纳斯”，便见异思迁、鬼迷心窍。山人传以“五项基本原则”，遂丢下画笔学习根雕。

1989年寒冬腊月，县总工会之章公建明，随其兄到老夫蜗居小坐。初见老夫案头数件根雕，便叹相见恨晚，从此摔了老K，抛了钓竿，义无反顾，上了贼船。到得年底雨雪霏霏哈气成冰，仍随山人登大洋入南溪寻找根材根坯，从此便急用先学，孜孜不倦。

1992年，“缙云县首届根雕奇石展”在县总工会展出，参观者络绎不绝。不久，胡文之作品《惊梦》在全国根雕展荣获金奖。次年，章建明之《情结》亦斩获铜奖，实乃可喜可贺也！

1998年10月，“缙云根雕奇石协会”在大洋正式成立，并召开了“缙云首届根雕艺术研讨会”。老当益壮之王闯，少年可畏之杨伟杰，胆大心细之徐仲飞，慧眼独具之张一平，出奇制胜之陈其范等人纷纷参加，缙云根雕队伍随之迅速扩大。

2007年，缙云根雕登堂入室，名列浙江省非物质文化遗产。

老夫闻之，顿觉春暖花开，国泰民安；海阔天空，山长水远！

一时间踌躇满志，诗意盎然，遂举笔如椽，横槊赋诗曰：

风猎猎，云淡淡，树根舞正酣。
老眼昏花刮目看，少年青胜蓝！
好溪水，浪澎湃，波涛送风帆。
根雕传承有孺子，老夫何乐哉！

缙云黄茶 / 项一中

相传，轩辕黄帝平定天下一统江山后，为安抚南方部落，他率部跨越长江，进行了中国历史上开天辟地第一次南巡。

这一天，黄帝来到浙江缙云的好溪之畔，猛一抬头，突然发现一根顶天立地、阳刚伟岸的巨大石柱，有如一条金枪不倒的“男根”（男性生殖器）。当时，中国已经进入父系氏族社会，对男根的崇拜可谓无以复加。因此黄帝立即决定在此安营扎寨，以便汇日月之灵气，集山川之精华，采男根之阳刚，汲好溪之清泉，炼制金丹。

好溪之畔立起了巨大的铜鼎，升起了通红的火焰，黄帝君臣将男根石、黄金砂、灵山乳、五色玉等置于鼎中，慢慢烧炼。每天从早到晚，熊熊燃烧的炉火映红了仙都的天空，烤红了好溪边一块巨大的石壁，后来人们就把这块石壁叫作“小赤壁”。

然而，炙热的炉火虽然有利于炼丹，不分昼夜地烟熏火燎，却让那些体格强壮的年轻兵士口干舌燥，眼红鼻肿，气喘肺哮而纷纷病倒。黄帝立即亲手熬制汤药，然而疗程虽满，兵士们病况依然。黄帝不禁心烦意乱，愁眉不

展。因为，要炼金丹，须满九九八十一天！

这天一早，天刚蒙蒙亮，黄帝独自一人往步虚山而去。刚刚登上半山腰，黄帝突然发现，万绿丛中有一棵金黄色的树丛分外耀眼！

为什么其他树木草叶，都要等到秋天才会慢慢发黄，怎么这种树叶刚刚抽出嫩芽，就是金黄一片呢？

好奇之下，黄帝采下一片黄色的嫩芽，放入嘴里慢慢咀嚼，只觉入口之时，微苦带甜，吞咽入喉，清凉润肺！黄帝大喜，立即采下一把，下山煎汤，连汁带叶喝下之后，顿觉神清气爽。

他一声令下，派人上山大量采集这种树叶，然后把这些刚刚采集的新鲜树叶熬汤，喂给病人喝下。果然，小伙子们很快恢复了健康，生龙活虎般重新投入了工作。

为感谢这种树神，黄帝的兵士们就把枝叶编成圈戴在头上，把这种树干别在腰间，以载歌载舞的形式来欢庆。后来仓颉造字时，就把“草、人、木”三字相加，组成一个“茶”字。又因为这种黄色的树叶是黄帝所发现，缙云百姓就把这种茶叶尊称为——“黄茶”。

相传，一天管理人员向黄帝报告，部分堆积屋内数日的金黄树叶开始变质，准备将其弃之。黄帝知道长在山中的黄叶已老，药效已失，因此舍不得把这批嫩叶丢弃，就派人将其抬至炼丹炉旁烘烤，以便保存。谁知这些黄叶一经烘烤，顿时紫气飘浮，香溢峡谷。

黄帝不觉心中一动：此叶发酵腐熟，烘干后其香醉人，莫非上天赐福，另有妙用？于是，黄帝将其重新置于瓦罐煮汤，只见汤色微红，清香扑鼻，喂于病人，腹中胀滞顿消，且胃口大开，精神大振！

这种经过发酵的“黄茶”尽管有名，但由于缙云山高路险，交通不便，一直不为世人所知。直到南宋末年因为一个人物才名闻遐迩。

潜说友（1223—1277），号赤壁子，缙云贞溪塘头人。淳祐元年，19岁的潜说友高中进士后，与一位比他年长10岁、早三年登进士第的天台人贾似道结为好友。贾似道的姐姐为宋理宗之贵妃，因此他得以在官场春风得意，飞黄腾达，成为中国历史上有名的奸相。

有一回，潜说友将缙云家乡发酵精制之黄茶送于贾似道，并说明其效用。贾似道见茶色澄黄透明，饮之则清洌纯厚，齿颊留香，喜不自胜，即将此茶献于理宗皇帝。

理宗长期暴饮暴食、酒色过度，甚至引临安名妓唐安安入宫淫乐，首开皇宫留妓之先河。久而久之，这位荒淫无度的皇帝变得胃纳胀滞，面黄肌瘦，每至午后，则气喘体虚，精神萎靡。而当他喝饮贾似道所献之黄茶后，竟然食欲大开，精神为之一振！

宋理宗得知此茶来历后，立即将其列为贡品。他不仅重赏了贾似道，潜说友也从此官运亨通，步步高升，后官至临安知府（首都市长）兼户部尚书（财政部长）。

这种经过发酵的黄茶，从此改名叫“仙都黄贡”。

白毛仙茶 / 朱桑锐

你听说过了吗？苍岭高处的点将台（也叫五云台）附近，人们曾采摘到过一种白茶。这白茶，白花花、毛茸茸，像银碎，像霜花，十分稀罕。遇到这白茶的人不多，要运气好才有机会。每次能采摘到的白茶也很少，只有六七个芽头。人们说它是一位白毛仙姑送来的，因此又叫白毛仙茶。虽说是仙茶，在点将台附近的南田村，采到过这白毛仙茶的人也有几个。最早的有赵土娥，后来又有卢花妮、周爱仙。那么这白毛仙茶与如今盛产于南田村四周，远近闻名的五云茶又有什么关系呢？说来可就话长了。

在很早很早以前，传说这海拔800米，地气十分寒冷的南田山村，根本没有什么五云茶绿茶之类，有的只是粗粗的八角茶。如今，人们都称它为八角刺了，可是在那苦寒年月，人们只能采摘它的嫩梢来制作茶叶。一年春天，又是农忙时节了，人们翻山下垅，忙着耕田，忙着割树叶。

有一天，弯弯曲曲的山路上，走来了一位手提饭篮的姑娘。这姑娘住在苍岭腰的两里半，每天要给在风门岭头耕田的老爹送茶送饭。她沿着那陡峭的石级，走呀爬呀，直走得她汗出珠流，浑身湿透。当她转过一个山弯，正

想爬上一处山崖时，忽见一块大青石上横卧着一位衣衫破烂的老人，拦住了她的去路。姑娘见老人似睡非睡似醉非醉，一身破衣，满脸污垢，觉得他十分可怜，就弯腰问他："老公公，你茶喝吗？我这儿有八角茶！"老公公也没睁开眼，只是摇了摇头说："姑娘，这附近山上没有八角茶，有的都是绿茶！"说着，把手往四周挥了挥。姑娘觉得奇怪，她知道，这四周山上，土生土长的全都是八角茶，怎么会是绿茶呢？她沿着老公公所指的方向回头一看，奇怪的事发生了：原先满山满垅长满刺的八角茶都没有了，看到的高高低低一丛丛，竟全是绿茶。姑娘觉得奇怪，回头想问问老公公，眼前的老公公却不见了，只见碧绿的深山间，一缕白云飘呀飘呀飘向远处，云头上似乎站立着一位仙女，一身素衣，一头雪白的长发。

据说从此以后，南田村山山垅垅上，很少再见到这八角茶，有的只是绿茶、五云茶。这白毛仙姑，也没忘记心地善良的南田姑娘，每年总要放一些白毛仙茶在彩云飘舞的高山上，让好心人来采摘。

缙云日月茶 / 寡水清汤

相传，唐乾元某年孟夏时节的一个午后，时任县令李阳冰，率县尉、主簿和地方里正等一干人等，沿着苍岭古道巡视县境时，来到了括苍山山脉海临尖山脚下的迦堂山。但见迦堂山这一座位于处、台、婺三州边界的矮山，形似佛祖释迦牟尼卧像，头枕高一万六千丈的海临尖，面朝青铜镜般明净清幽的一口山塘。塘岸边浓密的树荫中，隐约伸出一个茅草铺的尖顶，一缕若有若无的炊烟袅袅而起又很快消散于茅草铺上空。

虽然才是孟夏，但骄阳已初露峥嵘本色，火辣辣的当空高悬。李阳冰一行自苍岭脚开始便登上了陡峭、嶙峋，而且十分狭窄的青石石阶，又累又热，此时，早已汗流浃背，喉咙冒烟。荒野中乍见人烟，里正欢喜地请李阳冰等前去喝水歇脚。

茅草铺里住着的是祖孙两人。听说是县太爷来讨水喝，孙女连忙提起瓦罐欲倒阴凉阴凉的山泉水给客人喝，却被爷爷给拦住，说大热天猛灌冷水容易伤着脾胃。只见老人从火炉塘边拿来一个瓦罐，伸手抓出一把绿兮兮中夹杂着几丝黑叽叽颜色的茶叶，在粗糙的八仙桌上一字排开的每一个大泥碗里放上一小撮，然后取下火炉塘上架着的一只双耳尖嘴泥水罐，往碗里倒满热水。泥碗里的茶叶顿时舒展开来，如裙裾飞扬，一碗清水也于瞬间变成了清澈透明、色如黄金的琼浆。更奇妙的是，茅草铺里竟猛然间弥漫开一股似兰却非兰，似桂又非桂，清醇中带点淡淡甘甜味的异香。这种奇异的茶香，是李阳冰他们从来未曾闻到过的。

李阳冰忍不住端起泥碗想喝个痛快。怎奈水温烫热，只得耐着性子，呼呼吹上几口气，再咝咝啜上一小口。待得一碗茶汤见了底，身上毛孔大开，香汗涔涔，而内心却如喝了龙津一样舒畅，吃了冰片一般凉快，真个是神清气爽，飘然若仙。

李阳冰忙问老者这是什么茶，采自何处。老者说，荒山野生土茶，就采自草铺旁的山塘后堪，哪里有什么名字。只记得上辈传说释迦牟尼云游天下名山时，曾在山塘后墈边躺下睡过觉，并随手折了几根树枝插在地上，谁曾料想，这地方竟长出了几棵茶树来。后来，人们把这山作做迦躺山，只为叫着顺口，再后来就叫作迦堂山了。

李阳冰他们半信半疑，随着老者来到山塘边，果真看到塘墈上有两丛茶树横斜于水塘之上。一丛芽头翠绿，一丛芽头嫩黄，如一双玉女临镜梳妆。

李阳冰一边啧啧称奇，一边对众人道："这迦堂山之茶，依山傍水，餐晨露饮暮霭，昼沐日之阳，夜浴月之阴，尽汲日月之精华，并沾得几分佛祖仙风，故茶叶芽头才有黄绿之分，茶汤之色也呈异象，绿如翡翠，黄似琥珀，依我看，这茶叫日月茶便是。"于是，日月茶声名鹊起，并成了李阳冰最属意的茶叶，以至于奉令调往当涂为县令后，仍不忘托人从缙云捎带当年新产之日月茶。

宋时，刘宰有诗云："时培石上土，更种竹间茶。"到了明朝，苍岭沿线多有种植迦堂山日月茶的，明万历《括苍汇纪》载："缙云物产多茶"，"缙云县贡茶芽三斤。"至清朝，因迦堂山所在的括苍山终年云雾缭绕，故日月茶亦名括苍云雾茶，清道光《缙云县志》载曰："……括苍云雾茶亦为珍品。"只可惜，后来"长毛反"沿苍岭扫荡，迦堂山一带成了他们与清军鏖战的战场，茶农外逃的外逃，被杀的被杀，茶园被毁，日月茶自此销声匿迹。久而久之，迦堂山成了古树参天的深山老林。

时光荏苒，朝代更迭，转眼到了20世纪90年代。壶镇某村一青年农民无意中听人说起日月茶的传说，有意抢救、挖掘这一地方名茶，重振日月茶雄风，遂踏遍迦堂山，几登海临尖，寻古茶树，访老茶农。功夫不负有心人，他终于在迦堂山老林深处一荆棘丛中发现几棵奄奄一息的古日月茶树。

经过20多年精心嫁接培育，终于在迦堂山日月茶原产地，形成了千余亩日月茶基地，并取日月长盛不衰之意，注册了商标，开发了绿茶、黄茶、红茶、白茶几大系列。重生后的日月茶于是行销全国各地，香飘千家万户。

跋

千年缙云，养生福地；传统文化，历久弥新。

1300多年来，一代又一代的缙云人，在这片1500平方公里的土地上创造了绚丽多彩、积淀丰厚的传统文化。诸如以国家级“非遗”黄帝祭典为代表的祭祀文化，以国家级“非遗”七七会、叠罗汉为代表的民俗文化，以中药材为代表的养生文化，以河阳古民居、九进厅为代表的建筑文化，以桃花岭、括苍古道为代表的古道文化，以缙云烧饼、缙云爽面为代表的美食文化，以石窟、石桥、石屋为代表的石头文化，以婺剧为代表的乡村戏剧文化，以霉干菜为代表的乡村耕读文化等等。

正是缙云的好山、好水、好生态，加上这些流传千古的传统文化，形成了缙云独特的民情风俗，造就了适宜休闲养生养老的长寿之乡。为深入挖掘沉淀在民间的传统文化，发展缙云养生经济，推进缙云乡村旅游，缙云县生态休闲养生（养老）经济促进会决定编纂一套《缙云养生文化系列丛书》。

第一辑《缙云故事》的征集活动于2016年初启动后，得到了社会各界的热烈响应，短短6个月就收到来了自省内外上至80多岁老翁，下到中学生的稿件计256篇200多万字。经评委评审，27人分获一、二、三等奖，50人获优秀奖。

征集活动结束后，编委会提出了编纂原则，书名定为《缙云掌故》，并将内容分为：人物、传说、轶事、考据、营造、兵事、禋祀、谐趣、美食、特产等10个大类。为了弥补有些内容的缺项及不足，编委会又决定采用定题材、定专人的约稿方式，填补和充实了重要作品50余篇，书稿总计为133篇37万字。

作为缙云生态休闲养生（养老）经济促进会首次编纂的第一册丛书，《缙云掌故》定有许多不足之处，敬请方家读者不吝赐教！

赵胜来

2017年3月